中国社会科学院老学者文库

学术一家言
新时期文艺学反思录

杜书瀛 ◎ 著

中国社会科学出版社

图书在版编目(CIP)数据

学术一家言:新时期文艺学反思录/杜书瀛著. —北京:中国社会科学出版社,2021.8

(中国社会科学院老学者文库)

ISBN 978-7-5203-8854-2

Ⅰ.①学… Ⅱ.①杜… Ⅲ.①文艺学—研究—中国 Ⅳ.①I0

中国版本图书馆 CIP 数据核字(2021)第 157473 号

出 版 人	赵剑英
责任编辑	杨 康
责任校对	李 莉
责任印制	戴 宽

出 版	中国社会科学出版社
社 址	北京鼓楼西大街甲158号
邮 编	100720
网 址	http://www.csspw.cn
发行部	010-84083685
门市部	010-84029450
经 销	新华书店及其他书店
印 刷	北京明恒达印务有限公司
装 订	廊坊市广阳区广增装订厂
版 次	2021年8月第1版
印 次	2021年8月第1次印刷
开 本	710×1000 1/16
印 张	25.5
插 页	2
字 数	332千字
定 价	138.00元

凡购买中国社会科学出版社图书,如有质量问题请与本社营销中心联系调换
电话:010-84083683
版权所有 侵权必究

目 录

自序　说"自己的话" …………………………………（1）

第一讲　理论的脚步
　　　　——新时期文艺学的轨迹…………………………（1）
第二讲　艺术哲学的变革
　　　　——从认识论走向人类本体论……………………（24）
第三讲　对文学作哲学思考……………………………（51）
第四讲　文学：我的定义
　　　　——国家图书馆"国图公开课"讲稿（部分）………（62）
第五讲　鸟瞰文学的存在形态
　　　　——国家图书馆"国图公开课"讲稿（部分）………（70）
第六讲　我看文艺美学…………………………………（83）
第七讲　传记文学之我见………………………………（106）
第八讲　文章不怕改……………………………………（122）
第九讲　作者"写自己"，读者"读自己"………………（134）
第十讲　我对马克思主义的一些理解
　　　　——应邀在中共广东省委党校的讲演……………（144）
第十一讲　世界共产党人美学的演化轨迹
　　　　　——从马克思恩格斯到列宁到毛泽东…………（156）

第十二讲　谈"社会主义文化视野中的文学理论建设" …… （169）
第十三讲　我看当今时代特点及其对文论的新挑战 ……… （177）
第十四讲　40年，回头看
　　　　　——漫议"改革开放40年" ……………………（190）
第十五讲　努力说新话
　　　　　——谈学术"创新" ………………………………（202）
第十六讲　从"诗文评"向"文艺学"的转化 ………………（231）
第十七讲　全球化时代 ………………………………………（270）

附录　六十年学界见闻
　　　——杜书瀛访谈录 …………………………………（289）
为王晓平、周发祥、李逸津《国外中国古典文论研究》序 ……（346）
为张婷婷《文艺学沉思录》序 ………………………………（349）
为陈定家《隐形手与无弦琴》序 ……………………………（353）
为杨星映《小说艺术的奥秘——小说文体学》序 …………（357）
为杨星映《中西小说文体形态》序 …………………………（362）
为杨星映《中西小说文体比较》序 …………………………（366）
为朱殿封《大刀进行曲·庆祝抗日战争胜利70周年》序 ……（369）

代跋　好人为师，笔耕不辍
　　　——杜书瀛先生采访记 ……………………丁国旗（378）

自序 说"自己的话"

一

我所谓"一家言"者，即说"自己的话"、力避说"套话"之谓也。

当然，"自己的话"不一定说得"对"。依俗见，"套话"保险；假如不按套路发言而说"自己的话"，很容易出"错"。但，在一定的时代，"错话"可能比"套话"有价值。当年钱谷融违反当时的"套路"而大谈"人学"，触犯了某"套"天条，被批得狗血喷头；然而最终历史证明还是他的"错话"富有真理性。

也可能"错话"真错。那也没有关系，科学实验、学术研究常常是在"试错"中发展的，就此而言，这真的"错话"还是有贡献的。而且，我从《维特根斯坦论伦理学与哲学》（浙江大学出版社2011年版）一书中看到这位哲学家如是说："人们一定是从错误开始，然后把它转变为真理。"维特根斯坦紧接着还补充了这样一句话："人们还必须找到从错误到真理的道路。"这话说得好。

为什么那么怕犯错误呢？从"错误"转变为"真理"，这是一条规律啊！

探求从错误转变为真理的活动，常常是从各种各样的"一家言"开始的。

二

既然是"一家言",那就不要求别人一定赞成。你说你的"一家言",我说我的"一家言",大家都说自己的话,和而不同,百花齐放,这是最好的学术局面。说到畅所欲言、自由平等的学术争鸣,忽然想起友人金坚范先生发来大文,谈到牟钟鉴《儒道佛三教关系简明通史》的有关论述:魏晋南北朝时期,三教学者之间出现了百家争鸣的局面,其争论方式以文明辩说为主流,粗野相对是支流,大致保持了说理、探讨、平等对话、反复辩难的良好学风,很少强词夺理、有意曲解、加人罪名的现象,"如果他人不反驳,则自设宾主、自难自答",学者认为只有反复责问才能层层深入、追根究底、发现真理、修正错误。这种学风在江南尤盛。流传甚广的《颜氏家训》也予以高度推崇:"江南文制,欲人弹射,知有病累,随即改之。"① 这里说的就是学者各人都争说自己的"一家言"、畅所欲言、自由辩论的学术局面。大家共同创造一种"和"的学术氛围。

"和实生物,同则不继",老祖宗的话一字千金,受用无穷。

三

说自己的话,同说真话一样,看来是件容易的事,其实,在中国的一定时期,并不容易——特别是在遍地套话、满嘴空话甚至假话连篇的时代。

方外之人或问:说自己的话怎么不容易?

答曰:因为自己没有自己的思想,跟着模式说套话;时间稍长,成为习惯;久了,遂成自然。要突破固有的"套话"模式,

---

① 牟钟鉴:《儒道佛三教关系简明通史》,人民出版社2018年版,第191页。

实践证明，有相当大的难度。像我这把年纪的"过来人"，都有体验。你不信？倘若翻翻近几十年来印在纸上、摆在书架上的许多或厚或薄的书，看看报刊上的某些文章，听听大会小会上某些人的讲话，自会得出一定的结论。积习顽固，不易改啊！

改革开放以来，我的思想稍稍解放，逐渐试着说自己的话。

四

"一家言"，还意味着努力说自己的"心"得和"新"得：

别人没有说的，你需要重点说或大说特说；

别人已经说过的，你就要尽量不说或少说（为了学术阐述的连接和承续，有些问题不能不略微叙及）；

别人说过而自己有疑义的，你则要花费笔墨和口舌说清道明，努力辩出个青红皂白。

除了努力说自己的话，还应该努力写"活泼泼"的理论。

一提"理论"，总与"高深""晦涩""难懂"联系起来，觉得它有一副"不苟言笑"的"冷峻"的面孔，令人难以接近，甚至有点"可怕"；更有甚者，觉得"理论"是教训人的教条和打人的"棍子"。何以如此？部分原因，甚至大部分原因，是在我们某些搞"理论"的人自己身上——是一帮"歪和尚"把"理论"的经给念歪了。

必须声明：我绝非置身事外而仅仅批评别人，我首先骂的是我自己——我何尝不是"歪和尚"之一呢，虽然我还未严重到"棍子"的程度。以往，包括我自己在内一些"歪和尚"的某些"理论"，常常"培养"和"训练"出一般人对所谓"理论"的"畏惧"情绪。他们遇见"理论"会侧目而视、重足而立。这是理论的悲哀。现在，我想痛改前非，祛邪归正。在写"理论"著作和文章时，我想尽量通"人情"（普通人之常情），说"人话"（普通人能够懂的话），做到通情达理；尽量恢复"理论"的活泼泼的生气，露出些笑容，把"理论"著作和文章写得不那么干瘪和枯燥。我想让读者知道我爱他们。我让他们知道理论家不是"教师爷"，理论也不是"棍子"。我想做他们可以拉拉家常的无话不谈的朋友。

五

我虽然提出"说自己的话、写活泼泼的理论"的主张，并不是说我自己已经做得很好；毋宁说我离做得好，还有相当大的差距。然而，我想做好。对我而言，这些主张，虽尚未至，心向往之。它们是我的愿景，是我努力的方向，是我前进的目标。在我有生之年，将照着这个目标往前走。时刻鞭策自己，勉力为之。

再强调一遍：读者所看到的拙文，只是我的"一家言"。我并不认为我的观点一定正确，一定符合真理。其他学者完全可以提出他们的"一家言"。

任何个人总是有局限性的。最近看到"凤凰网读书"记者对电影导演贾樟柯的一次采访，记者问："您说过一句话，'尽力与我们所居这个时代的多个层面共舞'。对您而言，'共舞'有那么重要吗？"贾樟柯答曰："很重要，因为我们人是最容易偏执的，人是固执的，人在既有的自我经验基础上很容易以为自己的世界就是整个世界、以为自己的精神体系就应该是这个世界运转的原则，但其实这个世界是多元的，所谓共舞就是从不同的角度去理解人、理解世界。"[①] 我想补充提出自己的看法：一方面，我们所有的个人的确都不应固执于自己的观点，不要认为只有自己掌握真理，而是必须要尊重别人，尊重这个多元的世界，与人们"共舞"；另一方面，我们每个人却同时应该勇敢地表达自己的观点，大胆说出"自己的话"，说出你的"一家言"。只有大家都说出"一家

[①] 贾樟柯：《我没有变得柔软，反而更加坚硬》，"凤凰网读书" 2019 年 5 月 20 日发布。

言",才能与世人一起"共舞",互鉴共商,从优从善。

六

本书所载篇什,也是我学着说"自己的话",朝着这个目标前行而留下的部分脚印。

譬如,我提出"'拨乱反正','正'在哪里"的问题,就可能存在不同意见。有人认为,十年"文化大革命",我们的理论思想都被"四人帮"搞乱了,把原来"正"的东西搞"歪"了,现在只要"拨"到以前的"正"上去,就万事大吉了。我说,不行。"文化大革命"之前的"正"是真正的"正"吗?20世纪50年代批"现实主义广阔的道路"论,"正"吗?批巴人的人性人道主义和王淑明的人情,"正"吗?批钱谷融的"文学是人学","正"吗?总之,过去一直以为是"正"的那些东西,现在看起来并不那么"正"了。甚至过去写在文件里的、作过决议的、印在书上的、权威的,也未必是真正的"正"了。退一步讲,即使在当时是真正的"正",那么,它还适用于现在吗?如此,"正"究竟是什么?究竟在哪里?我认为:世上根本就没有什么现成的先验的"正",它也不可能现成地、先验地藏在过去、现在、未来的某个地方、某本书中、某个人的头脑里,等着我们去寻找、去发现。世上如果有我们所说的"正",它只能历史地存在于发展着的现实实践中,因而,它只能是历史地发展着的、在实践中变动着的,根本不可能有固定不变的、万古长存的、适用于一切时代一切历史阶段一切历史现象的"正"的模式和形态。检验现在正在进行着的事情是不是"正"、真"正"还是假"正",只能靠现在正在进行着的客观的历史实践和未来的历史实践,而不能是过去实践中已经得出来的结论,更不能是书本,不能是权威,不能是经典作家——哪怕是最伟大的经典作家。

再譬如,我提出建立人类本体论艺术哲学,认为我们以往的美学研究，大多数还是在旧的规范框定之下进行的，总觉得和当前急剧变化的现实，和正在发生蜕变、正在突破自身的现代人的生命运动，隔着一层什么。实践向理论发起了挑战，实践"背叛"了理论。新的艺术实践急切地要求艺术哲学进行变革、突破，要求建立新的规范、新的观念。我主张建立新的美学，这就是人类本体论艺术哲学。因为，审美活动是人的生命活动的一部分，审美活动同人的自由的生命活动根本不可分离。艺术活动是人类本体论意义上的活动，是人的生命存在的特殊方式和形式。人类本体论艺术哲学并不排斥以往各派美学理论，而是充分肯定和吸取它们的合理因素，纳入自己的体系之中。人类本体论艺术哲学将在开放中前进。这又是我的"一家言"，肯定存在着尖锐的不同意见甚至反对意见。然而，即使我的观点不对，那也没有关系，学术研究是允许试错的。至少，我的观点可以供人们讨论、批判，或者可以供人们从反面进行思考、探索；况且，到目前为止我还并没有认为自己的观点是错的。

再譬如，目前关于"何为文学？如何给文学定义？"学界存在两种对立的观点，一是本质主义的，追求文学绝对的、放之四海而皆准的、亘古不变的定义；一是打着反本质主义的旗号，否定文学可以定义。两种观点我都不赞成。我认为，文学虽然没有终极的永恒的凝固不变的本质，但是却有相对意义上的随历史而变化的本质；据此，在历史的现阶段，我给它的定义是：文学是以语言文字为媒介而进行的人类审美价值之创造、抒写、传达和接受。这个定义也是我的"一家言"。

再譬如，我认为马克思主义美学，从马克思恩格斯，到列宁，再到毛泽东，经历了一个一个发展变化的过程。马恩的美学思想很丰富，很精彩。其最突出的理论关节点和核心是现实主义，即真实地描写现实，创造典型环境中的典型性格。到列宁，随着历史的发展、形势的变化，美学（文艺思想）也发生了重要变化。

列宁的着眼点不再是马恩当年强调的现实主义、写真实、创造典型环境中的典型性格，而是突出强调"党的文学的原则"，即文学事业要成为党所开动的革命机器（党的整个革命事业）的"齿轮和螺丝钉"——列宁把马克思主义的现实主义美学变成无产阶级政党政治美学。列宁美学（文艺思想）的一个最为人称道的地方是它的民众性，眼睛向下，看到广大人民群众的利益，鲜明提出"文学要为千千万万劳动人民服务"。这与以往美学中自觉不自觉表现出来的贵族性、精英性是截然对立的，这也是它之所以得到那么多人赞同和拥护的根本原因。就此，我要为列宁美学大唱赞歌。毛泽东是列宁美学最忠实且富有创造性的中国继承者、传播者、发扬光大者、发展者和积极实践者。毛泽东最有代表性的美学（文艺思想）论著首推《在延安文艺座谈会上的讲话》（以下简称为《讲话》）——这也是当时中国社会历史的产物。我把这篇《讲话》看作列宁《党的组织与党的文学》基本思想的中国版；列宁当年强调的政党政治美学的主要之点，毛泽东用中国共产党人和中国老百姓容易接受的语言加倍强调出来。

再譬如，我认为："全球化"与"全球化时代"，二者不能完全等同；毋宁说，它们是两个既有联系又有很大区别的概念。从最宽泛的意义上说，全球化，自人类产生以来就一直进行着，但速度极为缓慢。资本主义时代，全球化加速发展，但那时有"全球化"，却算不上是真正意义上的"全球化时代"。20世纪末至21世纪，电子媒介和互联网的产生和发展使"时代"大变样，世界才真正开始进入"全球化时代"。"全球化时代"的显著特征是什么？第一，"全球化时代"反对建"隔离墙"。全球化，就要打破阻隔，扫除障碍，实现全球大融通。"全球化时代"是空间界限崩塌、全球大融通的时代。第二，"全球化时代"反对"单边主义"。全球化，并非将世界"单边化""格式化""一律化"。"全球化时代"是多边化、多元化、多样化、无限丰富多彩的时代，是马克思在《评普鲁士最近的书报检查令》中曾说的"令人赏心悦目的千姿百态和无穷无尽的丰富宝藏"的世界。这是我对"全球化"与"全球化时代"的理解,属于"一家言"。

再譬如,我认为,从古到今,文学以这三种形态存在:口语文学、书写文学、网络文学。它们基本上是历时性的,但也具有某种程度的共时性——后来的文学形态产生或成为主流之后,以前的文学形态并没有完全消失,它们在长时间里处于某种共存状态。

再譬如,我还提出"作者写自己,读者读自己"的观点,认为凡是成熟的作家、形成了自己独特风格的作家,都是既"写现实",又"写自己"。凡是真正的阅读,都是既"读书",又"读自己"。这个观点,特别是"读者读自己",也可能是许多人并不赞成的。一家言而已。

此外,我还对文艺美学、传记文学、如何对待马克思主义、怎样看改革开放40年的成就等问题,提出了自己的观点。我努力不说套话、不说空话,而说自己的话。提倡说自己的话,这应该是一种时代趋势,成为一种社会风尚。我反对学术上那种"只此一家,别无分店"的真理霸权主义。

七

我希望学术界的同人都敢于提出自己的"一家言",相互讨论,相互辩驳,这样,学术才会有新的火花迸发出来,才会进步,才会发展。这才是真正的学术繁荣。

说到学者敢于提出自己的"一家言"、相互讨论、相互辩驳的学术氛围,我忽然想到哈佛大学校长白乐瑞(Lawrence S. Bacow)2019年3月20日在北京大学的演讲。他说:"追求真理需要不懈的努力。真理需要被发现,它只有在争论和试验中才会显露,它必须经过对不同的解释和理论的检验才能成立。这正是一所伟大大学的任务。各学科和领域的学者在大学里一起辩论,各自寻找证据来支持自己的理论，努力理解并解释我们的世界。"他还说："追求真理需要勇气。在自然科学中，想要推动范式转移的科学家常常被嘲讽、被放逐，甚至经历更大的厄运。在社会科学和人文学科里，学者们常常需要防备来自各个方面的政治攻击。正因为这样，开创性的思想和行动往往从大学校园里开始生长。改变传统思维模式需要巨大的决心和毅力，也需要欢迎对立观点的意愿，需要直面自己错误的勇气。伟大的大学培养这些品质，鼓励人们倾听，鼓励人们发言。不同想法可以切磋，也可以争论，但不会被压制，更不会被禁止。要坚持真理，我们就必须接受并欣赏思想的多元。对挑战我们思想的人，我们应该欢迎他们到我们中间来，听取他们的意见。最重要的是，我们必须能够敏锐地去理解，但不急于作出评判。"巴科校长的这些话，特别是所谓"在争论和试验中"发现真理，所谓"改变传统思维模式需要巨大的决心和毅力，也需要欢迎对立观点的意愿，需要直面自己错误的勇气"，所谓"对挑战我们思想的人，我们应该欢迎他们到我们中间来，听取他们的意见"云云，是有启示意义的。

八

当然，在中国的学界，首先要倡导学者毫不畏惧地说"自己的话"，理直气壮地说真话，义正词严地反对假话。关于假话，这里我还想唠叨几句：假话比套话、空话更丑恶、更可恨。今日种种造假现象令人发指。学术界的论文造假、考试作弊至今屡见不鲜。经济数据的造假也不可忽视，譬如证券界的造假十分严重。2019年3月9日深夜，《人民日报》官方微博发表评论称："管管割韭菜的赵薇们！"赵薇到底什么情况？《中国经济周刊》曾多次报道，现在来个剧情回放之《小燕子传奇之空手套白狼》：2016年，赵薇掌控的龙薇传媒号称出资30亿元收购万家文化（现"祥源文化"，证券代码600576），但赵薇从自己口袋只拿出6000万元，其余 30 亿元全是借来的。随后，证监会调查显示，龙薇传媒在信息披露上存在虚假记载、误导性陈述以及重大遗漏等违规违法行为。一句话：谎话连篇。范冰冰等演艺界人士偷税漏税惊人，国人为之咋舌。还有，近年来出现一个奇怪现象：地方 GDP 总和老是大于全国 GDP 总量。例如，2013 年中国 31 个省份 GDP 总和约为 63 万亿元，超出全国 GDP 总量约 6.1 万亿元。2014 年这一差距虽然有所缩小，但 31 个省份 GDP 总和仍超出全国 GDP 总量约 4.78 万亿元。2016 年地方加总的地区生产总值就比全国数据高出 3.6 万亿元。国家统计局局长宁吉喆在 2018 年 1 月 18 日国务院新闻办公室的发布会上表示："对于少数地方、少数企业、少数单位存在的弄虚作假和统计造假行为、统计违法违规的现象，不管是虚报、瞒报，还是拒报，都要依法依规处理。"

造假，说假话，贻害历史，贻害人民，必须全民共讨之！必须把它钉在历史的耻辱柱上！

让套话、空话、假话见鬼去吧！

我想，一定有志同道合的学人，与我同行。

朋友，你愿做我的同道吗？

（2019 年 1 月 8 日初稿，2019 年 2 月 13 日修改，发表于《随笔》2019 年第 3 期及中国文学网"散文原创"栏目）

第一讲　理论的脚步

——新时期文艺学的轨迹

人们把1978年年底中国共产党十一届三中全会以来的这个时期称为新时期，在文艺上新时期被称为突破期，而突破期是从"拨乱反正"起步的，即要"拨""文化大革命"之"乱"而反之为"正"。但人们继而思考：拨乱反正，"正"在哪里？如何认定"正"？检验过去已经发生的事情"正"与"不正"、真"正"还是假"正"，只能是客观的历史实践，而不能是书本，不能是权威，不能是经典作家——哪怕是最伟大的经典作家；检验现在正在进行着的事情"正"与"不正"、真"正"还是假"正"，只能靠现在正在进行着的客观的历史实践和未来的历史实践，而不能是过去实践中已经得出来的结论（因为即使是正确的结论，它适用于过去，却不一定适用于已经发展变化了的现在），更不能是书本，不能是权威，不能是经典作家——哪怕是最伟大的经典作家。新时期文艺学正是在这样不断地被"检验"中前进的。当然前进道路会有曲折。我正是以此原则为导引，探索新时期文艺学的运行轨迹，并提出在我看来的经验教训。

这当然是我的"一家言"。

新时期可称为突破期

物极必反。路走到尽头，不能不转折。于是，历史在1976年

10月开始调转船头，1978年年底正式确立新的运转方向。抛弃"阶级斗争为纲"、解放思想、改革开放、着力发展生产力、以经济建设为中心、由计划经济向社会主义市场经济转型……成为历史的必然要求。这是百年来乃至数百年来中国历史最伟大的选择之一、最伟大的转折之一，后人将永远记住它、纪念它。

人们把1976年10月或1978年年底中国共产党十一届三中全会以来的这个时期称为"新时期"。

随着整个历史的伟大转折和思想的空前解放，文化、学术，包括文艺学和美学的学术研究和运行方向，开始发生巨大变化。多年封闭的局面被新一轮"西学东渐"所打破，长期被压抑的内部力量也如火山爆发冲出地壳，僵化或者几近僵死的文艺学旧格局不能不被突破了，或者说不能不遭到"反叛"了。于是，中国20世纪文艺学学术史也迎来了它的历史新时期。因为"突破"是其最突出的特点，所以也可称为"突破"期或"反叛"期。这里的"反叛"，即哲学上常讲的"否定"或"否定之否定"。这是一种历史的超越。这里的"反叛"的用法借鉴了以往中外的有识之士特别是恩格斯的卓越见解。王元化于1990年由上海文艺出版社出版了一本书《传统与反传统》，该书第16页上说："需知，对传统文化不能突破就不能诞生新文化。每一种新文化的诞生，都是对旧文化的否定。"他特别引述了恩格斯的一段话："每一个新的前进步骤都必然是加于某一种神圣事物的凌辱，都是对于一种陈旧衰颓但为习惯所崇奉的秩序举行的反叛。"

突破期是从"拨乱反正"与"反思"起步的。"文化大革命"十年，浩劫空前，它对我们这个民族的刺激实在是太强烈、太深刻了。人们痛定思痛，由惊愕而疑虑而沉思。不但对"文化大革命"的灾难、民族的创伤进行思考，而且对"文化大革命"以前的某些问题也进行思考。个别最敏感最有心计的知识分子早就进行思考、进行"反思"了，如大思想家顾准。

我们这个宇宙有无数个星体。有的发光，有的不发光，只是靠别的发光体照在它上面的反射光而显出些亮色。顾准是一个发光体，是一个能够照耀别人的发光体。从学理上说，每一个人，作为一个有价值的社会生命个体，都应该发光，都可以发光，都有权利发光；但是在现实中，有时候只允许某些人或某个人发光，而剥夺了其他人发光的权利。好像人类社会也只能像自然界一样，天上只允许有一个太阳，其他只能被其光辉照耀。太阳之外的发光体，都是"罪恶"的存在。顾准就是在不允许发光的时候发了光，甚至在被再三剥夺了发光权利的时候仍然顽强地发光。于是，他多灾多难。但是，他活得最像一个人，他的生命最符合人的本质。他像是高尔基笔下的丹柯——一个在黑暗中，在漫无边际的茫茫森林中，掏出自己的心来燃烧着照亮人们前进道路的形象。顾准是在"四人帮"统治的最黑暗的时候掏出自己的心来燃烧的。读顾准，总是为他的许多石破天惊的见解所激荡。我佩服他的智慧、他的深刻、他的博大、他的尖锐、他的一针见血。例如，关于中西文明的对照分析；对终极目的的否定和主张哲学上的多元主义；关于反对东方专制主义；关于防止当权者发展成为皇帝及其朝廷；关于马克思主义与希腊文明的关系；关于斯巴达精神之必然导致"形式主义和伪善"；关于中国不能自发产生资本主义，等等。顾准精神的核心是科学、民主精神。这是西方五百年来人文精神的精华，也是中国"五四"以来人文精神的精华。他爱真理甚于爱生命，为真理而置生命于度外，置荣辱于度外，像布鲁诺那样宁肯烧死在火刑柱上也不愿放弃太阳中心说。

许多人是在1978年、1979年之后才开始比较自觉地进行思考和反思的。反思历程上的重要事件是"实践是检验真理的唯一标准"的大讨论、中国共产党十一届三中全会、"理论务虚会"等；延续到20世纪80年代初的是有关人道主义马克思主义的论辩（周扬、王若水、胡乔木）。面对"文化大革命"十年的巨大破坏和心灵创伤，人们最初的感觉是：本来"正"的文艺思想和理论学说被极"左"思潮、专制主义破坏了、搞乱了，于是要"拨乱反正"。这是反思的开始。这是个很好的"开始"。它的伟大成果、对于我们的时代带有巨大历史意义的成果是"改革开放"国策的确立。而"改革开放"的最大意义，我认为还不是在经济上，而是在思想上。思想的"改革开放"比经济的"改革开放"重要十倍、百倍。继一百多年前的林则徐、龚自珍、魏源之后，中国人又一次睁开眼看世界了。看世界之后再来反观自己，觉得中华民族又一次处于生死存亡的关头，弄不好，要被"开除球籍"。

文艺学和美学上的反思同整个社会的反思大体同时起步。开始觉悟起来的理论家们要"为文艺正名"，要为"写真实"恢复名誉，要恢复现实主义的本来面目，要重申"文学是人学"的命题，等等。20世纪70年代末80年代初关于典型问题、形象思维问题、人性人道主义问题的讨论，都带有"拨乱反正"的性质。

关于"拨乱反正"之"正"的思考

但是人们继而进一步思考：所谓"拨乱反正""正本清源"，"正"在哪里、"本"在何方？"文化大革命"之前的"正"是真正的"正"吗？20世纪50年代批"右派"的"写真实"论，"正"吗？批"现实主义广阔的道路"论，"正"吗？批巴人的人性人道主义和王淑明的人情，"正"吗？批钱谷融的"文学是人学"，"正"吗？稍后，人们更进一步提出批胡风"正"不"正"的问题。总之，过去一直以为是"正"的那些东西，现在看起来并不那么"正"了。甚至过去写在文件里的、作过决议的、印在书上的、权威的，也未必是真正的"正"了。甚至对过去认为是"放之四海而皆准"的经典作家的话也提出疑问了。退一步讲，即使在当时是真正的"正"，那么，它还适用于现在吗？即使权威的话、经典作家的话在当时完全正确，难道真能够穿越古今、"放之四海而皆准"吗？

那"正"究竟是什么？那"正"究竟在哪里？这里的确有几个关键问题需要弄清楚。我认为：世上根本就没有什么现成的先验的"正"，它也不可能现成地、先验地藏在过去、现在、未来的某个地方、某本书中、某个人的头脑里，等着我们去寻找、去发现。世上如果有我们所说的"正"，它只能历史地存在于发展着的现实实践中，因而，它只能是历史地发展着的、在实践中变动着的，根本不可能有固定不变的、万古长存的、适用于一切时代一切历史阶段一切历史现象的"正"的模式和形态。因而，检验过去已经发生的事情是不是"正"、真"正"还是假"正"，只能是客观的历史实践，而不能是书本，不能是权威，不能是经典作家——哪怕是最伟大的经典作家；检验现在正在进行着的事情是不是"正"、真"正"还是假"正"，只能靠现在正在进行着的客观的历史实践和未来的历史实践，而不能是过去实践中已经得出来的结论（因为即使是正确的结论，它适用于过去，却不一定适用于已经发展变化了的现在），更不能是书本，不能是权威，不能是经典作家——哪怕是最伟大的经典作家。当然，过去的书本、权威、经典还有用处，而且用处很大。它们可以给我们启示，给我们提供历史经验的参照；它们可以溶化在我们的血液里，汇流于我们的思想中，成为我们生命的一部分。但是它们只能给我们灵气而不能代替我们思想，它们可以帮助我们出主意但不能代替我们作决策，它们只能做参谋长不能当司令员。我们不能向后看，而应向前看；我们不能面向过去、面向书本、面向权威、面向经典，而应该面向现在、面向未来；我们应该在现在正在进行着的实践中，寻找应对现实的对策，提出适用于今天现实的理论、思想；我们的文艺理论家、文学家、艺术家，应该在充分学习、吸收中外优秀的文艺传统、文艺思想的基础上，把关注的重点和中心放在今天的现实（社会现实和文艺现实）上，总结新鲜的文学艺术经验，提出新鲜的文艺思想，建立和发展现代的文艺学。由于新的社会现实和新的文艺现实的迫切要求，由于外来文艺学、美学思想理论和方法的大量涌入给予强烈刺激，刚刚获得解放的学术生产力具有一种不可遏止的变革欲求和创造活力，人们普遍认识到新的现实需要新的理论。于是在20世纪80年代中期之后，有急切要求变革方法的"方法论年"（1985），有急切要求改变观念的"观念年"（1986）。于是有"文学主体性"问题的提出及其大讨论，有从认识论文艺学向价值论文艺学和本体论文艺学的偏移，有文艺心理学、文艺美学、文学人类学、文学语言学、文艺社会学、形式论文艺学、解构文论等各种新兴的或以往被扼杀的学科异彩纷呈的研究和繁荣。20世纪90年代，市场经济的初步确立，市场经济意识形态的萌芽、生成、发展及其向各个方面（包括文艺学美学领域）的渗透，有所谓人文知识分子"边缘化"甚至文学、文艺学"边缘化"问题的出现，有所谓文艺学学术本位的回归和学术独立品格的寻求，有所谓中国文论的"失语症"以及中国文论话语的重建，有所谓"日常生活审美化"和"文学会不会消亡"问题的提出以及文学边界问题的讨论，有所谓文艺学多元对话时代的到来，还有"文学研究"向"文化研究"的转化、"文化产业"的出现……以至最近有所谓"美学资本"观念的提出。

现代文艺学正是这样迎来了21世纪，进入了21世纪。

名称变化的意味

新时期几十年间，中国现代文论的名称在人们不知不觉之中悄悄发生了变化：20世纪五六十年代，文论作品或文章，都喜欢名为"文艺学"，或不自觉地冠以"文艺学"的称呼——我的母校山东大学的老师们在20世纪五六十年代写的书就叫作《文艺学新论》；当时学校里有"文艺学概论"教材，科研单位有"文艺学"研究课题……"文艺学"名字满天飞。但是新时期以来，特别是20世纪90年代以后,"文艺学"名称虽然在学者口中照常使用,但许多著作的书名开始不叫"文艺学"了,而是称为"文学理论"或"文学原理",很少再叫"文艺学概论"或"文艺学原理"的了。

这个微妙的变化,究竟反映了什么?我认为它反映的是一种新趋向,是改革开放之后文论界多数人的价值定位发生了转变。

如前所述,20世纪初至二三十年代,中国学人主要是接受西方学术观念的影响,那时候文论著作的名字一般叫作"文学概论";从20世纪50年代起,学习苏联模式风靡一时,于是流行起一种新称呼:"文艺学"。但是到了新时期,情况发生了重大变化。改革开放了,思想解放了,以往曾经视为"洪水猛兽"、认为里面充满毒素的西方学术思想(20世纪50年代把西方学者的书称为腐朽的资产阶级学术著作)大量涌入中国,各种各样的西方学术"译丛",特别是哲学方面、美学方面、文学方面和文艺学方面的"译丛",铺天盖地而来;虽然对此也有反对的声音,但面对这势不可当的滚滚潮流,他们的反对无济于事。开始的时候,许多学者还战战兢兢,心有余悸,小心翼翼地接触它们;逐渐地,学者们的胆子放大了,对它们兴趣盎然起来,甚至充满亲和力,热情接纳它们。在这种形势之下,西方模式的影响渐渐超过苏俄模式的影响,中国学者许多文论著作和文章中的西方学术观念逐渐多起来,甚至成为主导。不知不觉间,许多文论著作的名称变了,不再叫"文艺学",而是依西方通常的观念称为"文学理论"或"文学原理"——此间影响比较大的西方文论著作相继翻译出版,它们的名字都有"文学理论":韦勒克、沃伦《文学理论》(1984),伊格尔顿《二十世纪西方文学理论》(1987),卡勒《当代学术入门:文学理论》(1998)。我们中国社会科学院文学研究所理论研究室几位同人接受国家"六五"和"七五"重点社科课题撰写的著作,就名为《文学原理——作品论》《文学原理——创作论》《文学原理——发展论》；许多高等学校的教材也以"文学理论"或"文学原理"名之，如童庆炳主编《文学理论教程》（1999）、陈传才等《文学理论新编》（1999）、南帆主编《文学理论新读本》（2002）、王一川《文学理论》（2003）、陶东风主编《文学理论基本问题》（2004）等。

上述所举的只是部分具有代表性的著作。然而仅从它们里面，也可以看出新时期的著作在内容和观念以及所使用的语码，与以往的著作，有诸多不同。

以群主编的《文学的基本原理》，依传统观念，主要论述文学是一种社会意识形态，文学发展与社会发展的关系，文学作品的内容和形式，文学的语言、体裁和风格，文学的创作方法和文学形象、典型，文学鉴赏和文学评论。蔡仪主编的《文学概论》，从哲学反映论的角度阐明文学的本质，认为文学是意识形态，文学是上层建筑，并论述了文学的发生和发展，文学作品的内容和形式、文学的种类及体裁，作家的修养，文学批评的标准，等等。

新时期的著作，一反过去的著作着重阐述文学的意识形态性、阶级性、党性而强调"人的文学"，强调"审美特性"，强调文学创作是一种"特殊的精神生产"，强调文学的消费与接受，等等。相应地，这些著作所使用的语码也发生了很大变化，过去著作所不常见的"直觉""陌生化""情感评价""人文关怀""表层结构""深层结构""文本时间""故事时间""视角""叙述者""接受者""隐喻""象征""文学消费""文学传播""文化市场""期待视野""接受心境""隐含的读者""元叙事""本质主义""反本质主义""后现代""多元化""历史化""语境"等大量出现。

这些都意味着：风向变了，价值取向变了。

文艺学是"混血儿"

在一定意义上可以说，文艺学是中外杂交之后产下的"混血儿",是古今相融之后生出的新生命,是流淌着古今中外多种血液的一种新的学术生命体。

作为"混血儿",它是中国的但又不是纯粹中国的——它不是也绝不应该是中国古代"诗文评"的翻版,而是它的现代化;它有外来优秀学术文化元素但又不是纯粹外国的——它不能是也绝不应该是外国诗学文论的照搬、挪用,而是它的中国化。它是地地道道的"杂交品种"。

我还想重复地强调几句:"混血儿"是文化发展的常态。只有在经过各种文化相交、相克、相融、相生之后,才能出现优秀的学术果实——这同生物学上的"杂交"优势一样。单一物种内部的繁殖或近亲繁殖,只能造成物种的退化;而远缘杂交才能产生优秀品种。从古到今皆如是。例如"意境"这个"诗文评"的招牌概念,其实是"混血"的,它身上至少有中华民族的基因,也有佛学思想因素。在现代文艺学中,"意境"仍然生命力十分旺盛。所以,中国现代形态的文艺学作为"混血儿"是一种美称,我高度肯定它,赞扬它。

当然,历史地考察,我们也应该看到:现代文艺学这个"混血儿",它"混血"之中占优势的一方是外国因素(西方因素或苏俄因素)。当19世纪与20世纪之交以至20世纪最初的二三十年中西交融时,西方是强势文化,这时在中国创立新的文论模式总是向西方靠拢;尤其在"五四"时期,"革命"猛士们恨不得"砸烂孔家店",不分青红皂白推倒一切传统,有人主张干脆"全盘西化"——在这种形势下出现的现代文论,从外在的面孔到内在的蕴含,当然是西方占主导。20世纪50年代一边倒学习苏联,当时建立起来的"文艺学"模式也类似。

按西方模式或苏俄模式发展起来的"文学理论"或"文艺学",虽然是顺应历史的产物,也符合逻辑;但是,总觉得有缺陷。

到了新时期,清醒过来的许多学者反思当年情况、观察今天的现实，认为中国文论得了"失语症"——我想这"失语"主要是指失去了本民族的话语权和话语能力。在一定的有限的意义上（即不要太夸张），这不是没有道理的，但要作历史的和逻辑的分析。

如何弥补以往的缺陷，如何克服"失语症"，是个十分复杂的问题，在今后的文艺学（文学理论）的建设中也是十分艰巨任务，需要大家共同探讨，一起努力。

我在另一篇文章中谈到继承三千年传统时说："我的真正着眼点是如何汲取数千年传统而进行今天的文艺学建设，看看中国古代文化传统、文论传统在建设今天的文艺学时发挥怎样的作用和怎样发挥作用，也看看外来元素如何同中国元素相融会、相结合；我特别关注未来的文艺学走向，看看中国现代形态的文艺学如何携带中华民族数千年的丰富资源又吸收其他民族优秀学术思想走进现代、走向未来。我确信，继承中华民族优秀传统又正确吸收外来优秀学术思想而建设和发展起来的中国现代形态的文艺学，必将以中华民族的独特面貌昂立于世界学术之林，迈进21世纪。我所企望的是，在21世纪的全球化世界格局中，中华民族文艺学既与世界学术息息相通、又能够走出中华民族自己的路来，而不是像20世纪七八十年代刚刚改革开放那几年那样，总是跟着别人的屁股，踩着别人的足迹，说着别人的话语。"

在今天的中国文艺学建设问题上，要防止两种倾向：只强调外来元素而忽视中国元素，或者只强调中国元素而忽视外来元素。如果说前者是"全盘西化"，那么后者就是"狭隘民族化"。

现在我再补充几句：在中国现代文艺学发展中之所以会出现"失语症"，原因之一是过去我们中华民族各个方面太落后，身体太孱弱，独创性和原创性能力太小、太弱，因而在文化上也失去对世界的影响力，说话没人听，甚至连你真正优秀的东西人家也不一定认为是优秀——不买账。这就需要我们中华民族各个方面都强大起来，具有足以震撼世界的综合能力。这特别需要发展和提高我们民族文化（包括美学和文论）的原创能力和独创能力——把我们文化上、美学上、文论上真正具有"独立知识产权"的"品牌"拿出来，给自己，也给世界。

到那个时候，就不会有"失语症"了。

学术范型的变换

作为"混血儿"的现代"文艺学"，较之古典"诗文评"，发生了重大变化。必须认清：这不是量的变化，而是质的变换，是注入了新质之后的根本性质的转换；而且还要特别从学术史的角度认识到，这个"混血儿"身上体现了两种不同学术范型的变换，即由旧的古典形态的"诗文评"之学术范型向新的现代形态的"文艺学"之学术范型的转换。

什么是学术范型？学术范型是指某个时代、某个时期学者们进行学术研究的带有规范性的类型。它大体包括以下问题：以什么为哲学基础，有怎样的世界观和价值取向？有着怎样的思维结构、思维方式和治学方法？惯于使用怎样的一套学术语码？提出什么样的命题、观念、范畴、术语？从空间的共时性的角度来说，同一个时代或时期的不同民族、不同文化的学术研究活动，学术范型会有很大不同，例如，中国和西方。从时间的历时性的角度来说，同一个民族、同一种文化的不同时代或时期的学术研究活动，学术范型也会有重大差别，例如，古典和现代。

具体来说，从"诗文评"到"文艺学"，这两者之间，不但学术的思维对象发生了变化，而且更根本的是思维方式、治学方法，范畴、命题、观念、术语，价值取向，哲学基础等发生了变化。譬如说，古典文论（"诗文评"）多以诗文等抒情文学为中心和重心；而现代文艺学则转而多以小说、戏剧等叙事文学为中心和重心。古典文论的思维方式和思维方法大多是经验的、直观的、体察的、感悟的，与此相联系的是其理论命题、范畴、概念、术语等含义模糊、多义、不确定和审美化，耐体味而难言传，在批评形态上也大多是印象式的、点评式的（眉批、夹批、文前批、文末批等），因而也显得零散，逻辑性、系统性不强；而现代文艺学的思维方式和思维方法则转而大多是理性的、思辨的、推理的、归纳的，理论命题、范畴、概念、术语都有严格的界定而不容含糊，在理论批评形态上也大多走向理性化、科学化、逻辑化，讲究比较严密的理论系统。古典文论的哲学基础多是中国传统的以"善"为中心的伦理哲学或"人生哲学"①；而现代文艺学则多是从西方借鉴过来的以"真"为中心的现代形态的认识论哲学和进化论、阶级论、科学、民主、平等、自由等现代的世界观、社会观、人生观。古典文论多强调"征圣""宗经""道统""文统""以道统文""文以载道"（视文为道的附庸，为载道、明道的工具），强调文学"劝善惩恶"的道德内涵和"温柔敦厚""思无邪"的诗教；而现代文艺学则更多地从现代哲学和世界观、人生观基础上关注文学与社会生活、人生价值的关系，关注文学与政治、经济的关系，关注文学的认识作用、教育作用、审美作用，并且在一定程度上注意到文学艺术的独立品格，文学自身的价值、规律，等等。

"批判继承"和"抽象继承"

说"文艺学"是"混血儿"，是中西交合、古今融会的产物，其中的一个重要意思是说它身上流着本民族文化的血液——这就涉及如何继承本民族传统的问题。

---

① 钱穆在《中国文化史导论》中说："在中国根本无哲学，在西方人眼光下，中国仅有一种'伦理学'而已。中国亦无严格的宗教，中国宗教亦已伦理化了。故中国即以伦理学，或称'人生哲学'，便可包括了西方的宗教与哲学。而西方哲学中之宇宙论、形上学、知识论等，中国亦只在伦理学中。"（见《中国文化史导论》，商务印书馆1994年版，第226页。）

如何继承，始终众说纷纭。

曾经有过两个口号，一个是"批判继承"，一个是"抽象继承"。这两个口号是20世纪50年代由哲学家或从哲学意义上提出来的；它们的提出都有当时的具体语境，有它们的具体针对性——在当时还曾有过激烈的争论（主要发生在关锋等人与冯友兰之间①）。离开当时的语境而评判它们适当与否，永远也说不清楚。今天借用这两个口号说明"文艺学"继承传统问题，也只能"抽象"地"继承"它们的某些精神，以为我用。

抽象地说，"批判继承"的主要意思是，对待传统要"剔除其糟粕、吸取其精华"；"抽象继承"的主要意思是，将传统"抽象"出其"普遍性的形式"从而加以继承。对于美学、文论来说，两者并不矛盾，两者都需要。

必须看到，文化、诗学文论、"诗文评"，有其特殊性和复杂性。

我曾说过，中国古代的"诗文评"里边有各种不同的成分，因此必须对它作具体分析。

（甲）从一个角度来说，大体可把"诗文评"内涵的因素分为两部分：一部分属于意识形态，或与意识形态紧密相关；一部分属于非意识形态，与意识形态没有关系或关系不大。

一方面，"诗文评"是适应旧的体制（即中国长达几千年的帝国专制制度和自给自足的农业社会）而生长发展起来的。所谓适应旧体制，主要指的是它所包含的为帝国专制制度和自给自足的农业社会服务的意识形态部分或者与意识形态关系密切的部分，如《毛诗序》中所谓"《关雎》，后妃之德也，风之始也，所以风天下而正夫妇也。故用之乡人焉，用之邦国焉……先王以是经

---

① 半个世纪以前，大约是20世纪50年代末或60年代初，我的母校山东大学前后请冯友兰和关锋、林聿时去讲演。前面是冯友兰讲"抽象继承法"，过了不久（大概没有一个月），就是关锋、林聿时讲演，批判冯友兰的"抽象继承法"。两个讲演都在大食堂里进行，人潮如涌，我被挤在边缘。前面的讲演，我只远远地看到冯友兰的大胡子；后来的讲演，连关锋什么模样都没看清，只听见他一句一句斩钉截铁的批判声。

夫妇，成孝敬，厚人伦，美教化，移风俗"。在那个时代，意识形态内容当然是"诗文评"中非常重要的部分，它以此而为旧的帝王专制体制所宠幸，为自给自足的农业社会所需要，并得以在这个体制下存活、发展。而当帝王专制体制灭亡、自给自足的农业社会转变为商品经济社会时，文论中的这一部分也必然跟着消亡。

另一方面，"诗文评"还有很大一部分因素是非意识形态的，与意识形态无关或关系淡薄的，如论述诗的声律、形神、风骨、意境，论述文体（体裁与文风等），论述诗文的结构与法度、写作方法和手法……这些非意识形态的部分，并不随旧体制旧大厦的倾倒而消亡，它们是可以继承发展的，有些也是可以随新的审美实践、新的审美现实的需要而加以改革利用的。

这就需要运用"批判继承"的方法，去掉糟粕、留下精华。

（乙）从另一角度说，传统文化和"诗文评"，其中许多内容具有人类共同的"普适性"，例如："诗言志""诗缘情""情景交融""文以意为主""言之不文，行之不远"……数不胜数，它们的基本精神是可以也应该继承的；即使与旧体制的意识形态相关的某些部分，如"文以明道""文以贯道""文以载道""劝善惩恶"……在今天也可以改造利用，为现代文艺学中阐述文艺的审美教育作用服务。就此而言，可以参照当年冯友兰所谓"抽象继承法"，加以"抽象继承"，即"抽象"出它们的"普遍性"的"形式"，加以继承："文以明道"可以是用今天之"文"明今天之"道"，"劝善惩恶"可以是劝今天之"善"，惩今天之"恶"。

一般而言，"批判继承"更多地涉及内容部分，而"抽象继承"虽也涉及内容，但更多涉及形式部分。

中国现代形态的文艺学的确是可以对中国古代的"诗文评"进行"批判继承"和"抽象继承"的，但它是注入外国基因、在强大的外力刺激和推动下进行的，外来优秀学术思想成为它的有机组成部分；而且从总体说它是依外国模式生长起来的。中国古代文论即"诗文评"是现代文艺学的"母本"，提供给它中华民族的基因——这基因，或隐或现，有形无形，有时你似乎觉察不到，而它却无处不在。外来的优秀学术文化，则提供给文艺学以"现代"基因。中外古今的互相碰撞、互相融合而发生"生物化学"变化，就是中国现代文艺学的诞生。

站在社会历史文化的维度上看待"文艺学"

不能仅就文艺学本身来论文艺学，而是要站在社会历史文化的维度上，要联系整个社会的大环境、整个文化的大氛围，甚至要联系那个时代世界历史的特点，来把握中国现代文艺学的性质和特点以及它的运行轨迹。因为，学术，包括文艺学，说到底是整个社会的一个细胞，是整个时代精神文化的一个因子。由"诗文评"向"文艺学"转化的学术运动，也是整个时代运动、社会运动的一部分。

人类历史迄今已发生过三次大的转换：第一次，由猿变人；第二次，由原始状态到文明社会；第三次，由农业文明到工业文明。[①] 目前就整个世界范围来说正在进行或将要进行的是第四次大转换，即由工业经济文明向智能经济文明和生态文明的转换。有的学者指出，第一次、第二次转换是相互隔绝、彼此孤立、分别进行的，第三次则是在相互影响下相继实现的，具有世界性的弥散和扩张性质，甚至伴着血与火：即"早发内生型"现代化地区和民族（大约五百年前开始现代化的西欧诸民族）向"后发外生型"现代化地区和民族（美、澳、亚、非）相继扩散、推行。

中国无疑属"后发外生型"，中国的现代化是在欧美列强坚船

---

① 参见［美］布莱克《现代化的动力：一个比较史的研究》，景跃进、张静译，浙江人民出版社1989年版，第1—4页。

利炮的强暴和思想观念的浸染下进行的。这个过程起始虽早在明末利玛窦等来华传播西方的思想观念、宗教、科技①，但中西交合促使中国社会发生剧烈运动则在19世纪。至19世纪和20世纪之交，经过积蓄和酝酿，终于在文论领域也发生了由古典形态的"诗文评"向现代形态的文艺学的转换。因此，从更宏阔的社会史、文化史的角度来看，由"诗文评"向现代文艺学的转换是中国近一二百年来整个社会由"传统"的帝国专制体制和农业经济社会向"现代"的工业经济社会转换过程的一部分，是整个中国政治、经济、文化、思想现代化过程的一个有机组成因素。当古典文论中大力宣扬"文以载道"，大谈"义理""考据""词章""经济"的关系等时，它从哲学基础、价值取向、思维方式、治学方法到命题、范畴、概念、术语，以及它所使用的一整套语码，都属于中国"传统"的农业经济社会的精神文化范畴，是"古典"思想的一个组成因子。但是，到了梁启超谈"欲新民必先新小说"，王国维谈《红楼梦》的悲剧意义时，文论就开始跨进新时代的门槛了，它们逐渐变成现代精神文化的因子了。到了后来的胡适、陈独秀、鲁迅、周作人，再后来的朱光潜、周扬、蔡仪、胡风等，虽然理论倾向可能不同，但都是"现代"的了，他们的理论思想和做学问的学术范型，是现代精神文化的因子了。

就全世界范围来说，最近的这五百年（从文艺复兴算起）是社会历史大转换的时代。而后二三百年，中国也卷了进来，近百年来尤甚。整个20世纪的中国社会（包括它的精神文化、思想、学术……）都处在这种急速转换之中，而且直到中华人民共和国成立甚至现在这个转换也未最终完成——毛泽东在1956年召开的中国共产党第八次全国代表大会上，仍然强调要完成从落后的农

---

① 实际上，当时文化传播是双向的，利玛窦们既把西方的《几何原本》、《万国奥图》、《乾坤体义》（西方天文学著作）介绍给中国；也把《论语》《道德经》《中庸》《大学》等介绍给西方。只是到了后来，情况才发生了变化。

业国转变成社会主义工业化国家的历史任务；今天我们仍然把实现"现代化"、达到"小康"以至21世纪中基本赶上世界发达国家作为一个伟大的历史目标。

这种转换始终伴随着"古今"之争、"中西"之争。"古今"之争、"中西"之争是世纪之争，从20世纪一直争到现在，仍然争得不亦乐乎，看来一时半会儿还争不完。当然，今天的"中西"之争同一百年前、几十年前，在内容和强弱对比上已大不相同，如果说当时西方文化是强势、东方文化是弱势，那么，现在二者至少在力量上处于平等地位。东方绝不屈从于西方，当然我们也不要求西方屈从于东方。中西体用，古今厚薄，随时势而不断变换。

这种转换无疑还伴随着剧烈的社会动荡：政治上的改朝换代，经济上的体制更替，意识形态上的势不两立的搏杀……总之，各种流血的和不流血的战争。

中国现代文艺学就是在这种环境和氛围中生长的。不联系着这样的环境和氛围，你就不能理解其中许多理论命题之所以能够提出来的历史合理性和历史局限性，你就不能理解为什么中国长时期政治和学术分不清楚，为什么学术的独立自由需要费那么大力气去争取。

因此，中国现代文艺学的学术历程是艰难的，甚至充满血和泪。既充满着学术范围之外在大的社会环境和文化氛围之下学术同非学术的冲突（常常是学术向非学术投降屈从），也充满着学术范围之内的中西、新旧的不同哲学立场、价值取向、世界观、人生观、审美观、学术思想、思维方式、治学方法等的争斗、融合。

启　示

百年来中国现代文艺学的风雨历程，可以给我们很多启示，譬如说文艺学的建设和发展必须适应正在发生和发展着的最新历史现实的迫切要求；必须从本民族的优秀传统中吸取资源；必须积极借鉴外来优秀文化；学者应该具有"独立之精神，自由之思想"①，等等。然而，在这里我只想挑出几点来加以强调。

第一，走出"学术政治化"的误区。

中国现代文艺学的一个带全局性的特征是，在一百多年的大部分时间里，"学术政治化"的倾向十分突出，这是制约文艺学深入发展的最重要的因素之一。将学术政治化，从现代文艺学的起点梁启超那里就开始了。梁启超和他的同志们在当时提出的"诗界革命""小说界革命"等主张，他们所写的一系列有关文章，一个最显著的特点就是突出改良政治。他们把文艺（小说、诗歌、戏曲、散文等）和文艺学（小说论、诗论、戏曲论、文论等）看成而且仅仅看成改良政治的手段，而且也仅仅是一种手段。他们的基本思想就是：欲新政治，必先新小说、新诗歌、新戏曲；他们虽未直接提出文艺和文论为政治服务的口号，但明眼人一看便知，他们就是要文艺和文论为他们的改良政治服务。他们仅仅把文艺和文论作为改良政治服务的工具和手段。现代文艺学史上由梁启超等人开其端的"学术政治化"倾向，后来被继承了、发展了。譬如20世纪20年代的"革命文学"论的提倡，30年代的"普罗"文艺理论等，都是突出强调文艺和文论的"革命化"和政治化的。到了40年代，毛泽东《在延安文艺座谈会上的讲话》，更明确地提出文艺要"属于一定的政治路线"，"文艺界的主要的斗争方法之一，是文艺批评"，"以政治标准放在第一位，以艺术标准放在第二位"。1949年后，更发展为文艺为政治服务、文艺学学术研究为政治服务等主张，"学术政治化"甚至以政治代学术的倾向更趋严重，多次学术研讨变为政治批判。

这种学术政治化的倾向，也表现在学术史的研究中。前面我们曾指出，以往几十年间我们写学术史，往往以政治或经济时期

---

① 见陈寅恪1928年为清华大学立王国维先生纪念碑撰写的碑文。

的划分来代替某些学科本身的历史时期的划分,以政治或经济代替学术。例如我们写的许多"中国古代文学史"或"中国古代文学批评史",大多用王朝的更替、政治的变革作为分期的标志;写的许多"中国近、现代文学史"或"中国近、现代文学理论批评史"(文艺思潮史),也大多以政治分期为标准,如"鸦片战争以来""资产阶级改良时期""资产阶级革命时期""旧民主主义时期""新民主主义时期""中华人民共和国成立以后"等。这样,各个学科的历史,就成为政治史或经济史的演义或例证。

这样的教训我们应该汲取。

第二,必须打破"封闭"。

从历史的经验来看,封闭是窒息文艺学发展的重要原因,而开放是促进文艺学发展的必要条件。现代文艺学史一百多年间,最初那二三十年和最近这二三十年,文艺学是发展、繁荣的,其原因之一正是开放;而"文化大革命"期间文艺学的凋零,其原因之一正是封闭。"莫封闭、要开放",这是百多年来文艺学建设和发展的重要经验。

因此,今后我们建设和发展文艺学,必须开放,特别是必须重视中外交流及其强大作用。

古典诗文评向现代文艺学的转换当然是在外力冲击下打破封闭而进行的,正是由于外力注入新质,这个转换才得以发生,现代形态的文艺学才得以诞生。20世纪80年代以来的文艺学繁荣,与改革开放之后第二轮"西学东渐"有密切关系。从数千年中华民族的整个历史来看,我们这个伟大的民族是一个胸怀宽广、乐于和善于同其他民族交往、既奉行"拿来主义"也奉行"送去主义"的民族。汉、唐就是例证。那时周边民族或更远地区的民族,有多少"遣汉史""遣唐史"和商人来华,又有多少汉、唐使臣出使西域或其他地区和民族!直到明代,我们仍然与其他国家和民族有着较多的交往。中华民族的文化包括文论,正是在这种交往中发展、获益,像刘勰、严羽等大文论家都受到佛禅影响。但是,在封建社会末期,我们却变得保守了、封闭了,闭关锁国、夜郎自大。19世纪中叶之后,国门被西方列强的坚船利炮所打破。最早一批被震醒的知识精英开始"睁开眼睛看世界",林则徐、魏源、冯桂芬、王韬、容闳诸人就是代表。从此,西方的思想、学术也随之更快、更广地传入中国,催化了中国的思想、学术的变革。虽然当时的变化表面上看似乎还未怎么波及文论的研究,但是却为19世纪末20世纪初中国现代文艺学的建立种下了潜在的基因。稍后的严复翻译《天演论》对中国的社会、思想、学术、文化、文论发生过巨大影响,建立了不可磨灭的功勋;而梁启超、王国维诸人接受西方哲学、美学和文艺思想(如叔本华、尼采等),提出许多新的文论问题和命题、范畴、概念、术语,直接进入转化古典文论建立现代文艺学的实际操作,成为中国现代文艺学之父。而最近这20来年,由于广大学人又一次"睁开眼睛看世界",并且用同过去不同的方式、从不同的角度看世界,大量译介、引进外国文化学术思想,因而能够重新审视传统——包括20世纪50年代的、"五四"以来的鸦片战争以来的以至五千年以来的传统;能够以新的气度和眼光看待急剧变化的社会现实、文艺现实的迫切要求,从而使文艺学发生巨大变化。人们被禁锢、封闭多年的思想,就像滚滚长河被人为筑起的堤坝阻遏,积蓄了无限势能;一旦开放,大坝轰毁,洪流奔腾,势不可当,摧枯拉朽,除旧布新,因而使得新时期文艺学在这20来年空前活跃、繁荣,初显百家争鸣、多元交辉的势头和气象。

  关于如何看待"莫封闭、要开放"和中西交往的作用,梁启超曾说,要用"彼西方美人,必能为我育宁馨儿以亢我宗"。现代文艺学就是中西交合而产生的"宁馨儿"。现代文艺学中所常常出现的一些命题,如文艺是生活的反映、文艺是特殊的意识形态(或"审美意识形态")、文艺是自我表现、文艺是"苦闷的象征"、文艺是生命力的外射、文艺是"有意味的形式"等；现代文艺学中经常使用的一些范畴、概念、术语，如现实主义、浪漫主义、反映现实、表现理想、形象、典型、悲剧、喜剧、形象思维等；许多现代文艺学家的哲学思想、世界观、审美观，如进化论、实用主义、辩证唯物主义和历史唯物主义等，都是来自西方。看看这些事实，我们不能不信服"现代文艺学作为中西交合的产物"这个客观存在。

历史就是这么走过来的。

有人问，假如没有"外力"，没有开放，中国自身能否发生转换？我说，对于历史来讲，"假如""假设""假想"，没有意义。历史不容假设。历史没有草稿。历史是各种主体力量在诸种客观条件下进行选择的结果。历史既不是主观任意的，也不是宿命的、决定论的。已经走过来的历史事实是："外力"注入"新质"，"转换"才发生了，现代文艺学才"诞生"了。不重视开放，无视中外交流，看不见外来学术思想的输入对中国文艺学学术发展变化的重大影响，是不能真正把握住20世纪中国文艺学的内容、性质、特点和运行规律的，也是不能促进今后的文艺学发展的。

当然，每一阶段和时期的文艺学研究实行开放、引入外来学说时，也可能同时带有这样、那样的弊病，这也是我们需要总结的；但是，一般地说，我们应该更多地从积极方面对开放和中外交流给予重视和理解。如同前面说过的，同亲或近亲繁殖，生命力可能愈来愈弱；远缘杂交，常常会注入新的生命活力。当然，精神领域的生命运动不会如此简单。有一位学者指出，如果一个社会只有一种学术思想，这种学术思想的存在理由也就失去了。一定历史时期之内，假如没有另外的学说与之相抗衡，则占据主流地位的学说内部，便会分裂、内耗乃至自蔽。[①] 他这里所说的是

[①] 刘梦溪：《〈中国现代学术经典〉总序》，河北教育出版社1996年版，第7—8页。

一个民族之内。我赞同他的意见。但我认为这个主张同样适用于或更适用于外族学术思想对本族学术思想的碰撞与结合。从中国现代文艺学的发展历程看,正是外来学说、思想、方法的引入,使中国文论发生了质的变化。

第三,多元化。

中国现代文艺学的历史,其一头一尾的两个时段最繁荣,原因之一是多元化。这两个时段的文艺学,学说迭起,思潮并生,呈现空前的多样化、多元化景象,文艺学因此而得到比较充分的发展。但是,中间的几十年时间,特别是20世纪六七十年代极"左"思潮肆虐的那个阶段,学术研究上也搞舆论一律、一言堂、一元化,学术上的不同意见往往被扣上政治帽子加以批判。譬如,俞平伯的《红楼梦研究》,本来纯属学术问题,后来当作"资产阶级"立场、思想加以讨伐;胡风的文艺思想观点,包括他关于现实主义理论的学术文章,最后更是上升为"反革命"予以治罪;"文化大革命"期间"批儒评法"等,更是只允许一种观点说话。这就造成了一段时间学术研究包括文艺学学术研究凋零、衰败,万马齐喑。对学术发展来说,多样化、多元化,绝对是一个好现象。多元化、多样化的氛围,也是学术发展的最好氛围。因此,"百花齐放、百家争鸣"的政策,从学理上说,绝对是发展学术的好政策。问题在于是否能够切实贯彻执行。历史的经验一再证明,学术研究,特别是文艺学学术研究,当能够百花齐放、百家争鸣的时候,当历史地造成多样化多元化氛围的时候,就是最发展、最繁荣的时候;当不允许多元化、多样化,只能"舆论一律"、一家独鸣的时候,学术之花就凋零、就衰败,文艺学园地就一片肃杀景象。

文艺学,它的发展和繁荣必须有多元共生、多元并存、多元竞争、多元对话的时代氛围。在学术上,我们需要的是"和"而不"同",而不是"同"而不"和"。因为,正如古人所言,"和实生物，同则不继"（《国语·郑语》）。不要认同于和习惯于以往相当长时间里形成的"你灭了我、我灭了你""你吃掉我、我吃掉你""只此一家、别无分店"的定式。事实上，中国现代文艺学的发展历史，从总体上来看，也并不是"你灭了我、我灭了你"的历史，即使从表面上看，似乎一时被"灭"了，消失了，但它的根并没有死，一旦时势变迁，便会"春风吹又生"，说得不好听点儿，就是"死灰复燃"。我们不能把现代文艺学的历史写成"你吃了我、我吃了你"的历史，不能写成一种学术主张或学术流派、一种学术思想或学术观念是绝对正确的，是绝对真理，而另一种则是绝对错误的，是绝对的"妖孽""谬种"。这不符合历史事实。而今后的文艺学建设和发展，更不能采取"你吃了我、我吃了你"，"只此一家、别无分店"的方式，只能走多元化、多样化的道路。

（成稿于2013年3月24日，载《文艺争鸣》2013年第5期）

第二讲　艺术哲学的变革

——从认识论走向人类本体论

我们以往的美学研究，大多数还是在传统美学基础上，在旧的规范框定之下进行的，总觉得和当前急剧变化的现实，和正在发生蜕变、正在突破自身的现代人的生命运动，隔着一层什么。实践向理论发起了挑战，实践"背叛"了理论。新的艺术实践急切地要求艺术哲学进行变革、突破，要求建立新的规范、新的观念。我主张建立与认识论艺术哲学不同的新的美学，这就是人类本体论的艺术哲学。因为，学习马克思《1844年经济学哲学手稿》我体会到：审美活动是人的自由的生命活动的一部分，是人的自由的生命活动的重要表现形态。艺术活动是人类本体论意义上的活动，是人的生命存在的特殊方式和形式。人类本体论艺术哲学并不排斥以往各派美学理论，而是充分肯定和吸取它们的合理因素，纳入自己的体系之中。人类本体论艺术哲学将在开放中前进。

这又是我的一家言。

建立人类本体论艺术哲学，是我一段时间曾经思考的主要问题之一。1986年，我写了一篇《文学创作与审美活动》[①] 的论文，

[①] 这篇文章成为社会科学文献出版社1989年版《文学原理——创作论》之一节而面世。

其中一节标题为"文学创作作为审美活动的人类本体论地位",即表现出建立人类本体论艺术哲学的意向。又两年,我研究了艺术哲学的历史和现状,并受到当代整个学术界普遍萌动的突破意识的激发和感染,遂对人类本体论艺术哲学的问题作了进一步探求和思索。

我这里想略作说明:我使用的"人类本体论"这个词,并未严格遵照西方哲学中最初使用"本体论"时的本意,而是依照汉语"本体"这两个字的语意、适应中国现实的理论需要而赋予其新的含义,即:"人类本体论"是以"人类"自身的社会生命活动为"本体"而建构的一种理论思想。这样使用是否合理,当然可以讨论;但是,如果加以适当的说明而能够较好地解决我的理论问题,也许不无意义。高建平在《中国现代文艺学的四个关键词》一文中曾对"本体论"这一术语作过很好的辨析。他指出,在西方,这个词的本来意义是关于"在"的科学。"本体论"的概念最早是郭克兰纽(Rudolf Goclenius)提出的。一本哲学辞典(*Lexicon philosophicum*, Francoforti, 1613)中提到了ontologia,他认为这是关于"在"的哲学(philosophia de ente)。对这个词在西方推广起着重要作用的沃尔夫(Christian Wolff, 1679—1754)致力于对哲学作细致的分类,把哲学划分为理论哲学和实践哲学。理论哲学是形而上学。它又可进一步划分为本体论(ontologia)以及理性神学、理性宇宙论和理性心理学。他为这门学科下的定义是:"关于一般性'在'(entis)就其作为'在'而言的科学。"这门学科所研究的,并不是追寻各种事物背后的某种实体,而是去除了事物的各种个性后的一个根本的共性:在。"本体"和"本体论"的翻译,形成了这些词在中国的独特的历史。绝大多数中国人,特别是研究文艺学的中国学者,不再追寻这些词在西方文字中的原意,也不再受这些意义的限制。他们按照字面来理解这些词的含义,并按照自己的理论需要来赋予这些词以新的含义。

于是，各种各样的"本体"和"本体论"应运而生。据研究"文学本体论"的书的不完全列举，"本体"就有诸如"宇宙本体""精神本体""审美本体""生命本体"等26种，而"本体论"就有"自然本体论""社会本体论""作品本体论""作家本体论"等19种。

对认识论艺术哲学的反思

我们已经做过的事情，特别是已经做出的成绩，固然不可磨灭；但同时也要看到存在的问题，特别要想一想还应该做些什么和必须做什么，以及怎样做。

我认为我们以往的美学研究，大多数还是在传统美学基础上，在旧的规范框定之下进行的。因此，研究所得，常常是一些陈腐的、前人已经说了千百遍的结论；即使某些局部有所创新，终改变不了总体的陈旧。读这样的文章和著作，总觉得和当前急剧变化的现实，和作为这现实的一部分的艺术活动，和正在发生蜕变、正在突破自身的现代人的生命运动，隔着一层什么，或厚或薄，或隐或显。我所说的绝不仅是别人，而首先是我自己。当我重读1982—1983年出版的我自己的那两本艺术哲学著作，即《论艺术典型》和《论艺术的特性》时，所得到的正是上面所说的那种感觉。这两本书的写作，仅仅局限于认识论哲学之内，基本上束缚于认识论美学规范之内，所得出的各种结论，所下的各种判断，所提出的各种命题，实质上都是"艺术是对现实的审美反映""艺术是一种特殊的社会意识形态"等老结论、老判断、老命题，顶多是它们的各种新变体。当然，我绝不否定认识论哲学对美学研究的意义，也不否定认识论哲学和认识论艺术哲学的全部价值，而是说，仅仅局限于认识论哲学，仅仅束缚于认识论艺术哲学的规范之内，把美学研究限制在这样一条单向的、单义的羊肠小道上，难有更为巨大的开拓；而且所得出来的结论也是与艺术实践本身不相称的。在今天的新的艺术实践面前尤其如此。

　　用认识论艺术哲学的老规范，很难解释清楚许多艺术现象，尤其是许多新的艺术现象。例如，前几年在全国民间舞蹈比赛中获大奖的安塞腰鼓，人们看了都说好，说这是真正的艺术，说里边躁动着某种无法遏止的东西，说人（舞蹈者）通过舞蹈向世界敞开了自己，说里边冒出来一种气冲霄汉的精神和力量，等等。对安塞腰鼓的这种感觉是对的，这种解释是符合实际的。但是，倘若硬要用认识论艺术哲学的老规范来说明和解释安塞腰鼓，就不大能行得通。你说安塞腰鼓认识了什么，你说安塞腰鼓是一种什么样的社会意识形态？

　　同样，用认识论艺术哲学的老规范说明和解释最近几年在世界上获奖的电影《老井》《红高粱》《黄土地》等，也会遭到不少困难和麻烦，它们所包含的绝不仅仅是审美认识，还具有超出认识范围的更多的内涵。如果把《红高粱》仅仅看成真实地反映某一历史时期现实生活的影片，那恐怕给它打不上60分——它不及格。脑子里根深蒂固盘踞着认识论艺术哲学老规范的人们自然会质问：难道历史是这样的吗？难道现实生活是这样的吗？难道我们的人民是这样的吗？它不及《地道战》或《地雷战》更"真实"。但是，《红高粱》比《地道战》和《地雷战》更具有艺术意味和审美价值，它审美地展示了那个历史时期中国人民的深层人性精神，他们的爱和恨、苦和乐，成为中国人民生命运动的一种表现形态，成为生命的一部分。这种艺术意味和审美价值是认识论艺术哲学难以解释清楚的，甚至根本就是认识论艺术哲学所忽视或看不到的。

　　有人说，《老井》获奖是因为反映和表现了中国的愚昧落后而符合了外国评奖者的口味。这种说法是不公平的，这可能是持认识论美学价值观的某些同志用老标准衡量《老井》而得出的结论。

它的着眼点仅仅是：艺术反映了什么。它评价作品的逻辑是：第一步，先看艺术所反映的是否"真实"（符合原物），倘不"真实"，则没有谈论艺术作品有无"价值"的基础；倘"真实"，则进入第二步，掺进去意识形态（思想政治倾向性）标准，不符合他们所持意识形态标准的，也就没有什么价值，或只有负价值。所谓《老井》获奖是因为反映了愚昧落后云云，正是按照上述逻辑进行评价的。这就糟蹋了《老井》，歪曲了《老井》。这种评价之所以不正确，根源在于评论者仅仅站在认识论艺术哲学立场，只看艺术反映的是"什么"，反映的是否"真实"，是否"符合我们的意识形态标准"；而不理解艺术的真正价值常常表现在它的反映功能之外，因而，他们看不到或理解不了《老井》中所充溢着的我们民族的顽强的生命力、不息的生命之流、不屈不挠的奋斗精神。即使从认识论艺术哲学的立场来看，也不能说《老井》"反映和表现了中国的愚昧落后"，这根本不符合这部电影的实际；而如果从人类本体论艺术哲学的立场来看，《老井》这部电影表现的是我们中国人民特别是农民的本体生活运动和生命运动，表现的是我们的民族文化精神，表现的是我们民族的生命运动形式。这才是《老井》真正的艺术意味和审美价值所在。

被我们的许多同志僵化了的认识论艺术哲学的老规范、老框框同现实的艺术实践的冲突，还表现在文学、戏剧、音乐、绘画等领域中。用认识论艺术哲学的规范很难充分理解莫言、马原、刘索拉等人的小说，也很难正确评价舒婷、北岛以及某些后崛起派（非非主义、莽汉主义等）的诗歌；而对于某些中青年画家大幅度变形或带有抽象意味的绘画，以及某些中青年音乐家带有现代派意味的音乐作品，那种被僵化了的认识论艺术哲学，常常显得一筹莫展，表现出无可奈何的窘态。

这就是说，实践向理论发起了挑战，实践"背叛"了理论。

认识论艺术哲学的规范和观念，越来越丧失了它"指挥一切、涵盖一切"的权威性；新的艺术实践急切地要求艺术哲学进行变革、突破，要求建立新的规范、新的观念。

而且，艺术哲学变革、突破的要求，不仅来自艺术实践，也来自艺术哲学自身，来自我们所处的整个时代，来自环绕着我们的文化环境。几十年来，当我们的认识论艺术哲学只讲"反映""认识""意识形态"而排斥其他艺术观念的时候，我们的耳旁不断地听到另外的声音：艺术是直觉，艺术是表现，不是艺术模仿生活而是生活模仿艺术；艺术是情感的符号，是有意味的形式，是性本能的升华；以及什么生活流、意识流，这种主义、那种主义……我并不认为这些艺术思潮和艺术主张都是真理，都符合中国的国情、"文情"；但是它至少给我们的艺术哲学家提供了许多参照，并引起我们的反思，让我们回过头来想想我们的艺术哲学自身是否也存在着不足和缺陷。也许正是在这种反思中，再加上艺术实践的刺激，萌发了艺术哲学的改革、突破的欲求。

我们的时代是一个变革的时代、突破的时代，我们的文化环境也是变革和突破的文化环境，从政治、经济，到哲学、伦理学以及其他社会科学、人文科学，都是如此。不是有人说么，中国不变革，就有被开除球籍的危险。作为文化的有机组成因素的艺术哲学，不变革、不突破，行吗？

问题是，艺术哲学怎样变革、怎样突破？在原有的认识论哲学基础上作一些局部调整？在老规范、老观念下增加一些新说法？保持原有的体系进行结构上、内容或形式上的修修补补？

我看恐怕不行。这不能解决根本问题。

我主张建立与认识论艺术哲学不同的新的美学，建立更适应艺术实践要求的新的艺术哲学，建立更符合文艺自身规律同时又更与时代合拍的新的艺术哲学，这就是人类本体论艺术哲学。

再强调一遍：人类本体论艺术哲学并不排斥和否定认识论艺

术哲学以及其他美学和艺术理论的价值和合理因素,而是把它们的一切有价值的、有益的因素都吸收进来,以丰富自己、营养自己,变成自己身体的有机成分。但是,人类本体论艺术哲学又必须有自己的不同于其他艺术哲学的质的规定性。

用人类本体论哲学的立场、观点、方法来看审美活动和艺术活动,并且从审美活动和艺术活动自身的特殊规律出发进行理论概括,就会得出人类本体论艺术哲学的一些基本规范(或范式),也就是人类本体论艺术哲学的一些基本观念。

那么,人类本体论艺术哲学都有一些什么样的基本观念呢?

人类本体论艺术哲学的基本观念(一)

如何界定审美活动的本质和特征,是任何一种美学理论首先碰到的一个问题。认识论艺术哲学把审美看作一种特殊的反映形式;人类本体论艺术哲学则不同,它认为审美是人的本体生命活动的主要方式之一,是人的自由的生命意识的表现形态。这是人类本体论艺术哲学的第一个基本观念。

第一,从逻辑的方面来说。人作为宇宙间最高的、永远运动着的生命存在物,不但要进行肉体生命(自然生命)的生产活动,还出于远远超出肉体生命生产的直接和狭隘的目的,而进行社会—文化的物质生产活动和精神生产活动(社会—文化生命活动,如政治生命活动、审美生命活动等)。它们都是人的生命活动的基本方式。审美的本质即包含在这物质生产活动和精神生产活动之中。人的物质生产和精神生产作为人的最基本的实践活动,不仅生产和创造出供人享用的产品,而且也生产和创造着人自身的本质,生产和创造出作为人的本质标志的人性,生产和创造着人自身的自由(人类本体论意义上的自由)。正是通过这些最基本的物质生产和精神生产的实践活动,人越来越变得像人(高尔基说的大写的"人"),即越来越是自由的人。借用席勒的话说,人克服了自己感性的片面性和理性的片面性，成为游戏的人、自由的人，也即"审美的人"；即如马克思所预言的，到共产主义社会，人都变成全面发展的人，都成为自由自觉的人，也就是重新解释了的"审美的人"。人在其基本实践活动中，不断确证和肯定自己的本质，不断发展和提高自己的本质，不断丰富和升华自己的本质，也不断观照欣赏自己的本质——这一切，也就是在不断丰富和深化自己的审美内涵，使自己的审美价值不断增殖。审美活动就是能够表现出人的本质的那种活动，就是人的自由的生命活动。从这个意义上可以说，凡是能够表现出人的自由的生命本质的，便是审美的；越是能充分表现人的自由的生命本质的，便越具有审美意味。一个物理学家或数学家，克服重重困难，创造性地解决了一个科学难题，这其中便包含着一种审美活动因素，因为这是表现着人的本质的一种活动，这是人的自由的生命活动。那些伟大的科学家如彭加勒和爱因斯坦等，都主张有"科学美"，有的数学家还谈到数学方程式的美，这不是没有道理的。如果说连通常人们以为离审美最远的科学活动也可能具有审美意味，那么其他的物质生产活动和精神生产活动包含着审美价值就更不难理解了——只要它们是表现出人的本质的活动，只要它们是人的自由的生命活动。马克思也正是从这个意义上对审美活动的本质作了精辟的阐述："动物只是按照它所属的那个物种的尺度和需要来建造，而人却懂得按照任何一个物种的尺度来进行生产，并且懂得怎样处处都把内在的尺度运用到对象上去；因此，人也按照美的规律来建造。"[①] 马克思所说的"按照美的规律来建造"的活动，就是表现着人的本质的自由的生命活动。而与此相反，那些不自由的活动、"片面的"活动、"在直接的肉体需要的支配下"所进行的活动，就不是审美的活动；而那种"把自我活动、自由活

[①] 《马克思恩格斯全集》第四十二卷，人民出版社1979年版，第97页。

动贬低为手段,也就把人的类生活变成维持人的肉体生存的手段"[1]的异化劳动,就是反审美的活动。马克思还曾经说,到共产主义社会,劳动不再仅仅是谋生的手段,而变成乐生的需要。劳动作为谋生的手段,就具有某种强制性、非自由性,就意味着对人的自由的生命活动的某种压抑,这就不是审美活动,或者至少审美价值很低;劳动作为乐生的需要,则表现为一种自由自觉的生命活动,这就是审美活动,或者说是包含着更高的审美价值的活动。

我们这里之所以常常使用比较级,而不用最高级,如说"审美价值很低"而不说绝对没有,说"包含着更高的审美价值"而不说"最高的审美价值",是因为人的自由的生命活动是一个发展过程。"自由"是一个相对的范畴,与此相应,审美活动也就是一个相对的范畴,是历史地发展着的范畴。

第二,从历史的方面说,当"前人类"有意识地制造出哪怕是最粗糙的石器,从而走出了"从猿到人"的关键一步时,他也就向自由迈出了第一步——比起动物,他已经取得了自由,尽管今天来看这是很可怜的自由。他向自由迈出的第一步同时也是进行审美活动的第一步。从这个意义上说,审美的发生几乎与人类的起源同步。审美活动从一开始就同人的自由的生命意识联系在一起,审美活动的发展也必然随着人的自由的生命活动的发展而发展。最初的人类制造最粗糙的石器的活动,是表现着当时人们所获得的"人的本质力量"(马克思语)的活动,是体现出当时人们所取得的自由(虽然是有限的)的活动,是那个阶段的人的本体生命的活动,因而在当时来说既是物质生产活动,也是审美活动;那石器,既是劳动工具,也是今天看来的艺术品——审美对象。从那时起,审美活动随着人的本质的丰富而越来越丰富,

---

[1] 《马克思恩格斯全集》第四十二卷,人民出版社1979年版,第97页。

随着人的自由程度的提高而水平越来越高。总之，审美活动随着人的生命活动的发展而发展。试想，从旧石器时代不像斧的石斧到现代精美的钻石首饰，从洞穴绘画到现代抽象派的绘画，从最初的有声语言（语音学角度）到现代歌唱家的所谓美声唱法，从"断竹，续竹，飞土，逐肉"①（语义学角度）的原始猎歌到艾青、舒婷的诗歌……这中间有多么丰富的内容，又经过了多么漫长的过程！每个民族的审美发展史，都可以写一本甚至几本厚厚的书。

总之，从审美的发生和发展的历史，可以看到审美活动是人的生命活动的一部分，审美活动同人的自由的生命活动根本不可分离。

人类本体论艺术哲学的基本观念（二）

人类本体论艺术哲学的第二个基本观念是：艺术在本质上是审美的，审美与艺术有着自然的、先天性的联系。这也可以从逻辑的和历史的两个方面加以说明。

第一，从逻辑的方面说，审美活动与艺术活动虽然并不是一个东西，其内涵和外延都有许多不同的地方；但它们的基本性质、内在要素的组合方式、活动特点等，却有许多共同之处。譬如说，它们都强烈地表现出人的自由的生命意识，迸发着感性生命力的火花；它们都常常在游戏的形式中肯定和确证人作为宇宙精华的崇高和尊严，它们也都常常在严肃的内容中表露出对人的本质的游戏式的玩赏和品味。譬如说，从人性结构的角度看，它们不仅仅是人的感性活动，也不仅仅是人的理性活动，而是既超越了感性又超越了理性，同时包含着感性和理性的活动；它们都不仅仅是弗洛伊德所说的"本我"的活动，也不仅仅是弗洛伊德意义上的"自我"和"超我"的活动，但又的确是不能摆脱"本我"却又上升到"自

---

① 出自东汉赵晔《吴越春秋·勾践阴谋外传》中所载的《弹歌》。

我"和"超我"的活动。譬如说，从社会学的角度看，它们既是个人的活动，又是社会的活动，它们是个人的社会化的活动，同时也是社会的个人化的活动，是个人社会化与社会个人化双向运动同时进行的活动。譬如说，从心理学的角度看，它们都是以情感为中心、诸种心理因素——感觉、领悟、想象、记忆、思维、意志等——联合发生作用的综合性活动，而不同于以理性思维为中心的科学活动，也不同于以意志为中心的道德活动。

审美与艺术关系如此密切，常常互相重合，以至有的人往往把这两个概念互用，如黑格尔所说的"艺术的"，也往往就是"审美的"或"美的"；马克思在《政治经济学批判》导言中所说的"艺术的方式"，实际上也是"审美的方式"。

但两者毕竟又不相同。这表现在：艺术之外还有相当广大的审美领域，如基扎因（出自英文 design，意思是图案、工艺、工业产品美术设计等）不是艺术活动，却是审美活动；艺术之内，也不仅仅有审美因素，还有伦理道德因素、宗教信仰因素、哲理因素、认识因素、政治因素等。尽管如此，却必须强调指出：审美始终是艺术的核心因素和不可缺少的因素，一旦缺少了审美因素，艺术便不再是艺术，艺术便失去了它的质的规定性。也就是说，艺术在本质上是审美的，艺术是审美活动的高级形态和典型表现。

第二，从历史的方面说，如同前面我们曾经提到的审美的发生几乎与人类的起源同步一样，艺术的发生也几乎与审美的发生同步。这里之所以说"几乎"，是因为人类的起源比审美的发生毕竟逻辑地和历史地领先了一步；同样，审美的发生比艺术的发生也毕竟逻辑地和历史地领先了一步。这样，审美的发生就成了艺术的发生的前提，只有产生了审美活动，才有可能产生艺术活动。当旧石器时代的原始人开始制造最粗糙的石器的时候，那里边已经包含着审美因素，也蕴藏着和孕育着艺术活动的契机和种子；而稍后那种制造钻孔的活动，也就是独立的艺术活动的萌芽；当新石器时代的原始人开始在陶盆上描绘出人物舞蹈的图案（如青海大通县上孙家寨出土的舞蹈纹彩陶盆，西安半坡人制作的人面含鱼陶盆等），表明审美活动开始成为一种独立的活动的时候，独立的艺术活动也就正式产生了。独立的艺术活动就是以专门创造审美价值的活动为起点和标志的。

审美活动一旦成为一种独立的活动，它就要求有自己专有的领地和专有的形态，要求有与自己相适合的价值负荷物。那么最适宜进行审美活动的领地和形态是什么呢？与它最相适合的价值负荷物是什么呢？这就是艺术活动。在艺术活动中，审美找到了自己的"家"、找到了自己的归宿、找到了自己的专门的表现形态和专有的活动场所，在其中它可以自由自在地表现自己，它可以把自身当作活动的目的——如同在宗教活动中人的信仰找到了自己的"家"、找到了自己的归宿、找到了自己的专门的表现形态和专有的活动场所一样。顺便说说：我认为，一切信仰都带有宗教的性质。如果中国人把儒学作为信仰，那么，儒学就成为儒教，孔子就成为最早和最高的教主；同样，如果把马克思主义当作信仰的对象而不是当作科学学说，那么马克思主义也就成了宗教而不是科学学说。

既然审美活动是人的自由的生命活动，是人的生命存在的方式和形式之一，而艺术活动在本质上是审美的，是审美活动的高级形态和典型表现；那么，艺术活动自然也是人的自由的生命活动，也是人的生命存在的方式和形式之一。这就从根本上确定了艺术活动的人类本体论地位。

这就是说，艺术活动不是如通常人们所说的那种派生的、低一级的、次一等的活动，不是雕虫小技，不是"丧志"的"玩物"，不是饭桌上的一道可有可无的"小菜"；艺术活动也不是某些人眼中的"革命"工具、"阶级斗争"的工具；而且，艺术活动在实质上也不是人们所说"为政治服务""为无产阶级革命路线服务"的工具；再往远一点说，艺术在实质上也不是如列宁当年所说"革命机器上的齿轮和螺丝钉"（虽然在一定历史环境下也可以把它当作齿轮和螺丝钉来用，就像揭竿而起的农民革命者把镰刀、锄头当作武器一样）。在根本上，艺术活动是人类本体论意义上的活动，是同人的其他的生命活动处于平等地位上的活动，同等重要的活动。艺术活动以自己特有的方式对人的自由的生命本质进行确证和肯定，并且直接成为人的生活的一部分，成为人的生命存在的一种形态。我国台湾地区诗人蒋勋有一首短短四行的诗，题目叫作《笔》：

好像是我新长出的一根手指
所以我总觉得出
你应该流红色的血液
而不是这黑色的墨汁

邵燕祥在1988年6月25日《文艺报》上发表的《蒋勋的诗》一文介绍了这首诗，称赞了这首诗，是很有眼光的。这首诗很恰切地表现出了诗人"以生命为诗"的美学态度。艺术活动的本质也正是如此。历史上那些真正伟大的作家和诗人，都是以生命为文、以生命为诗的。屈原如此，李白、杜甫如此，关汉卿如此，曹雪芹如此，鲁迅、郭沫若、茅盾等亦是如此。他们的作品，是他们的生命的一部分。他们的作品的价值也就是他们的生命的价值。所以我特别敬佩马克思关于作家的几句话：他把作家写作视为如"春蚕吐丝"那样的生命本性活动，并且说"在必要时作家可以为了作品的生存而牺牲自己个人的生存"[1]。说得何等好啊！而且，因为那些真正伟大的作家和艺术家都是大写的人，所以他

---

[1] 《马克思恩格斯全集》第一卷，人民出版社1956年版，第87页。

们的艺术活动就不仅仅是他们个人的生命活动的表现，而且也是人类生命活动的表现；同时，他们也不仅仅表现他们个人的生命活动，而且也表现人类的生命活动。像关汉卿所写的《窦娥冤》，不就是元代社会中普通人民的生命悲歌吗？像奥斯特洛夫斯基《钢铁是怎样炼成的》，不就是作者用自己生命也用那个时代人民的生命写成的吗？

把艺术活动看作人的生命活动的一种基本形式、一种主要方式，看作人类本体论意义上的一种活动，这是许多有见地的艺术家和美学家早就意识到的。有人说，原始民族都是些天生的诗人，原始民族的一切活动都是"诗性"的；有人说，艺术是人类最原始、最基本的活动，其他所有精神活动都是从它的土壤中生长起来；有人说，原始艺术表达了人类早期的生存意识，表达了人类最早的对自己、对世界、对人与世界的关系的理解方式；有人说，艺术作为人类精神生存活动的最集中、最生动的形式，确证了人的实践生存活动，人类所有的生存的热情和痛苦、希望和绝望都在艺术中保存起来——艺术真正成为人类生存发展的永恒现实。这些说法都是有道理的，都在自觉不自觉地强调文艺活动的人类本体论地位。

确定了艺术活动的人类本体论地位，也就应该抛弃和改变以往流行的关于艺术的狭隘工具论和狭隘目的论的观念。无论把艺术看成政治（阶级斗争）的工具，或认识真理的工具，或道德说教的工具，或宗教宣传的工具，等等，都是不符合艺术活动的本性的，都是在有意无意地把文艺置于附庸和奴婢的地位。当这种观念主宰着我们的头脑的时候，无论我们主观上如何重视文艺，如何真心实意地提高艺术的地位，那至多也不过是把艺术从低级奴婢提高成高级奴婢，从不重要的附庸提高成重要的附庸。就像《红楼梦》中贾宝玉身边的袭人、凤姐身边的平儿、老太太身边的鸳鸯，再高级，终究高不过主子，她们不过是高级奴才罢了。

不！艺术不是奴婢，是主人！艺术不是为某种狭隘目的服务的工具和手段！

我也并非要把艺术故意抬高，把它送入高高的天堂。那样也害了艺术。我只要求恢复艺术本来应有的地位，还它的本来面目。它的本来面目就是：艺术活动是人的生命本体的活动。如果说艺术有目的的话，那么它的目的只能是人本身。艺术必须从人出发，必须为了人——为了提高人自身，为了完善人自身，为了实现人的价值，为了使人得到高度自由和充分发展，为了使人更加审美化，更配称得上真正意义上的、大写的人。

改变旧观念，建立新观念

既然艺术活动是人类本体论意义上的活动，是人的生命存在的特殊方式和形式；那么，传统的关于艺术创作、作品文本、艺术欣赏（艺术接受）的观念，就要改变，要建立起人类本体论艺术哲学的一系列新观念。

第一，艺术创作是什么？还能仅仅把它看成作家、艺术家对现实生活的真实反映或再现吗？不能了。在人类本体论艺术哲学看来，艺术创作从根本上说是人的生命的生产和创造的特定形式，也就是由作家和艺术家所进行的审美生命的生产和创造活动。

前面我们曾经说，自然生命和社会—文化生命（包括政治生命、道德生命、审美生命等）是人的最基本的生命存在形式，而人的本体论意义上的所有活动，也就都可以看作生命的生产和创造活动。所谓自然生命，就是人的肉体生命存在；但是，既然是人的，那么它与动物的肉体生命除了有相同的一面之外，还有根本不同的一面，即它是被人性所照亮了的自然生命，是流淌着社会—文化血液的自然生命。这样的自然生命的生产（人口繁衍）

就完全可以充满着社会—文化的意味，而且为了避免盲目生产，人类自己可以进行有意识地控制（如我国实行的计划生育政策）；这样的自然生命，不但自身完全可以是美的，而且也完全可以成为美的形式、美的载体，可以成为审美生命最好的负荷物。人作为社会—文化的创造者和负荷者的生命存在形式，这是人所独有的。人类所进行的一切物质生产和精神生产活动，广义地说都可以看作社会—文化生命的生产和创造活动，这其中又可分政治生命的生产和创造、道德生命的生产和创造、审美生命的生产和创造。艺术创作就是专门进行审美生命的生产和创造的。

举例来说。屈原的政治生命是由他的政治活动以及他所在的那个时代的人们的政治活动所生产和创造出来的。作为楚国的政治家，他在世时发挥其政治作用，其政治生命不断被生产着、创造着；他去世之后（他的自然生命随他投江自尽而消失之后），其政治影响在一定时间内仍然存在，这是他死后政治生命的延续，延续到什么时候，只好由历史学家去判定。屈原的道德生命是由他的伦理道德活动以及当时的伦理道德环境所生产和创造的。这种生命比政治生命更长远。司马迁在《史记·屈原列传》中说他"志洁""行廉"，"濯淖污泥之中，蝉蜕于浊秽，以浮游尘埃之外，不获世之滋垢，皭然泥而不滓者也。推此志也，虽与日月争光可也"。这里所讲的主要是屈原的人格的生命光辉，他的道德生命的"不朽"。当然，是否真"不朽"，还要经过历史的考验，也许其中某些因素真具有永恒的生命力。屈原的审美生命是由他的艺术创作活动以及当时的审美文化环境所生产和创造的，这体现在他的《离骚》《九章》《九歌》《天问》等作品中，这种生命也许是永恒的，至少一直到今天，屈原仍保持着他旺盛的审美生命力。

审美生命的生产和创造有着自身的特殊规律，这是需要人类本体论艺术哲学加以考察、研究和揭示的。

第二，艺术作品是什么？还能仅仅看作作家、艺术家对现实生活进行"形象认识"的凝结物（物化形态）吗？不能了。不错，艺术作品是作家、艺术家进行文艺创作的结晶，但这不仅仅是"认识"的结晶，而是审美生命的生产和创造的结晶；这结晶也需要某种物质形式（文字、声音、线条、色彩、人体等）作为它的负荷体，但这绝不是什么静止的、死的物质外壳。在人类本体论艺术哲学看来，艺术作品就是人的审美生命的血肉之躯，它同人的自然生命相仿，是活的、生动的、运动变化的（在不同时代会不断获得新的不同的生命意义），它周身流动着、运行着的是审美生命的血液，当这血液灌注到那些物质负荷物（文字、声音、色彩、线条、人体等）之后，它们就完全化为审美生命不可分割的有机部分。人们会被蒙娜丽莎的永恒微笑所感染，而似乎这微笑并非来自画像；人们会想用手指去触摸列夫·托尔斯泰用文字所塑造出来的人物，似乎他（她）真的活灵活现地站在那里；人们会为贾宝玉、林黛玉的悲剧命运而流泪，就好像他们是你的亲人；人们会被贝多芬《命运交响乐》中的"敲门"声所震动，就好像它扣响的是你自己的命运之门……艺术作品作为审美生命的血肉之躯，"五脏六腑"俱全，"经络系统"完备，它能够不断地同世上的人们，同其他的生命体进行对话，进行生命交流。

对作为审美生命血肉之躯的艺术作品进行考察、剖析，研究它的内在结构和存在状态，也是人类本体论艺术哲学的重要任务。

第三，艺术欣赏是什么？还能仅仅看作读者和观众对艺术作品进行审美认识、产生共鸣，从而获得赏心悦目的艺术享受的活动吗？这已经很不够了。不错，艺术欣赏主要是由读者和观众所进行的一种审美活动，但它绝不仅仅是一种审美认识或反映活动，而同时（或者说更重要的）是审美生命的生产、创造活动。

艺术欣赏过程其实是审美生命的双重生产、创造过程：一是作品文本在被欣赏时，作者所创造的审美生命得以再生产、再创造；一是欣赏者以作品文本为触媒、为引火进行新的、即时的审美生命的生产、创造。一个读者在阅读《红楼梦》时所得到的贾宝玉、林黛玉的艺术形象，一部分是曹雪芹所生产、创造的；一部分是读者在曹雪芹的作品文本基础上再生产、再创造的；还有一部分是读者以作品本文为触媒、为引火，根据自己的审美经验、生活阅历、文化素养，结合自己的审美心理结构，即时创造的。这样创造出来的形象可能与曹雪芹原来创造的形象相去甚远、关系不大、甚至无关。譬如说，一个女孩子读《红楼梦》为贾宝玉而流泪；但是，有谁知道她内心深处为哪一个贾宝玉流泪呢？为曹雪芹的那一个？为在作品文本基础上再创造出的那一个？或者，为以书中的宝玉为触媒，由她即时创造出来的那一个？说不定她是为她所爱的"那个人"流泪——"那个人"可能是实有的，也可能是由她创造出来的。

艺术作品不断被欣赏，其审美生命也就不断地被生产和创造；它世世代代被欣赏，也就世世代代被生产和创造；欣赏一次，就被生产和创造一次。因此，从根本上说，文艺欣赏是审美生命的存活方式、运动方式和延续方式。一部作品的文本作为审美生命血肉之躯，当它未被接受时，它蛰伏着，它只是潜在地存活着；在它被接受时，它的生命于是处于显在状态，它的生命价值实际地得以实现，它的生命运动着、延续着。它被接受的时间有多长，它的生命也会延续有多长，千年、万年、以至永远；一旦它不再被接受，也就是它的生命的结束。

人类本体论艺术哲学同认识论艺术哲学之再比较

由于人类本体论艺术哲学同认识论艺术哲学在哲学基础以及基本观念上存在重大差别，就决定了它们有一系列根本不同甚至相互对立的特征。

第一，如果说认识论艺术哲学老是把眼睛盯着外在客观现实，强调艺术对现实的认识性（因此它也可以称为现实本体论艺术哲学）；那么，人类本体论艺术哲学则把目光凝聚于人自身，强调艺术对人自身生命的体验性。艺术活动当然也包含着认识性和解释性；但在人类本体论艺术哲学看来，更根本的却是体验性，甚至可以说，它认为艺术要把认识性因素和解释性因素都消融于体验性之中。

如果说在认识论艺术哲学看来，艺术写某物就是写某物，它的目的在于写得像，在于把握某物的现象真实和本质真实（即典型性）；那么，人类本体论艺术哲学则相反，认为艺术写某物并不就是写某物，不是为了写得像，而是借某物来表现人自身，表现人的价值，表现人的情感，表现人的生命体验。即使对那些成功的现实主义作品来说，人类本体论艺术哲学也不把它的成功看成主要是真实地反映了现实，而是认为它的价值在那所谓"真实地反映"之外。就说现实主义作品所反映的那"现实"吧，也已经不是原来的现实，而是作家艺术家精心选择、重新组织的现实，是人对现实对象进行干预的结果，这种干预打破了对象原有的结构、形态，打破了它原来的关系系统，而成为人的本质力量对象化的产物，成为人的自由本质的载体。载体之所以有价值，是因为所载之物有价值，归根结底是人的价值。

如果说认识论艺术哲学竭力要求艺术去认识真理，去告诉人们正确的社会观、人生观；那么，人类本体论艺术哲学则要求艺术主要是去真切地体验人生、感受人生，成为人生中苦的泪水或笑的酒窝。关于这个问题，列夫·托尔斯泰有一段话对我们很有启发意义。他在1865年写给另一位俄国作家波波雷金的信中这样说："如果有人对我说，我可以写一部小说，在其中我将无可争辩地奠定在我看来对一切社会问题都无不正确的观点，那么，我不会花两个小时的劳动来写这部小说。但是，如果有人对我说，现在的小孩子二十年后将读我写的东西，并且为之痛苦和欢笑，并从而热爱生活，那么，我甘愿为这部小说献出自己的整个生命和毕生精力。"① 托翁之所以不愿意花两个小时写那种将无可争辩地奠定对一切社会问题都无不正确的观点的小说，是因为那样的写作不是生命体验，而是仅仅站在人的生命活动的旁边或者上面，对它进行冷静而理智的认识和解释，借以传达某种所谓正确的人生观、社会观；他所愿意为之献出整个生命和毕生精力去写作的，是自己曾经真切地体验过生命的痛苦和欢笑，从而也能使别人"为之痛苦和欢笑，并从而热爱生活"的那种小说。托翁所特别强调的，正是人类本体论艺术哲学所十分重视的体验性。

体验离不开人的感觉、感受活动和情感、情绪活动。也许正是这个缘故，托翁把艺术定义为情感的传染。他说："艺术活动是以下面这一事实为基础的：一个用听觉或视觉接受他人所表达的感情的人，能够体验到那个表达自己的感情的人所体验过的同样的感情。"又说："只要作者所体验过的感情感染了观众或听众，那就是艺术。在自己心里唤起曾经一度体验过的感情，在唤起这种感情之后，用动作、线条、色彩、声音以及词句所表达的形象来传达出这种感情，使别人也同样体验到同样的感情——这就是艺术活动。艺术是这样一种人类活动：一个人用某种外在的标志有意识地把自己体验过的感情传达给别人，而别人受到感染，也体验到这些感情。"② 我们对托翁并非无条件地赞同，但他的确相当准确地抓住了艺术活动的体验性这一根本特征。

第二，如果说认识论艺术哲学以及其他某些美学理论常常把艺术与生活看成彼此区别很大的两回事，强调两者之间的距离，

---

① [俄] 列夫·托尔斯泰：《列夫·托尔斯泰论创作》，戴启篁译，漓江出版社1982年版，第4页。

② [俄] 列夫·托尔斯泰：《列夫·托尔斯泰论创作》，戴启篁译，漓江出版社1982年版，第15—16页。

那么，人类本体论艺术哲学则总是强调艺术同生活（即人的生命活动）的同一性，认为艺术是生活的一部分，在一定意义上可以说艺术与生活直接就是一个东西，而不是两个东西。我国现当代文坛泰斗巴金就认为自己的文学创作活动是"生活的一部分"，是自己生命的一种形式，而绝不是生活之外的什么东西。他总说，"我不是一个文学家"，"我写文章，写小说，是因为自己心中有非说不可的话，不吐不快，为了把心里话说出来，才拿起笔写小说，写文章。我自己从来没想过自己是小说家或者文学家"①。这就取消了认识论艺术哲学以及其他美学理论所制造的文艺与生活之间的距离感。

把生活与文艺看成距离很大的两回事，这种理论常常不是贬低了艺术，就是抬高了艺术：要么认为，同生活相比，艺术是雕虫小技、饭后余事，或者是什么工具、手段，上不了人类本体活动的台面；要么认为艺术高于一切，提倡艺术至上，把它捧到君临一切人类活动（从而也就离人类很远）的最高皇座上。这都是不符合艺术的实际的。

人类本体论艺术哲学既不贬低艺术，也不抬高艺术。它从人类本体论意义上确定文艺的性质和位置，并且规定艺术与生活的相互关系。它认为，既然艺术活动是人的生命活动的基本方式和形式之一，那么，在一定意义上提出"艺术即生活""生活即艺术"的命题就是对的，有道理的。

说艺术即生活，是说作为审美活动的艺术是一种特殊形式的人类生活，是生产和创造人的审美生命的生活。

说生活即艺术，是说凡是真正表现出人的本质的生活活动，都是人的自由的生命活动，这也就是审美活动和艺术活动。

当然在一定意义上也应该看到艺术与生活的不同。但这里所

---

① 巴金：《巴金论创作》，上海文艺出版社1983年版，第713—714页。

说的不同并不是截然相反、冰炭不容的两种东西的不同，而是指人的两种生命活动之间的不同，这种不同并不否定它们作为人的生命活动形式的同一性。

从对原始人的生活与原始人的艺术的考察，更可以看到生活与艺术之间的同一性。维柯在《新科学》中提出一个重要观点：原始人的一切生活都是"诗性"的，都是艺术的和审美的。在该书第一卷中他说："最初各族人民到处都是些天生的诗人。"① 在该书"诗性的智慧"中，维柯指出，最初的哲人们都是些神学诗人，古代人的智慧就是神学诗人们的智慧。在"诗性的智慧"这个总题目下，又包括"诗性的玄学""诗性逻辑""诗性的伦理""诗性的经济""诗性的政治""诗性的历史""诗性的物理""诗性的宇宙""诗性时历""诗性地理"等。总之，无一不带诗性。原始人的生存方式就是诗性的生存方式，或者如维柯所说，是"实物的诗"（与"文字的诗"相区别）。原始人以自己的生命活动创造了这些"实物的诗"和"文字的诗"，而一旦把这些诗创造出来，原始人也就再也离不开它们了，只有依靠他们，原始人才能进一步维持和实现自己的生命活动。② 我有一位研究生的硕士学位论文就专门讨论了这一问题，我的一位研究生的博士学位论文也部分涉及这些问题。

在我的另一位研究生的论文中也谈到，艺术活动是原始狩猎民族的最根本的生产生活活动的组成部分。原始民族在进行狩猎的时候，一般有三个密切联系的过程，即：1. 巫术过程——出猎之前，占卜吉凶，祈求神灵保佑，为了取悦于神，彻夜歌舞；2. 劳动过程——同猎物搏斗、厮杀；3. 艺术过程——凯旋后的欢舞，洋溢着欢快、喜悦气氛。这是对人的自身生命力量的肯定、确证和

---

① ［意大利］维柯：《新科学》，朱光潜译，人民文学出版社1986年版，第147页。
② ［意大利］维柯：《新科学》，朱光潜译，人民文学出版社1986年版，第151—407页。整个第二卷都是从各个方面各种角度阐发上述思想。

观赏，是原始人的生命活动的不可缺少的重要内容。由此可见，在原始人那里，艺术与生活是不可分割地联系在一起的。

第三，认识论艺术哲学强调艺术与生活的区别和距离，强调艺术是对生活的认识（反映），这就"先天"地决定了艺术创作即审美创造活动在时间上是一种"拖后"活动：有了现实生活，然后才有艺术创作；有了被反映物，然后才有对它的反映活动。一般地说，在认识论艺术哲学看来，艺术活动是比生活本身晚了一拍的活动，至少是晚了半拍的活动。因为当一种生活活动尚未进行时，艺术不能事先对它进行反映；当它正在进行时，文学家、艺术家也总是无法同步对它进行反映（还未认识和理解的东西怎么反映呢）；只有同它拉开一些距离，才能看清它，从而"真实地""再现"它、反映它。"再现"这个术语很典型地表达了认识论艺术哲学的"拖后"反映的特点。

然而，人类本体论艺术哲学则不同。因为它认为艺术活动本身就是生活活动，就是人的生命活动的一部分，所以从总体上说，艺术活动不是"拖后"活动，而是即时创造的活动，是正在进行式的活动，而且一般说也是一次性的、不可重复的活动。

历史运动本身是没有草稿的，人的生活、人的生命活动，也是没有草稿的。历史运动不能按照事先打好的草稿进行。人的生活、人的任何一种生命活动，也不能按照事先打好的草稿进行。艺术活动作为生命活动之一种，当然也不例外。这就是说，在真正的生活中，在真正的人的生命活动中，一切都在即时创造，都正在进行。每一个人，每前进一步，都是在创造自己的生活，创造自己的新生命，而不是再现他前一天或前一时的生活，也不是重复他以前任何一刻的生命状态。如果他感到以前的生活道路走得不好，他想重来一次，那办不到；只有看他以后怎么走。"事后诸葛亮"常常有，但"事后诸葛亮"不能改变先前的历史，而只能吸取经验做好以后的事情；而这以后的生活也不是按"事后诸葛亮"的如意算盘进行的，仍然是一种重新创造、即时创造的活动。正像一场足球赛，当双方正踢得火热的时候，作为运动员，他是生命活动的参与者和即时创造者，他正在进行创造；至于结果，他可以预想，也可以充满信心地去争取胜利，却不能断定必然取胜。胜负是个未知数，一切都正在进行、正在创造，一切都在未定之中。艺术创作亦是如此。作家、艺术家的创作活动在事先当然也可以有一个设想、提纲（在写提纲时，也是即时创造），但是，当他正式进行写作时，仍然是根据当时的心境进行即时创造，不可能把写提纲时的创造活动"再现"出来；而且，那时也已经同写提纲时有新的变化、新的创造。正如鲁迅所说，写作一篇小说的过程中，如果有其他事情插进来，再写下去的时候就可能走样。例如，他在写女娲补天的历史小说时，由于中间插进别的事，作品中就出现了一个小丈夫立在女娲胯下的形象。正因为作家、艺术家的创作活动是即时创造，所以写作的结果常常在作家、艺术家自己的意料之外：普希金没有想到达吉雅娜会结婚；列夫·托尔斯泰也没有想到安娜的死是这个样子，而鲁迅也没想到阿Q的如此大团圆的结局。我认为，作家、艺术家的这些"没有想到"，是正常现象，是合乎规律的现象；如果他们真的"料事如神"，如果写出来的同他们预想的一模一样，那倒反而不正常、不合规律了。至少在艺术创作中是如此。

其实，在艺术欣赏中也是如此，欣赏者在欣赏一部作品时，也是在进行即时创造的活动：他（她）正在创造着他（她）的贾宝玉、林黛玉、麦克白、哈姆雷特；如果换了一个欣赏者，这些形象将是不同的样子。即使同一个欣赏者，在不同的时候、不同的心境和文化气氛下再欣赏以前欣赏过的那部作品时，又会有新的创造，也许是以前没有、将来也不会出现的那种创造。完全"重温旧梦"是不可能的事情。有人说，读小说与解谜语的不同之处在于：谜语只有一个谜底，而小说却可以有多种解释，而没有一个可以称为谜底。小说的这种丰富性和复杂性，使它成为从解释中获得乐趣的源泉。快乐在解释的完成之中，也在解释的过程之中。① 我们可以补充说：这种解释活动，正是创造活动。每解释一次，就创造一次；不同人进行不同的解释，也是在进行不同的创造。而这种创造是即时创造，是正在进行时的创造，不是事后的"再现"。

正因为是即时创造，是正在进行时的创造，所以也就是一次性的、不可重复的创造。艺术活动犹如现场进行一场足球比赛而不是事后看比赛录像。在比赛进行过程中所出现的一切情况，都是一次性的、不可重复的。如果一个足球运动员事后说，"当时我起脚射门就好了"，可能是这样。但是，已经过去了的那场比赛中的射门机会，不可能重现；再有新的比赛，又会出现新的情况。不同于以前，也不同于以后。艺术活动也如此。《南征北战》这部电影拍摄于解放战争结束后不久，演员身上的硝烟还未完全消失，演员和导演的心境也许还停留在战火纷飞之中，所以拍出了那样虽有某些不尽人意之处却很有实感的片子。后来要重拍，事过境迁，结果面目全非——至少出不了原来那样的效果。原因何在？艺术活动是一次性的、不可重复的。所以，许多创作出了成功作品的作家、艺术家都说，当写下一部作品时，要"从头开始、重新开始"。重复以前的创作是不可能的；即使硬要重复，也必定是失败之作。

以上几点，主要是在同认识论艺术哲学的比较中，见出人类本体论艺术哲学的几个特征。如果同其他美学理论相比较，人类本体论艺术哲学也有不同之处。

例如，与浪漫美学相比较。浪漫美学可以说是"作家本体论"美学。它的核心是作家中心论，它认为作家的体验、感觉就是一

---

① ［南非］罗里·赖安等：《当代西方文学理论导引》，李敏儒等译，四川文艺出版社1986年版，第160页。

切。浪漫美学以克罗齐为代表，他认为艺术即直觉、即表现、即创造。这当然有它的道理。但它也有明显的偏颇之处，即忽视文艺的物化阶段、传达阶段，忽视文本、忽视形式。人类本体论艺术哲学固然重视生命体验，重视作家、艺术家，但并不忽视艺术的物化阶段、传达阶段，不忽视文本，不忽视形式。它认为没有物化阶段、没有文本、没有形式，也就没有艺术。艺术作为人的生命活动，是具体的、现实的、可以视听的、有形式的，人的审美生命的本体活动既表现在作家艺术家的创作体验、感受（包括克罗齐的直觉）之中，也表现在这种体验和感受的对象化和物化、形式化和文本之中。

再如，与作品本体论艺术哲学相比较。作品本体论表现出对某种作品文本的崇拜倾向。新批评是其代表，也可以把它前前后后的俄国形式主义、符号学、结构主义等都包括进去。总的来说，作品本体论艺术哲学认为艺术活动最重要的是作品文本。而作者和读者无关紧要，甚至认为只有排除了作者和读者，排除了外在现实，才能正确地把握艺术。新批评通过"意图谬误"概念，批判了从作家经验、创作过程、社会历史环境解释艺术的种种企图；通过"感受谬误"概念，排斥一切读者决定论，割断作品与读者的联系。俄国形式主义认为形式是艺术的根本尺度。结构主义提出了作品的表层结构和深层结构的概念，等等。它们的共同缺陷在于：缺乏人文精神，忽视人的因素，把艺术仅仅看成语言自身的构造物，认为作品即本身（兰色姆），或认为作品即"意向性"客体——意识对象的存在物（现象学），看不到或不重视艺术中最根本的东西是人类本体性。显然，作品本体论艺术哲学所忽视的，正是人类本体论艺术哲学所重视和强调的。人类本体论艺术哲学不忽视作品文本，同时也重视作者和读者。它从统一的人类本体论的角度全面地评价上述诸因素对艺术的意义。

再如，与读者本体论艺术哲学相比较。读者本体论以接受美学为代表，它表现出读者崇拜的倾向。这种理论自有其价值；但以读者为中心，搞读者崇拜，企图以有限的目光所见代替对整个艺术世界的全面审视，表现出很大的局限；有人把接受美学引向极端，认为读者就是一切，读者可以完全离开作品进行任意阐释，那就误入歧途。人类本体论艺术哲学当然不忽视读者，但把它放在一个适当的位置上，把读者、作品文本、作者等因素，组合在人类本体论艺术哲学的有机系统之中，尽量科学地给艺术现象以解释。

人类本体论艺术哲学并不排斥上述各派美学理论，而是扬弃它们，否定它们的缺点和偏颇之处又充分肯定和吸取它们的合理因素，纳入自己的体系之中。

人类本体论艺术哲学将在开放中前进。

（1989年初稿，2009年修订）

作者附言：此文原是写于20世纪80年代末的两篇文章，分别以《论人类本体论文艺美学》和《再论人类本体论文艺美学》为题发表于《文艺理论研究》1989年第3期和第5期。限于当时的认识水平和不高的学术修养，该文的观点、论述方式、论述过程和结论等，都有许多不尽人意之处。但是，它真实地记录了我的一段思想历程；并且，也许它或多或少反映出新时期文学理论和艺术哲学运行中一个小小的片段，而且其中主要观点我至今也还是坚持着的。今天我加上必要的注释和少量批语提供给读者，或许可以供读者批判、参考。

第三讲　对文学作哲学思考

　　文学创作作为对世界（外在世界和内在世界）的"实践—精神"的掌握，作为对人类灵魂的审美愉悦，以其自身活动对人的本质进行确证和肯定，是最能体现人性价值的本体性活动之一。由"实践—精神"的审美愉悦性质所决定，文学创作既是具有自身目的的，自我实现、自我完满的自律性活动；也是与人类其他活动密切联系、相互作用的他律性活动。它表现为自律与他律的统一。与此相联系，从文学哲学、文学社会学、文学心理学各个角度观察，也可以找到它的各种独特性质。

1

　　我曾写过一部《文学原理——创作论》（社会科学文献出版社1989年初版，人民文学出版社2001年修订再版），意在对文学作哲学思考，即从艺术哲学的角度研究文学，这才符合"文学原理"的"原理"本义——"原理"者，是强调作者站在哲学的立场上，从对人类各种基本活动类型的比较中找出"文学活动"的坐标位置，并企望通过"文学创作"的窗口，审视文学活动的一般原理。

　　这需要从"头"说起。

　　自从人类诞生以来，人类的历史就是作为主体的人（大写的人）不断地对世界（外在世界和内在世界）进行掌握的历史，也就是人类自身生生不息的活动史。人对世界的掌握（人类自身的活动），大体分为三类：一是"物质—实践"的掌握，如生产活动、科学实验等；二是"实践—精神"的掌握，如伦理道德活动、宗教信仰活动、审美愉悦[①]活动等；三是"精神—理论"的掌握，如科学认识、哲学活动等（此处借鉴了苏联美学家卡冈的相关论述）。文学创作（以及其他艺术创作）属于"实践—精神"的掌握那一类之中的审美愉悦活动。读者大概已经发现这种定位与以往的重大区别：以往有一段时间我们曾经把文学创作看成"精神—理论"的掌握那一类之中的一种特殊的认识活动（文学创作是对现实生活的形象认识或反映），并且仅仅将它隶属于和限定于认识的范围之内，作为认识活动的一个特殊的和小小的分支而存在——因为更根本的认识活动是科学认识和哲学思考，文学不过是这些更根本的认识活动的辅助性活动而已；同时还把文学创作仅仅看成一种手段——为人类其他所谓更主要和更重要的活动（如政治活动、经济活动等）服务的工具，以往常说的"文学是阶级斗争的工具"就是最典型的命题。这种定位是不准确的，对文学也是不公平的。其实，文学创作不仅仅是认识，也不仅仅是手段或工具。从人类本体论哲学和美学的角度来看，文学创作作为对世界（外在世界和内在世界）的"实践—精神"的掌握，作为对人类灵魂的审美愉悦，以其自身活动对人的本质进行确证和肯定，是最能体现人性价值的本体性活动之一，可以堂堂正正地同人类其他本体性活动并列在一起。由"实践—精神"的审美愉悦性质所决定，文学创作绝不是从属于他物的没有独立品格的附庸，绝不是屈从于别人意志、任人摆布和驱使的工具或手段，绝

[①] 审美愉悦中的"愉悦"二字，主要不是说的日常生活中的"逗乐子""解闷子"，而是应作宽泛的理解，即对人类灵魂的娱乐；如果从哲学的意义上来说，那就是人类对自身本质的欣赏、确证和肯定。

不是寄人篱下、仰人鼻息的奴婢，而是有着自身目的从而可以充分展示自身价值的活动，是人依其本质进行自我实现、自身完善的活动。

由"实践—精神"的审美愉悦性质所决定，文学创作既是实践性的精神活动，也是精神性的实践活动，是融实践性与精神性于一体的活动。而这一特征，是以往"文学创作是一种认识"的命题所绝对涵盖不了的。不但从哲学角度来说，作为审美愉悦活动、作为特殊的"精神生产"（马克思语）活动，文学创作不仅是认识同时也是建构，它以审美愉悦为其不可或缺的基本品格，常常融合着哲学的、道德的、政治的、科学的、宗教的等多种因素，组成一种以审美愉悦为灵魂的"生产"过程；而且从心理学角度来说，虽然文学创作中包含认识①成分，但不止于认识，而是既有认识也有情感和意志等多种成分的综合性活动，其中，情感成分最为突出，占据着中心位置。

由"实践—精神"的审美愉悦性质所决定，文学创作既是具有自身目的的，自我实现、自我完满的自律性活动；也是与人类其他活动密切联系、相互作用的他律性活动。它表现为自律与他律的统一。文学创作因其是"实践性的精神活动"，具有反映的特点；又因其是"精神性的实践活动"，具有创造的特点。它表现为反映与创造的统一。

鉴于文学创作"实践—精神"的审美愉悦性质，要想全面、深入地把握文学创作的人类本体性的活动内涵和特性，就不能像过去某个时候那样，仅仅站在哲学认识论和一般社会学的立场上，采用单一的哲学认识论和一般社会学方法，只把文学创作看成对

---

① 作为心理学概念的"认识"与作为哲学概念的"认识"是不同的，前者与情感、情绪、意志、注意、动机等相对应，是一种心理活动形式之一，后者与实践、存在、现实等哲学概念相对应，属于同"社会存在"相对的"社会意识"这个范畴之内，或者同"实践活动"（"物质—实践"的活动）相对的"精神活动"（"精神—理论"的活动）范畴。

现实的认识和为政治、经济服务的手段；而是应该以人类本体论哲学为基础，采用多种方法协同作战，对文学创作进行多角度、多侧面、全方位的透视和解剖。

所谓多角度、多侧面和多种方法，我们选择了我们认为最重要的三个：

一是区别于一般认识论的审美实践论；

二是区别于一般社会学的审美社会学；

三是区别于一般心理学的审美心理学。

2

从审美实践论的角度，我们要考察文学创作中主体与客体的矛盾关系和作品的生成。

文学创作作为"实践—精神"的审美愉悦活动，它的客体（对象）是一种独特的客体（对象）。如果说"物质—实践"的活动各部门的对象和"精神—理论"的活动某些部门（绝大多数自然科学）的对象主要是物，是物的自然属性，是感性的物质实体；那么文学创作的对象则是人，人的社会生活，社会生活中的人。如果说哲学和人文科学的对象虽然也涉及人但主要是作为认识的对象和思考的对象，并且常常把人分解为不同的侧面、各取所需；那么文学创作则把人作为情感的对象、意志的对象、评价的对象，而且特别注意人的灵魂、内心世界，人的感觉、感受、情感、情绪、思维、无意识……而且总是把人作为感性与理性相结合、现象与本质相统一的活生生的有血有肉的生命整体来对待。如果说伦理道德也以人、以人的生活为对象，但主要着眼于伦理道德关系中的善恶、真诚虚伪、正义非正义等，宗教信仰也以人、以人的生活为对象，但主要着眼于宗教信仰关系中的虔诚亵渎、皈依叛离等；那么文学创作以人、以人的生活为对象，根本着眼于审美关系中的美丑、崇高卑下、悲喜等审美属性和审美价值，文学创作的对象是人的生活中的审美对象即审美客体。如果说文学之外的其他艺术创作也着眼于人的生活中的审美属性、审美价值，但更注重的是其可视可听的直感性，那么文学创作则具有更强的思维性、哲理性，而且文学创作对象的范围更广阔、更自由。

文学创作的主体（作家）也是独特的主体。作家是对世界（人、人的生活）进行审美掌握的精神生产者。与对世界进行物质实践掌握的主体（物质生产者、科学实验者、军事家等）多注重对象的实用功利性质并采取实用功利的态度不同，作家注重的是对象的审美性质，采取的是超越实用功利的审美态度。与对世界进行精神理论掌握的主体（哲学家、自然科学家、社会科学家等）在对象的个性共性统一中着眼于共性、扬弃个别掌握一般不同，作家总是在个性共性统一中着眼于个性，从个别出发、突破个别、重建个别、创造典型。如果说伦理道德主体总是依照类似康德所说的"道德命令"行事，态度严肃、庄重；宗教信仰主体总是以某种信仰为动力，态度虔诚、神圣；那么作家总是被美（广义的）所吸引，体验人生、激荡情感、愉悦灵魂、陶冶精神。由于媒介的不同，运用语言进行形象思维的作家与运用画笔、调色板或音符、旋律进行形象思维的画家音乐家有着不同的艺术禀赋。在创作中，作家的审美心理结构和独特的审美方式十分重要，审美趣味、审美观念、审美理想、审美感受、审美体验、审美领悟、审美情感、审美想象等起着统摄性的核心作用，作家的经验、阅历、学识、世界观、文化素养、传统、个人气质、禀赋嗜好等都须与审美机制结合甚至变成审美机制的有机成分才能发挥作用。

在创作中，创作客体提供客体的尺度，作家提供主体的尺度。二者互相制约、互相作用，取得"两个尺度"的统一，形成"审美模型"。创作过程是主体客体化和客体主体化的过程，主客体的结合，从否定—扬弃中创造出新质，孕育艺术新生命。文学意象是"内形式"，是作家意识中的形象。必须由文学意象发展为文学物象即"外形式"，用一定的物质手段把文学意象固定下来才能为人所接受。文学物象是经过作家创造而产生的艺术符号系统，是"有意味的形式"。

文学创作只有在接受中完成。

3

从审美社会学的角度，我们要考察文学创作与社会环境的关系以及创作中个人与社会的关系。

审美社会学以社会的审美活动为根本对象，它研究审美活动的社会性和特点，研究社会各因素与审美活动之间的相互关系和相互作用的规律，研究审美活动对人类社会的价值和意义。

那么，依审美社会学看，什么环境最宜于文学创作？一般说，这样的环境包括两个方面：一是外在的社会文化环境，这就是如黑格尔所说的那种个性在其中能自由发展的环境，即最宜于保持个性的"独立自足性"的环境；一是内在的主体心理环境，这就是创作主体具有自由的心境——作家调动自己身上的自主、自立的全部积极性，充分自觉地发扬主体创造精神，以至感到自己在创作中像基督教中的上帝那样自如、自由，既是立法者又是执法者，外在必然似乎已经完全化为进行审美创造的"本能"而起作用，他律因素已经完全化为自律因素起作用。

社会环境在总体上对文学创作的必然制约，是通过局部的或然性实现的。就是说，社会环境在总体上对文学创作发生作用是必然的，但是社会环境的各种子系统、各文化因素，如经济、政治、道德、哲学、科学、宗教以及种族、民族、阶级、阶层、集团、家庭等，对文学创作的影响并不是先验的、固定的、必然的，而是按照概率，以或然性的形式发生的；而且是多层次、多中介，最后以审美为总枢纽和转换器实现的。

与此同时，文学创作也多层次、多中介地作用于社会文化环境的各个部分和各个方面。这种作用是以"实践—精神"的方式发生的，即通过精神的"超前"变革，创造审美理想的形象模型，创造"历史的创造者"，进行"审美生命"的生产，发挥"精神认识"与"物质实践"之间的桥梁（中介）作用，鼓舞、激发、促进人们进行改造社会、完善人类自身的历史实践活动。

文学创作就其本性来说是最富有社会性但又是以最富有个体性的方式来进行的，其间充满着个人与社会的辩证法。在创作中，作家从不脱离自我，但又不断超越自我；不断同社会会合，又不断返回自身、肯定自我。这是个人社会化与社会个人化同时进行的过程。个体体验是艺术创造根本的和唯一的途径，作家的创作个性（独特的个人风格）的形成是其创作成熟的标志；但这种个性又不能不体现着丰富的社会内涵。

4

从审美心理学的角度，我们要考察文学创作中的各种心理机制和创作心理的一般规律。

其中，"审美心理结构"是个重要范畴。何谓审美心理结构？即作家艺术家的审美心理各组成要素如审美感知、审美理解、审美情感、审美意志、审美想象（它们直接表现人与世界的审美关系）、审美习惯、审美趣味、审美理想（它们间接表现人与世界的审美关系）等，及其互相结合的特定形式和与此相联系发挥其机能的特定方式。

审美心理活动虽有其生理机制，但根本关乎社会历史条件。审美心理结构主要是在社会历史因素的制约下，通过审美主体的积极建构形成的。

文学创作过程是作家以特定的审美心理结构把握一定的社会

历史内容的过程，是化历史意蕴为心理形态即古人所谓"化景物为情思"的过程。文学创作的基本规律之一就是审美心理因素与社会历史因素以各种不同形态表现出来的交融统一。

在文学创作的心理活动中，在灵感活跃，自觉与不自觉、意识与无意识交错、融合的状态下，多种审美心理因素如感知、记忆、表象、理解、领悟、思维、情感、意志、想象、注意、兴趣等综合发挥作用。

审美感知是人类进化到一定阶段上的产物，它不但无可比拟地高于动物的感觉，而且与人的一般感知也有区别——它更灵敏，更注重对象的形式、结构、秩序，错觉、幻觉和通感在创作中也有重要意义。审美感知是文学创作的起点和基础。

审美记忆和表象主要是作家对审美经验和审美体验的识记、保持和再现，它与作家已有的文化素养、审美理想、审美趣味、性情习惯、气质禀赋等密切相关。作家一般都具有更强的记忆力，而且其形象记忆和情绪记忆更为突出。离开了记忆和表象，创作将寸步难行。

悟（渐悟和顿悟）本是佛教用语，它超越感知和思维或介乎二者之间，类似于对事物的直觉式的领略。这与文学创作中的某种心理状态很相似，因此借用来作为审美心理学的一个概念。文学创作中的悟（渐悟与顿悟）常常表现为意识与无意识、自觉与非自觉、理性与非理性、确定性与不确定性的交融统一。

文学创作不可缺少思维，但这主要指的是形象思维，当然也不排斥抽象思维。对形象思维有各种说法，本文认为形象思维是一种高级思维形式，从外在形态上来看它使用直观形象进行联结、分析、综合；从内里看，它是理性化的、情感化的，富有深刻的历史内涵。与其他艺术家的形象思维相比，作家的形象思维相对来说具有更多的抽象性，似乎与抽象思维有更多的"先天性"割不断的联系。

想象是人类最古老、也最重要的心理机制之一，是形象（表象）在人的心理中的自由运动，具有意识的超前性。艺术想象是"创造形象的文学技巧的最重要的方法之一"（高尔基）。科学活动也要想象，但须严格以科学原理、定律为依据，想象中透着清醒、冷静的理智。作家的想象作为审美想象有不同的特点：富有个性，不同类型的作家有不同的想象规范；充满主观倾向，以强烈充沛的情感为动力；所想象出来的人物、事物，按情理可能有，在现实中却常常找不到。

文学创作中最突出的心理活动之一是审美情感。这是人类情感的一种高级形态，它充满着对美的热爱、惊喜、倾慕、向往，表现为一种陶醉、愉悦、赏心、怡神的满足，滋生着某种创造的活力。情感在文学创作中起着其他任何东西都不能代替的作用，它以体验为途径，渗透在其他心理形式之中，表现为感知的情感化、表象的情感化、领悟的情感化、思维的情感化。文学创作活动就是以审美情感为中心、为主要表现形态的综合性精神生产活动。

意志是人作为积极的能动主体的一种特殊的心理机制，是人由内部意识导向外部实践的精神冲动力和欲望。人在对美的热爱、追求和创造中表现出一种审美意志，没有这种意志活动，文学创作以及其他任何艺术创作都不能进行。创作冲动是审美意志的一种特殊表现形态，由于它的驱使，作家非把生活给予他的强烈感受表现出来而誓不罢休，使他以常人难以想象的毅力，自觉控制、支配、调节自己的行动，克服重重困难，呕心沥血完成创作任务。

此外，审美动机、审美兴趣、审美注意对文学创作也有重要意义。

5

最后，我们还要考察文学活动中另一对十分重要的矛盾关系：天才和技巧。

中外历史上对天才有种种说法，最著名的是德国古典哲学的奠基者康德的"天才艺术论"，认为天才具有天生的心灵禀赋，通过它给艺术制定法规；天才表现为巨大的独创性，不可重复、不可模仿、不可学习；天才只属于艺术而不属于科学，它是不可言说、不可追随的；天才不可传授，一旦某艺术天才谢世，便"人亡技绝"，只好等待大自然再度赋予另一个人同样的才能。这种观点极富启示却失之片面。我们承认天才的存在，但不是艺术所独有的。我们认为，天才并不是天生的，而主要是在时代的必然要求之下，通过历史实践而形成的。天才有三个基本规定：从心理学角度说，各种能力的高度发展并结合成一种创造性的力量即成天才；从社会学角度说，天才是社会的产儿，是时代的骄子，是应一定历史必然要求而出现的伟大创造能力；从实践论角度说，天才是实践的结果。天才虽非文学艺术所独有，但文学艺术中的天才有自己的特点：特别富于热情、激情；更加突出的顿悟、自觉能力，灵感来得频繁、迅速，意识与无意识、自觉与非自觉更加经常地结合在一起发生作用；善于体验，感受灵敏；杰出的表现力；等等。

历史上对技巧也有种种不同的见解。有的认为技巧不可传授，所谓"大匠能与人规矩，不能使人巧"。有的认为技巧是训练的结果（所谓"熟能生巧"），并且正因其是训练的结果，是人人都可掌握的技法，所以把技巧看作低级的东西。有的认为技巧属于物理的机械的活动，而艺术即直觉、即表现、即创造，无须技巧（克罗齐）。有的认为技巧属纯形式。我们认为，技巧虽是训练的结果，是从实践中来，却不可因此贬低它。技巧有这样几个规定性：技巧是对技法的创造性的运用；技巧是对艺术规律的独特把握；技巧是对艺术内容的充分表现。文学创作中作家的技巧也有自己的特点，即他最善于克服语言本身固有的抽象化、观念化、概念化的倾向，把通常似乎不可言传的东西用语言文字表现出来。

以往人们常常把天才和技巧对立起来，这是不对的。其实，天才与技巧虽有区别，却有内在的密切联系，它们互相依存、互相转化。它们是可能性与现实性的关系。"如果说天才是可能性，那么技巧就是已成为现实性的可能性。真正的技巧是人的天才在活动中的表现。"在文学艺术中，天才是看不见的技巧，技巧是看得见的天才。天才是蕴含在内的、不能直接看到的艺术创造的潜能。创作过程实际上是作家的创造潜能的释放过程，是蕴含在内的天才的外现过程，是从可能性向现实性转化的过程。天才释放了就是技巧。天才与技巧是艺术创造本身内外、表里、可能性现实性的不可分割的两个方面，天才是内、里、可能性，是技巧的内在根据；若无天才，谈不上技巧。技巧是外、表、现实性，是天才在现实中的展现和外在活动状态；倘无技巧，也就看不到天才在哪里。

从审美实践论的角度来说，天才与技巧之间这种内外、表里、可能性现实性的关系，是在长期实践中确定下来、巩固下来和体现出来的。二者以实践为中介而互相转化。

文学创作需要天才和技巧。我们的时代正期待着伟大文学天才的出现。

第四讲　文学:我的定义

——国家图书馆"国图公开课"讲稿(部分)

何为文学？如何给文学定义？学界有两种对立的观点，一是本质主义的，追求文学绝对的、放之四海而皆准的、亘古不变的定义；一是打着反本质主义的旗号，否定文学可以定义。两种观点我都不赞成。文学虽然没有极终的、永恒的、凝固不变的本质，但是却有相对意义上的随历史而变化的本质；据此，在历史的现阶段，我给它的定义是：文学是以语言文字为媒介而进行的人类审美价值之创造、抒写、传达和接受。

文学可否定义

何为文学？乍一看，不是问题，谁没有接触过文学？小说、诗歌、戏剧、散文，中国的、外国的，现代的、古代的……

有人说，我不读小说，也不读散文，连中国古代四大名著《三国演义》《水浒传》《西游记》《红楼梦》都没有读过，我没接触过文学。我说：你即使没有读过那四大名著小说，你看过它们的电视连续剧吧？那里边的台词，不就是文学吗，杨洪基唱的《三国演义》主题曲"滚滚长江东逝水"（明代文学家杨慎所作《廿一史弹词》第三段《说秦汉》的开场词，后毛宗岗父子评点《三国演义》时将其放在卷首）、蒋大为唱的《西游记》主题曲"你挑着担，我牵着马"（阎肃），还有《红楼梦》中女主角林黛玉葬花时的《葬花词》("一年三百六十日，风刀霜剑严相逼""侬今葬花人笑痴，他年葬侬知是谁"……）不就是诗歌吗？

即使你没有读过文学作品，你看过或听过广告吧？大多数广告充满铜臭味儿，俗不可耐；但也有不少广告耐人寻味。譬如说，前些年有一则关于雀巢咖啡的广告词："味道好极了！"就这么一句话，再加上那很有磁性、富有魅力的男中音，很有感染力。还曾经听到过一则广告词：如果不节约用水，地球上最后一滴水将是人类的眼泪。这些广告里面就有文学味儿或文学性。很多好的广告词都如此。

你离不开文学。

而且，一个普通人到西单图书大厦，很容易分辨清楚哪是文学类书籍，哪是科学类书籍，哪是医学类书籍。你总不会把《资本论》或《本草纲目》当作小说。

但是，世界上怕就怕认真二字，你要认真从理论上给文学下个定义，绝非易事。即使你能下得出来，人家可得同意呀！倘若大家根据自己原初的理解和观念（不是按照你读的什么书上的说法）给文学下定义，100个人里头，大概99个不一样；而且互相挑毛病，争执不下。

怎么给文学定义？即使专业人士，也众说纷纭。据我的考察，人们对此有两种极其对立的倾向：一是本质主义的，追求绝对的、放之四海而皆准的、亘古不变的文学定义；一是打着反本质主义的旗号，否定文学可以定义。

这两种倾向我都不赞成。我认为他们的观点和主张是不合理的。

文学，既不是只有亘古不变的、极终的、唯一正确的一种定义，也不是不可定义。

事实上，考察中外历史，会看到历来有各种关于"文学"（在现代"文学"概念形成之前常常指"诗""文""剧""曲"等）的说法，它们或是一种感性描述，或是一种理性判断，或是经过慎重思考和周密推敲而做出的严格的理论表述……我们可以宽泛而笼统地把它们都算作种种"定义"。

但是必须指出，以往关于文学的种种定义都具有历史性、时代性。它们都有它们所产生的那个时代的历史根据，因而都有各自的道理。由此可知：文学没有亘古不变的、超时代超历史的本质，因而也就没有这样的绝对意义上的定义——文学的那种超时代超历史的绝对本质，那种放之四海而皆准的、亘古不变的定义是没有的。追求文学的绝对本质，下一个本质主义的超时代、超历史、亘古不变的定义，是一种幻想。

文学虽然没有那种极终的、永恒的、凝固不变的本质，但是并非没有相对意义上的本质；而这相对意义上的本质是由人类客观历史实践所建构的，因而是随历史、随时代而变化的。

因为文学的本质有其相对意义上的客观规定性，所以文学就有其相对意义上的可认定性、可把握性、可定义性。

既然，一方面文学没有亘古不变的、永恒的、超时代超历史的定义，另一方面又不是不可定义，那么，应如何把握文学的本质给它下定义呢？下一节就请诸君听听我的一家之言——芸芸众生如我辈者，努力的目标很低：一家之言而已。

我写《中国大百科全书》"文学"条

30多年前（20世纪80年代），我应约为《中国大百科全书》第一版写了近万字的"文学"条；最近它要出第三版，又约我写此条。我进行了修改。首先我们可以对文学作这样的现象描述：

文学（literature）是艺术的基本样式之一，亦称语言艺术。它以语言文字为媒介和手段描写现实生活，塑造艺术形象，表现人们的精神世界,通过审美愉悦的方式发挥其多方面的社会作用。

进一步,再看看"文学"观念的语义学演变。

"文学"一词在中国古籍中早已有之,但其含义与现代美学中专指语言艺术的概念不同。在先秦时代,"文学"兼有"文章""博学"两重意义,即将现代所说的文学、哲学、历史等都囊括在"文学"之中。至两汉,人们开始把"文"与"学"、"文章"与"文学"区别开来,称有文采的、富于艺术性的作品为"文"或"文章",而把学术著作叫作"学"或"文学"——这与现代所说"文学"一词的含义差别很大。到了魏晋南北朝,开始有人在同一种意义上使用"文学"和"文章",即把这两个词都用来表示现代所说的文学,而将学术著作另外称为"经学""史学""玄学"等。但到了唐、宋时期,一方面,把类似于今天富有审美意味的作品,具体称为诗、词、传奇、话本等;另一方面,由于强调"文以明道"或"文以载道",以至出现了重道轻文的倾向,于是又不大重视"文"与"学"的区别,重新把"文章"与"博学"合为一谈,"文学"一词又成了一切学术的总称。一直到清代,"文学"一词通常都是在这种意义上被使用的。如清末民初的学者章炳麟在《文学总略》一文中就说:"文学者,以有文字著于竹帛,故谓之文,论其法式,谓之文学。"文学作为专指语言艺术的美学术语,在中国是20世纪初、特别是"五四"新文学运动以后才被确定下来并被广泛使用的。自此,"文学"这个概念才比较严格地排除了非艺术的含义,而成为艺术的一种样式的名称。

在西方,古希腊只有"悲剧""喜剧""史诗"等概念,并没有把它们综合在一起的类似现代的所谓"文学"。古罗马以及后来欧洲其他国家和民族也大体如是。古拉丁语中"文学"(literature)一词源于litera,多半指书写技巧、作文知识及其运用。许多西方学者指出,"文学"(literature)的现代观念的形成,不过是近 200 来年的事情，或开始出现于 1800 年斯达尔夫人《从文学与社会制度的关系论文学》一文；之后，文学即专指语言艺术，它取代了以前的"诗""诗的艺术"等术语而被广泛使用。

文学本质具有多重性。

我曾说过，文学的本质是人作为历史主体在客观的历史实践中不断建构的。不同时代有不同的文学观念和定义。

那么，历史发展到今天，在我眼里，人的客观历史实践所"建构"的文学是怎样的呢？

文学本质具有多重性和多元性。它是"和"而不是"同"，"和实生物，同则不继"。文学是多样性、多元性的统一。①

在文学作品中常常有哲学的、道德的、政治的、科学的、宗教的等多种因素，因此它常常带有哲学的、道德的、政治的、科学的、宗教的等品性，我们也就可以分别从上述方面对文学进行解说，对文学进行多角度、多侧面、全方位的透视和解剖，可以找出文学的哲理性、伦理性、政治性、科学性等，分别为文学下定义。例如有所谓"哲理诗"，有所谓"政治小说"，有所谓"伦理剧"，有所谓"科幻小说"，有所谓"宗教诗"；等等。

尽管从总体说，文学本质具有上述多重性和多元性，但是多重性和多元性中有主导者，即审美品性；文学如此，其他事物亦如此。文学与其他文化现象（哲学、伦理道德、政治、科学、宗教等）的区别，就看哪种品性占主导。就文学本身而言，在众多文学的品性中，并不是所有品性都必须样样具备，有的作品这种品性突出，有的作品那种品性突出。然而，有一种品性不可或缺，这就是审美价值以及以它为根底的审美愉悦性。审美价值以及以它为根底形成的审美愉悦性是文学的灵魂，也是文学的酵母——如果一部作品、一个文本，单单具有哲学的、道德的、政治的、

---

① 春秋时的史伯和晏子都谈到"和""同"问题。

科学的或宗教的品性，它就不能成为文学文本或文学作品，而只是哲学文本，或伦理道德文本，或政治文本，或科学文本，或宗教文本；只有同时具有审美价值和审美愉悦性，才能激活其他品性成为文学文本或文学作品的有机成分。文学本质作为多样性、多元性的统一，其中有一个主导的东西，那就是审美愉悦性。文学是审美愉悦性主导下的多样性、多元性的统一。

明代高明的《琵琶记》具有突出的伦理道德的劝谕色彩，但如果仅仅如此而没有审美价值和审美愉悦性，能称之为文学作品吗？

都德的《最后一课》具有反抗侵略的政治感情色彩，但如果仅仅如是而没有审美价值和审美愉悦性，能是小说吗？①

列夫·托尔斯泰的《复活》等宣扬宗教感情，如果仅仅如是而没有审美价值和审美愉悦性，能是一部不朽的小说吗？

法国科幻小说家儒勒·凡尔纳的《格兰特船长的儿女》《海底两万里》《神秘岛》《气球上的星期五》《地心游记》《机器岛》《漂逝的半岛》《八十天环游地球》等20多部长篇科幻历险小说，中国当代科幻作家刘慈欣的《三体》，如果没有审美价值和审美愉悦性，能是享誉世界的文学作品吗？

苏轼《题西林壁》："横看成岭侧成峰，远近高低各不同。不识庐山真面目，只缘身在此山中。"多么富有哲理性，但它不是哲学而仍然是诗，因为它包含审美情趣，让人回味无穷。

司马迁《史记》，本是史书，但其中很多篇章充满审美情志（特别像《鸿门宴》等），理所当然被当作"无韵之《离骚》"，绝好的文学作品。

这样例子不胜枚举。

---

① 《最后一课》描写普法战争后被割让给普鲁士的阿尔萨斯省中的一所乡村小学，老师带领学生向祖国语言告别的最后一堂法语课，通过一个童稚无知的小学生的自叙，生动地表现了法国人民遭受异国统治的痛苦和对自己祖国的热爱。作品题材虽小，但精心剪裁，记叙详略得当，主题开掘得很深。小弗郎士的心理活动，描写得细腻动人。教师韩麦尔先生作为一个爱国知识分子的典型，形象栩栩如生。

所以，文学也有它最为本分的本质：在我看来，"文学"，从根本上说是一种审美文化现象，是人类审美实践活动的一种，是艺术的一种。

下面，我试图下一个文学的定义。

我为文学下定义

就文学最为本分的本质（性质）来说，我给它的定义是：

文学是以语言文字为媒介而进行的人类审美价值之创造、抒写、传达和接受。

其关键词为：语言文字，审美价值，创造，抒写，传达，接受。

第一个关键词是语言文字。这是文学的不可或缺的基本媒介（区别于艺术的其他样式如绘画、雕塑、音乐、舞蹈、建筑以及电影、电视等所使用的媒介）。

第二个关键词是审美价值。这是文学之魂，是文学的"审美愉悦性"之根源（审美愉悦性问题我已在中国社会科学出版社出版的《价值美学》和《美学十日谈》两书中进行了论述，兹不赘述）。

第三个关键词是创造。文学根本上是审美价值的创造活动，无创造即无文学。还是那句老话：第一个将女人比作花的是天才，第二个是庸才，第三个是蠢材。文学家的书写总是与"第一个""天才"相联系，因为那是创造。看起来文学家使用的是人们使用了千百年的普通语言文字，字还是那些字，词还是那些词，这些文字却在文学家笔下神奇般地创造出新的意味、新的审美价值。

第四个关键词是抒写。文学家创造的审美价值需要表现出来。表现，就要用他那支饱含情感的生花妙笔抒写、挥洒。文学家的才能，至少一半体现在抒写上。

第五个关键词是传达。克罗齐不重视传达，认为那不是文学艺术本身（不是直觉、表现、审美），只是机械的活动，其实传达是艺术创造的不可或缺的一部分。没有传达也就没有艺术。

第六个关键词是接受。文学实现于接受之中。这是接受美学的贡献。文学生命在接受中得以存活，在接受中得以增殖，以至在接受中得以永生。

以上就是我对21世纪的文学应当如何定义的考察和探索。

这定义包含两方面的因素：

一是人类现阶段的历史实践对文学的"建构"——从这个角度说，文学的本质有其自身规定性，绝不能主观随意"认定"。

一是我作为当下历史时期的人对文学的观察——从这个角度说，这是我的一家之言，因为别人也可以有别人的观察。

这定义与一千年前、两千年前，不同；与一千年后、两千年后，也应该不同。

这就看历史老人如何"建构"以及人们如何观察了。

第五讲　鸟瞰文学的存在形态

——国家图书馆"国图公开课"讲稿(部分)

语言是文学之母，没有语言，就没有文学。历史发展到今天，语言已经有不同形态：口传语言、书写语言（文字）、网络语言。那么，文学取哪种形态呢？何时以何种形态存在呢？我认为，从古到今，文学以这三种形态存在：口语文学、书写文学、网络文学。它们基本上是历时性的，但也具有某种程度的共时性——后来的文学形态产生或成为主流之后，以前的文学形态并没有完全消失，它们在长时间里处于某种共存状态。

最早的文学是口语文学

人们常说，文学是语言的艺术。这是常识，几乎用不着去论证。没有语言，就没有文学。但是，历史发展到今天，语言已经有不同形态：口传语言、书写语言（文字）、网络语言。文学取哪种形态呢？何时以何种形态存在呢？

对于这个问题的回答，任凭什么权威，说了都不算数，只有听凭历史老人的安排和裁决。

在别的文章里我曾说，语言发生时，文学就发生了。最早的语言，也可以说是最早的诗、最早的文学。语言是文学的根儿，是文学之母。

不过，人之初，还没有文字，或刚刚产生文字还没有发展起来和广泛使用，盛行的是肢体语言和口头语言。肢体语言可以滋生原始舞蹈，口头语言则可以滋生口语文学（或叫口传文学）。

因此，最早的文学是口语文学。在文字产生并普遍使用（书写）之前很长一段时间里，也只有口语文学存在——以口语的形式"创作"和"出版"，以口传的方式"发行"和"流播"。在人类文明发展的早期，如果有文学，无一例外都是口语文学称雄于世。

由于世界各地文明发展的不平衡，当发达地区的人们有了文字并广泛使用很久之后，某些后发达地区，特别是澳洲、非洲、美洲甚至亚洲的许多地方（也包括我们国家西南地区云南、贵州的一些少数民族聚集区），直到19世纪甚至更晚，仍然停留在相对原始的状态，没有文字，他们的文学依然是口语文学。

口语文学的样式也有多种。一般说，那时的口语文学，就是在部落社会中人与人交往时、劳动时、祭祀时、巫术或宗教活动时，以及在流行的集体性表演场合，所歌唱的诗，所说的饱含祈愿的虔诚的祭祀词甚至咒语，所讲的神话传说故事，以及充满情感的各种叙事……内容质朴而丰富，形式简单而多样。有的可以很长，如史诗，少则几千行，多则数万、数十万乃至上百万行，洋洋大观，可以唱上数天数夜。有的可以短到几个字、一句话、几句话，如载于《吕氏春秋·音初篇》的《候人歌》，其歌词只有一句四个字"候人兮猗"，而且其中的两个字"兮猗"还是语气助词，类似现在的"啊"和"呀"，仅剩下的两个实词"候人"即"等你"。传说：大禹忙于治水，30多岁未婚。一次，遇涂山（今浙江绍兴县西北）女娇，一见钟情而成亲。但大禹新婚四天即为治水告别娇妻，三过家门而不入。女娇思念丈夫，就叫侍女到涂山南面大路口去拦截大禹，唱"候人兮猗"，翻译成现代汉语即

"等你啊"。这是有史可查的第一首中国恋歌。① 有的原始祭祀词或咒语也常常只有几行,如殷商甲骨卜辞:"癸卯卜,今日雨。其自西来雨?其自东来雨?其自北来雨?其自南来雨?"② 有的配合原始音乐、舞蹈,只在某个节奏上重复地发出感叹词,我国台湾地区原住民有一首民歌《拜访歌》,是拜访或迎接客人时唱的,里面全是虚词;格罗塞《艺术的起源》也谈到原始部落的一些诗歌的本文只是许多完全没有意义的感叹词。③ 有的类似于原始人类的劳动号子,鲁迅称之为"杭育杭育"派文学④……当年它们都是口语文学而后来在一些古籍中记录、保存下来,至今仍可想象出其多彩而鲜活的样子。

我国《诗经》中相当一部分作品,我认为也是由口语文学记载下来而加以修饰的,譬如《关雎》⑤《芣苢》⑥。其他古籍如《山海经》《淮南子》《庄子》《楚辞》等,也记载了许多口传下

---

① 见郭沫若《卜辞通纂》第三七五片,《郭沫若全集·考古编第二卷》之《卜辞通纂》,科学出版社 2002 年版。

② 见郭沫若《卜辞通纂》第三七五片,《郭沫若全集·考古编第二卷》之《卜辞通纂》,科学出版社 2002 年版。

③ [德]格罗塞:《艺术的起源》(商务印书馆 1984 年版)第九章 "诗歌" 中说:"每一个原始的抒情诗人,同时也是一个曲调的作者,每一首原始的诗,不仅是诗的作品,也是音乐的作品。有一位著作家说:'在一切科罗薄利舞的歌曲中,为了要变更和维持节奏,他们甚至将辞句重复转变到毫无意义。'……这些诗歌的本文只是一种完全没有意义的感叹词之节奏的反复堆砌而已。这样,我们不得不下一种结论,就是最低级文明的抒情诗,其主要的性质是音乐,诗的意义只不过占次要地位而已。"

④ 见鲁迅《且介亭杂文·门外文谈》,《鲁迅全集》第 6 卷,人民文学出版社 2005 年版。

⑤ "关关雎鸠,在河之洲。窈窕淑女,君子好逑。参差荇菜,左右流之。窈窕淑女,寤寐求之。求之不得,寤寐思服。悠哉悠哉,辗转反侧。参差荇菜,左右采之。窈窕淑女,琴瑟友之。参差荇菜,左右芼之。窈窕淑女,钟鼓乐之。"

⑥ "采采芣苢(fú yǐ),薄言采之。采采芣苢,薄言有之。采采芣苢,薄言掇(duō)之。采采芣苢,薄言捋(luō)之。采采芣苢,薄言袺(jié)之。采采芣苢,薄言襭(xié)之。"

芣苢(fú yǐ):植物名,即车前子,种子和全草入药。("芣苢"古时本字是"不以"。"不以"也是今字"胚胎"的本字。"芣苢"即是"胚胎"。可参见《闻一多全集》。)

来的古诗歌、神话传说、故事等，它们是口语文学的宝藏，其中许多作品流传至今，几乎家喻户晓：如女娲补天（《淮南子·览冥训》）、夸父逐日（《山海经·海外北经》）、精卫填海（《山海经·北山经》）、后羿射日（《淮南子·本经训》）、大禹治水（《山海经·海内经》）等。

提到国外的口语文学，人们最熟悉就是古希腊的《荷马史诗》，传说它由盲诗人荷马口唱而流传，后来，在文字普遍使用之后，才有人将口语形态的史诗用文字记录下来，整理出版。《荷马史诗》包括两部，即《伊利亚特》和《奥德赛》，各成24卷，《伊利亚特》共有15693行，《奥德赛》共有12110行。

我国也有许多口传的史诗，特别是少数民族，如藏族的《格萨尔王传》共有120多部、100多万诗行、2000多万字[①]，蒙古族的《江格尔》共60余部、10万余行，柯尔克孜族的《玛纳斯》共8部、20余万行。近年来，为了抢救和保存文化遗产，有关部门组织相当多的专业人员进行整理、录音和文字记载。

国外的许多著名的人类学、民俗学著作如英国学者泰勒《原始文化》、弗雷泽《金枝》和马林诺夫斯基《巫术科学宗教与神话》，德国学者格罗塞的艺术学著作《艺术的起源》，俄国学者维谢洛夫斯基的诗学著作《历史诗学》等，它们的作者通过艰苦的田野考察和长时间研究，提供了世界各地近代尚存原始部落的大量生动鲜活的口语文学实例。如泰勒《原始文化》用三章篇幅考察和记述了澳洲、非洲、美洲等许多原始部落的神话，其中涉及日月星辰、虹、瀑布、雷、雨，到人、猿、巨人、矮人、疾病、黑夜和死亡，还有部落、民族的名称等，庞杂丰富到难以想象——这仅是口语文学之一角。再如维谢洛夫斯基《历史诗

[①] 它是世界上已知最长的一部英雄史诗，就数量来讲，比世界上最著名的五大史诗（古代巴比伦史诗《吉尔伽美什》，希腊史诗《伊利亚特》《奥德赛》，印度史诗《罗摩衍那》《摩诃婆罗多》）的总和还要多。

学》，考察和论证原始部落的口语文学的各种形态、存在状态，以及对它们的诞生和演变的猜测①；弗雷泽《金枝》和格罗塞《艺术的起源》，也记述了原始部落和原始民族的许多最原始状态的诗——今天看来不像诗的诗，但那是当时口语文学的真实状态。

书写文学

文字产生，文字的书写成了社会上比较普遍的活动方式，渐渐出现了书写文学（或称书面文学），并且愈来愈盛，历史老人眼看着它取代口语文学的地位而成为文学存在的主流形态。

当然，口语文学虽然不是主流，也并非从此消失得无踪无影，直至网络化时代的今天，仍能看到口语文学的身影。例如，近年来朋友聚会，饭桌上的各种"段子"，口头传来传去，大多有"喷饭"效能；低俗者，色彩太黄，不论；而其优秀者，引人"捧腹"之余，针砭时弊，鞭辟入里，"意味"甚浓，列入当代讽刺性的口语文学，无愧。

但总体来说，口语文学时代已经过去了，可能一去不复返了。即使它仍有存活，也风光不再，远非主角和主流；它不可能再像文字广泛使用之前那样主宰文学天地了。

书写文学取代口语文学而成主流，在这个历史过程中，有三个关节点需要特别留意，一是文字的产生，二是纸的发明，三是印刷术——雕版印刷特别是活字印刷和印刷机的出现。这三个关节点所发生的变化，是三个革命性转折。

初期，文字书写的被"运用"，可能不比语言强势；但是越到后来，越显出文字的优越性：它可以传得久远，它可以记得真切，它可以使模糊的认识变得清晰、使不固定的思绪得以固定，它便

---

① ［俄］维谢洛夫斯基：《历史诗学》，刘宁译，百花文艺出版社2003年版，第408页。

于向后代和他人传承，它可以使瞬时变为恒久，它可以备忘……总之，它穿越时空、突破口传语言界限，在某种程度上带来人的解放和文学的解放。这是一场革命。加拿大学者哈罗德·伊尼斯在他的名著《帝国与传播》中，谈到古希腊口头传统与书写文字这两种媒介之间的剧烈争斗，说："文字的传播毁灭了一个建立在口头传统上的文明。"[①] 他说的是书写文字在政治上的影响力；单就文学而言，文字出现使得口语文学发展到书写文学，这上了一个台阶，算是一次飞跃。

但是，在书写文学的初期，只就中国情况来看，刻在甲骨、木板、竹片上，刻在石头上，高级一点的，写在绢帛上的文字，还是有很大局限。如何克服和突破书写手段和书写材料的局限？聪明的古人发明了纸。据考古发现，中国西汉时就出现了纸张，到东汉蔡伦，改进了造纸技术和工艺，使之得以长足进展。纸的发明和广泛应用，又是一场革命。它对于一个国家或民族的政治、经济、文化（包括文学艺术）有着巨大意义。伊尼斯还说到纸张等媒介在中世纪及其后来宗教改革时的巨大作用，那时，羊皮纸与拉丁文被教会利用以巩固自己的特权和垄断地位；而纸张与俗语、白话则被世俗宫廷和普通百姓用来与教会对抗。这导致了欧洲那场著名的宗教改革运动，其主要人物是马丁·路德（Martin Luther，1483—1546）。

纸张的普遍使用，对于文学的广泛传播、快速发展和普及，起到非常重要的作用，使书写文学加快走上霸主地位的步伐。大家熟悉一个成语，叫作"洛阳纸贵"，说的是西晋时一位作家左思创作了一篇《三都赋》，被人们争相传抄，以至都城洛阳之纸，一时供不应求，因货缺而价贵。这个故事象征性地说明了纸在文学传播中的价值。

---

① ［加拿大］哈罗德·伊尼斯：《帝国与传播》，何道宽译，中国人民大学出版社2003年版，第62页。

印刷术的贡献

但是"洛阳纸贵"也同时暴露了纸张传抄手段的局限。一个抄写手,即使他日夜不停,又能抄写多少字?包括文学作品在内的各种著作,只靠人手传抄,其流播面能有多大?而且费时、费事,错、漏之处,在所难免……此种状况阻碍了文化和文学的进一步发展。这又是一个瓶颈。于是,聪明的古人发明了印刷术。雕版印刷发明于唐朝,并在唐朝中后期普遍使用。北宋仁宗时,毕昇发明了活字印刷,惜当时未能推广。印刷术先后传到朝鲜、日本、中亚,西亚和欧洲。15世纪中叶,德国人古登堡也发明了金属铸字的活字印刷和印刷机,其印刷法很快在欧洲普及。在50年中用这种新方法就已经印刷了3万种印刷物。

中国人发明雕版印刷和活字印刷,以及德国人古登堡发明的金属活字印刷和印刷机,再次掀起一场革命。法国伟大作家雨果《巴黎圣母院》中的一位保守书商安德里·缪斯尼埃的一席话,无意间说出了印刷媒介的威力——"印刷术"甚至带来"世界末日":"先生,我告诉您,这是世界的末日。从未见过学子们这样的越轨行为。这都是本世纪那些该死的发明把一切都毁了。什么大炮啦,蛇形炮啦,臼炮啦,特别是印刷术,即德意志传来的另一种瘟疫。再也没有手稿了,再也没有书籍了!刻书业被印刷术给毁了,世界末日到了。"[①] 由此可以想见它对书写文学的意义。

书写文学在全世界风光了数千年。然而,天有不测风云,近年来,蹦出了一位挑战者,它就是网络文学。

[①] 百部世界名著光盘,[法]雨果:《巴黎圣母院》,北京电子出版物出版中心2000年版,第15页。感谢陈定家博士帮助查阅资料。

网络文学

今天,网络文学的称谓已经流行于天下,然而,网络文学的确切指谓,还有歧义。我想,网络文学是正在快速成长、蓬勃发展乃至瞬息万变中的新生事物,现时不必追求它的确切含义,应该以宽容的态度等待其"自然"生成、定型。

网络创作的方式,也并非青年人的专利,以往总是用"笔"书写的年长的作家,有的也开始用"网络"写作了。60多岁的上海批评家兼作家吴亮,谈了他以"网络"手段创作长篇小说《朝霞》的情形:"我当时(指写长篇小说《朝霞》时——杜注)在网上写。我是一个激发型的写作者,有一个画面开始写,写完以后我必须上网,短一两百字,长五六百字,不断的空行。一个镜头推拉摇移,或者一个长镜头,一个点,有中镜头,有近镜头,它必须在某个地方叙述停止,像蒙太奇一样,可能我搁那儿还能再写下去,但是有些东西我后来就忘了就没写下去。有些我觉得还可以,就捡起来。写到后来就成为一个本能了,非常顺利。所以我那个时候写到什么程度?我好多次说上帝在帮我。我在里面写了许多对话,全是一稿,这太奇怪了。我就是对着电脑打下去。就这么来的。"[①]

作家进行"网络"创作,读者也进行"网络"阅读。近日,"网络"阅读又有新动向:开始移动化、多屏化、全网化、跨平台化。手机、平板电脑等移动设备,十分便携,读者可以充分利用碎片化时间阅读,丰富了阅读场景,增加了阅读时间。"移动阅读"也许会成为网络文学阅读的主要方式。回顾人类的"阅读"史,从龟甲石板、竹简木简、缣帛纸张,到今天的平板电脑、智能手机,阅读越来越便捷,参与阅读的人越来越多,"全民阅读"

---

① 2016年9月4日,吴亮、陈丹青、格非和杨庆祥做客凤凰网读书会,就吴亮最新长篇小说《朝霞》进行对谈,9月14日,"凤凰文化"发布了对谈记录。吴亮的话是对谈记录的一部分。

的景象也许真的会出现呢！

但是，我还要郑重提出，虽然我说"读者可以充分利用碎片化时间阅读，丰富了阅读场景，增加了阅读时间"，并且提倡"全民阅读"，却绝不是让"阅读"完全流于"碎片化"，完全变成"碎片化"。阅读是增加人的智慧、培养人的素质的重要途径，是提高民族文化软实力的有效手段，这就需要选择有品位、有质量的书籍进行阅读，特别是要选择经典进行阅读；如果把阅读从内容到形式完全变成"碎片"，则与阅读的初衷相去甚远。有学者写文章介绍了美国社交网站Facebook的创办人、被人们冠以"第二盖茨"美誉的马克·艾略特·扎克伯格（Mark Elliot Zuckerberg）关于阅读的见解。扎克伯格在他的Facebook个人主页上写道："阅读能使人更加充实。书籍能让你完全探索一个话题，比当今多数媒体看得更深。我希望能从每天的媒体阅读更多转向读书。在这个注意力被社交媒体过度压榨和碎片化的时代，回归阅读将成为人们重建心灵秩序的第一步。"而且他还以实际行动践行自己的主张。扎克伯格为自己设定了2015年的新年挑战：每两周读完一本新书，着重于不同文化、信仰、历史和科技。为此，他在Facebook上还专门建立了一个名为"读书之年"的公共页面，并邀请三千万粉丝关注。对此，他在上面写道："我会在上面公布我正在读的书目。请大家读过这些书之后参与讨论，提出观点。"同时，他还阐述了粉丝们应该共同遵守的基本要求："在每一本书的状态下，他希望所有参与讨论的朋友都是确实已经阅读了该书的人，并且讨论的内容仅限于书本本身。"对此，他解释道："我希望该主页不那么火爆，只有慢下来才会保持它的初衷。"这种冷静、清晰而睿智的见解和作为，与我们惯常见到的庸俗化的个人炒作、晒图和无聊点赞，不啻为天壤之别。他竭力克制的是"碎片化"的肤浅阅读。截至2015年年底，扎克伯格总共阅读了22本书，基本完成了自己的新年挑战。其中，有《世界秩序》（*World Or-*

der)、《国家为什么会失败》(Why Nations Fail)、《权力的终结》(The End of Power) 等政治经济类著作，有《三体》(The Three-Body Problem)、《游戏玩家》(The Player of Games) 等科幻文学作品，有《人类简史》(A Brief History of Humankind)、《历史绪论》(Muqaddimah)、《宗教经验之种种》(The Varieties of Religious Experience) 等历史宗教书，有《科学革命的结构》(The Structure of Scientific Revolutions)、《基因组》(Genome) 等科学经典，当然，还少不了《创意工厂：贝尔实验室与美国创新的黄金年代》(The Idea Factory: Bell Labs and the Great Age of American Innovation)、《与中国打交道》(Dealing With China)、《创新公司：皮克斯的启示》(Creativity Inc.) 等商业类书籍。通览这份年度书单，你会发现其中既有公认经典，更有优秀新书，且阅读的领域极为广泛，可以说完美地兑现了他的新年计划：着重于不同文化、信仰、历史和科技。这让人不得不对这位当今青年人心中的领袖肃然起敬。[①]

扎克伯格的话和行为，对我们具有重要参考价值。

网络文学的特征

虽然网络文学是正在形成中的新生事物，但已经有学者努力把握它的各种脾性，总结它的特征。

许多学者指出网络文学不同于传统文学的特点。之一，它打破了以往创作者、传播者、接受者互相阻隔、泾渭分明的局面，而是将三者联通，造成所谓"三位一体"的格局：创作、传播、接受"不再是彼此孤立独行的个体，而得以水乳交融，你中有我，我中有你"[②]。之二，在网络文学中，创作者、传播者、接受者也不再

[①] 参见吴靖《国民阅读与文化软实力》，《书屋》2016 年第 10 期。吴靖先生此文很好，我引用了他的颇多文字，特此致谢。

[②] 贾秀清、栗文清、姜娟：《重构美学：数字媒体艺术本性》，中国广播电视出版社 2006 年版，第 263 页。

是单独的个体，而可能是千千万万上网的参与者。他们之中的任何人，既可以参与创作，也可以参与修改，也可以参与传播，也自然而然成为接受者。人人都是创作者，人人都是修改者，人人都是传播者，人人都是接受者。之三，在网络文学作品流通过程中，作品的内容、形式，可能瞬息万变，流动不居。它能否定型？答曰：绝对定型不可能；相对定型可以达成。什么是相对定型？答曰：即通过流通，逐渐形成为大多数参与者认可和接受的状态。

网络文学有些什么新品性呢？也有学者加以总结。

首先，从语言"再现"到数字"虚拟"——网络活动使文学创作模式发生从"再现"向"虚拟"的转变。"虚拟"不是虚假，相反，它是多产而有力量的且可以拓展的一种创作方式、运思方式、存在方式。其次，网络文学打破了语言符号对文学表意活动的垄断，创造出语言、图像、声音等多种符号复合运作的文本形式。它不仅能够再现传统纸质印刷媒介语境中就已经存在的文字、图画互生意象，更要紧的是它能创造纸质印刷文本无法创造的动态复合意象。再次，在审美接受层面，网络文学文本可以为读者提供虚拟现实的感知环境，此时这一文本就不再属于客观自然世界的模仿和副本，而是一个与自然世界平行的具有独立存在性地位的新"可能世界"，处于其中的主体不需要再以客观真实的自然世界为参照，完全被人工"仿象"和艺术氛围所环绕，完全与客观世界相隔绝，感知、意识完全浸蕴在这个"可能世界"之中。[①]

[①] 参见单小曦《网络文学的美学追求》，《文学评论》2014年第5期。我吸收了该文及其他论者相关论著和文章的一些观点，特此说明并致谢忱。

我觉得网络文学这个新生事物特别需要关注，但我对这个特别需要关注的网络文学没有深入研究，所以硬着头皮作些介绍——我深知这并不符合撰写学术著作的规范，也违背我自己所立下的写作宗旨，只是出于目前学术整体需要，不得已而为之，望将来有机会改进。当然，此刻所介绍的观点，我也并不肯定它们是否完全正确。

第五讲　鸟瞰文学的存在形态

2017年3月12日国家图书馆"国图公开课"讲稿

作者附言：本文曾以《口语文学·书写文学·网络文学》为题发表于《文艺争鸣》2016年12月号，在2017年3月12日国家图书馆"国图公开课"（录像）上又加以发挥。才过了一天，忽然读到2017年3月13日《文艺报》第2版上黄鸣奋教授类似论题的文章《论文学的多本体性》，多有启发。一、拙文多从历时性角度谈口语文学、书写文学、网络文学，而黄教授则从共时性角度谈到了"某种文学本体（按：我用的是文学'形态'）转化为另一种文学本体"时，会"丧失前者所固有的某些特质。比如，口头文学一旦转化为书面文学，那么，它的鲜活性就不见了；书面文学一旦转化为电子文学（按：我用的是'网络文学'），那么，它的收敛性就削弱了；反过来，电子文学一旦转化为书面文学，那么，它的交错性就淡化了，远程即时光速传播的可能性也消失了；书面文学一旦转化为口头文学，那么，它的整饬性、收敛性就弱化了"。二、黄教授一方面认为"书面文学本体包含两种亚型，即书写型和印刷型。在语言上，前者和书法艺术接壤，重视个性化书写的意义；后者和版画艺术接壤，重视机械化复制的意义。在结构上，前者更多为作者的心绪所决定，体现了人脑的思路；后者更多为媒体所决定，体现了出版的要求。在内容上，书面文学更多和人际交往相关，印刷文学更多和大众议题相关"，另一方面又指出："电子文学本身可区分模拟性和数码性两大类别。前者以广播剧、电视剧等为代表，后者目前以数码文学、网络文学为代表。二者在广义上是相通的，不过，若仔细分辨的话，数码文学偏向于实验性、技术性，为西方前卫艺术家所乐言；网络文学则偏向于流行性、通俗性，为我国文化产业所标举。在语言上，数码文学比网络文学更强调编程语言的重要性，网络文学比数码文学更重视各种流行语的价值。在结构上，数码文学更注意开拓数据库叙事，将文学本体当成计算化信息和友好性界面彼此交互的动态过程，从根本上消解了固定结构的存在价值；网络文学更注意开拓超文本叙事，各种文学网站几乎都是在超文本传输协议（HTTP）的支持下建成的，各种网络文学作品也都程度不等地运用了超链接。在内容上，数码文学更多瞩目于开拓信息科技最新成果的艺术潜能，网络文学更多注重于运用大众化、普及化的信息服务讲述民众喜闻乐见的通俗故事。"这种区分以及它们各自的特点界说是否完全恰当还可以研究（有些说法我持保留意见），但无疑具有重要参考价值。三、我对黄教授"本体"一词的用法持保留意见。"本体"本是哲学术语，许多人借用而他指，容易引起混乱。黄教授在此文中用以指称文学的形态或样式，似可斟酌。——2017年3月14日记。

第六讲　我看文艺美学

　　文艺美学其实就是中国学者提出来的有中国特色的艺术哲学，它的对象，就是研究文艺领域中的审美问题，特别是审美价值问题。文艺美学是"美学热"的一部分，是文艺学研究"向内转"的重要表现。文艺美学以文艺的审美特性为视角、为对象，"审美"地研究文艺，同时研究文艺的"审美"。它深入研究文艺不同于其他社会文化现象的特殊性，是对以往庸俗文艺政治学、庸俗文艺社会学、庸俗文艺认识论的有力反拨。文艺美学的提出、建立及其学术研究的开展，从两个层面即文艺学层面和美学层面上深化了对文学艺术的理性把握。文学艺术不会消亡，文艺美学也不会消亡，它们会应新的历史文化环境和自身内在发展的需求，不断变化、前进。

　　文艺美学其实就是中国学者提出来的有中国特色的艺术哲学，它的对象，就是研究文艺领域中的审美问题，特别是审美价值问题。严肃的学术研究是一种创造性的精神生产活动。某个时代某个民族的学者或学术群体对人类社会的贡献，就在于同前人相比，他或他们在学术活动中是否能拿出具有创新意义的有价值的成果，以促进学术的发展，以利于人类的进步。

文艺美学的提出是对思想禁锢和僵化模式的反拨
　　我个人意见，文艺美学的学科定位基本清楚。我国台湾地区的情况且不说，仅就20世纪八九十年代的中国大陆而言，文艺美学作为一种新的学术现象和研究热点，作为一个新学科，它之所以会在这个特定时期萌生、形成、确立、发展，绝不是宿命论的注定的，或决定论的必然的，而是有其特定的历史文化机缘。如果对文艺美学这个新学科得以命名的前后情况作历时性和共时性的具体考察，就会发现：第一，它同周围的社会文化环境和历史变迁有着直接或间接、隐蔽或明显、紧密或松散的关系；第二，它自身存在着得以生发、成长的内在机制和学术理路。

众所周知，自今上溯五六十年（尤其是20世纪80年代前的数十年），中国大陆的政治文化特别发达。与此相应，各个方面的学术事业，特别是人文学术，就其主导而言，与政治文化关系极为密切，可以说只有得到政治文化的庇荫才能生存和发展——它们或者直接就是政治文化的一部分，或者经受着政治文化的无可抵御的渗透，或者被置于政治文化的强大笼罩之下。

这对数十年来文艺理论和美学的学术状况造成了严重影响，使之处于不正常状态甚至出现某种学术怪胎，打个比方说，这打破了文艺理论和美学的"生态平衡"。

本来，文学艺术与其他社会文化现象有着千丝万缕、难分难舍的联系，文艺与政治密切相关自然也并不令人感到奇怪，就如同文艺与经济、认识、审美、道德、宗教、哲学等密切相关一样。文学艺术可以有多种价值因素和品质性格，例如认识的、政治的、宗教的、伦理道德的、社会历史的、意识形态的、游戏娱乐的以及审美的等，但在我看来，它之所以叫作文学艺术，就因为其中的审美价值、审美品格最为突出、最为重要，据主导地位。我在《文艺美学原理》里曾说，"艺术生产必须以审美价值的生产为主导、为基本目的"，"除了审美价值的生产不可或缺之外，其他价值的生产并不是注定不可缺少的"，艺术价值是一种以审美价值为主导的综合价值。①

现在我仍然坚持这些基本观点，但要作一些补充说明。文学艺术总是历史地具体地存在着。在特定的历史时代、特定的社会环境和文化场域之中，具体的文学艺术活动和文学艺术作品，虽不失其审美价值和审美品格，但常常相对突出了其他某个方面的价值和品格。例如有的时候，文学艺术的宗教价值和品格相对突出，像我国敦煌莫高窟、大同云冈石窟、洛阳龙门石窟、天水麦积山石窟等从南北朝以来长达千余年的佛教艺术（雕塑和壁画等），像中世纪欧洲基督教艺术、拜占庭艺术（宗教建筑，教堂镶嵌画、壁画，宗教雕刻、绘画等）、穆斯林艺术（清真寺建筑、几何图案和植物图案的装饰画等），以及文艺复兴以来意大利、法国、德国、英国、荷兰、西班牙等国家和地区带有浓厚宗教色彩的艺术（雕刻、绘画、教堂音乐等）。有的时候文学艺术的认识价值和品格相对突出，像19世纪法国巴尔扎克、英国狄更斯等批判现实主义作家的小说，恩格斯说"他（指巴尔扎克）汇编了一部完整的法国社会的历史，我从这里，甚至在经济细节方面（如革命以后动产和不动产的重新分配）所学到的东西，也要比从当时所有职业的史学家、经济学家和统计学家那里学到的全部东西还要多"②。有的时候文学艺术的政治价值和品格相对突出，像中国20世纪抗日战争时期的"抗战文艺"、延安的"革命文艺"，法国作家阿尔封斯·都德写于19世纪70年代普法战争之后的爱国主义小说《最后一课》《柏林之围》。类此，还有突出伦理道德、社会历史、意识形态、游戏娱乐等价值和品格的作品。但不管哪种价值和品格相对突出，它们都必须同审美价值和品格融合在一起，才能称得上是文学艺术。从与此对应的理论把握和学术研究层面上说，在一定历史时代和一定社会文化环境下，把上述

---

① 杜书瀛：《文艺美学原理》，社会科学文献出版社1992年版，第44—45页。
② 《马克思恩格斯选集》第四卷，人民出版社2012年版，第591页。

不同类型的文学艺术现象所突出的价值和品格作为特定的对象或从特定的角度加以侧重的理性思考和研究，则可以有不同类型的理论形态，如宗教学文艺学、认识论文艺学、政治学文艺学、美学文艺学（文艺美学）、文艺伦理学、文艺社会学、文艺经济学等。

而且，我认为只有上述所有这些文艺学分支学科协同发展，联合工作，才能比较全面而准确地把握内涵如此复杂丰富的文学艺术的全貌。我主张多元化、多学派的文艺学，我赞赏真正百花齐放、百家争鸣的理论局面。假如仅仅注意文艺与一两种文化现象的关系而忽视其他关系，仅仅重视一两种文艺学分支学科而忽视其他学科；或者以某一两种关系涵盖、代替、吞并、笼罩其他关系并凌驾于其他关系之上，以某一两种文艺学分支学科涵盖、代替、吞并、笼罩其他学科并凌驾于其上，采取"白衣秀士"王伦排斥异己的方针，或者奉行只此一家、别无分店、占山为王、唯我独尊的路线，必然会给学术事业造成伤害。

中国大陆 20 世纪 80 年代以前，当时成为宠儿的文艺学品种有：第一，文艺政治学（或政治学文艺学）。文艺与政治（严格说是主流政治）的关系得到特别惠顾。一个最响亮的口号是："文艺必须为政治服务"（有时更具体明确地说"文艺必须为无产阶级政治服务"），再由此引申为"文艺是阶级斗争的工具"。本来，毛泽东当年在抗战环境里作《在延安文艺座谈会上的讲话》，强调文艺从属于一定的政治路线，强调文艺服从于抗战的总目标，有其特定含义，在当时包含积极性、合理性；而后来的倡导者把它普遍化、本质化，发展为"文艺必须为政治服务""文艺是阶级斗争的工具"的"唯政治论"和"阶级斗争工具论"，走上极端。如此，则消解了文艺政治学本来具有的积极意义和合理因素，成为庸俗文艺政治学。第二，文艺社会学（社会学文艺学）。当时的倡导者似乎特别重视文艺与"社会历史"的关系，特别重视从

"社会学"角度观察文艺，这本无可厚非；但他们其中有的人深受当年苏联庸俗社会学的影响，采用贴标签、特别是贴阶级标签的方法考察文艺现象，并且只强调文艺与社会意识形态的关系而无视其他，其口号是："文艺是一种社会意识形态"且仅仅是一种"社会意识形态"，谁若离开意识形态观点论述文艺，则违反"祖法"，是为谬种。这可以称为"唯意识形态论"。发展到极致，把文艺社会学本来具有的积极性、合理性取消了，成为庸俗文艺社会学。第三，文艺认识论（认识论文艺学）。文艺本来包含着认识因素，毛泽东当年在延安提出"革命的文艺，则是人民生活在革命作家头脑中的反映的产物"，虽非独创，但并未说错。然而，后来的某些倡导者则把所谓坚持文艺上的"唯物主义认识论"观点推向绝对，认定文艺仅仅是对现实的认识、仅仅是对现实的反映，顶多在"认识"或"反映"前面加上定语"形象"，叫作"形象认识"或"形象反映"；倘若有人说"文艺也表现自我"，则立即被扣上"唯心主义"的帽子。这样，就把文艺认识论的积极因素和合理因素消解殆尽。

这可以称为文艺的"唯认识论"，或者叫作庸俗文艺认识论。庸俗文艺政治学、庸俗文艺社会学、庸俗文艺认识论作为主流政治文化的三个连体宠儿，畸形膨胀，称霸文坛，舆论一律，步调一致，剪除异端。一段时间内，特别是"四人帮"肆虐的那段日子，一方面，离"为政治服务""阶级斗争工具"不敢谈文艺，离"社会意识形态"不敢谈文艺，离"唯物主义认识论"不敢谈文艺；另一方面，谈文艺不敢谈"人性""人情"，谈创作不敢谈"表现自我"，分析作品不敢分析"文艺心理"（文艺心理学被视为唯心主义）；等等。许多学者的脑子如同被点进了凝固剂，硬化僵持，刻板机械，生产不出新鲜的有生气的思想来。在文艺界，不管是在理论家那里还是在作家那里，相当严重地存在着忽视甚至蔑视文艺自身独特品格的现象，而文艺的审美特性尤其不受待见。

直到20世纪70年代末，政治路线和思想路线发生根本改变，文艺理论和美学才借此东风，出现重大变化。

但是，这种变化不是自动发生的，而是经过学界同人的自觉努力，即有意识地对以往的思想禁锢和僵化模式进行反拨。不是以往不注意区分不同精神生产方式的特点吗？此刻则大谈文艺创作的"形象思维"问题，20世纪70年代末掀起"形象思维"研讨热潮；不是以往忌讳说"人性""人情"吗？此刻则为《论"文学是人学"》平反——钱谷融《论"文学是人学"》发表于1957年第5期《文艺月刊》，立即被作为典型的"人性论"理论受到批判。1980年第3期《文艺研究》重新发表此文，1981年，人民文学出版社又出版单行本《论"文学是人学"》，文艺界以此为题开研讨会，学者纷纷著文，对钱谷融的观点予以热烈赞扬。又是再版，又是研讨，不亦乐乎。针对以往只重视文艺与政治、文艺与社会、文艺与认识等关系（有人称之为文艺的"外部关系"）的研究，现在则"向内转"，借鉴西方的"新批评""俄国形式主义""结构主义"，以及"弗洛伊德主义"和"格式塔"等流派的文艺心理学，进行文艺的内在品格（有人称为文艺的"内部关系"）的研究。针对以往蔑视文艺的审美性质，此刻则涌起一股前所未有的"美学热"——它实际上是思想解放的一个组成部分。正是在这种具体历史环境和文化氛围中，乘时代变迁之风，文艺美学才应运而生。

文艺美学是"美学热"的一部分——它是美学队伍中一支新的生力军。文艺美学是文艺学研究"向内转"的重要表现——审美关系是文艺最重要的所谓"内部关系"之一。尤其是，文艺美学以文艺的审美特性为视角、为对象，"审美"地研究文艺，同时研究文艺的"审美"。它深入研究文艺不同于其他社会文化现象的特殊性，是对以往庸俗文艺政治学、庸俗文艺社会学、庸俗文艺认识论的有力反拨。在文艺美学看来，文艺不但不是阶级斗争的工具，也绝非任何他物之附庸、婢女。它不是如以往所说那种派生的低一级的次一等的"雕虫"之"小技"、"丧志"之"玩物"，而是人类本体论意义上的活动。它同人类其他生命活动方式和形态处于平等地位，是同样重要的活动。它以自己特有的样态、手段和途径，对人类通过自己万千年社会历史实践而熔铸和积淀的自由生命本质进行确证、肯定、欣赏和张扬。它直接成为人的本体生活的组成部分，成为人的生命存在的一种形态。

我国台湾地区诗人蒋勋有一首诗，题目叫作《笔》："好像是我新长出的一根手指/所以我总觉得出/你应该流出红色的血液/而不是这黑色的墨汁。"这首诗表现了诗人以生命为诗的美学态度。文艺本该如此。

在文艺美学看来，文艺虽然可以具有某种意识形态性，存在某种意识形态特点，但它绝不如庸俗文艺社会学者所说仅仅是一种社会意识形态；文艺虽然可以包含某种认识因素，但它绝不如庸俗文艺认识论者所说仅仅是认识。那种庸俗文艺社会学和庸俗文艺认识论理论不符合文艺实际，无法解释许多十分普通的文艺现象。

例如：你说齐白石所画大虾洋溢出来的审美情趣，中国古画史上的"吴带当风""曹衣出水"，中国文学史上的四言诗体、五言诗体、七言诗体和欧洲的十四行体，古希腊建筑中的陶立安柱式、爱奥尼柱式、科林斯柱式……是什么"意识形态"？它又"认识"了什么？

顺便说一说，为匡正以往，也有人提出"文艺是审美意识形态"，"文艺是审美反映（认识）"。[①] 这比说文艺仅仅是社会意识形态、文艺仅仅是反映（认识），大大前进了一步。作为文艺学的

[①] 这是钱中文和童庆炳先生提出来的，不幸的是，童先生因心脏病突发于2015年6月14日去世。

一个重要派别、一种重要观点,"审美意识形态论"("审美反映论")的提出,无疑从某个方面把握住了文艺的一个重要特性,对文艺学的学术事业是有益的、有贡献的,它与文艺学的其他有价值的理论派别一样,应该继续发展,而且应该一起携手前进。但也应该看到,这种理论同样有它的界限和不足。如前所说,文艺中的审美,与意识形态、与反映(认识),可以有联系,但又是不同的两种东西。一方面,"审美"中还具有意识形态所包含不了的东西,同样它也具有反映(认识)所包含不了的东西;另一方面,文艺中也有"审美意识形态"和"审美反映(认识)"所包含不了的东西。所以,仅仅说"文艺是审美意识形态","文艺是审美反映(认识)",尚不能说出文艺的全貌,也不能完全说清文艺的最根本的特质。

文艺美学不仅是对上述僵化理论的反拨,同时也是对学界长期存在的"本质主义""普遍主义"思维模式的冲击。前几年学者陶东风著文对文艺学教学和研究中的"本质主义""普遍主义"思维模式提出批评。

陶东风的文章《大学文艺学的学科反思》发表在《文学评论》2001年第5期,我看了,虽然某些地方我不能完全苟同,但基本意思我是赞成的。数十年来文艺学、美学研究中的确存在那种"本质主义""普遍主义"的"僵化、封闭、独断的思维方式",非要把本是历史的、具体的文艺现象本质主义化、普遍主义化,找出"放之四海而皆准"的"普遍规律"和万古不变的"固有本质"。

庸俗文艺政治学、庸俗文艺社会学、庸俗文艺认识论的那些命题,就是将具体的、历史的文艺问题本质主义化、普遍主义化的结果,成为本质主义、普遍主义的标本。文艺美学对它们的反拨,同时也是对其僵化思维模式的反拨。

但是我想指出,反对本质主义、普遍主义,并非绝对不要"本质""规律""普遍"这些概念。我主张:可以要"本质",但不要"主义";可以要"普遍",但不要"主义";可以要"规律",但不是"放之四海而皆准"。"本质""普遍""规律",都是相对的、历史的、具体的,而没有、也不可能有抽象的、超历史的、超时空的、万古不变的、放之四海而皆准的。然而,不能因此而绝对否定事物(包括文艺现象)有变动中的相对稳态、多样性中的相对统一性、运化中的相对规律性。不然,世上的事物就会完全不可捉摸、不可掌握。

内在根据与学术理路

从文艺理论自身的学术发展理路来看,关注文艺本身的"审美"特性以及"审美"地关注文艺本身的特性,是其题中应有之义,也就是说,是其本然的内在要求,是任何外力无法取消的内在品性。我们在上面约略说过:文艺可以有认识的、政治的、道德的、宗教的、审美的等多种因素,唯审美因素不可或缺。现再补充一句:审美因素如同一种酵母,其他因素必须经审美因素的发酵,与审美因素相融合才有意义,才能"和"成文艺有机体,才能创造出以审美因素为发酵剂、同时也以审美因素为核心的多种因素综合的艺术价值。

为什么呢?

此乃文艺本性使然。关于这个问题,我曾在《文学原理——创作论》(人民文学出版社 2001 年版)中作过一些理论探索,提出过一些假说。现再略作申说。

第一,从发生学的角度来说,文艺与审美从一开始就结下了不解之缘。一般地说,人猿揖别之初,人对世界的掌握是混沌一体的。那时的初始意识主要是感性观念;稍后,出现了原始思维,出现了情、意的分化,有了喜悦、惧怕、敬畏等情绪、情感,也有了征服的意志。原始人在生存道路上取得的每个进步,既增加了对世界的了解(原始的知),也增强了前行的信心、意志(原始的意），同时也产生了对人自身生存意义的肯定以及由这种肯定所带来的由衷的喜悦（原始的情）。这种肯定和喜悦，就是最初的审美因素，只是尚未从其他因素中分化、独立出来而已。经过若干万年，随着人类实践的发展，审美因素逐渐趋于分化和独立。据考古发现，距今数万年前的山顶洞人已有类似于今天的颇富"装饰"意味的物品，如钻孔的小砾石、钻孔的石珠，而且都是用微绿色的火成岩从两面对钻而成，很周正，都是红色，似都用赤铁矿染过。[①] 如果说这些物品标志着人类审美活动开始分化和独立的萌芽，那么经过距今数千年前（至少五六千年以前）陶器和玉器上所表现出来的审美活动因素的进一步独立发展，到夏商周青铜器、歌（诗）、乐、舞的繁荣，则可看到审美活动完成了分化、独立的历程。审美活动原本同原始的宗教巫术和祭祀礼仪活动等混沌一体，但它总是追求自己独立的活动形式和专有领地。当歌（诗）、乐、舞等出现的时候，它也就逐渐找到了自己的独立活动形式和专有领地；再往前发展，当歌（诗）、乐、舞主要不再是祭祀礼仪的依托、不再是宗教巫术的附庸，而是以创造审美价值为己任时，它们就成为一种独立的实践—精神活动形态。

"实践—精神"的形态或方式的说法，是指人类各种不同的掌握世界的方式，来源于马克思。

在《〈政治经济学批判〉导言》中马克思说："整体，当它在头脑中作为思想整体而出现时，是思维着的头脑的产物，这个头脑用它所专有的方式掌握世界，而这种方式是不同于对于世界的艺术精神的，宗教精神的，实践精神的掌握的。"[②]

当歌（诗）、乐、舞主要以创造审美价值为己任时，它们就成为一种独立的实践—精神活动形态，成为一种独立的社会文化现

[①] 参见贾兰坡《"北京人"的故居》，北京出版社1958年版，第41页。
[②] 《马克思恩格斯选集》第二卷，人民出版社2012年版，第701页。

象，文艺就诞生了。审美不仅是文艺得以生发的前提和原动力，同时也是文艺自身具有标志性的内在品性。文艺理论不能不对此作理性思考。

第二，随着文学艺术和审美活动相得益彰的发展，人们可以清楚地看到，文学艺术越来越成为审美活动的高级形态和典型表现。人们稍一留心就会发现，审美活动是人类现实生活中普遍存在的现象，鲍列夫在其《美学》中甚至说"审美活动——这是在全人类意义上的人的所有活动"①。然而，又必须注意到：既然文艺是审美的专有领地和主要活动场所，那么，一方面，审美在文艺中总是借其得天独厚的地位和条件，获得充分的发展；另一方面，文艺也对现实生活中的审美活动进行集中、概括和升华，成为它最充分、最典型的高级表现形态，并不断创造出新的审美样式、新的方式、新的领域。这些都要求文艺学给以新的理论把握和理论解说。这样，研究文艺的审美特性和审美地研究文艺的特性，就自然而然成为文艺理论自身的内在需求和无可回避的趋向，也成为它不可或缺的主要内容。

从历史上看，关注和研究文艺的审美性质，不论在中国还是在世界上的其他民族，都古已有之。

例如，孔子就对文艺的审美魅力深有体会，在齐闻《韶》三月不知肉味，说"不图为乐之至于斯也"（《论语·述而》）。在另一个地方，孔子还从审美的角度对不同作品作了比较，说"《韶》'尽美矣，又尽善也'"，而"《武》'尽美矣，未尽善也'"（《论语·八佾》）。柏拉图在《大希庇阿斯篇》中谈到菲狄阿斯雕刻的美。亚里士多德在《诗学》第七章也谈到史诗的情节长度与美的关系，说"情节只要有条不紊，则越长越美"。黑格尔甚至把他的美学称为艺术哲学，即美的艺术的哲学，专门研究艺术美，因此

---

① ［苏］鲍列夫：《美学》，乔修业、常谢枫译，中国文联出版公司1986年版，第18页。

有人认为黑格尔美学就是文艺美学。中国和西方以及世界其他民族，两千年来关于文艺的审美问题的探讨，从未间断过，且不断深入发展。所以从这个角度说，文艺美学作为一个独立的学科虽然在 20 世纪 80 年代才得以命名，但文艺美学思想却绝不自 20 世纪 80 年代始，正如同美学（Aesthetics，感性学）虽自 1750 年德国哲学家鲍姆加通那里得名，然而美学思想绝非从那时起。由此我们也可以得到启示：文艺美学作为一个学科在 20 世纪 80 年代于特定社会环境和文化场域中得以命名，从学术自身的内在理路看，有它悠久而又深厚的历史传统作为基础和根据。

　　上面我分别从逻辑的和历史的两个方面论述了文艺美学作为一个学科产生和发展的内在根据。

　　下面我还要说一说，文艺美学的提出、建立及其学术研究的开展，从两个层面即文艺学层面和美学层面上深化对文学艺术的理性把握。

　　先说文艺学层面。前面曾提到，文学艺术可以有多种品质和性格，多种因素和层次，因此也就可以从多种角度、用多种方法对其进行多方面、多层次的研究，由此也就可以形成文艺学的多种分支学科（如文艺认识论、文艺社会学、文艺心理学、文艺伦理学、文艺文化学、文艺美学等），而每一种分支学科都可以发挥自己的优势和特长，作出自己独到的贡献。一般的文艺学研究，着眼于文学艺术的一般性质和品格，这当然也是必要的；但要做到对文学艺术各个方面各个角落更加细密更加精致的了解和把握，则需发展各个分支学科的研究；如果已有的分支学科还不够用，那就再建立新的，如 20 世纪 80 年代建立和发展文艺美学。中国 20 世纪 80 年代以前的文艺学研究，主要发展了文艺政治学、文艺认识论、文艺社会学，这本是应该的和必要的，也取得了某些成绩；但众所周知，它们在某个时期被推向极端，趋于畸形。尽管如此，我认为，如果去掉庸俗化，今后文艺政治学、文艺认识论、文艺社会学还是需要的,并且是应该加以发展的。文艺美学的建立,并不是要取代文艺政治学、文艺认识论、文艺社会学,而是要开辟文艺学研究的另外一个领域,即开辟对以往被忽视了的文艺固有的审美领域的研究。审美是文艺本身更加具有本质意义的性质和特点。建立和发展文艺美学,开展对文学艺术审美特性的研究,不但对以往庸俗的文艺政治学、文艺认识论、文艺社会学弊病是一种匡正;而且相对于文艺学的一般研究而言,也是一种深化和具体化。譬如,文艺美学可以比一般文艺学更加深入和具体地探讨文学艺术中的内容美和形式美的特殊关系,可以从美学角度探讨表现和再现、写意和写真、形似和神似、情与理、虚与实、动与静、疏与密、奇与正、隐与秀、真与幻等一系列关系,探讨如何通过上述关系的恰切处理从而产生无穷无尽的审美魅力,等等。当然,文艺美学还有其他许多具体内容。所有这些研究任务,不但是一般文艺学所不能细致地照顾到的,而且也是文艺学的其他分支学科所不能代替的。

再说美学层面。相对于一般美学而言,文艺美学也为美学研究开辟了一个具体的专门的领域,使其更加深入和细密;这同文艺美学相对于一般文艺学的情况相似。文艺美学不像一般美学那样研究人类所有审美活动,而是加以专门化,把它的力气用在它所特别关注的地方,即集中研究文艺领域的审美活动。这也同美学的其他分支学科区分开来:它不同于技术美学专门研究科技活动中工艺设计的审美特性,也不同于生活美学专门研究日常生活中的审美现象。如此,则文艺美学的任务既不能被一般美学也不能被美学的其他分支学科所取代。我认为,文艺美学的出现使得美学研究更加专门化,更加细密和具体,这是美学研究的进步,是一件好事。但是有的美学家不这么看。1988年我和同事访问莫斯科的时候,曾同当时的苏联科学院高尔基世界文学研究所高级研究员、美学家鲍列夫就这个问题交换过意见。我对鲍列夫说:

"中国学者提出文艺美学这一新的术语,也可以说是一个学科。您怎样看这一问题?苏联有无类似的提法?"鲍列夫说:"我认为'文艺美学',还有什么'音乐美学',其他什么什么美学,这种提法不科学。苏联也有人提什么什么美学,但我认为并不科学。正像(他指着桌子)说'桌子的哲学'、(指着头上的电灯)'电灯的哲学'等不科学一样,这样可以有无数种'哲学'。同样,如果有'文艺美学''音乐美学',那么也可以提出无数种'美学',这就把美学泛化了、庸俗化了。"[①] 而我的意见同鲍列夫相反。在我看来,文艺美学不是美学的泛化和庸俗化,而是美学自身的具体化和深化。一般美学因其研究对象的宽泛性,故它所得出的命题和论断,既适于日常生活的审美活动,也适于生产劳动中的审美活动,也适于科学技术中的审美活动,也适于文艺中的审美活动,具有更广阔的涵盖面,更概括、更抽象。然而,正因为其更概括、更抽象,所以对某一特定领域来说则不够具体和细致。譬如,科学技术和生产劳动中涉及的许多特殊的美学问题,特别是"工艺设计"(Design,基扎因),如飞机座舱的颜色如何适应乘客眼睛的美感需要,机器的设计如何既符合科学原理又美观,等等,就需要专门加以研究和解决。同样,文艺领域自身有着许多特殊问题,也需要专门研究解决。例如,人的情感是美学研究中必然要涉及的问题。但一般美学只是研究和揭示审美活动中人的情感所具有的地位、意义和作用,日常生活中的情感与审美情感的关系,审美情感的性质和特点,审美情感与道德情感有什么不同,等等。但是,审美情感在文学艺术中具有极其不同的意义和作用。文艺美学要研究和揭示:在文学艺术中审美情感是怎样作为想象的诱发剂、又怎样作为形象的黏合剂发挥作用的?艺术家的审美情感是怎样通过语言、画笔、雕刀、音符等流注进

[①] 有关我同鲍列夫的谈话内容,在我主编的《文艺美学原理》(社会科学文献出版社1998年版,第8页)中作了记述。

他所创造的形象中去的？作者和读者（观众）怎样以特殊形态进行情感交流和对话的？读者（观众）的审美情感是怎样既受作者情感的规范又不断突破这些规范的？读者（观众）的情感在何种程度上使作品的形象变形甚至变性的？等等。随着人类社会的前进，人类审美活动也不断发展，而各种不同的审美活动领域也越来越充分地表现出自己的特点。在这样的情况下，假如美学研究仍然仅仅停留在人类审美活动一般性质和共同品格的探讨上，则会变得空泛、抽象，与各个领域具体、生动、丰富、多样、各具特色的审美活动实际离得太远，美学也就难以充分发挥它应有的作用。客观现实本身要求美学理论同它相适应。于是从一般美学中发展、分化出生活美学、技术美学、文艺美学等，是美学自身发展的顺理成章的事情。这些分支美学在一般美学的基础上，更加深入、具体地研究各自领域审美活动的特殊性质，使审美活动的一般性质和特殊性质密切联系起来，使美学理论与各种各样丰富多彩的审美活动实际紧密联系起来，这是近年来美学研究的一大进步。因此，文艺美学不但不是美学的泛化和庸俗化，相反，是美学的深化和精细化，它将推进美学理论从空泛走向切实，从抽象走向具体。文艺美学以及其他分支美学的出现，是美学理论发展的一个新成果。

文学艺术和文艺美学的未来

最近二三十年来的世界，越来越明显地笼罩在"全球化"的天空之下。生活在各个地区、各个民族、各个国家的人们，就其总体而言，大多在"市场化"脚步的催促声中，选择、追求、竞争、奋斗、发展；社会生活、审美活动、文学艺术、学术文化，也自愿地或被迫地承受着"全球化""市场化"无孔不入的渗透，往前运行；而在它们或急或慢的前行身影之中，敏感的学者发现了一些值得注意、值得深思、值得研究的动向和特征，其中与我们讨论的文艺美学问题关系最紧密的就是：生活的审美化和审美的生活化；艺术与生活的界限越来越模糊不清；艺术是否会终结或消亡的问题再次受到关注。在这种情况下，人们不能不思考：美学、文艺美学向何处去？美学、文艺美学还有没有存在的理由和价值？

据我所知，所谓"敏感的学者"中，有两个代表人物值得一提，他们是美国学者理查德·舒斯特曼（Richard Shusterman）和德国学者沃尔夫冈·沃尔什（Wolfgang Welsch）。他们在最近十余年发表了许多具有广泛影响的文章和著作，特别关注"全球化"语境和"市场化"氛围中出现的生活审美化和审美生活化的动向和特点，提出应对措施，主张突破以往那种脱离生活实践而只局限于艺术领域的狭义美学模式，展现自己新的理论蓝图。

在舒斯特曼看来，审美活动本来就渗透在人的广大感性生活之中，它不应该、也已经不可能局限于艺术的窄狭领域；相应地，美学研究也不应该局限于美的艺术的研究而应扩大到人的感性生活领域、特别是以往美学所忽视的人的身体领域、身体经验的领域。就此，舒斯特曼提出应该建立"身体美学"。他认为，不能将哲学视为纯粹学院式的知识追求，而应看作一种实践智慧，一种生活艺术；哲学与审美密切相关，传统的哲学应该变成一种美学实践，应该恢复哲学最初作为一种生活艺术的角色。这些思想集中表现在舒斯特曼1992年出版的《实用主义美学：生活之美，艺术之思》和1997年出版的《哲学实践——实用主义和哲学生活》之中。① 舒斯特曼说："一个人的哲学工作，一个人对真理和智慧的追求，将不仅只是通过文本来追求，而且也通过身体的探测和试验来追求。通过对身体和其非言语交际信息的敏锐关注，通过身体训练——提高身体的意识和改造身体怎样感觉和怎样发挥作

---

① 这两本书都已译成中文：《实用主义美学：生活之美，艺术之思》，彭锋译，商务印书馆2002年版；《哲学实践——实用主义和哲学生活》，彭锋等译，北京大学出版社2002年版。

用——的实践,一个人可以通过再造自我来发现和拓展自我知识。这种对自我知识和作为转换的追求,可以构成一种越来越具体丰富的、具有不可抵制的审美魅力的哲学生活。"又说:"哲学需要给身体实践的多样性以更重要的关注,通过这种实践我们可以从事对自我知识和自我创造的追求,从事对美貌、力量和欢乐的追求,从事将直接经验重构为改善生命的追求。处理这种具体追求的哲学学科可以称作'身体美学'。在这种身体的意义上,经验应该属于哲学实践。"[1]

沃尔什也认为,目前全球正在进行一种全面的审美化历程。从表面的装饰、享乐主义的文化系统、运用美学手段的经济策略到深层的以新材料技术改变的物质结构、通过大众传媒的虚拟化现实以及更深层的科学和认识论的审美化,整个社会生活从外到里、从软件到硬件,被全面审美化了。美学或者审美策略,已经渗透到了社会生活的各个层面。美学不再是极少数知识分子的研究领域,而是普通大众所普遍采取的一种生活策略。因此,要重新理解审美与实践之间的关系,把美学从对美的艺术的狭隘关注中解放出来:"美学已经失去作为一门仅仅关于艺术的学科的特征,而成为一种更宽泛更一般的理解现实的方法。这对今天的美学思想具有一般的意义,并导致了美学学科结构的改变,它使美学变成了超越传统美学、包含在日常生活、科学、政治、艺术和伦理等之中的全部感性认识的学科。……美学不得不将自己的范围从艺术问题扩展到日常生活、认识态度、媒介文化和审美—反审美并存的经验。无论对传统美学所研究的问题,还是对当代美学研究的新范围来说,这些都是今天最紧迫的研究领域。更有意思的是,这种将美学开放到超越艺术之外的做法,对每一个有关艺术的适当分析来说,也证明是富有成效的。"沃尔什还说:"自

---

[1] [美]理查德·舒斯特曼:《哲学实践——实用主义和哲学生活》,彭锋等译,北京大学出版社2002年版,第202—203页。

从鲍姆加通对科学的审美完善的设计、康德的审美的先验化、尼采对知识的审美和虚构的理解,以及 20 世纪科学哲学与科学实践在完全不同的形式中所发现的科学中的审美成分,真理、认识和现实已经显示自己显然是审美的。首先,审美要素对我们的认识和我们的现实来说是基础的,这一点变得明显了。这是从康德的先验感性——接着鲍姆加通的准备——和今天对自然科学的自我反思开始的。其次,认识和现实是审美的,这在它们的存在形式中得到了越来越多的证明。这是尼采的发现,这一点已经被其他人用不同的术语表达出来了,并达到了我们时代的构成主义。现实不再是与认识无关的,而是一个构成的对象。尽管附加的现实具有的审美特征,非常明显只是第二性的,但我们越来越认识到,我们最初的现实中也存在一个最好被描述为审美的成分。审美范畴成了基础范畴。"[1]

舒斯特曼和沃尔什都认为,审美渗透在感性生活领域,生活审美化和审美生活化是一个普遍趋向,目前全球正经历着全面审美化进程。面对这种现实,他们从重新解读鲍姆加通寻求突破传统的狭义美学的框框,发掘鲍姆加通"美学"("Aesthetics")的"感性学"含义,将美学研究范围扩大到感性生活领域,使美学成为研究感性生活、研究广大审美活动的学科,成为一种"身体实践",成为"第一哲学",成为一种更宽泛更一般的理解现实的方法。

对照我们所能了解到的国外某些文化情况,以及我们所看到

---

[1] 沃尔什的话,我采用的是北京大学彭锋博士的译文,参见《从实践美学到美学实践》,《学术月刊》2002 年第 4 期。沃尔什的原文见 Wolfgang Welsch, *Undoing Aesthetics*, Translated by Andrew Inkpin, London: SAGE Publications, 1997, pp. 2 – 6, 38 – 47。该书已由陆扬、张岩冰译成中文,书名为《重构美学》,作者中文译名为沃尔夫冈·韦尔施,上海译文出版社 2002 年版。译文也不错,读者可参见该书第 1 编"美学的新图景"(第 3—138 页)和第 2 编第 9 节"走向一种听觉文化"、第 10 节"人工天堂?对电子媒体世界和其他世界的思考"(第 209—263 页)。

的中国目前的文学艺术和美学实际，虽然我并不完全赞成舒斯特曼和沃尔什的看法，但如果不作绝对化的理解，他们是有部分道理的。现在的确出现了某些方面某种程度的审美生活化和生活审美化、艺术与生活界限模糊的现象。大众文化、流行歌曲、广告艺术、卡拉OK、街头秧歌、公园舞会、文化标准化……所有这些现象都使人难以把审美与生活决然分开，也很难把生活与艺术决然分开，同时也难以把审美与功利决然分开（广告中有审美，但最功利）。这些新的现象，对传统美学的"审美无利害"、纯文学、纯艺术、艺术创作天才论、艺术个性化等观念，进行了猛烈冲击。它们是审美、也是生活，是生活、也是艺术，是"制作"也是"创作"，是"创作"也是"欣赏"；它们已经远远越出以往神圣的纯洁的"艺术殿堂"，普通得像村姑、像牧童、像农夫、像工人、像教师、像蓝领也像白领；它们的参与者不用打上领带、撒上香水、一尘不染地走进音乐厅，而是席地而坐听演唱，有时自己跑上去又歌又舞，是演员也是观众，散场时拍拍屁股上的灰就走；还有，现在"贵族们"穿上了"下等人"的服装，而所谓"泥腿子"则西服革履，在某些场合你辨不清身份。

在某些人看来：既然审美与生活合流了（审美即生活、生活即审美），艺术与生活模糊了（生活即艺术、艺术即生活），那么，艺术是不是就此终结或曰消亡？艺术如果终结了、消亡了，文艺学、美学、文艺美学还有必要存在吗？

但是我认为不必忙着下判断、作结论。必须仔细考察和思索一下：艺术是不是真的"熔化"了、消失得无影无踪了、不存在了，从而，黑格尔的"艺术终结"断言成为现实了。

未必如此。

我的基本看法是：

第一，必须承认生活与审美、生活与艺术关系的这些新变化、新动向。文艺学、美学、文艺美学必须适应这些变化和动向作出理论上的调整，对新现象作出新解说，甚至不断建立新理论。就此而言，舒斯特曼和沃尔什的理论新说是很有价值的。

第二，对上述生活与审美、生活与艺术的这些新变化、新动向也不能夸大其词，如詹明信所描述的那样："在后现代的世界里，似乎有这种情况：成千上万的主体性突然都说起话来，他们都要求平等。在这样的世界里，个体艺术家的个体创作就不再那么重要了。艺术成为众人参与的过程，不只是一个毕加索。"似乎艺术、艺术家在这种"平等""人人参与""标准化"之中失去意义和价值了，艺术与生活完全合一了；似乎人人都成为毕加索，从而毕加索就销声匿迹了，艺术家就不存在了。其实，这是一种误解。人类的整个生活和艺术并不都是这样。以往把艺术放在象牙之塔中、与生活隔离开来，是不对的；现在倘若把艺术完全视同生活，也不符合事实。以往的那些所谓高雅艺术（剧场艺术、音乐厅艺术、博物馆艺术……）和艺术家作家的创作，并没有消失，恐怕也不会消失。人是最丰富的，人的需要（包括人的审美需要、审美趣味、艺术爱好）也是最丰富、最多样的。谁敢说，古希腊的雕刻、贝多芬的音乐、曹雪芹的《红楼梦》、泰戈尔的诗……过几百年、几千年就没人看了、没人喜欢了？谁敢说，以后就永远不能产生伟大作家、伟大艺术家？帕格尼尼时代的普通人小提琴没有帕格尼尼拉得好，今天的人小提琴没有吕思清拉得好，将来，恐怕还会出现普通人与帕格尼尼、吕思清这样的小提琴家之间的差距。艺术天才还会存在，艺术个性还会存在。面对"全球化"浪潮下产生的所谓"文化标准化"，更应该强调艺术个性。詹明信曾说："全球性的交流，包括互联网，距离感的消除，这些都是积极的，可喜可贺的。……全球化在各地都在促进标准化。这种标准化影响到文化问题，使文化也产生了标准化，相同的媒介在全世界到处宣扬。目前的文化远不是差异大的问题，而是越来越趋向同一的问题。我们有一件好东西，就是文化差异,是可喜的。我们也有两件坏东西,一件是经济标准化,另一件是文化标准化。"① 我赞成这种反对文化标准化的态度。审美趣味永远千差万别("趣味无争辩"是对的),艺术个性永远千种百样。

第三,即使就上述生活与审美、生活与艺术的新变化、新动向而言,也还要作具体分析。审美融合在生活里了,艺术融合在生活里了,这并不是表明审美和艺术真的消失或消亡,而只是表明它们转换了自己的存在形式。在这里我还想引述美国学者詹明信与中国学者在北京《读书》杂志进行座谈时说过的两段话。詹明信说:"在60年代,即后现代的开端,发生了这样一种情况:文化扩张了,其中美学冲破了艺术品的窄狭框架,艺术的对象(即构成艺术的内容)消失在世界里了。有一个革命性的思想是这样的:世界变得审美化了,从某种意义上说,生活本身变成艺术品了,艺术也许就消失了。这看上去是黑格尔的思想,因为黑格尔说,艺术被哲学取代了。但从事这方面研究的人们说,黑格尔并不是说艺术的对象没有了,因为生活需要更多装饰。"又说:"……艺术对象的消失被德里达称之为自由了,从这个意义上说,艺术变成了空间而不是客体。……在美国,当今一种重要而兴旺的艺术形式,它正在取代简单的油画和旧的框架意义上的艺术形式,没有艺术对象,只有空间。对艺术对象不进行研究。艺术对象的消失被解构主义者说成是艺术的死亡,是一种毁灭。"詹明信并不赞同"审美消失论"和"艺术消失论"。现实生活中发生了审美生活化和生活审美化、艺术和生活的界限不清的现象,这都是事实。但这只是表明艺术的对象、构成艺术的内容,消失在世界里了,只是说艺术的对象(构成艺术的内容)转换了存在的位置和形式,却并不是说它们不存在了;更不是说审美和艺术不存在了。

---

① [美]詹明信、张敦敏:《回归"当前事件的哲学"》,《读书》2002年第12期,下面所引詹明信的话,出处相同。

譬如，广场歌舞、狂欢，当然可以视为人们的一种特殊生存形式；但它们是人们生存的娱乐、审美、艺术形式，而不是人们生存的生产形式。审美和艺术融合其中了，但还是可以从中找出它们的影子来。它们并非从此消亡和终结。或者按詹明信的说法，只是因为"文化扩张""生活本身变成艺术品了"，所以，原来意义上的艺术对象（构成艺术的内容），消融在"文化""生活""世界"里了，这即产生了所谓"艺术的消失"或"艺术的终结"。其实，艺术还照样存在，审美、装饰还照样需要，只是它不是像过去那样与"生活""文化""世界"隔离开来、独立出来，而是与"生活""文化""世界"融合在一起，从而也就不易于被人们单独挑出来指指点点而已。美、崇高、丑、卑下、悲、喜……永远存在，艺术永远存在；可能存在的方式、形态有变化。如詹明信所说："但在如今的社会里，艺术和文化运作具有经济的性质，其形式是广告，我们消费事物的形象，即物品形象中的美。"

因此，审美活动和文学艺术不断发展变化，审美和文学艺术可以有新的方式、形式、形态，变化无穷。

然而，我坚信审美不会消亡、文学艺术不会消亡。由此，对审美和文学艺术的把握和思考不会消失，文艺学、美学、文艺美学也会存在下去，只是，它要随社会现实、审美活动、文学艺术的不断发展变化而发展变化。仅就文艺美学而言，第一，目前就急需对审美和文学艺术的新现象如网络文艺、广场文艺、狂欢文艺、晚会文艺、广告艺术、包装和装饰艺术、街头舞蹈、杂技艺术、人体艺术、卡拉OK、电视小说、电视散文、音乐TV等，进行理论解说。第二，的确应该走出以往"学院美学"的狭窄院落，吸收舒斯特曼和沃尔什的有价值的意见，加强它的"实践"意义和"田野"意义。文艺美学绝不仅仅是"知识追求"或"理性把握"，也绝不能仅仅局限于以往纯文学、纯艺术的"神圣领地"，而应该到审美和文学艺术所能达到的一切地方去，谋求新意义、新发展、新突破。

总之，文学艺术不会消亡，文艺美学不会消亡，它们会应新的历史文化环境和自身内在发展的需求，不断变化、前进。

（2003年11月28日在台湾地区中国文化大学"回顾两岸五十年文学"研讨会上的发言稿，2013年修改）

第七讲　传记文学之我见

　　所谓传记文学是怎样的作品？一般说，传记文学必须是写人物的，写人物的生平事迹和精神风貌的。传记文学写人物、塑造人物形象，与其他文学样式、特别是与小说等虚构文学样式写人物、塑造人物形象，既有相同或相近的一面，又有不同程度的差异。传记文学虽允许合理想象，但绝不允许凭空虚构和"戏说"。传记文学既是"历史"，又是"文学"，二者水乳交融、弥合无间而成为历史真实性与文学审美性的完美结合。在传记文学的写作过程中，会时时感到"真实"与"想象"之间的矛盾，必须拿捏好"真实"与"想象"之间的张力。写人物传记时取材有抉择，持论能中肯。抱有偶像情结是写不好传记文学的。将人物偶像化会让写作者看不清传主真实面貌，因此写人物传记，哪怕再伟大的人物的传记，也应该去掉偶像情结。不然，可能会失真。

　　拙著《戏看人间：李渔传》作为"中国历史文化名人传"丛书之第一批，由作家出版社推出已有三个年头。其间，得到一些读者赞许（李渔裔孙李彩标研究员还在《人民日报》发文予以肯定）；也听到某些批评。而我自己则始终惴惴不安。对我而言，传记文学的创作，难矣。其中甘苦（主要是苦），一言难尽。

何为传记文学

　　当接受了传记文学的创作任务，着手进行《戏看人间：李渔传》的写作时，当头遇到的一个问题是要明确所谓传记文学是怎样的作品。即如何给传记文学定位，给它正名——孔老夫子说名不正则言不顺嘛。

要知道，你写的既不是那种以虚构为翅膀而漫天飞翔的文学作品如小说、戏剧、传奇故事，也不是那种排除想象和虚构、以理性审视为主导、以客观公允叙述为本分的历史著作如《中国通史》《世界通史》；既不是那种冷峻的、雄辩的、以说理为特色的、咄咄逼人的檄文如骆宾王《为徐敬业讨武曌书》；也不是那种激情四射的、常常像火焰般燃烧的、充满各种惊叹语和形容词的、有时夸张到令人目瞪口呆的诗歌如郭沫若《立在地球边上放号》。另外，传记文学与通常人们所看到的纪实文学、报告文学，虽然属于同一大类，但又不完全一样，若细考究，差别明显——你若看到某部纪实文学或报告文学作品并不专写人物以及他的生平事迹和精神风貌，那肯定不能称为传记文学。

总之，你要在心目中画出一个传记文学的大体形象，给出一个基本观念。

那么，何为传记文学？

通过与传记写作组的作家朋友和专家学者多次研讨，又对历史上相关文学现象进行考察，我得出如下一些初步看法。

一般说，传记文学必须是写人物的，写人物的生平事迹和精神风貌的。虽然凡文学都是人学，文学离不开人。但同样作为"人学"，其他文学作品与传记文学却不一样。

有的可以主要通过写物而写人、表现人的情怀，如屈原《橘颂》、陆游《卜算子·咏梅》之类咏物诗词，如柳宗元《永州八记》、欧阳修《醉翁亭记》之类写景散文，如龚自珍《病梅馆记》之类咏物散文，等等。有的可以是以动物为描写对象的寓言和童话（以动物喻人），如庄子《逍遥游》所写的大鹏，伊索寓言《狼和小羊》，安徒生童话《丑小鸭》，等等。有的可以单纯抒情而不出现人物形象，如杜甫《绝句》"两个黄鹂鸣翠柳，一行白鹭上青天。窗含西岭千秋雪，门泊东吴万里船"；或人物只是隐形存在，如陈子昂《登幽州台歌》"前不见古人，后不见来者。念天地之悠悠，独怆然而涕下"，李商隐《登乐游原》"向晚意不适，驱车登古原。夕阳无限好，只是近黄昏"；或虽然有人物出现，但所写人物形象只是抒情符号，如李白《蜀道难》中的蚕丛和鱼凫等。有部分纪实文学或报告文学作品，以写历史事件或历史运动为主而不是以写人物为主，其中虽不可避免写到人物，但其中人物并非主角，而是为表现历史事件或历史运动服务，如钱杏邨（阿英）主持选编的《上海事变与报告文学》中的某些作品以及当代写环境污染、知青下乡、石油会战等某些报告文学作品——里边当然有人物，但重点是写历史事件与历史运动，这与专写人物及其生命史、精神史的传记文学有明显差别。

　　成功的传记文学作品，都是写人物，写人的生命史、精神史，塑造人物形象。譬如前些年被读者热议的《傅译传记五种》——乃大翻译家傅雷所译五种传记：菲列伯·苏卜撰《夏洛外传》，罗曼·罗兰撰《贝多芬传》《弥盖朗琪罗传》《托尔斯泰传》，安德烈·莫洛阿（或译安德烈·莫罗亚）撰《服尔德传》（服尔德或译伏尔泰），这些译本初版于20世纪30年代，2010年三联书店合集印行。这五本传记，除了其中菲列伯·苏卜那本《夏洛外传》写的是一个虚构的人物（电影明星卓别林的艺术创造），可作为小说来读，类似于鲁迅的《阿Q正传》，不符合我们关于"传记文学"的概念；其余四种，罗曼·罗兰的《贝多芬传》《弥盖朗琪罗传》《托尔斯泰传》，安德烈·莫洛阿的《服尔德传》，都是传记文学的精品。杨绛在《傅译传记五种》序中说，罗曼·罗兰所写三本传记之传主："虽然一是音乐家，一是雕塑家兼画家，一是小说家，各有自己的园地，三部传记都着重记载伟大的天才，在人生忧患困顿的征途上，为寻求真理和正义，为创造能表现真、善、美的不朽杰作,献出了毕生精力。他们或由病痛的折磨,或由遭遇的悲惨,或由内心的惶惑矛盾,或三者交叠加于一身,深重的苦恼,几乎窒息了呼吸,毁灭了理智。他们之所以能坚持自己艰苦的历程,全靠他们对人类的爱、对人类的信心。贝多芬供大家享乐的音乐,是他'用痛苦换来的欢乐'。弥盖朗琪罗留给后世的不朽杰作,是他一生血泪的凝聚。托尔斯泰在他的小说里,描述了万千生灵的渺小与伟大,描述了他们的痛苦和痛苦中得到的和谐,借以播送爱的种子,传达自己的信仰:'一切不是为了自己,而是为了上帝生存的人';'当一切人都实现了幸福的时候,尘世才能有幸福存在'。"[1] 罗曼·罗兰出色地描写了这三位传主的生命历程,创造了他们的鲜明形象,刻画出了他们的独特性格和心灵。作者激情澎湃,写得惊心动魄,读者看得刻骨铭心,有时会为传主的天才和多灾多难的经历而涕泪俱下。安德烈·莫洛阿的《服尔德传》,论者认为写出了服尔德一生"热烈轻快的节奏";服尔德生活过,奋斗过,受过苦,也看到旁人受苦。服尔德认为,虽然人的智慧很有限,但还是应当有所作为,一切都是不良的,但一切都可改善。服尔德的性格、形象和精神风貌,描写得非常鲜明而深刻。

中国也有好的传记文学作品,司马迁《史记》中许多写人物的部分,如写刘邦、项羽等,特别是"鸿门宴""霸王别姬",脍炙人口,读之不禁拍案叫绝。它们可视为传记文学作品的精彩片段。中国的"二十四史"中帝王将相、文学家、科学家的传记,有的相当不错,可以借鉴;此外,历史上一些文学家也写了不少传记文学作品,如柳宗元《种树郭橐驼传》,精妙无比。如果把尺度放宽一点儿,韩愈的《祭十二郎文》之类的作品,也可作为传记文学来读。

---

[1] 傅雷:《傅译传记五种》,生活·读书·新知三联书店1983年版,第2页。

传记文学如何塑造人物

传记文学写人物、塑造人物形象，与其他文学样式写人物、塑造人物形象，既有相同或相近的一面，又有不同程度的差异。

譬如，传记文学作为纪实性的叙事文学，与虚构性的叙事文学如小说、戏剧文学等，虽然都要塑造活灵活现、有血有肉、富有审美魅力的人物形象；但塑造的方法和原则大不相同。

作家在创作小说、戏剧等虚构性文学作品时，总是充分发挥他们自由想象的创造力和虚构才能。他们可以依据生活逻辑，随意增删：没有的，可以添上去；多余的，可以砍下来。大家都非常熟悉鲁迅在《我怎么做起小说来》一文中关于塑造人物的名言："人物的模特儿也一样，没有专用过一个人，往往嘴在浙江，脸在北京，衣服在山西，是一个拼凑起来的角色。"[①] 这个时候作家就是上帝，他有权力集众美于一身，创造出一个绝代佳人；也有权力聚众恶于一人，写出天下第一大恶。然而，大原则是：不违背"物理人情"。在这个前提下，作家可以天马行空，驰骋于天地间，如李渔《闲情偶寄·宾白第四》"语求肖似"条所说："我欲做官，则顷刻之间便臻荣贵；我欲致仕，则转盼之际又入山林；我欲作人间才子，即为杜甫、李白之后身；我欲娶绝代佳人，即作王嫱、西施之元配；我欲成仙作佛，则西天蓬岛即在砚池笔架之前；我欲尽孝输忠，则君治、亲年，可跻尧、舜、彭篯之上。"[②] 当代作家毕飞宇也说："写小说是我非常热爱的一件工作。它适合我。我喜欢虚构。作为一个行为能力不足的人，我喜欢虚拟的世界。道理很简单，我只是'坐在那里'就把所有想象的事情给办

---

① 鲁迅：《我怎么做起小说来》，《鲁迅全集》第 4 卷，人民文学出版社 1982 年版，第 513 页。

② （清）李渔：《闲情偶寄》，杜书瀛评注本，中华书局 2014 年版，第 114 页。

妥当了。'想象'是零成本的，不费体力，它几乎偷懒。"①

但是，传记文学作家塑造人物，则不能如此宽松自如。他必须在历史给定的素材约束之下刻画人物形象，必须通过人物自身真实的生活活动描写人物形象，通过人物真实的、实实在在的思想、情感、喜怒哀乐，刻画他的灵魂。朱东润在谈他20世纪40年代写作《张居正大传》时就说到历史给定的素材的限制。他在该书序中说："中国所需要的传记文学，看来只是一种有来历、有证据、不忌繁琐，不事颂扬的作品。"② 其中"有来历，有证据"，就是历史给定的素材的限制。历史上不存在或找不到证据的，不能虚构，更不能捏造。巧妇难为无米之炊。这与虚构文学的创作方法大相径庭。张居正是一个受历史陶镕而同时又想陶镕历史的人物，把这样一个人物形象描绘出来，必须在历史给定的条件下进行创作而不能越历史之规。朱东润说他遇到很大困难："第一，居正是几乎没有私生活的人物。现代传记文学，常常注意传主底私生活。在私生活方面的描写，可以使文字生动，同时更可以使读者对于传主发生一种亲切的感想，因此更能了解传主底人格。但是关于居正底私生活，我们所知道的太少了；明代人笔记里面，也许有一些记载，我们为慎重起见，不敢轻易采用，这一个缺憾，几乎无法弥补。第二，居正入阁以后的生活中心，只有政治；因为他占有政局底全面，所以对于当时的政局，不能不加以叙述。繁重、琐屑，都是必然的结果，但是不如此便不能了解居正。也许有人以为史传中的人物，寥寥数百字，可以挈举当时政局底大概，为什么要这样地浪费笔墨？不过，任何一篇史传，只是全部正史底一篇，在史家运用互见之例，尽可言在于此而意喻于彼，这是传记文学作品享受不到的便利。"③ 历史没有提供张居正有关

---

① 毕飞宇：《小说家对小说人物的爱和恨》，《文摘报》2017年11月18日第8版。
② 毕飞宇：《小说家对小说人物的爱和恨》，《文摘报》2017年11月18日第8版。
③ 朱东润：《朱东润传记作品全集》第一卷，东方出版中心1999年版，第8页。

"私生活"的材料，你不能凭空造出来；历史告诉后人"居正入阁以后的生活中心，只有政治"那也只能据此写他的形象。真是无可奈何。如此而已，岂有他哉！

我写《戏看人间：李渔传》，也遵此原则。我笔下的李渔形象，他的经历、事迹和思想情感，皆"有来历，有证据"。我力求经得起读者的检验乃至经得起李渔研究专家学者的检验，经得起历史的检验。

但是，我进行了合理想象。

真实与想象之间的张力

我们写的是历史文化名人的传记，传主是历史上真实的人，因此，传记文学必须是"历史"，是真实人物的"历史"，即它必须具有历史的真实性，而绝不是近些年某些热播的号称"历史"电视剧那样的"戏说"。"戏说"纯粹是娱乐，它可以完全不顾历史真实，任意强奸历史、蹂躏历史，只要能博得观众一笑，它就肆意妄为，无法无天。

传记文学视"戏说"为天敌。

然而，这只是问题的一个方面。

另一方面，它既然叫作传记"文学"，那就不是纯粹的历史（即不是如同一般的历史著作所写的那种历史），而同时还必须是"文学"（即具有文学的审美性、艺术性）。虽然在文学这一大类中，如前所说，它与虚构文学（如小说、戏剧等）不同；但在审美性、艺术性这一点上是一致的，即它必须具有审美魅力，能给读者以艺术享受。就此而言，传记文学作为文学之一种，与一般的历史著作不同。要之，历史著作与传记文学都讲究真实性；但传记文学需要既讲究审美性又讲究真实性，即审美的真实性；而历史著作却可以不讲究审美性只讲究真实性。阅读好的传记文学作品如前述罗曼·罗兰创作的三部传记，能够令人感动得流泪；但没有人听说读郭沫若或白寿彝的《中国通史》会热泪盈眶。

如此，则传记文学既是"历史"，又是"文学"，二者水乳交融、弥合无间而成为历史真实性与文学审美性的完美结合。

但是，在传记文学的写作过程中，会时时感到"真实"与"想象"之间的矛盾：太"真实"了（此处指的是完全为具体事实的所谓"真实"束缚而捆住想象的翅膀）则失去"文学"味儿，毫无审美魅力可言；太"想象"了（此处说的是完全不顾具体事实的约束而越出合理想象的范围）则失去历史真实性，成为"戏说"。必须拿捏好"真实"与"想象"之间的张力，即想象既不能完全被具体事实捆绑住手脚，又不能完全不顾事实而凭空捏造。事实乃想象之所本，想象而不能忘本、失真。

关于这个问题，朱东润的几部传记文学的创作实践经验，可资借鉴。他的创作，在我个人看来，有成功之处，也有不尽如人意的地方。

朱东润在《陆游传》第七章中写到陆游在南郑刺虎一段，相当精彩："……正在下马休息的当中，一阵风起，远远听到虎叫。陆游看看同来的士兵，他们的脸色都变了。这时退是无可退了，陆游挺起手中的长矛，大喊一声，向着前面直冲。老虎是不会等待的，猛地一跳，浑身站直了，正在准备朝前直冲的当中，陆游的矛头早到，一直戳进喉管，向上直冒的热血，结束了这一次人兽的斗争。"[①] 这段描写，肯定是作者想象的——朱东润怎么会看到近千年之前陆游刺虎的情形？但这想象是有根据的，这根据就是陆游自己的诗。陆游在《十月二十六日夜梦行南郑道中既觉恍然揽笔作此诗时且五鼓矣》中曾写到南郑刺虎："……眈眈北山虎，食人不知数。孤儿寡妇仇不报，日落风生行旅惧。我闻投袂

---

① 朱东润：《朱东润传记作品全集》第一卷，东方出版中心1999年版，第528页。

起,大呼闻百步。奋戈直前虎人立,吼裂苍厓血如注。从骑三十皆秦人,面青气夺空相顾。"正是依据这首诗提供的基本事实,朱东润才写出那段刺虎的情节:那"老虎是不会等待的,猛地一跳,浑身站直了"的情节,不就是诗中所谓"奋戈直前虎人立"吗?那"陆游的矛头早到,一直戳进喉管,向上直冒的热血",不就是"吼裂苍厓血如注"吗?那"陆游看看同来的士兵,他们的脸色都变了",不就是"从骑三十皆秦人,面青气夺空相顾"吗?

这就是合理想象。

但是,朱东润在《张居正大传》中大段大段摘引当年的奏章、文书、信札,有的段落长达五六百字甚至上千字,有的章节还连续摘引,似古籍摘编,"不忌繁琐",令人读来难以忍受。朱东润曾说:"十九世纪中期以来的作品,常常是那样地繁琐和冗长,但是一切都有来历,有证据。笨重确是有些笨重,然而这是磐石,我们要求磐石坚固可靠,便不能不承认磐石底笨重。"[①] 他所谓"十九世纪中期以来的作品"指的是西方的某些作品。他认为出于作品"真实"的需要,使之"一切都有来历,有证据",就应该不怕引用史料的"繁琐和冗长";倘若顾及文学性而伤及"磐石坚固可靠"和"磐石底笨重","文字也许生动一些,但是出的代价太大,究竟是不甚合算的事"[②]。朱东润在《张居正大传》中为了"真实"而进行的这种连篇累牍地引证,"真实"倒是"真实"了,"文学性"却减弱了甚至没有了,"审美性"稀释了甚至流走了。对文学作品来说,这"合算"吗?与罗曼·罗兰的《贝多芬传》《弥盖朗琪罗传》《托尔斯泰传》相比较,朱东润逊色多了。你读一读罗曼·罗兰的这三本传记吧,那里面可以说无一处无来历,无一处无证据——你从罗曼·罗兰所作的注释就可知道其资料来源是多么结实可信,坚如"磐石",极为"可靠";但是这

---

① 朱东润:《朱东润传记作品全集》第一卷,东方出版中心1999年版,第5—6页。
② 朱东润:《朱东润传记作品全集》第一卷,东方出版中心1999年版,第13页。

"磐石"却无"笨重"之感。因为，罗曼·罗兰的资料融化在叙述之中了，成为完美统一的艺术整体，读起来不但不觉得"繁琐和冗长"，反而感到是恰到好处的补充和必不可少的支柱。

"取材有抉择，持论能中肯"

这个小标题我之所以打上引号，是因为我引用的是朱东润《张居正大传·序》中的话。朱东润在提出"中国所需要的传记文学，看来只是一种有来历、有证据、不忌繁琐，不事颂扬的作品"之后，紧接着说："至于取材有抉择，持论能中肯，这是有关作者修养的事。"①

我认为这个观点很值得今天写传记文学的作者们借鉴。

传记文学，既是"客观"的，又是"主观"的。所谓"客观"者，是说你写的人物必须有来历、有证据，符合历史的真实，绝不可戏说。所谓"主观"者，是说你写的人物是你主观"观察"的结果，带着你的色彩，这是"有关作者修养的事"。这里我要讲一个真实的故事。美国著名作家和记者，曾任《纽约时报》副总编辑的哈里森·索尔兹伯里，于1985年10月在美国出版了一本写中国红军长征的书《长征——前所未闻的故事》，立即轰动美国。据介绍：为了写作此书，索尔兹伯里在十多年前就开始酝酿和准备。他收集和研究了大量有关长征的各种不同来源、不同观点的材料，并于1984年专程来到中国，在他的好友谢伟思和他的70岁的妻子夏洛特的密切合作下，沿着当年红军长征的路线，进行了实地采访。他以红军般的勇敢和坚毅，不顾年迈（当时76岁）有病（心脏病），怀揣心脏起搏器，带着打字机，爬雪山，过草地，穿激流，登险峰，中途战胜病痛折磨，坚持越过了千山万水，穿过七八个省份，历时74天，终于从江西到达了陕北，完

---

① 朱东润：《朱东润传记作品全集》第一卷，东方出版中心1999年版，第7页。

成了他自己的二万五千里"长征"寻访。沿途他考察体验了自然界的复杂地理环境和多变的气象,向老红军们、老船工们、老牧民们了解历史和现状,了解民俗风情,遍觅革命遗迹,博采轶闻轶事。更为重要的是,他有机会亲自访问了参加过长征的现今的许多领导人和健在的老将军,会见了不少党史军史研究人员,多方探索和考证了长征中的一些问题,正如地自己所说的那样,他"对中国人提出了我能想到的所有难题,直到弄清事实为止"①。中国作家有些疑惑,中国红军的长征,中国人自己最熟悉,曾经写过许许多多关于长征的回忆录和著作;一个外国人,即使你重走长征路,材料收集得再全,能写出怎样的长征来呢?于是,几位中国作家带着这个问题访问了索尔兹伯里。他的回答是:"我所写的乃是我的长征。"好一个"我的长征"!回答得真妙。作家笔下的长征,既是客观的,也是主观的。"我的长征"就是"我"所看到的长征,"我"所理解的长征,"我"心目中的长征。作为一部艺术作品,只有"我的",才是有特点、有价值的。由此我们可以得到启发:不同的作家对于同一个对象,完全可以写出不同的作品,它们都有自己的历史价值和审美价值,都应该得到肯定和赞扬。

　　当然,索尔兹伯里写的不是传记文学,但是"我的长征"这句话,对传记文学同样适用。你所写的,是你的人物。传主的经历、生活、所体验的人生道理,是客观的,你不能任意改变;但是,用你的眼睛去看,出现的是"你的人物"。

　　如何成为"你的"?

　　第一,取材有抉择。人物的一生吃喝拉撒、大事小情,如此冗杂、繁富、多样,你要有所抉择。你突出什么、弱化什么,选取什么、舍弃什么,这里面大有学问,看你有怎样的眼光。鲁迅

---

① 参见《长征——前所未闻的故事》,"中国青年网",2017年11月7日查询。

说，一部《红楼梦》，经学家看见《易》，道学家看见淫，才子看见缠绵，革命家看见排满，流言家看见宫闱秘事。你在一个人物身上看到了什么呢？这就看你写这部传记的宗旨和目的是什么，以及如朱东润所说的"作者修养"，即作者的世界观、人生观、审美观、学识、经历、所受教育等。如果没有罗曼·罗兰的"修养"，怎么能写出《贝多芬传》《弥盖朗琪罗传》《托尔斯泰传》那样伟大的经典传记文学作品？

但是，持论要中肯。朱东润曾批评西方某些传记："十九世纪以来的作品使人厌弃的，不是它底笨重，而是取材底不知抉择和持论底不能中肯。在这两点，从斯特拉哲底著作里，我们可以得到启示，可以学会许多的方法。莫洛亚攻击这派底著作，认为他们抱定颂扬传主的宗旨，因此他们所写的作品，只是一种谀墓的文字，徒然博得遗族底欢心，而丧失文学的价值。这个议论，确然获得我们底同情，传记成为颂扬的文字，便丧失本身底价值，原是一个显而易见的道理。"[①]

第二，发挥你的合理想象——上面已经论及，这里不再啰唆。

罗曼·罗兰写的三部艺术家传记，取材的抉择是合理的，持论亦属公正；而且发挥了罗曼·罗兰的天才想象力。三位传主都是罗曼·罗兰眼里的人物：是"罗曼·罗兰的贝多芬"，"罗曼·罗兰的弥盖朗琪罗"，"罗曼·罗兰的托尔斯泰"。

去偶像化

经过对成千上万历史人物多方筛选而进入我们这套"中国历史文化名人传"丛书中的一百多位传主，应该说都是我们中华民族数千年历史的精英，他们从各个方面对我们的中华文化做出了自己的贡献，值得我们敬佩。李渔虽然不是政治上和巨大历史运

[①] 朱东润：《朱东润传记作品全集》第一卷，东方出版中心1999年版，第6页。

动中叱咤风云的伟大人物，但在清初戏剧（传奇）和戏剧理论以及文化艺术的许多方面，留下了不可磨灭的印记，发生过重大影响，以至几百年间其作品陆续流播日本、欧洲和美国，为世界众多人士所关注。

李渔是个富有才华、虽有瑕疵却十分可爱的人，他和历史上许多杰出人物一样，是可以作为偶像（至少从某个方面而言）来崇拜的——对于许多阅读李渔的读者和研究李渔的学者来说，很容易将李渔偶像化。东北某大学一位漂亮的女教授，通过研究李渔，日长月久，深深介入李渔的生活和心灵，以至"爱"上了李渔。六年前在纪念李渔诞辰四百周年的研讨会上，她发言说，李渔是值得崇拜和值得爱的人："我告诉我的女研究生们，嫁人就嫁李笠翁。"这是将李渔偶像化的一个鲜明例子。我自己当然也有某种偶像情结。但是，写《戏看人间：李渔传》（写其他历史人物传记也一样），倘若总是抱着深深的偶像情结，恐怕是写不好的。为什么？因为，历史上任何人，都是有血有肉、有脉搏有心跳、优点缺点并存、有时候很高尚有时候却相当卑下、有骄人成就却会犯错误的人。一旦偶像化，往往眼睛向上，仅仅对人物仰视，由此可能会模糊你的视线和视野，只看其光辉，忽略其黑斑，这就流入片面，写出来的人物可能会失真，甚至成为某种偶像的符号。读者要看的是活生生的人物，而不是偶像的抽象符号。我认为正确的原则是：去偶像化，不溢美、不掩恶。

这里还应了人们说俗了的一句话："距离产生美。"必须说明，"距离产生美"作为一种美学理论，我并不赞成。美是一种价值形态，与"距离"没有关系（我在中国社会科学出版社出版的《价值美学》和《美学十日谈》二书中做过论说，此不赘）。这里之所以说到"距离"，主要是借以说偶像情结和去偶像化的问题。你把人物偶像化，好像把他供起来，让他高高在上，这就离你的人物（偶像）远了，或者让他的偶像光辉挡住视野，从而看不到他的细微部分，尤其看不到他的缺点，看不清他的真实面貌，可能觉得他哪儿哪儿都好；当你去偶像化之后，或者离得近一些或很近，才会看得准、看得真，如鲁迅所说，在显微镜下，连美人毛孔中的灰尘都看得清清楚楚。有一个现成的例子：我国台湾地区的大才子李敖和大美人胡因梦当年曾有一段令人羡慕的婚姻，可是结婚三个月，分手了。李敖曾"戏说"离婚原因："大家都看到胡因梦的美丽，可有一天，我推开卫生间的门，看到胡蹲在马桶上，因为便秘憋得满脸通红，面目狰狞，我心目中的女神形象从此毁了。"当然，这可视为玩笑话。但我认为其中也透露出一个道理：结婚前，离得远，有偶像情结，只看见"美丽"看不见"便秘"；结婚后，离得很近，什么都看见了、看清了——连毛孔中的灰尘。于是偶像坍塌了。然而，更真实了。

写人物传记，哪怕再伟大的人物的传记，也应该去掉偶像情结。不然，可能会失真。

我们应该向罗曼·罗兰学习。你看他写《弥盖朗琪罗传》，那么伟大的艺术家，全世界的人们所崇敬的对象，但是，罗曼·罗兰一点也不回避这位艺术家的弱点。一方面，他写到弥盖朗琪罗的辉煌业绩，写到这位雕刻家、画家和诗人的天才创造（那西斯廷顶上的绘画，那大卫、奴隶等雕像，还有无数出于他之手的作品，是他贡献给全人类的无价之宝）；写到他不知疲倦的忘我的工作（直到88岁高龄，临终前三日他还站着一整天做耶稣死难像）；写到他的真挚的"爱情"、他的诚实、他的善良、他的宽容、他的慷慨、他的乐于助人……另一方面，罗曼·罗兰同时也写到这位艺术家的"多疑"："他猜疑他的敌人，他猜疑他的朋友。他猜疑他的家族，他的兄弟，他的嗣子；他猜疑他们不耐烦地等待他的死。"[1] 罗曼·罗兰还写到弥盖朗琪罗"优柔寡断""软弱"和

---

[1] 朱东润：《朱东润传记作品全集》第一卷，东方出版中心1999年版，第255—256页。

"胆怯"。"他的全部尊严会在爱情面前丧失。他在坏蛋面前显得十分卑怯。"① 你再看他写《托尔斯泰传》。托翁无疑是罗曼·罗兰最敬爱乃至最崇拜的作家之一，他歌颂和赞美托翁的天才作品和他人品上的"绝对的真诚""坦白"；但是他也不讳言托翁的弱点，批评托翁的不抵抗主义的思想。罗曼·罗兰写到托翁曾经自责自己的"放荡"："我完全如畜类一般地生活，我是堕落了"，并且无情解剖自己造成"堕落"的各种缺点。② 罗曼·罗兰还从外形上如实描写了托翁的丑："他如猿子一般的丑陋粗犷的脸，又是长又是笨重，短发复在前额，小小的眼睛深藏在阴沉的眼眶里，瞩视时非常严峻，宽大的鼻子，往前突出的大唇，宽阔的耳朵。因为无法改变这丑相，在童时他已屡次感到绝望底痛苦……"③

罗曼·罗兰这三本传记中的人物，既是天才，又并非完美无缺——他们是像你我一样的人，你摸摸自己脉搏的跳动，你就会体味到，罗曼·罗兰笔下的人物，脉搏也正是这样跳动着。他们有欢乐，更有许许多多痛苦的经历。他们有非凡的人生，然而几乎都以悲剧结束自己的一生。在《弥盖朗琪罗传》的最后，罗曼·罗兰以《这便是神圣的痛苦的生涯》这样一个标题作结："在这悲剧的历史底终了，我感到为一项思虑所苦。我自问，在想给予一般痛苦的人以若干支撑他们的痛苦的同伴时，我会不会只把这些人底痛苦加给那些人，因此，我是否应当，如多少别人所做的那样，只显露英雄底英雄成分，而把他们的悲苦的深渊蒙上一层帷幕？——然而不！这是真理啊！我并不许诺我的朋友们以谎骗换得的幸福，以一切代价去挣得的幸福。我许诺他们的是真理……"④ 他写贝多芬，写托尔斯泰，出现在读者面前的也都是伟

---

① 朱东润：《朱东润传记作品全集》第一卷，东方出版中心1999年版，第259页。
② 朱东润：《朱东润传记作品全集》第一卷，东方出版中心1999年版，第416页。
③ 朱东润：《朱东润传记作品全集》第一卷，东方出版中心1999年版，第415页。
④ 朱东润：《朱东润传记作品全集》第一卷，东方出版中心1999年版，第361页。

大的但又复杂矛盾的悲剧式的人物。人们对他们的艺术和他们崇高的人格高山仰止，而对他们的悲苦遭遇深深地唏嘘叹息。

　　罗曼·罗兰的这些巨人传记，给予人们的是历史的真实，是赤裸裸的真理，是人生宝典。

　　［此文在 2017 年 11 月 11 日中国作家协会《中国历史文化名人传》丛书第七次创作交流会发言稿的基础上修订而成，发表于《江西师范大学学报》（哲学社会科学版）2018 年第 1 期，人大复印资料《文艺理论》2018 年第 10 期全文转载］

第八讲　文章不怕改

历史上和现实中能真正出口成章、文不加点的人不多。艺术创作中即时即兴、感性感悟和情感情绪的分量重一些，或许出口成章、文不加点的现象相对多见；而写作理论文章，逻辑、理性的分量更重，沉思默想是常态。但是，即使艺术创作，也常常反复修改，百炼成钢。文学史上那些伟大作家如果戈理、托尔斯泰等人的经历给我们提供了很好的例证。文章不怕改，精品往往是"修改"出来的，"提炼"出来的。

我的一次经历

世人写文章，不论是文学作品还是学术论文，按通常的说法有两种类型，一种是出口成章、文不加点的，另一种是反复修改、百般推敲的。人们往往更加赞赏第一种，说他们文思敏捷，才华横溢，甚至有点儿崇拜，称之为"神手"；如果是个孩子，那就是"神童"，长大了就是"天才"。

我也觉得第一种挺好，打心眼儿里羡慕；与之相比，自觉身矮，自恨无能。

但沉下心来仔细考察，历史上和现实中能真正出口成章、文不加点的人如曹子建写《七步诗》者，不多。如果说艺术作品的创作，小说、戏剧、散文，特别是诗歌，即时即兴的情况突出一些，感性感悟和情感情绪的分量重一些，或许出口成章、文不加点的现象相对多见；而写作理论文章，逻辑、理性分量更重，沉思默想是常态，反复推敲的情况司空见惯，一次成文、文不加点的文章，可能就稀罕得多。

或曰：写文章慢条斯理、反复琢磨，也许是这部分人（大概就是吾辈之流）天生愚钝吧？想想我自己，确实又愚又钝，笨得出奇。前一阵子我参加中国作家协会《中国历史文化名人传》丛书创作交流会（因为不才写了其中的《戏看人间：李渔传》，人们似乎觉得我有什么"体会"之类的需要说），会后应约把发言稿作为论文发给某杂志。此稿几经折腾，经历可谓不凡。第一次发去的稿子五千多字。隔两天再看一遍，发现诸多不妥，于是改，重发。又过两天，又发现不少遗漏之处，补充修订，再发。相隔不到三天，忽然看到有关传记文学问题的几个绝好例证，觉得很有价值，必须立即添上去……如是者延续数次。每次将改稿发走后，都觉得给责任编辑添了麻烦而一再致信道歉；到后来，实在不好意思，说：这是最后一次修改了。但还不到24小时，马上食言，因为又发现了某处用词不够准确，于是再把改稿发去——真是让人哭笑不得。责任编辑是位女博士，大概看我年纪大，很客气亦很宽容，发邮件给我说："没事的，您老工作做得越认真、仔细、严谨，我心里越欢喜。您老不必见外，只要还没有出胶片就可以改的。"直到此文发排，修改、补充了十来回，从五千字小文变成洋洋万言的长篇。

女博士的那番话是真心的，我能体会到她的善意；然而在我，却老是为自己屡屡不能定稿给责任编辑增添麻烦而自责不已。

但后来偶然看到李辉的一篇回忆著名出版家范用（曾策划出版了巴金的《随想录》、陈白尘的《牛棚日记1966—1972》《傅雷家书》，创办了《读书》《新华文摘》，影响了一代人）的文章，稍稍释怀。李辉说他在《北京晚报》当编辑的时候，几次收到范用的稿子，之后电话次数明显增多。不论白天、夜晚、班上、家里，电话铃响，拿起来，只要对方是范用，都是改稿子，直到发排前一晚上还匆匆打来电话，说有一个字不妥，须订正。

受人尊敬的范用老先生尚且如此，何况吾辈？而且我也可以忝为同道；既为同道，也就显得我不那么"孤单"了。

但是，对自己屡次"游移不定"而"改"稿，究竟算不算个"毛病"，还是没有十成把握。为了对此作出"价值"判断，我有一段时间特别留心中外文坛有关修改文章的事例，特别是注意那些伟大作家修改文章的故事。嘿嘿，看了他们的许多故事之后，我从屡"改"屡"犯"自觉理亏的状态，突然为之一振，顿觉"理直气壮"——那些伟大作家也是这般为文的啊。当然，无名小辈如鄙人者，不能与那些大文豪相提并论；但人糙理不糙，修改文章的理儿是一样的。

得出的结论是：文章不怕改。

以实例为证。

从果戈理说到王小波

先看看果戈理怎么说：

……过一个月、两个月，有时也许还要久些，你再拿出你所写的东西来读一读吧。你会发现有很多不对的，很多多余的，和很多没有达到的地方。你在空白上做一些订正和注解，然后再搁起来。当下次读它时，仍要在空白上添上新的注解，到那里无处可写了，就移到远一点的页边。当全部都被写成这情形时，你便亲手来把这些文字誊在另一笔记本上。这时就忽然出现了新的主意，于是，剪裁、补充、把词句重新简练一遍。在以前的文字中会跳出一些新的字句，这些字句非安置在那里不可，但这些字句不知怎样却不能起初一下就现身出来。你再放下那个笔记本吧！你去旅行，去消遣，你什么也不要做，或者去另写别的东西。时间一到就想起抛开的那个笔记本了。你拿起它，读一读，用同样的方法改一改，当又被涂抹得不堪时，你再亲自誊一遍，你到这里会发现随着文字的坚实、句子底成功和洁净而来的，是你的手似乎也坚实了起来了：于是每个字也更加强硬和坚决了。应该这样做八次！有些人也许用不着这些次，但有些人也许还得多几次，我这样做八次。只在这八次的修改！必须是在亲手的修改之后，工作才算完全艺术地了结，才会得到创作的真谛。①

啊哦！果戈理原来是这样写作的。

果戈理的写作过程伴随着修改过程。对于这位伟大作家来说，写作即意味着修改。在他看来"慢腾腾"的写作和修改自己稿子的方式，在某些写作快手看来，可能近于"病态"；至少，有点儿"邪乎"，一般作家似乎做不来或不屑于做。

然而，果戈理正是以这种近于"病态"、有点儿"邪乎"的写作和修改，创造出了俄国文学史乃至世界文学史上的经典作品。玉不琢不成器，他的《死魂灵》，他的《钦差大臣》，他的所有作品，都是如琢如磨、精雕细刻、反复修改出来的。单说《死魂灵》，这部世界名著从题材的确定到初稿、定稿，都是不断听取朋友的意见而逐渐构思、写作、加工、修改而成形定稿的，其中普希金起了重要作用。《普希金文集》中曾经记述过果戈理与普希金的一段交往。有一次普希金看到果戈理一篇文稿的某个片段，大加赞扬："有了这种推断人和淡淡几笔就把他活灵活现地表现出来的能力，怎么不动手写大作品？这简直是罪过！"在赞扬的同时，普希金把自己的一个题材交给果戈理——他本想以此写一部长诗，

---

① 徐中玉辑译：《伟大作家论写作》，天地出版社1944年版，第58页。

他说，他是不会把这样宝贵的题材交给别人的。这就是《死魂灵》题材的来源。① 这说明普希金对晚辈作家（果戈理比普希金小十岁，创作生涯比普希金晚得更多）是多么器重、多么爱护、多么提携。不久，果戈理动笔写《死魂灵》初稿，并把开头几章念给普希金听。果戈理后来在给茹科夫斯基的信中描述了普希金听朗诵《死魂灵》初稿时的反映："（普希金）开始慢慢地越来越忧愁，最后竟变得十分阴郁了。朗诵结束时，他用感伤的声调说：'天呀！我们俄罗斯是多么悲惨啊！'"虽然初稿头几章能打动人，但是，并不尽如人意。于是果戈理在听取了朋友们的意见后，把开头部分完全重新改写过，并且更仔细地考虑了全盘计划。②

前面我引述的果戈理那段话，说他的作品要改"八次"；而像《死魂灵》这样的大作，我想不止"八次"吧。

这样的写作当然很慢，但慢工出细活儿，出精品。在果戈理那里，每一个句子，都是思索很久后得到的。别的作家毫不费力在一分钟内把一个句子换成另一个句子，而在果戈理，则要反复考量。他说他宁肯饿死，也不愿发表那没有分别的不加思考的作品。经过了并且深深体验了这样的写作和修改过程，一个真正的艺术家才能够说：艺术家的一切自由和轻松的东西，都是用过分的压迫而得到的，也就是伟大的努力的结果。③

今天的作家朋友是否应该想一想：你是怎样写作和怎样修改的？如果你写得快而好，那我们当然佩服；但是如果快而粗，那么是不是可以像果戈理那样写得慢些？是不是应该以果戈理为榜样多思量、多修改？

由果戈理我忽然想起了王小波。

---

① ［苏］罗果夫：《普希金文集》，戈宝权编，时代出版社1954年版，第294页。
② ［俄］布罗茨基主编：《俄国文学史》中册，蒋路、孙玮译，人民文学出版社1957年版，第533页。
③ 徐中玉辑译：《伟大作家论写作》，天地出版社1944年版，第57—58页。

2017年，许多朋友纪念王小波逝世20周年，我也在重读王小波。他是一位风格独特的优秀作家，我非常喜爱。王小波的许多作品写得很好，可谓精品，如中篇小说《黄金时代》（这篇小说三万多字，断断续续写了十来年；王小波自己说《黄金时代》是他的宠儿）；还有《三十而立》《似水流年》《我的阴阳两界》等，也是好作品；而《革命时期的爱情》等，虽有瑕疵，也不错。因为这些作品用怪异的手法，真实地写出了"文化大革命"中那一代人的生存状况、思想感情和行为方式，写出了他们的历史命运，写出了他们的精神困境。这类题材，王小波是写得最好的一位。王小波在一个访谈节目（这是他留下的唯一视频纪录片）中曾说，现实生活就像一颗洋葱，一层一层包裹着，剥了一层，再剥一层，层层都是假的，真的"心儿"在最里面，剥了很久还没剥到"心儿"，一般人看不到（大意如此——作者按）。王小波说，他要去看生活"后面"的东西。王小波的观察具有穿透力，能够透过层层假象而看到生活的"后面"，能够看到生活的深处，能够看到生活最里面那个真的"心儿"，能够洞察人的灵魂中最隐秘的部分。而且他的语言独特别致、自成一格，老远你就会看到那语言的特有的亮光（如果把许多作家的作品混在一起，你第一眼就会挑出哪些是王小波的）。他的特点是正话反说，充满着"油腔滑调"和"怪言邪语"，甚至常常杂以"淫言秽语"——他正是以这样的方式对那个荒谬的现实进行反讽，似乎只有这样的语言才能与那个"荒唐"的时代相匹配。他写的人物、事件、故事情节，只有在那个"荒唐"的时代才会产生、才能存在，他觉得只有用那种近乎"荒唐"的语言才能表现那个"荒唐"时代的"荒唐"人物和"荒唐"现实（正像卡夫卡《变形记》主人公格里高尔·萨姆沙变成甲虫）。但是，那"荒唐"，过来人都知道，是当时生活的真实面貌。许多读者说，王小波，你的小说是黑色幽默。王小波说，中国有的历史时期的现实生活本身就是"黑色幽默"，是生活本身真实的"黑色幽默",只是当时生活在其中,不感觉是"黑色幽默",只有后来才感觉是"黑色幽默"。

黑色幽默就是喜剧。许多论者没有看到,或者,至少没有明确指出:王小波的绝大部分作品是喜剧,或许可以把王小波看作果戈理式的喜剧作家,他用犀利的笔对曾经的荒谬现实进行了无情的嘲笑和辛辣的讽刺——这才是王小波作品的最大特点和基本价值所在。王小波像果戈理写《死魂灵》那样,拒绝如某些甜嘴蜜舌的作家那样"用檀香木的烟云来蒙蔽人们的眼目,用妖媚的文字来驯服他们的精神,隐瞒了人生的真实",而是与此相反,"敢将随处可见,却被漠视的一切:络住人生的无谓的可怕的污泥,以及布满在艰难的而且常是荒凉的世路上的严冷灭裂的平凡性格的深处全显现出来,用了不倦的雕刀,加以有力的刻画"①。当然王小波又不同于果戈理,他的作品带有更多现代派的"荒诞""黑色幽默",人们从中很容易看到卡夫卡、卡尔维诺、尤瑟纳尔的影响;然而这一切又植根于中国传统文化的土壤之中。王小波是中国20世纪90年代出现的一个带有中国特色的文学"怪才"。

但是,尽管王小波和果戈理都写喜剧,世间享年也相仿(王小波活了45岁,而果戈理活了43岁);而且尽管王小波也才气横溢,他却没有成为果戈理那样的伟大作家。为什么?因为在我看来,王小波的艺术还没有"修炼"到家——他的某些作品艺术上存在明显的瑕疵,而这些瑕疵不是不可避免或不可修整的;类似这样的瑕疵,通常在果戈理那样的伟大作家那里是不应该出现也不会存在的。譬如我刚才说的那篇《革命时期的爱情》——近乎长篇的中篇小说,窃以为写得不够精细(或者说写得相当粗糙)。它的篇幅拉得很长而结构散漫,从"豆腐坊"的"捉迷藏"到"宿舍楼"的"武斗",从小屋做爱到小河游泳……贯串全篇的线

---

① [俄]果戈理:《死魂灵》,鲁迅译,人民文学出版社1952年版,第203—205页。

索总是松松垮垮；它情节枝蔓，"老鲁"的"追杀"，"×海鹰"的"帮教"，"姓颜色"的女大学生的亲吻……总是拢不到一块儿；几个主要人物，"老鲁""×海鹰""姓颜色"的女大学生等，也过于"独立"、过于分散……此外，这部小说的许多语言也锤炼得不到火候。我看他的这部小说若再精练、提纯，长度至少还能压缩三分之一甚至更多，情节也会更集中，人物也能更精粹。他的一些"历史"小说（我是指《青铜时代》中《万寿寺》等许多作品，其实"历史"只是空壳，里面装的是"现实"）也有类似的毛病。就拿《万寿寺》来说吧，网上有论者曰：《万寿寺》这部小说代表了王小波文学创作的最高成就。小说中叙事艺术的新颖独创凸显出元小说的某些特征。多个叙事层面、多个叙事视角转换及多个时空的切换使得《万寿寺》这部小说基本实现了作者穷尽一切可能的小说创作目的。论者还特别对《万寿寺》中元叙事的写作手法大加赞赏。其实，以我个人的观点，未必如此。王小波这篇小说学西方后现代"元小说""元叙事"，未尝不可，运用得好，是功绩；但此篇小说，光是薛嵩被刺杀，就写了那么多"开头"，那么多可能性，费了那么多笔墨，达到了什么目的？产生了怎样的效果？我看得不偿失、收效甚微，反而使小说结构松散、节奏拖沓，把读者弄得云遮雾障，不得要领。他把小说写成了碎片，读者也跟着进行碎片阅读。这是对小说的解构和颠覆，也是对阅读的解构和颠覆。中国读者有多少人能够接受得了？

此外，他的所有作品，涉及"性"的语言过于随意、几近泛滥成灾，似乎无"性"不成文。"性"固然是人生不可缺少甚至离了它人类就无法延续的行为，过去忌讳谈"性"，可能有点儿"假正经"或"假道学"的意味；但在文学作品中，在小说中，"性"的语言是否也像空气、阳光和水之于生命那样须臾不可缺少呢？抬头低头皆是"性"，随处可见女人的乳房、男人的"把把"（生殖器）……有这样的"充分理由"和"绝对必要"吗？

可惜斯人已去。倘若20年前他在世的时候，应该建议他学学果戈理，建议他像果戈理那样，把自己的作品至少"改八次"，精益求精。如果他真能学学果戈理，说不定中国将会出现一位杰出的甚或伟大的喜剧作家。[①]

如果仅仅从这个角度而言，说一句极端的话：伟大作家是"修改"出来的，是"提炼"出来的。当然，造就一个伟大作家，还有其他许多更重要的条件和因素。

托尔斯泰的启示

果戈理只活了43岁。而托尔斯泰则是一位长寿作家，1910年，托尔斯泰在82岁时才走到他人生的终点。然而一直到生命结束，托尔斯泰还在孜孜不倦地写作、修改。我们就看看他在82岁高龄时如何修改作品吧。1910年日记里记载，这一年的一月份，他在11天之中对《村中三日》这一篇作品反复修改了6次：

一月二日："昨天，一切如常。又把《梦》（《村中三日》的最后一章）加以修改。"

一月四日："再把《梦》加以修改。不晓得改得好不好；但觉得非改不可。这是一项必要的工作。"

[①] 我把拙文这一段发给一位评论家，其回信很有见地，曰："关于王小波的文章看过了，挺好的，有理有据，笔调虽自然随和，却一针见血。在我看来，您指出的王小波之于果戈理创作差距的问题，其实不仅是王一个人的问题，而是80年代末至今，中国当代文学创作带有一定普遍性的问题。比如王安忆的长篇《长恨歌》，尽管被一些人吹捧，却有比您在文中谈到王小波更甚的问题……另外，莫言、刘震云等知名作家，都有类似的问题。所以，我们这个时代没有大作家，可以视为文学经典的作品很有限。当然，这不仅仅是作家本人的问题，与时代有关吧。果戈理生在啥时代？曹雪芹生在啥时代？鲁迅生在啥时代？或许，只有那样的时代，才可能出文学大师，留下文学经典。王小波是不是能听进批评意见，不知道；但是很多当代作家是听不得批评的，以为自己很牛×——莫言不是说，他写农民，比鲁迅丰富。以上是我的想法，不知对否。2018年1月15日。"

一月六日："把《梦》和《贫穷》稍加整理。决定就这样地邮寄给柴尔特科夫。写着写着，就停下来。又从头写起，把写好的东西加以种种斟酌：这种做法，一般地，是必要的。"

一月八日："把写好的东西加以修改，但身体衰弱得厉害。"

一月十日："把《村中三日》的第二日和第三日部分重读了一遍——事后补写非常重要。"

一月十二日："修改《村中三日》的第二日和第三日各篇。"

一月十三日："把《村中三日》从头读了一遍，认为这样就可以搁笔了。"①

一位82岁、生命之灯即将熄灭的老作家如此执着地修改他的作品，尽管"身体衰弱得厉害"，却仍然不停息，精益求精，一字不苟，直到"认为这样就可以搁笔了"，才算完。我想问问当代的许多作家艺术家朋友，不用说年纪大到80多岁，就是年轻力壮、精力充沛的，你做得到吗？你有这个耐心吗？你有这种倾注满腔心血的敬业精神——像他那样"每次浸下了笔，就像把一块肉浸到墨水瓶里"② 吗？你有这种"语不惊人死不休"的追求吗？你能像托尔斯泰说的那样"不要讨厌修改，而要把同一篇东西改写十遍，二十遍"③ 吗？托尔斯泰的修改作品，其中非常重要的一点是要使作品变得精、变得准、变得朴素。

"知道不需要写什么"，学会做减法，这对当代中国某些作家艺术家来说特别具有现实意义。现在我们有些作者，不会或不愿做减法。其间有两种情况：

一是能力和水平问题——他还没有学会艺术上的"加减乘

---

① ［俄］托尔斯泰：《托尔斯泰最后的日记》，任钧译，上海文艺联合出版社1955年版，第2—13页。
② ［俄］古德济：《托尔斯泰评传》，朱笄译，时代出版社1950年版，第160页。
③ 出自托尔斯泰给热尔托夫的信，参见［俄］布罗茨基主编《俄国文学史》下册，蒋路、孙玮译，人民文学出版社1957年版，第1043页。

除"，还没有学会把钢用在刀刃上。冗长的部分他不知道如何删除，杂芜之处也不知怎样精化。有些人物或情节，如托尔斯泰所说"即使它们本身是很不错的"，但是放在某部作品中显然多余，他舍不得割爱，以致成为赘疣。有时候，作品需要写得集中、精粹，但作者左一个人物、右一个情节，杂芜枝蔓，散金碎玉，不能突出精华，掩盖了艺术主体。这就是不知道"不需要写什么"，不懂做减法。

二是态度问题——他不愿做减法。也可能是作者懒，已经写出来的东西懒得费劲删去；或者为了某种经济利益，作者不愿意把那些可以变成稿费的文字去掉。这种态度，促使这部分作者喜欢做加法。特别是个别电视连续剧，表现得最为恶劣。有的作者尽量把连续剧再三再四地拉长，本来十集的内容，非要二十集；三十集的，拉成六十集、一百集。金钱的诱惑力吞噬了他的艺术良知。有人嘲笑这种不应该长却长得没谱的电视连续剧像懒婆娘的裹脚布又臭又长；还有人说，这种人为拉长的电视连续剧"走"得很"慢"（因"长"而令人觉得不堪忍受的"慢"），"慢"得像当年阎锡山治下的山西火车，跳下来撒泡尿，跑几步还能赶上。

当然，长与短、多与少，并不是评价一部作品好坏的标准，如果内容精彩，像《红楼梦》那样皇皇巨著也不觉得长，上百万字也不觉得多。清初大戏剧家李渔主张"意则期多，字惟求少"，以最少的文字表达最多的意思。所以，他在《闲情偶寄·词曲·宾白》中说："予所谓多，谓不可删逸之多，非唱沙作米、强凫变鹤之多也。"只要"不可删逸"，"多"同于"少"，照样是精练的好作品。现在的某些电视连续剧之"多"是"唱沙作米"之"多"，其"长"是"强凫变鹤"之长。

我劝那些为名利写作、为"金钱"而拉长作品的作者，除了学学文学泰斗托尔斯泰之外，还要学学科学巨擘爱因斯坦。有文章说，提出相对论、获得诺贝尔物理学奖之后，爱因斯坦应邀到荷兰莱顿大学执教，他对住宿的要求是有牛奶、饼干、水果，再加一把小提琴、一张床、一个写字台和一把椅子即可。后来，为躲避德国法西斯的迫害，爱因斯坦移居美国。普林斯顿大学以当时最高年薪一万六千美元聘请他，他却说："能否少一点？给我三千美元就够了！每件多余的财产，都是人生的绊脚石；唯有简单的生活，才能给我创造的原动力！"爱因斯坦不以拥有小汽车为时尚，从宿舍到研究所的那两公里路，坚持以步代车。1955年4月去世，临终立下遗嘱：不发讣告，不搞葬礼，不建坟墓，不立纪念碑。

在爱因斯坦那里，与科学事业相比，金钱如粪土。

我们当然并非提倡作家艺术家喝西北风写作；但是只为金钱而写作，为金钱而拼命拉长你的电视连续剧，能写出好作品吗？

（该文部分文字发表于《文艺报》2018年1月10日第6版）

第九讲　作者"写自己",读者"读自己"

中外好多著名作家、美学家都主张文学创作是人类内心的一种生命欲求。司马迁《史记·屈原列传》说屈原"忧愁幽思而作《离骚》",屈原"疾痛惨怛"而本能地呼天号地,正是屈原急切的人生欲求和生命呼喊。有的作家,一辈子主要就写一本书,是写他生命当中最有价值的那一部分。奥斯特洛夫斯基的《钢铁是怎样炼成的》这本书,即作者用自己的生命来写的,作者把自己生命中最有价值的东西写出来了。曹雪芹写《红楼梦》亦如是。"满纸荒唐言,一把辛酸泪。都云作者痴,谁解其中味?"书中流淌着作者曹雪芹的"辛酸泪"啊!可以说,作者写作就是"写自己"。这是从创作者的角度来说的。若从阅读者的角度来说,阅读则是"读自己"。法国大作家罗曼·罗兰在《约翰·克里斯朵夫》里说过:"从来没有人读书,只有人在书中读自己,发现自己或检查自己。"这话很有道理。福楼拜读托尔斯泰的《战争与和平》时说:"在长久的阅读期间,我屡次喜不自胜地叫了起来!"所谓"叫了起来",就是与书中人物产生了共鸣,在阅读中发现了自我。可以得出这样的结论:凡是成熟的作家、形成了自己独特风格的作家,都是既"写现实",又"写自己"。凡是真正的阅读,都是既"读书",又"读自己"。

有一阵子,特别是20世纪50年代某个时候,我们文学界的主流思想最看重现实主义；由此，在较长一段时间里自然也就优先培育和大力提倡现实主义美学——它被认为是优等美学，是美学的宠儿。我自己就曾是这种思想的拥护者，虽然尚未极端；而其极端者，衡量文学之高下、优劣，以现实主义作为标准而划界。也许你听说过有人把文学史概括成现实主义与反现实主义的斗争史。我所尊敬的一位权威作家1957年9月写的长文《夜读偶记》（不久还出了单行本，当时我买来读了，甚以为是）里面明确说："在阶级社会内，文学的历史基本上是现实主义与反现实主义的斗争。"虽然他把所谓"积极浪漫主义"作为附庸收为现实主义麾下；而那所谓"消极浪漫主义"，则同形式主义（当时他批评的形式主义文学是歌颂宫廷的汉赋、齐梁宫廷文学以及明代台阁体等）和"现代派"（当时他点名批评的"现代派"是未来主义、表现主义、超现实主义等），都归于"反现实主义"阵营，是现实主义的敌对分子。需要说明的是，今天看来，所谓"积极""消极"，是从意识形态和政治倾向性说的，严格说并非美学用语。

那个时候总是习惯于依照现实主义美学理论去理解一切、衡量一切，把所有有价值的理论思想和成功的文学作品都往现实主义上靠。我在较长时间里受这种美学思想熏陶和控制，直到20世纪80年代我写《李渔美学思想研究》的时候，也还是尽量把李渔的美学思想和他的许多优秀作品看作现实主义的；不然，好像就贬低了李渔。现在看来，很可笑。

必须声明：我没有贬低和讨厌现实主义的意思。我只是不同意把现实主义视为"优等民族"，高于一切，甚至"只此一家，别无分店""唯我独尊"，犹如宙斯站在奥林匹斯山顶雄视世界。我特别不赞成以现实主义为界划分文学优劣。我觉得现实中的文学创作和文学史上的各种流派、风格、方法，或者通常人们说的各种"主义"，凡是有美学价值的，都有或曾经有自己的存在理由，它们做出了各自的贡献，共同创造了异彩纷呈、丰富多样的文学世界。

我还质疑：把众多作家的创作风格（或者所谓创作方法）分为现实主义、浪漫主义、表现主义、形式主义，或者再多找出（划分出）什么什么主义，并且振振有词地搜寻和罗列它们的各自特点，概括成某种固定的模式，是否科学？

如果把这些所谓特点抽象为几条筋，甚至把它们绝对化，就更不能算是科学的做法。

文学创作是活泼泼的精神劳动，文学展现的是无比繁复的精神世界。马克思在《评普鲁士最近的书报检查令》中曾说："你们赞美大自然令人赏心悦目的千姿百态和无穷无尽的丰富宝藏，你们并不要求玫瑰花散发出和紫罗兰一样的芳香，但你们为什么却要求世界上最丰富的东西——精神只能有一种存在形式呢？"[①] 其实，凡是成熟的作家，凡是形成了自己独特风格的作家，都有自己的观察生活、描写生活、抒发情感，以至构思布局、遣词造句的方法。拜伦不同于雪莱，屠格涅夫不同于托尔斯泰，雨果不同于司汤达，巴尔扎克不同于福楼拜，李白不同于杜甫，鲁迅不同于茅盾，巴金不同于沈从文，郭沫若不同于艾青……你可以找到他们之间某些相似之处；而更多的是会发现他们的迥异之点。这些不同的作家，以各自特有的生活阅历、美学素养、艺术感受和思维方式，磨炼出自己的方法、手段，使得他们的作品风格特异，也使得文学世界无比丰富。这些不同作家的独特方法和他们的多彩风格，哪里是你硬要编织几个"筐"，贴上如此这般的理论标签，就能"筐"得住的？

请不要把他们"筐"死。

把你所认定的某种"方法"视为优等方法（如过去我自己认定现实主义"高人一等"），在今天看来，就更违背历史，也不合

---

① 《马克思恩格斯全集》第一卷，人民出版社1995年版，第111页。

时代潮流。

某作家、某作品，倘若不是所谓现实主义，就没有价值吗？李渔有一段话，就不符合我们所谓"现实主义"的基本原则，但我现在觉得他这段话很有价值，应该特别说一下。李渔在他的《笠翁一家言》自序〔《李渔全集》（第一卷），浙江古籍出版社1991年版〕里头，曾经说过一段过去人们不太重视但在今天看来非常重要的话——我觉得这段话是李渔美学思想的精华所在，所以必须加以强调。他说：

> 凡余所为诗文杂著，未经绳墨，不中体裁，上不取法于古，中不求肖于今，下不觊传于后，不过自为一家，云所欲云而止，如候虫宵犬，有触即鸣，非有模仿希冀于其中也。模仿则必求工，希冀之念一生，势必千妍百态，以求免于拙，窃虑工多拙少之后，尽丧其为我矣。虫之惊秋，犬之遇警，斯何时也，而能择声以发乎？如能择声以发，则可不吠不鸣矣。

这段话，初次接触者可能一时听不明白，我再掰开来、揉碎了，解释一下。他是在说：我所写的东西，我所写的这些杂著、诗文、戏曲、小说，不是刻意去追求什么，我"上不取法于古"——就是不以古人作品作为我的榜样，按照古代的那种规则去写；"中不求肖于今"——现今那些人的作品，我也不是以它们为写作的榜样；"下不觊传于后"——就是说，我也不希望我的作品，就非要流传下去不可。我不过是自为一家之言，说我心里头的话，内心想说的话。我说这些话，就像那个"候虫"（譬如夏之蝉、秋之蟋蟀），它出于本能地要鸣叫，就像那个夜里头看家的狗，它出于本能地要狂吠（比如说有盗贼来了，那个狗自然而然就要拼命地叫）。就像它们似的，我拿起笔来写作不是为了模仿什么，而是发自我自己内心的一种欲求，发自内心的一种感触，有感即发。如果我要是想着模仿什么的话，那就失真了。因为，要是想模仿，就必然求"工"——就是要刻意追求写得多好、多美；然而，一求"工"，那坏了，就有一些做作的、虚假的东西在里头了；就"尽丧其为我"了，我自己的个性就没了，我自己的真心也就没了。总之，李渔的意思是说，我写的东西，都是从我内心里头流出来的，从我的精神世界里头迸发出来的，而不是模仿了谁，模仿了什么东西。

这是李渔"一家"的创作理念和创作方法。

这和过去我们说的现实主义理论对不上号，或者说有着显著差异。我不是说所谓现实主义不好，而是说李渔的美学主张与前些年我们经常讲的传统现实主义观点不同。过去我们常常说：现实主义，总是应当模仿自然、模仿现实、再现现实——现实什么样子，然后就写成什么样子。他李渔不是这样。当然，李渔当年不可能有所谓"现实主义"之类的概念，也不知道别的什么"主义"，他绝不依照、也不可能依照那些"主义"写作。而且李渔这里说的不"模仿"，主要指要独创，而不是模仿古人和今人的写作模式，但我认为也包含不单纯模仿外在现实的意思在里头。李渔主张写作就是要抒发自己的内心感受。他说，我写作品，是我内心里头有一种生命欲求生发出来，要表达，所以我才写。即有感而发，有思而发，有所触动而发，不是模仿什么——既不是模仿别人的模式，也不是模仿外在的现实。用我们今天的话说，写作就是写自己，而不是亦步亦趋地模仿别人，也不是依样画葫芦那样模仿现实。李渔认为，如果要是仅仅模仿，照葫芦画瓢，就把自己的个性泯灭了，那我宁肯不写。这是一种很高明的美学思想。这一段话，是李渔的美学宣言。他的美学中最主要、最精华的主张，都集中在这儿了。过去我们好多人没有注意这段话。如果说到李渔的美学主张，特别是评论美学的价值，他的这段话，必须大说特说。

中外好多著名作家、美学家也有类似主张（当然又各不相同，他们又都是自成"一家"），他们认为写作不是模仿现实，不是现实怎么样就照样模仿它，而是表现内心的一种生命的欲求。司马迁《史记·屈原列传》说屈原"忧愁幽思而作《离骚》"："'离骚'者，犹离忧也。夫天者，人之始也；父母者，人之本也。人穷则反本，故劳苦倦极，未尝不呼天也；疾痛惨怛，未尝不呼父母也。屈平正道直行，竭忠尽智以事其君，谗人间之，可谓穷矣。信而见疑，忠而被谤，能无怨乎？屈平之作《离骚》，盖自怨生也。"司马迁所谓屈原"疾痛惨怛"而本能地呼天号地，正是说明《离骚》是屈原急切的人生欲求和生命呼喊。实际上中外历史上所有优秀作品，都是作家从自己内心迸发出来的，是他生命的自然流露。

作家写在书中的语言，也都是他心灵的诉求和表达——那语言，是他用心灵浇灌出来的。古人云"言乃心声"，此之谓也。德国语言学家洪堡特在《论人类语言结构的差异及其对人类精神发展的影响》中说过的一句话："心灵是最有力、最敏感、最深刻亦且最富足的内在源泉，它用自己的力量、温暖以及深奥的内涵浇灌着语言。"

有的作家，一辈子主要就写一本书，是写他生命当中的最有价值的那一部分。大概现在年轻人，环境、心境与我们当年不同了，不像我们当年那样痴迷奥斯特洛夫斯基的《钢铁是怎样炼成的》这本书，那时，它的许多段落我们甚至能够背诵出来。《钢铁是怎样炼成的》这本书，尽管在现在有的年轻人看来，可能有一些不太令他们满意的地方；但是此书有非常重要、非常可贵的一点，即它是作者真正用自己的生命来写作的，作者把自己生命中最有价值的东西写出来了。它是奥斯特洛夫斯基的生命精华的表现，是他整个生命那些最有价值部分的一种深化。好多好的作品，都是这样写出来的,是作家从自己内心里面流出来的,从自己生命当中生发出来的。曹雪芹写《红楼梦》亦如是。"满纸荒唐言,一把辛酸泪。都云作者痴,谁解其中味?"书中流淌着作者曹雪芹的"辛酸泪"啊!

这样的美学主张和创作理念(它并不为某"派"所独有),如果概括成一句话就是:写作就是"写自己"。世界上好多大作家,都是用自己的生命在写作,字字滴血。俄国大文豪列夫·托尔斯泰说,他是蘸着自己的血肉写作。法国大作家福楼拜写到包法利夫人死的时候,感到自己嘴里有砒霜味儿……我们中国古代的大诗人屈原也是这样,他用自己的生命写出了《离骚》。我们现代中国的大作家巴金同样如此,他的一些小说,譬如《家》《春》《秋》等,就是写自己生命当中最有价值的东西,是从自己生命里头生发出来的。郭沫若在"五四"时代的一些诗,像《凤凰涅槃》《炉中煤》《立在地球边上放号》《天狗》《地球,我的母亲》等也是如此。艾青的许多诗,像《大堰河——我的保姆》《我爱这土地》同样如此。他们都在"写自己"。

"写自己",这是从创作者的角度来说的。若从阅读者的角度来说,阅读则是"读自己"。

就好像法国大作家罗曼·罗兰在《约翰·克里斯朵夫》里说过:从来没有人读书,只有人在书中读自己,发现自己或检查自己。这话很有道理。福楼拜读托尔斯泰的《战争与和平》时说:"在长久的阅读期间,我屡次喜不自胜地叫了起来!"为什么"叫了起来"?与书中人物产生了共鸣啊,在阅读中发现了自我啊。

《红楼梦》第二十三回"西厢记妙词通戏语 牡丹亭艳曲警芳心"写贾宝玉、林黛玉读《会真记》(《西厢记》):

宝玉道:"好妹妹,若论你,我是不怕的。你看了,好歹别告诉别人去。真真这是好书！你要看了，连饭也不想吃呢。"一面说，一面递了过去。林黛玉把花具且都放下，接书来瞧，从头看去，越看越爱看，不到一顿饭工夫，将十六出俱已看完，自觉词藻警人，余香满口。虽看完了书，却只管出神，心内还默默记诵。宝玉笑道："妹妹，你说好不好？"林黛玉笑道："果然有趣。"宝玉笑道："我就是个'多愁多病身'，你就是那'倾国倾城貌'。"林黛玉听了，不觉带腮连耳通红……

"不觉带腮连耳通红"，说明他们读进去了，"进入角色"了。他们读出了自己，他们在"读自己"。

这一回后面的文字还有一大段写林黛玉听《牡丹亭》戏文：

偶然两句吹到耳内，明明白白，一字不落，唱道是："原来姹紫嫣红开遍，似这般都付与断井颓垣。"林黛玉听了，倒也十分感慨缠绵，便止住步侧耳细听，又听唱道是："良辰美景奈何天，赏心乐事谁家院。"听了这两句，不觉点头自叹，心下自思道："原来戏上也有好文章。可惜世人只知看戏，未必能领略这其中的趣味。"想毕，又后悔不该胡想，耽误了听曲子。又侧耳时，只听唱道："则为你如花美眷，似水流年……"林黛玉听了这两句，不觉心动神摇。又听道"你在幽闺自怜"等句，亦发如醉如痴，站立不住，便一蹲身坐在一块山子石上，细嚼"如花美眷，似水流年"八个字的滋味。忽又想起前日见古人诗中有"水流花谢两无情"之句，再又有词中有"流水落花春去也，天上人间"之句，又兼方才所见《西厢记》中"花落水流红，闲愁万种"之句，都一时想起来，凑聚在一处。仔细忖度，不觉心痛神痴，眼中落泪。

这"不觉心痛神痴,眼中落泪",也正是因为林黛玉在"读自己"。

有的人读《红楼梦》不但"心痛神痴,眼中落泪",更是像着魔似的,要死要活。据说清代一个富家小姐读《红楼梦》读到痴迷程度,彻夜不眠,家人怕《红楼梦》害了她,把书烧了,不想小姐不吃不喝,最后竟至卧病不起,生命垂危,弥留之际还在喊:"奈何烧杀我宝玉?"因为读《红楼梦》时,她是在"读自己"——她在书中发现了自己,塑造了自己。

类似的例子,古今中外多得很。

凡是读书真正读进去了,也总是联系自己的生活、联系自己的生命——读着读着,哭了,笑了,顿足,击掌,如明末臧懋循在《元曲选序二》中所谓"快者掀髯,愤者扼腕,悲者掩泣,羡者色飞……"

他(她)魔怔了?不。他(她)在"读自己"。

要养成读书的好习惯。中国古代有好多读书迷。朱彝尊《静志居诗话》(人民文学出版社1990年版)卷十七"屠本畯"条曾记载明人屠本畯爱读书的故事:"(屠本畯)年既老,好学不倦。或曰:'先生老矣,奚自苦为?'答曰:'吾于书,饥以当食,渴发当饮,欠伸以当枕席,愁寂以当鼓吹,未尝苦也。'"读书是他生活不可或缺的一部分,至老不倦。

书要好书,读要会读。开卷有益,书籍是人类进步的阶梯。会读的读者,遇上好书,这书就会对他们产生难以估计的精神力量。它能提升你的人格,优化你的思想感情,改造你的灵魂,使你的精神面貌发生巨大变化。你记得吗,20世纪三四十年代的青年,有许多是读着巴金的《家》《春》《秋》走上"反封建"的道路的;抗日战争时,许多普通百姓是读着田间的"假使我们不去打仗,敌人用刺刀杀死了我们,还要用手指着我们骨头说:看,这是奴隶"走上战场的。

他们真正把"自己"读进去了。

似乎可以得出这样的结论：凡是成熟的作家、形成了自己独特风格的作家，都是既"写现实"，又"写自己"。凡是真正的阅读，都是既"读书"，又"读自己"。

作者"写自己"，读者"读自己"。如此而已，岂有他哉！

(2018年11月23日修改，发表于《文艺争鸣》2019年第3期，《作家通讯》2019年第5期"谈艺录"栏目全文转载)

第十讲　我对马克思主义的一些理解

——应邀在中共广东省委党校的讲演

这几十年间，如何对待马克思主义，发生了重大变化：变得多样化、多元化（相对于"舆论一律""只有一种解释"而言）了，变得"人性化"（相对于"神性化"而言）了。对待马克思主义大体有三种态度、两种倾向。三种态度："原教旨主义"式的态度；"修正"的态度；"异端"的态度。两种倾向：贬低甚至否定马克思和马克思主义；神化马克思和马克思主义。我的观点是：赞成"修正"的态度；反对两种倾向。马克思主义没有过时，但需要发展。运用马克思主义必须从现实出发，而反对从本本出发、从概念出发。

马克思主义没有过时，但需要发展

改革开放几十年，在如何进行马克思主义理论研究（包括马克思主义文艺理论和美学）和如何对待马克思主义（包括马克思主义文艺理论和美学）的态度上，发生了重大变化：变得多样化、多元化（相对于"舆论一律""只有一种解释"而言）了，变得"人性化"（相对于"神性化"而言）了。

这几十年间，大体有三种态度、两种倾向。

三种态度是:"原教旨主义"式的态度;"修正"的态度;"异端"的态度。

两种倾向是:贬低甚至否定马克思和马克思主义;神化马克思和马克思主义。

我的观点是:赞成"修正"的态度;反对两种倾向。

关于"修正"或者"修正主义",需要多说几句。我曾在《中国社会科学报》2008年2月14日第3版上读到一篇文章《"创新"与"修正"——对伯恩斯坦主义的重新解读》(作者是上海社会科学院国外社会主义研究中心徐觉哉),其中引了伯恩斯坦的一些话,确实值得重新解读。1898年10月伯恩斯坦给德国社会民主党斯图加特代表大会发来一个《声明》,针对当时"资本主义崩溃""指日可待"的论调提出反对意见。他说,《共产党宣言》的作者之一恩格斯已经在《法兰西阶级斗争》的导言中毫无保留地承认了"资本主义崩溃""指日可待"说是错误的。恩格斯在《卡·马克思〈1848年至1850年的法兰西阶级斗争〉一书导言》中说:在1848年革命中,我们丝毫不怀疑,"伟大的决战已经开始",这个决战的结局"只能是无产阶级的最终胜利"。"但是,历史表明我们也曾经错了……我们当时的看法只是一个幻想。历史走得更远:它不仅打破了我们当时的错误看法,并且还完全改变了无产阶级进行斗争的条件。1848年的斗争方法,今天在一切方面都已经过时了,这一点值得在这里较仔细地加以探讨。"[①] 那么这就彻底证明了,在1848年要以一次简单的突然袭击来达到社会改造,是多么不可能的事情。恩格斯提出了新的斗争策略,他说:"他们给了世界各国同志们一件新的武器——最锐利的武器中的一件武器,向他们表明了应该怎样利用普选权。"[②] 恩格斯还说,"历史表明,我们以及所有和我们有同样想法的人,都是不对的。

[①] 《马克思恩格斯文集》第四卷,人民出版社2009年版,第538页。
[②] 《马克思恩格斯文集》第四卷,人民出版社2009年版,第516页。

历史清楚地表明，当时欧洲大陆经济发展的状况还远没有成熟到可以铲除资本主义生产方式的程度；历史用经济革命证明了这一点，从1848年起经济革命席卷了整个欧洲大陆"①；"而由于这样有成效地利用普选权，无产阶级的一种崭新的斗争方式就开始发挥，并且迅速获得进一步的发展。……旧式的起义，在1848年以前到处都起过决定作用的筑垒巷战，现在大都陈旧了"②；"世界历史的讽刺把一切都颠倒过来了。我们是'革命者'、'颠覆者'，但我们用合法手段却比用不合法手段或用颠覆的办法获得的成就多得多"③。

伯恩斯坦继承了恩格斯的上述思想，提出了他的修正主义观点："任何一种新的真理，任何一种新的认识都是修正主义。既然发展不会停顿，既然斗争的形式也要随着斗争的条件一同受变化规律的支配，那么在实践中和理论中也就永远会出现修正主义。""如果实际发展同毕竟只是由理论预示的发展不相符合（这种情况是屡次发生的），那么以最初的假定为根据而得出的公式也必须改变。"

需要特别说明的是，过去有一段时间我们无情批判的"修正主义分子"伯恩斯坦，却是恩格斯晚年十分器重的人，被恩格斯定为遗嘱执行人。恩格斯共有三份法律意义上的遗嘱，分别写于1893年7月29日、1894年11月14日、1895年7月26日。而伯恩斯坦被恩格斯委以遗嘱执行人；并且，恩格斯个人的全部手稿和全部信件，遗赠给了伯恩斯坦和倍倍尔（德国社会民主党领导人）。

对马克思主义理论（包括文艺理论和美学）随时代发展进行修正，有什么不好？

马克思主义并没有过时，但需要发展。说需要修正也是可以的，请不要对"修正"污名化。

---

① 《马克思恩格斯文集》第四卷，人民出版社2009年版，第540页。
② 《马克思恩格斯文集》第四卷，人民出版社2009年版，第545—546页。
③ 《马克思恩格斯文集》第四卷，人民出版社2009年版，第580页。

马克思是人类有史以来最伟大的思想家、理论家之一。就整个马克思主义理论而言，剩余价值论和唯物史观是马克思最伟大的贡献，经济基础与上层建筑、生产力与生产关系是普遍原则也是一般原则，用唯物史观来观察历史、观察社会、观察文化是有史以来最有价值且至今仍然有效的方法。单就美学和文艺而言，马克思恩格斯所阐发的现实主义和典型理论、毛泽东所说的文艺是现实生活在作家头脑中反映的产物的理论等，虽非独创，但由于渗透进了唯物史观思想，就产生了新的意义，具有了新的深度。以文化和文学的全球化问题为例：马克思恩格斯在《共产党宣言》中所说"物质的生产是如此，精神的生产也是如此。各民族的精神产品成了公共的财产。民族的片面性和局限性日益成为不可能，于是由许多种民族的和地方的文学形成了一种世界的文学"① 等关于全球化问题的思想，给我们以重要启示，让我们得以对当下文化和文艺的新现象进行新的科学的解释——这足以说明马克思主义并没有过时。

说马克思主义没有过时，这是世界上绝大多数真正的马克思主义者的共识；与此并存的还有另一种共识，即认为马克思乃是一定历史时期的人物，马克思主义理论也只能是一定历史时期的理论。因此，我认为不应把马克思和马克思主义绝对化、神化。世界上没有也不可能有亘古不变的、永恒的、超时代超历史的、不与时俱进的理论。把马克思主义凝固化、绝对化、神化，就等于扼杀了马克思主义。

从现实生活出发，从实际出发

马克思主义是用来研究问题、发现问题、分析问题、解决问题的，不是"皓首穷经"者的"经"。

---

① 《马克思恩格斯选集》第一卷，人民出版社2012年版，第404页。

当前的现实是什么？具体到我们这些文学研究者、文化研究者，当前的文学现实和文化现实是什么？马克思主义者应如何看待这些问题？这是我们必须首先弄清楚的基本事实和确立的基本态度。运用马克思主义这一方法观察和研究问题时，我以为切不可拘泥于马克思当年所用过的一些词、概念，更不要以此为绝对标准、为出发点。以当前热点问题"文艺是不是（审美）意识形态"的争论为例。有的同志动不动就拿"当年马克思是怎么说的"来说事：批评者说"当年马克思恩格斯没有说过文艺是意识形态"（当然更没有说过是审美意识形态），马克思没说，你这么说了就是错的，或者是"反"什么什么主义的——这是不是带点儿"原教旨主义"的味道？被批评者赶紧从马克思著作中找根据为自己辩护。

我想，这两种立论方式本身都是有问题的，都是可以讨论的。马克思当年说了怎么样？没有说又怎么样？我们应该根据历史实践的发展、根据今天的现实作出我们自己的判断和结论。

马克思和恩格斯当年没有见过和没有说过的东西多着呢，例如，政治上的"一国两制""有中国特色的社会主义"；哲学上的"结构主义""解构主义""后现代"；美学上的"审美生活化""生活审美化"、"文学的时代即将过去"（文学走向终结）、"图像时代已经到来"；等等——当然，有些现象、有些提法、有些判断是需要讨论的，没有一成不变的事物和现象，也没有一贯正确的判断和结论。以美学领域发生的文艺—审美新现象为例来说吧。这是社会历史和科学技术等综合发展和相互影响的产物，是第二媒介时代（或称电信技术时代、电子时代）的最新发展结果。马克思当年肯定没有遇到过，我们必须根据当今的现实作出新的解说。但是马克思和恩格斯当年的话对我们还是有重要启发的：恩格斯在致瓦·博尔吉乌斯的信中说："……这里面也包括生产和运输的全部技术装备。这种技术装备，照我们的观点看来，同时决定着产品的交换方式，以及分配方式，从而在氏族社会解体后也决定着阶级的划分，决定着统治和从属的关系，决定着国家、政治、法律等等。"① 用恩格斯当年提示给我们的方法思考问题，用历史唯物主义的基本原理考察当今的审美现实、文艺现实，我们就可能得出合乎当前实践的结论，给予现实有效的解说。在别的文章中，我试着为文学作了如下定义：文学是以语言文字为媒介而进行的人类审美价值之创造、抒写、传达和接受。其关键词为语言文字、审美价值、创造、抒写、传达、接受。

不管是文化、文艺问题，还是社会政治经济问题，尚有许多需要探索的领域。

在这种复杂多变的社会现实形势下，文艺和美学如何"接地气"？

所谓"马克思与恩格斯的区别"
——不要拘泥于"经典"的字句

有的学者谈到马克思与恩格斯的区别：同样是论述费尔巴哈，马克思更强调主体性；恩格斯更多地谈思维与存在的关系。

他是这样比较的。

马克思在《关于费尔巴哈》中说：

> 从前的一切唯物主义（包括费尔巴哈的唯物主义）的主要缺点是：对对象、现实、感性，只是从客体的或者直观的形式去理解，而不是把它们当作感性的人的活动，当作实践去理解，不是从主体去理解。因此，和唯物主义相反，能动的方面却被唯心主义抽象地发展了……
>
> 人的思维是否具有客观的（gegenständliche）真理性，这不是一个理论的问题，而是一个实践的问题。……关于……

---

① 《马克思恩格斯全集》第三十九卷，人民出版社1974年版，第198页。

离开实践的思维——的现实性或非现实性的争论,是一个纯粹经院哲学的问题。

……

费尔巴哈不满意抽象的思维而喜欢直观;但是他把感性不是看作实践的、人的感性的活动……

全部社会生活在本质上是实践的。凡是把理论引向神秘主义的神秘东西,都能在人的实践中以及对这个实践的理解中得到合理的解决……

哲学家们只是用不同的方式解释世界,问题在于改变世界。①

这里更多地强调主体和主体性。

恩格斯在《路德维希·费尔巴哈与德国古典哲学的终结》中更多地谈思维与存在的关系:

全部哲学,特别是近代哲学的重大的基本问题,是思维和存在的关系问题。

……

因此,思维对存在、精神对自然界的关系问题,全部哲学的最高问题,像一切宗教一样,其根源在于蒙昧时代的愚昧无知的观念。但是,这个问题,只是在欧洲人从基督教中世纪的长期冬眠中觉醒以后,才被十分清楚地提了出来,才获得了它的完全的意义。思维对存在的地位问题,这个在中世纪的经院哲学中也起过巨大作用的问题:什么是本原的,是精神,还是自然界?——这个问题以尖锐的形式针对着教会提了出来:世界是神创造的呢,还是从来就有的?

---

① 《马克思恩格斯选集》第一卷,人民出版社1995年版,第54—57页。

哲学家依照他们如何回答这个问题而分成了两大阵营。凡是断定精神对自然界说来是本原的，从而归根到底承认某种创世说的人（而创世说在哲学家那里，例如在黑格尔那里，往往比在基督教那里还要繁杂和荒唐得多），组成唯心主义阵营。凡是认为自然界是本原的，则属于唯物主义的各种学派。[①]

我认为不必从这些具体字眼儿来界定二人的区别，更不要以此区分其高低。在哲学上、美学上，每个人都有自己的个性。马克思恩格斯肯定会有区别。应该从区别看到学术个性、理论特点，而不是用"舆论一律"的恶劣定式强求所谓"一致""统一"。不一致、不统一又如何？不是照样有各自的价值吗？为什么一定要求"一致""统一"？为什么非要找出一个绝对标准，然后以此界定哪个正确、哪个不正确？

我特别要说的是：如果连当年马克思和恩格斯两位伟人都有区别，那么今天为什么还要求我们（马克思恩格斯已经逝世一百多年，世界发生了巨大变化），一字一句不走样地"执行"他们的"遗嘱"？

马克思的精髓在于唯物史观

恩格斯在《卡尔·马克思》中谈到马克思"永垂于科学史册的许多重要发现中"的两点：一是"彻底弄清了资本和劳动的关系"，即剩余价值；二是"他在整个世界史观上实现了变革"，即唯物史观。

恩格斯在《卡尔·马克思的葬仪》中更明确地说：

正像达尔文发现有机界的发展规律一样，马克思发现了

[①] 《马克思恩格斯选集》第四卷，人民出版社1995年版，第223—224页。

人类历史的发展规律，即历来为繁茂芜杂的意识形态所掩盖着的一个简单事实：人们首先必须吃、喝、住、穿，然后才能从事政治、科学、艺术、宗教等等；所以，直接的物质的生产资料的生产，从而一个民族或一个时代的一定的经济发展阶段，便构成为基础，人们的国家制度、法的观点、艺术以至宗教观念，就是从这个基础上发展起来的，因而，也必须由这个基础来解释，而不是像过去那样做得相反。

不仅如此。马克思还发现了现代资本主义生产方式和它所产生的资产阶级社会的特殊的运动规律。由于剩余价值的发现，这里就豁然开朗了，而先前无论资产阶级经济学家或者社会主义批评家所做的一切研究都只是在黑暗中摸索。①

经济学的"剩余价值论"和哲学的"唯物史观"，这两点也是今天我们观察现实生活要不断应用的。用它一照，许多现象豁然开朗——经济现象，到处有剩余价值起作用；在中国现实中，对于文化、文艺来说，唯物史观亦可为铁律。

剩余价值论和唯物史观是马克思最伟大的贡献，而马克思的精髓在于唯物史观。有人将它简化为"吃饭哲学"，确有一定道理，不过易于造成误解。

马克思《〈政治经济学批判〉序言》（发表于1859年柏林出版的《政治经济学批判》）经典表述是：

人们在自己生活的社会生产中发生一定的、必然的、不以他们的意志为转移的关系，即同他们的物质生产力的一定发展阶段相适合的生产关系。这些生产关系的总和构成社会的经济结构，即有法律的和政治的上层建筑竖立其上并有一

---

① 《马克思恩格斯选集》第三卷，人民出版社1995年版，第776页。

定的社会意识形式与之相适应的现实基础。物质生活的生产方式制约着整个社会生活、政治生活和精神生活的过程。不是人们的意识决定人们的存在，相反，是人们的社会存在决定人们的意识。社会的物质生产力发展到一定阶段，便同它们一直在其中运动的现存生产关系或财产关系（这只是生产关系的法律用语）发生矛盾。于是这些关系便由生产力的发展形式变成生产力的桎梏。那时社会革命的时代就到来了。随着经济基础的变更，全部庞大的上层建筑也或慢或快地发生变革。①

这段话百读不厌。马克思这个表述说明了这样一个真理：历史过程中的决定性因素归根到底是现实生活的生产和再生产。"归根到底"这几个字很重要。经典作家一再说，人们自己创造着自己的历史，但是到现在为止，他们并不是按照共同的意志，根据一个共同的计划，甚至不是在某个特定的局限的社会内来创造这个历史。他们的意向是相互交错着的，因此在所有这样的社会里，都是那种以偶然性为其补充和表现形式的必然性占统治地位。在这里通过各种偶然性来为自己开辟道路的必然性，归根到底仍然是经济的必然性。由此我们应该得到这样的认识：不能把马克思的话歪曲为经济因素是唯一决定性的因素，倘如此，那就"把这个命题变成毫无内容的、抽象的、荒诞无稽的空话"（恩格斯）。政治、法律、哲学、宗教、文学、艺术等发展是以经济发展为基础的。但是，它们又都互相影响。并不是只有经济状况才是原因，才是积极的，而其余一切都不过是消极的结果。经济的确是基础，但是在历史斗争起作用并且在许多情况下决定斗争形式的，还有上层建筑的其他各种各样的因素，应该特别强调上述这一切因素

---

① 《马克思恩格斯选集》第二卷，人民出版社1995年版，第32—33页。

间的交互作用,而正是在这种交互作用中显示出经济的力量——归根到底是经济运动作为必然的东西通过无穷无尽的偶然事件向前发展。这样,经济的决定作用就会通过相当曲折的形式表现出来,有时表面来看不是经济而是别的因素起作用,但是往根儿上刨,还是会发现经济的最终决定性的作用。拿这个理论观察当下的现实,莫不如此。举一个例子:为什么世界上许多华侨或华人感到人家越来越重视他们,甚至另眼相看?还不是因为祖国强大了。而这强大,基础是经济,是每年百分之六到七的发展速度,是世界第一的高铁,还有上天的神舟下海的蛟龙,深圳,浦东新区,港珠澳大桥……以及在这个基础上的强大政治和国际地位。

总之,归根结底经济是决定因素。历史中的各种力量纷纭复杂,各种意志交互作用,最终的结果总是从许多单个意志的相互冲突中产生出来的,而其中每一个意志,又是由于许多特殊的生活条件,才成为它所成为的那样。

今天,我们也应以历史唯物主义的基本原理观察美学和文艺问题,用唯物史观来观察文化和文艺是有史以来最有价值且至今仍然有效的方法。

旧说新意

恩格斯所阐发的现实主义和典型理论、毛泽东所说的文艺是现实生活在作家头脑中反映的产物的理论等,虽非独创,但由于渗透进了唯物史观思想,产生新的意义,具有了新的深度。

恩格斯在《致敏·考茨基》(1885年11月26日于伦敦)中所说"每个人都是典型,但同时又是一定的单个人,正如老黑格尔所说的,是一个'这个',而且应当是如此"[1];在《致玛·哈克奈斯》(1888年4月初于伦敦)中所说"现实主义的意思是,

---

[1] 《马克思恩格斯选集》第四卷,人民出版社1995年版,第673页。

除细节的真实外，还要真实地再现典型环境中的典型人物"[1]；毛泽东《在延安文艺座谈会上讲话》中所说"文艺作品中反映出来的生活却可以而且应该比普通的实际生活更高，更强烈，更有集中性，更典型，更理想，因此就更带普遍性"[2] 都是唯物史观在文艺上的运用。虽然是继承了自古希腊亚里士多德以来的旧说，但有了历史唯物主义的新意。

现在我们应当根据新的历史实践和新的审美现实，创造出新的美学理论。

（这是我2004年10月底应约在中共广东省委党校的讲课提纲，2008年在天津某学术会议发言时，又作了修订、补充，2017年12月再改，发表于《南都学坛》2018年第4期，本文略有修改）

---

[1] 《马克思恩格斯选集》第四卷，人民出版社1995年版，第683页。
[2] 《毛泽东选集》第三卷，人民出版社1991年版，第861页。

第十一讲　世界共产党人美学的演化轨迹

——从马克思恩格斯到列宁到毛泽东

　　马克思主义美学，从马克思恩格斯，到列宁，再到毛泽东，经历了一个发展变化的过程。马克思恩格斯的美学思想很丰富、很精彩。其最突出的是理论关节点和核心在现实主义，即真实地描写现实，创造典型环境中的典型性格。从马克思恩格斯到列宁，随着历史的发展、形势的变化，美学也发生了重要变化。列宁的着眼点不再是马克思恩格斯当年强调的现实主义、写真实、创造典型环境中的典型性格，而是突出强调"党的文学的原则"，即文学事业要成为党所开动的革命机器（党的整个革命事业）的"齿轮和螺丝钉"。以文学的党性原则为标志、为旗帜的列宁美学的一个最为人称道的地方是它的民众性，眼睛向下，看到广大人民群众的利益，鲜明提出"文学要为千千万万劳动人民服务"。这与以往美学中自觉不自觉表现出来的贵族性、精英性是截然对立的，这也是它之所以得到那么多人赞同和拥护的根本原因，就如同列宁领导的整个无产阶级革命事业之所以在俄国取得成功并持续了七八十年之久、还在世界其他地区和国家传播的根本原因一样。就此，我要为列宁美学大唱赞歌。毛泽东是列宁美学最忠实且富有创造性的中国继承者、传播者、发扬光大者、发展者和积极实践者。毛泽东最有代表性的美学文章首推《在延安文艺座谈会上的讲话》——这也是当时中国社会历史的产物。我把这篇文章看作列宁《党的组织与党的文学》基本思想的中国版；列宁当年强调的政党政治美学的主要之点，毛泽东用中国共产党人和中国老百姓容易接受的语言加倍强调了出来。

2019 年是五四运动 100 周年，中华人民共和国成立 70 周年。这么两个有伟大历史意义的年份碰在一起，让人思绪万千。全国性或地方性一次又一次的纪念活动，各个部门或各个行业一场又一场的研讨会，报纸杂志、电视广播、互联网站等各种媒体一篇又一篇的文章铺天盖地而来。总结性或庆祝性的，回顾性或前瞻性的，歌颂性或批评性的，板着面孔或笑逐颜开的，沉重得让人滴泪或轻松得难以忍俊的，应有尽有。

说几句歌颂的话很容易，但是意义不大；重要的在于反思些问题。

就我个人认识水平、学养、经历、所处地位以及把握问题的能力而言，我很难把问题看得那么明白透亮，也很难作出准确的价值判断。我想我能够做的，眼下大概就是梳理些我所知道的历史事件，客观地摆一摆我所接触过并且受到影响的理论思想，特别是以往我（或者加上"同调者"的"我们"）奉为神明的指导思想之基本特点和来龙去脉，使自己清醒些。

现在，我仅就世界共产党人美学运行轨迹作些回顾。一家言而已。

世界共产党人的美学格局：列宁是转折点，也是新起点

几十年来我们常常说：中国无产阶级或社会主义美学[①]的祖师

[①] 本文论及的美学思想，也包含文艺思想。

爷是马克思恩格斯列宁，中国社会主义文艺是以马克思列宁主义美学为指导，毛泽东文艺思想是马克思列宁主义美学的继承和发展，云云。今天回过头来看，笼统说，这话当然也对；但是细究起来，又觉得不准确或不太准确。毛泽东当然也像全世界的共产党人一样再三声称自己学马克思，但就文艺思想而言，其基本精神和关键之点却是学列宁。毛泽东是名副其实的列宁的学生，是列宁（经瞿秋白）的再传弟子，得列宁之真传。毛泽东创造性地发展了列宁的美学思想。

　　这里要先将马克思恩格斯与列宁作些比较。列宁当然也说自己和俄国共产党人（当时的社会民主党，布尔什维克）是马克思恩格斯的学生，但是就美学而言，马克思恩格斯和列宁却并不相同，仔细考察，二者差别还不小。

　　先看马克思恩格斯。马克思恩格斯的美学对中国当代读者来说并不陌生，他们有关文艺问题的论著20世纪头几十年即已陆续翻译过来，今天不仅《马克思恩格斯全集》中有关美学的篇章历历可查，还有单独的《马克思恩格斯论艺术》。

　　马克思恩格斯的美学思想很丰富，很精彩。其最突出的是讲什么呢？它们所强调的理论关节点在哪里呢？我个人体会，其核心在现实主义，即真实地描写现实，创造典型环境中的典型性格。中国人背得最熟且引用次数最多的是马克思恩格斯在几封通信中的几段话：

　　　　据我看来，现实主义的意思是，除细节的真实外，还要真实地再现典型环境中的典型人物。

　　　　……

　　　　我决不是责备您没有写出一部直截了当的社会主义的小说，一部象我们德国人所说的"倾向小说"，来鼓吹作者的社会观点和政治观点。我的意思决不是这样。作者的见解愈隐

第十一讲 世界共产党人美学的演化轨迹

蔽，对艺术作品来说就愈好。我所指的现实主义甚至可以违背作者的见解而表露出来。让我举一个例子。巴尔扎克，我认为他是比过去、现在和未来的一切左拉都要伟大得多的现实主义大师，他在《人间喜剧》里给我们提供了一部法国"社会"特别是巴黎"上流社会"的卓越的现实主义历史，他用编年史的方式几乎逐年地把上升的资产阶级在1816年至1848年这一时期对贵族社会日甚一日的冲击描写出来，这一贵族社会在1815年以后又重整旗鼓，尽力重新恢复旧日法国生活方式的标准。……这样，巴尔扎克就不得不违反自己的阶级同情和政治偏见；他看到了他心爱的贵族们灭亡的必然性，从而把他们描写成不配有更好命运的人；他在当时唯一能找到未来的真正的人的地方看到了这样的人，——这一切我认为是现实主义的最伟大胜利之一，是老巴尔扎克最重大的特点之一。

——恩格斯《致玛·哈克奈斯》（1888）[①]

每个人都是典型，但同时又是一定的单个人，正如老黑格尔所说的，是一个"这个"……

可是我认为倾向应当从场面和情节中自然而然地流露出来，而不应当特别把它指点出来；同时我认为作家不必要把他所描写的社会冲突的历史的未来的解决办法硬塞给读者。……如果一部具有社会主义倾向的小说通过对现实关系的真实描写，来打破关于这些关系的流行的传统幻想，动摇资产阶级世界的乐观主义，不可避免地引起对于现存事物的永世长存的怀疑，那末，即使作者没有直接提出任何解决办法，甚至作者有时并没有明清地表明自己的立场，但我认为这部小说

[①] 《马克思恩格斯全集》第三十七卷，人民出版社1971年版，第41—42页。

也完全完成了自己的使命。

——恩格斯《致敏·考茨基》（1885）①

还有，19世纪50年代末马克思在《致斐·拉萨尔》信中提倡"莎士比亚化"（原有重点号）而反对"席勒式地（原有重点号）把个人变成时代精神的单纯的传声筒"；马克思在《英国资产阶级》中评论以狄更斯为代表的19世纪小说作家时说："他们在自己的卓越的、描写生动的书籍中向世界揭示的政治和社会真理，比一切职业政客、政论家和道德家加在一起所揭示的还要多。"②

马克思恩格斯在继承西方传统美学基础上用辩证唯物论和历史唯物论加以改造和强化，对人类美学思想作出了伟大贡献，今天仍有现实意义和学术价值，值得全人类珍视。

再说列宁。列宁有关美学的论著中国读者同样不陌生，它们也是在20世纪头几十年陆续介绍过来，而且比马克思恩格斯美学力度更大、影响更深远。今天更有《列宁全集》，有《列宁论文学与艺术》以及《马恩列斯论文艺》中有关列宁的篇章，人们可以很方便地看到。

从马克思恩格斯到列宁，随着历史的发展、形势的变化，美学也发生了重要变化。列宁的着眼点不再是马克思恩格斯当年强调的现实主义、写真实、创造典型环境中的典型性格，而是突出强调"党的文学的原则"，即文学事业要成为党所开动的革命机器（党的整个革命事业）的"齿轮和螺丝钉"。这是出于当时社会历史形势需要，列宁美学对马克思恩格斯美学的巨大改变，也是列宁与马克思恩格斯的巨大差别。对于列宁的美学论著，中国读者最熟悉、引用率最高、影响最大的是什么？是1905年发表的集中

---

① 《马克思恩格斯全集》第三十六卷，人民出版社1975年版，第384—385页。
② 《马克思恩格斯全集》第十卷，人民出版社1962年版，第686页。

阐述文学党性原则的《党的组织和党的文学》（近年来改译为《党的组织与党的出版物》，其实没有必要，内容实质没有什么改变），以及随后十来年间（1910年前后数年）有关托尔斯泰的一系列文章和给高尔基的信。它们也的确是列宁美学的代表作。其中《党的组织和党的文学》尤其成为中国共产党人的文艺圣经。在这篇文章里，列宁高喊：

> 打倒无党性的文学家！打倒超人的文学家！文学事业应当成为无产阶级总的事业的一部分，成为一部统一的、伟大的、由整个工人阶级的整个觉悟的先锋队所开动的社会民主主义机器的"齿轮和螺丝钉"。文学事业应当成为有组织的、有计划的、统一的社会民主党的工作的一个组成部分。①

当然，列宁为了堵住某些人的嘴，在强调"党性"的同时也说到文学"自由"的问题，说到两个"无可争论"："无可争论，文学事业最不能作机械的平均、划一、少数服从多数。无可争论，在这个事业中，绝对必须保证有个人创造性和个人爱好的广阔天地，有思想和幻想、形式和内容的广阔天地。"② 但是，列宁紧接着就强调："可是这一切只是证明，无产阶级的党的事业的文学部分，不能同无产阶级的党的事业的其他部分刻板地等同起来。这一切决没有推翻那个对资产阶级和资产阶级民主派是格格不入的和奇怪的原理，即文学事业必须无论如何一定成为同其他部分紧密联系着的社会民主党工作的一部分。"③ 列宁在上面所引最后一句话里一连用了几个意思相近、步步加重的副词"必须无论如何一定成为"，就像"文化大革命"期间一连用几个"最……"一

---

① 《列宁选集》第一卷，人民出版社1972年版，第647页。
② 《列宁选集》第一卷，人民出版社1972年版，第648页。
③ 《列宁选集》第一卷，人民出版社1972年版，第648页。

样，可见他强调的力度和急切的心情。他是在引起读者的加倍注意：你的"自由"必须服从"党性"。打个比方："自由"是天上的"云"，"党性"是整个的"天"，文学再"自由"也跑不出"天"去；或者，"自由"是孙悟空自如翻滚的筋斗，他再"自由"翻滚，一个筋斗十万八千里，也跳不出如来佛的手心。总之，文学的党性比天大。这里的党的文学的"自由"就如闻一多当年所说的"戴着脚镣跳舞"。

上面提到的列宁的其他书信和文章，实际上也是从党性原则出发说事儿。譬如关于托尔斯泰的一系列文章，基本说的是托尔斯泰与"革命"的关系和对"革命"的作用、意义，虽然列宁也说托尔斯泰是"镜子"，但他说的不是真实描写社会现实的问题，不是现实主义问题。与高尔基的通信，也是强调"把文学批评也同党的工作，同领导全党的工作更紧密地联系起来"。总之，它们几乎无时无刻无字无句不在阐明文学的党性原则；相对于文学的党性原则、现实主义、真实性等，在列宁那里几乎不占什么突出位置。

这在世界共产党人的美学发展史上，是一个巨大变化。列宁创建了无产阶级或社会主义或革命共产党人的一种新的美学：以文学的党性原则为标志、为旗帜的列宁美学。它的一个最为人称道的地方是它的民众性，眼睛向下，看到广大人民群众的利益，鲜明提出文学"是为千千万万劳动人民"服务。这与以往美学中自觉不自觉表现出来的贵族性、精英性是截然对立的，这也是它之所以得到那么多人赞同和拥护的根本原因，就如同列宁领导的整个无产阶级革命事业之所以在俄国取得成功并持续了七八十年之久、还在世界其他地区和国家传播的根本原因一样。就此，我要为列宁美学大唱赞歌。为了让人们更易于把握列宁美学，我要从对比中指出它的特点：它是一种突出政治的美学，或者可以叫作一种新的"政治"美学。"政治"美学可以有多种，譬如有

"学术政治"美学,即着重从学术上讲文艺与政治的关系。还有一种叫作"地缘政治"美学(美国当代西方马克思主义美学的代表人物弗雷德里克·詹姆逊1992年出版了一部书,名字就叫《地缘政治美学:世界体系中的电影和空间》)。列宁不是。他是从革命实践的角度规定和阐述文艺与政治的特殊关系,即文艺必须绝对被革命政治所笼罩。而这种革命政治在列宁那里很明确,只是革命政党(共产党,当时的社会民主党,布尔什维克)的政治,他所讲和所要解决的是文艺与革命的政党政治的关系。所以我把列宁美学命名为"政党政治"美学。

列宁的"政党政治"美学的嫡传子弟兵

在20世纪的无产阶级世界革命形势下,列宁开创的"政党政治"美学在世界范围内有数支嫡传子弟兵。我没有作过精确调查,据粗略观察,以下三支比较明显。

一支在列宁的祖国苏联——近水楼台先得月。在列宁在世和去世之后,俄国和后来的苏联共产党人在文艺思想和文艺政策上也出现过许多派别(如果以列宁为"中",那么还有对于列宁来说是"左"的或"右"的,还有学院派,还有庸俗社会学等派别),他们有过各种争论和斗争。但其主流美学在相当长时间里奉行的主要是列宁美学路线。后来(列宁去世之后,斯大林掌权时期)发展到极致,就是以日丹诺夫等人为代表的极"左"政治美学。这种极"左"政治美学还有一个重要特点,即突出了共产党的执政者、当权者的地位,把权力加在了美学上,使列宁时期的"政党政治"美学,变成了日丹诺夫的"权力政治"美学。日丹诺夫在苏联共产党掌握了政权成为执政党之后,把无产阶级专政手段在文艺领域和学术领域付诸行动,因此十分可怕。令人遗憾的是,中国某些同志当年十分敬重日丹诺夫,1959年人民文学出版社郑重出版了《日丹诺夫论文学与艺术》,扉页上印了他的标准像，书中的《出版说明》称"安德烈·亚历山大罗维奇·日丹诺夫是苏联共产党和苏维埃国家杰出的活动家、马克思列宁主义思想的著名理论家和天才的宣传家、国际工人运动的积极活动家"。

一支是意大利共产党领袖安东尼奥·葛兰西（1891—1937）。葛兰西曾于1913年加入意大利社会党，第一次世界大战爆发后，葛兰西响应列宁"变帝国主义战争为国内战争"的口号，发动都灵工人反战武装起义，证明他是列宁的信徒，主张走"俄国人道路"。1921年1月21日意大利共产党成立，葛兰西是创始人之一。1926年11月不幸被捕，写下32本《狱中札记》（中文版《狱中札记》由曹雷雨等翻译，中国社会科学出版社2000年出版），这是意大利现代思想史上的重要著作。葛兰西在《狱中札记》中提出，通过夺取资产阶级的文化领导权，来瓦解资产阶级的集体意志，从而为最终夺取资产阶级的政治大权创造历史条件。葛兰西说："一个社会集团能够也必须在赢得政权之前开始行使'领导权'（这就是赢得政权的首要条件之一）；当它行使政权的时候就最终成了统治者，但它即使是牢牢地掌握住了政权，也必须继续以往的'领导'……"[①] 葛兰西的这个思路是沿着列宁关于文学事业是党的事业的一部分的思想而来的，只是当时的意大利无产阶级革命没有成功，没有建立无产阶级政权，故他所阐发的只是"革命"前（或掌握政权前）的"文化领导权"理论。

一支是中国共产党人瞿秋白和毛泽东。瞿秋白1920年去苏联访问两三年并在苏联加入中国共产党，两次见到列宁并与列宁合影，是中国共产党人亲自聆听过列宁教导的为数不多的人之一。可以说，瞿秋白名副其实得列宁之真传，包括列宁美学之真传。从人民文学出版社1985年出版的《瞿秋白文集》中一系列关于文

[①] ［意］葛兰西：《狱中札记》，曹雷雨等译，中国社会科学出版社2000年版，第38页。

艺问题的文章（如《普洛大众文艺的现实问题》《文艺的自由和文学家的不自由》等，特别是在《海上述林》中详细介绍和引述了列宁《党的组织和党的文学》的主要内容）可以看到，他在20世纪二三十年代（牺牲前）的一系列文章都可以寻觅到列宁的直接影响。如关于五四运动领导权问题——他认为五四运动是失败的，原因在于五四运动是资产阶级领导而不是无产阶级领导的，所以他主张重新来一次五四运动，来一次无产阶级的五四运动。关于文艺大众化问题，他也尖锐地提出了意识形态领导权的问题（其观点与葛兰西的"文化领导权"思想相似）。他关于无产阶级文艺的服务对象、文艺的发展方向等问题，也都能看出列宁美学的影子。瞿秋白于20世纪30年代初发表的《上海战争和战争文学》[①]一文说："因此，革命文艺的大众化，尤其是革命的大众文艺的创造，更加是最迫切的任务，——要创造极广大的劳动群众能够懂得的文艺，群众自己现在能够参加并且创作的文艺。劳动民众和兵士现在需要自己的战争文学，需要正确的反映革命战争的文学，需要用劳动民众自己的言语来写的革命战争的文学。中国的革命普洛文学，应当调动自己的队伍，深入广大的群众，来执行这个任务。"这成为毛泽东《在延安文艺座谈会上的讲话》思想的先声。毛泽东对瞿秋白的思想极为推崇。1950年12月31日，毛泽东为瞿秋白遗著题词："瞿秋白同志死去十五年了。在他生前，许多人不了解他，或者反对他，但他为人民工作的勇气并没有挫下来。他在革命困难的年月里坚持了英雄的立场，宁愿向刽子手的屠刀走去，不愿屈服。他的这种为人民工作的精神，这种临难不屈的意志和他在文字中保存下来的思想，将永远活着，不会死去。"[②] 如果说毛泽东《在延安文艺座谈会上的讲话》等文

[①] 该文发表于1932年3月左联出版的小册子《文学》上，署名"同人"，后收入1959年人民文学出版社印行的《瞿秋白选集》。

[②] 《毛泽东文集》第六卷，人民出版社1999年版，第128页。

章充分表述了列宁美学,学得了列宁的真经,那是经过了瞿秋白的中介;或者瞿秋白只是中介之一,另一中介是列宁之后苏联共产党的一系列文艺问题的决议和文件,以及苏联共产党的美学家文艺理论家的论著。毛泽东(经瞿秋白和苏联共产党人)是列宁美学的忠实继承者、发展者,是列宁的好学生。

毛泽东怎样发展列宁美学思想

毛泽东无疑是中国历史上的一个伟大人物。他对中国革命的贡献是不能抹杀的。这里仅仅谈毛泽东美学。

毛泽东是列宁"政党政治"美学最忠实且富有创造性的中国继承者、传播者、发扬光大者、发展者和积极实践者。毛泽东最有代表性的美学论著首推《在延安文艺座谈会上的讲话》(以下简称为《讲话》)——这也是当时中国社会历史的产物。我把这篇《讲话》看作列宁《党的组织和党的文学》基本思想的中国版;列宁当年强调的政党政治美学的主要之点,毛泽东用中国共产党人和中国老百姓容易接受的语言加倍强调出来。在《讲话》的引言部分,开宗明义,毛泽东就进入核心:

> 同志们!今天邀集大家来开座谈会,目的是要和大家交换意见,研究文艺工作和一般革命工作的关系,求得革命文艺的正确发展,求得革命文艺对其他革命工作的更好的协助,借以打倒我们民族的敌人,完成民族解放的任务。……我们今天开会,就是要使文艺很好地成为整个革命机器的一个组成部分,作为团结人民、教育人民、打击敌人、消灭敌人的有力的武器,帮助人民同心同德地和敌人作斗争。[①]

[①] 《毛泽东选集》第三卷,人民出版社1991年版,第847—848页。

毛泽东强调：

> 我们要战胜敌人，首先要依靠手里拿枪的军队。但是仅仅有这种军队是不够的，我们还要有文化的军队，这是团结自己、战胜敌人必不可少的一支军队。①

在《讲话》的结论部分，毛泽东又特别强调：

> 在现在世界上，一切文化或文学艺术都是属于一定的阶级，属于一定的政治路线的。为艺术的艺术，超阶级的艺术，和政治并行或互相独立的艺术，实际上是不存在的。无产阶级的文学艺术是无产阶级整个革命事业的一部分，如同列宁所说，是整个革命机器中的"齿轮和螺丝钉"。因此，党的文艺工作，在党的整个革命工作中的位置，是确定了的，摆好了的；是服从党在一定革命时期内所规定的革命任务的。②

仅此即可看出毛泽东与列宁的惊人的一致。他所说的就是列宁在《党的组织和党的文学》中阐述的"文学事业应当成为无产阶级总的事业的一部分，成为一部统一的、伟大的、由整个工人阶级的整个觉悟的先锋队所开动的社会民主主义机器的'齿轮和螺丝钉'"。他所反复强调的就是列宁的文学的党性原则，就是列宁的政党政治美学。

《讲话》中的其他文字（如谈"为什么人"的问题、"普及提高"的问题、"统一战线"问题、"文艺批评"问题等）都是围绕上述中心思想而展开、而发挥的。

那么，毛泽东的《讲话》（以及后来有关文艺问题的论著）

---

① 《毛泽东选集》第三卷，人民出版社1991年版，第847页。
② 《毛泽东选集》第三卷，人民出版社1991年版，第865—866页。

对列宁的发展又表现在哪里呢？

首先，毛泽东强化了列宁美学中文学"为千千万万劳动人民"服务的思想，反复强调文艺必须为最广大的人民群众服务，强调整个文艺都必须为工农兵服务。于此，在世界共产党人的美学史、包括整个世界美学史上第一次出现了"工农兵方向"的命题。这是一个伟大的命题。这是毛泽东（包括瞿秋白）的一大功绩，这也是毛泽东文艺思想之所以受到那么多人拥护的原因，也是它最光辉的地方。

其次，毛泽东比列宁更加强调"从属"和"服从"。列宁主要阐明文学事业是革命事业的一部分，只是说它是特殊的（有自己特性的、不能刻板等同的）一部分；而毛泽东则强调文艺必须"属于一定的政治路线"，必须"服从党在一定革命时期内所规定的革命任务"。在后面谈文艺批评标准时又强调"以政治标准放在第一位，以艺术标准放在第二位"，即党的政治利益高于一切。这就突出了主次地位、强调了轻重关系。

再次，毛泽东特别强调革命文艺的"工具"性质和"武器"作用，即文艺是党的有力的一种"工具"，是党"团结人民、教育人民、打击敌人、消灭敌人的有力的武器"。

最后，最主要的发展，是毛泽东突出了共产党的执政者、当权者的地位。

（2009年稿，2019年修订）

第十二讲　谈"社会主义文化视野中的文学理论建设"

1. 社会主义和社会主义文化：不要从定义出发。
2. "视野"：立足当下，放眼历史；立足中国，放眼世界。
3. 文学理论建设：从创作中找理论。

这次应邀与会，我想就会议通知中一个小题目"社会主义文化视野中的文学理论建设"谈谈我的一些想法，算是"应题作文"。"研究"，我谈不上，完全是乱弹。

社会主义和社会主义文化：不要从定义出发

我生在抗日战争烽火之中，而成长、读书、工作在"社会主义"和"社会主义文化"时代，就是说，截至2008年，我70年人生的七分之六是在"社会主义"和"社会主义文化"里度过的，而且加入中国共产党也差不多五十年。但愚钝得很，也惭愧得很，虽然我身在"此山"中，却未识"此山"真面目——并未从理性上真正弄明白社会主义和社会主义文化究竟具有怎样的性质、特点。我承受了"社会主义"国家诸多优惠，而少受其个别不当措施之苦——我并没有像一些人那样经受反右沉入海底（我的一些朋友、一些优秀知识分子被打成右派，造成一生心灵创伤）；我虽在反右倾机会主义中感受了一丁点儿"风寒"（因为说了几句据说是"同右倾机会主义唱一个调子"的话差一点把我的党籍吹掉）但并未一"病"呜呼；我虽在"三年困难"时期受了点儿肚皮之苦但至今生命健在；我真诚而盲目地参加"文化大革命"却荒废了十年光阴，对此至今仍痛心不已（起初喊了半年"革命"口号，继而却作为"反革命"挨了九年半整）但我仍顺利回归正常学术活动……到1976年粉碎"四人帮"，特别是1978年中国共产党十一届三中全会召开，我感到了"解放"，但思想道路并不平坦。前些年许多人对"姓资姓社"的问题争论不休，几乎打得头破血流，但我生性怯懦、学识浅薄，未敢加入争论，因为我实在说不清楚。

后来在各种经验的教育下我觉悟到一个道理：经营人类的任何事业（经济、政治、文化、学术、文学艺术……），都不能从定义出发。人类不能事先设想好一个固定的、永恒的、万古不变的模式、格式，然后依此行事。没有事先想好的或制定好的存放在某个地方的永恒的凝固的亘古不变的绝对真理。没有哪个神仙能够开出拯救人类的百试不爽的药方并制造出包治百病的灵丹。我深信邓小平的一句话："摸着石头过河。"这虽是笨法子却是最实在、最可信、最有效的法子。我们的确应该深思。

总之，关于社会主义和社会主义文化，我主张在实践中去摸索它的性质和特点，同时，关于如何确定自己的行动方案，也要在实践中去寻求。

"视野"：立足当下，放眼历史；立足中国，放眼世界

视野，就是站在我们所站的地方放眼去"看"，而且不要再拘泥于、纠缠于"姓资姓社"。

首先，你要确认你站的地方，它必须是实实在在的当下中国，你必须从现实出发，从中国的具体国情出发；其次，你不能只看

鼻子尖儿底下那块地方，你应该看到中国之外的世界其他地方、其他民族。

在全球化时代，电子媒介时代，尤其如此。

我们的民族从1978年起至今改革开放30年是在"内""外"逼迫之下"摸着石头过河"的30年——"内"，我们自己的老路实在走不下去了；"外"，我们面临被开除"球籍"的危险。① 这30年的路程，有沼泽也有石头（既有"自然"的也有"人为"的），而沼泽对于人类来说可能是常态。所以人类必须充满忧患意识；所以温家宝"如履薄冰"的心态值得赞赏。这30年，几经调整，但坚持了"抓住经济建设不放"这个总主题。我认为这是踩在了一块坚硬的石头上。这是我们这个民族的幸运（但是"抓住经济建设不放"并不能说是社会主义的特点，其他制度的国家也可以抓住经济建设不放）。

在文化上，其实也是摸索前行的30年。文化30年，也很不平坦，有沼泽也有实地，沟沟坎坎，起起伏伏，但总的来说，这30年亮光多，而阴影少。把视野放得远些，这一百年间，两头各30年还是亮的。

我们应该看到这30年，在这30年的基础上前行。如此，则对这30年，应该做大文章。譬如，现在有的学者已经开始探讨这30年的性质、特点。2008年第2期《文艺争鸣》发表了张未民同志一篇长文《中国"新现代性"与新世纪文学的兴起》，试图对"30年"的性质、特点予以界定。为了强调与"30年"之前的"现代性"相区别，他提出了一个标志这"30年"特点的新概念："中国新现代性"。不管这个概念科学与否，但作者的探索是有益

---

① 1962年中共八届十中全会提出"以阶级斗争为纲"，1969年中共九大正式把"以阶级斗争为纲"确定为"党在整个社会主义历史阶段的基本路线"。这是危险的根源。我们撞在南墙上了。在撞得头破血流之后，我们对"以阶级斗争为纲"的基本路线进行了否定，确立了"一个中心、两个基本点"的基本路线。

的。他强调这"30年""所重新创造的新生活形态","生活的首要位置,从经济、物质到社会,富国强民的压倒性发展路向成为一种大局,成为文学思考时代的必要依据"。他把"中国新现代性"与信息时代的特征联系起来,强调"以由信息媒介网络构筑的现代性物质生活为对象的现代媒介生活,作为'生活'的媒介和网络之于文学写作方式、阅读传播方式、文学作品的存在与呈现方式,都促成我们重要的改变";强调现在的"市场主义的消费社会"的特点,强调"新文明形态的社会"的特点,等等。同时,他把"中国新现代性"与"新世纪文学"对应起来,以"新世纪文学"取代"新时期文学",并界定了"新世纪文学"的特点,强调"新世纪文学在中国新现代性语境下形成的新的文学特征,在其根本上,乃是发生了文学观的变化,形成了新世纪的文学观",他把这种文学观称为"写作的文学观",以区别于"天才式"的、"精英意味"很重的"创作文学观"。

我一方面很赞成张未民同志的探索精神,另一方面也对他的观点存在诸多疑问,觉得有不少可以商榷的地方。但是我目前没有充分准备、也没有能力做大文章。

眼下回到"视野"的话题,我只挑出最近我所看到的一点,即关于"文化软实力"的问题说一点感想。"文化软实力"的提法本身,既是立足于当下、立足中国,又是放眼世界、放眼历史。

文化软实力是党的十七大报告中的话:"文化越来越成为民族凝聚力和创造力的重要源泉、越来越成为综合国力竞争的重要因素",应该"激发全民族文化创造活力,提高国家文化软实力"。这个思想非常好。"文化软实力"的提法,既表现了开放的心态和视野,也表现了创新的探索勇气。所谓开放的心态和视野,是说以开放的心态放眼世界,吸取其他民族文化成果中一切对我们有用的东西。"硬实力""软实力"本是美国哈佛大学教授约瑟夫·奈的观点。他认为一个国家的综合国力,既包括"硬实力"(主要表现为经济、科技、军事的实力等），也包括"软实力"（主要表现为文化、价值观念、社会制度、发展模式、生活方式、意识形态等的吸引力）；而且他在2004年的一本书中还特别强调软实力乃世界政治中的制胜之道，因为文化作为软实力具有更持久的渗透力。一个民族要崛起，一个国家要发展，有赖于包括"硬实力"和"软实力"在内的综合国力的全面提升。而且，约瑟夫·奈还同美国前副国务卿阿米蒂奇于2007年11月6日推出"聪明实力"报告，提出超越硬实力与软实力的聪明实力战略。聪明实力结合软实力与硬实力之所长，认为美国必须通过投资世界的善事而变成一个聪明的国家，聪明实力坚信软实力自然就会赢得和平，即吸引人民选择民主而非强迫他们民主化。中国共产党大胆吸收西方一些文化人的思想以丰富自己，建构自己的理论。在这里，如果拘泥于、纠缠于"姓资姓社"，那将既迂腐也可笑。提高文化软实力，既要吸收外国优秀文化成果，又应继承本民族优秀传统。要提高我们民族的文明程度、提高我们的文化素质，为增强我们的文化软实力而努力。孔子的"己所不欲勿施于人"，不能定义为"社会主义"思想文化，但应该继承、发扬，因为它符合最广大人们的利益。只要对最广大人民有利有益，如果你喜欢"社会主义和社会主义文化"这个称谓，不妨名之而且行之。美国有一个90岁高龄的定居在山东阳谷县刘庙村的老太太牧琳爱，儿时生活在中国聊城，80多岁退休，决心来中国生活，带着退休金，变卖了房产，来聊城一个农村做公益事业。她的这种精神是外国的一种优秀文化精神，如果你愿意称之为"社会主义精神"就不妨名之并推广之。

我们文学艺术就应该为增强中华民族的文化软实力做些实实在在的工作。譬如，多创作些《闯关东》这样的电视剧。看这部电视剧，使我想起当年看《静静的顿河》《红旗谱》的一些心灵体验和审美感受。这样的作品使我们这个民族得到提升。

寻求建设之路，从创作中找理论

在改革开放的 30 年，面临电子媒介时代，文学理论如何建设？我有两条建议。

第一，细读 30 年，寻求建设之路。

面对 30 年，一方面可以做大文章，另一方面是细读。过去我们习惯于做大文章，进行宏伟叙事，这当然也是必要的。但往往大而化之，甚至大而无当，流于夸夸其谈。"文化大革命"初期戚本禹就喜欢做这样的文章，内容且不说——历史已经作出结论；在形式上，文章好有气势，但是大话、空话太多。

现在，要少做大文章，多多细读。把 30 年的方方面面、各个关节、各个拐点，掰开了，揉碎了，细细捉摸，寻找下一步前行的路子。

第二，从创作之中，从审美实践之中，寻找理论。

过去有的人（包括我自己）喜欢做抽象的所谓"纯"理论文章。有的干脆从"理论"出发，从概念出发，玩儿概念，玩儿演绎，玩儿推理，玩儿分析，堕落为"理论游戏"。我认为这样的理论是没有前途的。

是不是改变一下，从创作中，从审美实践中寻求理论。就像巴赫金《论陀思妥耶夫斯基诗学》那样。巴赫金的理论是从陀思妥耶夫斯基的创作中提炼出来的。当然不止于陀思妥耶夫斯基，不止于巴赫金那个时代的文艺实践和审美实践。他还深入历史之中，直到古希腊；他还扩展到俄国之外，扩展到欧洲其他民族的创作。

我们是不是也应借鉴？

从创作出发，例如，目前的电视剧《闯关东》，就要好好掰扯掰扯，揉搓揉搓，看看里面有什么理论问题。我个人认为《闯关东》是近年来少有的一部好电视剧。我刚才说过，它可以和《红旗谱》，甚至《静静的顿河》放在一起。

再如，目前艺术界（美术）情况如何？美学家、文艺理论家是否应该从艺术现状出发作出理论分析？这几天翻阅 2008 年第 2 期《读书》，看到朱其的文章《艺术资本主义的实验》，大吃一惊：原来目前美术界是这样一种景象。

> 这个庞大的艺术体系的崛起带来了大量财富，于是新老艺术家迅速变成百万富翁、千万富翁、亿万富翁。二〇〇七年中央美院雕塑系四年级学生毕业展上，就有三个学生卖出价格从十九万元到二十五万元不等的作品。拍卖会上的拍卖品动辄千万元的价格，则更像大跃进放卫星……北京、上海的艺术博览会现在就如广交会，参加展览的艺术家个个就像商人、制片人、大导演前来洽谈生意，身后跟着不止一个助手，以致现在很多艺术女生的一个工作理想就是给大艺术家当助手。很多艺术家也已经不亲自做作品，而是像电影导演一样，只出主意和想法，由助手替他画画、做雕塑、电脑制作摄影图片或者剪辑 Video。有些艺术家甚至将接洽展览和销售作品都交给助手，他自己只要接电话同意就行了，后面的事情都有专门雇用的助手搞定。

现在的画展主要是做生意、促销、寻觅异性，据说画展上美女如云。画廊多，好艺术家和好作品不够，于是各画廊抢艺术家，抢明星，明星没了抢"70 后"，次则"80 后"，现在则到美院抢大四学生。

现在的艺术批评和艺术家的关系大多不再是艺术交流、交心。这个时代是个一切都要收费的时代，每一次合作都要单次结算，而且事先就要讲好条件、价钱。"开口收费成了学术界知识分子自我改造的一门实践课。""名声、绘画、资金、照片、雕塑、人脉，甚至与大腕的交情都是资本,并且都是可以互相转换的,但最终还是要兑换成现金资本,在这场资本争夺战中,艺术家、画廊和投资人构成了权力轴心。""当代艺术实际上已经金融资本主义化。""艺术变成了艺术生产,艺术家变成了符号资本家。"艺术市场的运作成为"以资本为轴心的运转"。"艺术资本主义正从每个毛孔渗透进我们的血液。"

美学家、文艺理论家们,面对此情此景,你有何感想,你如何应对?

(2008年3月15日在华南师范大学"新时期社会主义文学与文化"学术研讨会上的发言)

第十三讲　我看当今时代特点及其对文论的新挑战

我喜欢用"电子媒介时代"来称谓当今时代。电子媒介的产生具有划时代的意义，近几十年来它在全世界发展神速，且势头不减；其未来不可限量，亦未可预料。电子媒介对整个时代的物质生产和精神生产、物质生活和精神生活，产生了并继续产生着无可估量的影响。法国社会学家、哲学家让·波德里亚的对当今社会特征的把握颇为独特。但是，我认为一方面应该看到波德里亚对时代特点的感受十分敏锐；另一方面又要注意他有太多的浪漫主义气息，太夸张。波德里亚所揭示的只是事情的一部分，他认为人们都在消费符号，从符号作为艺术语言的角度来说，可以；从符号作为科学语言的角度来说，不严密。不能以此作为普遍性的结论。文艺学、美学必须在承认电子媒介的巨大冲击使整个社会发生广阔而深刻的变化的基础上，在承认生活与审美、生活与艺术之间的关系发生新变化、出现新动向的基础上，研究这些变化和动向，适应这些变化和动向，作出理论上的调整。文艺学家、美学家应该对新现象作出新解说，甚至不断建立新理论。

一

关于当今时代特点的界定，有各种各样的说法："消费社会"

"后现代""后工业社会""后资本主义""晚期资本主义""全球化时代""电子媒介时代""电信技术王国时代""智能经济时代""信息社会"等。它们是从不同角度、不同侧重点进行把握的结果，都有各自的道理。就我个人而言，我更喜欢用"电子媒介时代"来称谓。

电子媒介（主要指电子计算机、电视、互联网、手机等）的产生具有划时代的意义，近几十年来它在全世界发展神速，且势头不减；其未来不可限量，亦未可预料。电子媒介对整个时代的物质生产和精神生产、物质生活和精神生活，发生了并继续发生着无可估量的影响；人人都可以通过自己的日常体验认识到电子媒介对社会经济、政治、文化、思想、感情……各个层面的全方位地、无孔不入地渗透，并且随时随地感觉到其力度、深度、广度与时俱增。如果从生产力、特别是从科学技术层面考察一下：有哪些力量和因素在推动当今社会的发展？什么力量和因素最抢眼、最突出？我会根据自己的经验毫不犹豫地得出结论说：电子媒介。它是龙头老大。

关于当今时代特点的许多其他的称谓，也常常与电子媒介密切相关。例如"电信技术王国时代"之"电信技术"，在其后期就以"电子媒介"为核心，而且越到后来越如此。电信技术可以包括电子媒介，但又不止于电子媒介。电信技术在其早期主要包括电报、电话、电影等，在其后期才有了电子计算机、电视、互联网、手机等。电报、电话、电影，它们属于电信技术这个大范畴，但严格来说它们本身并不就是电子媒介，也并不就是电子媒介的产物。电报发明于19世纪30年代，电话发明于19世纪六七十年代，电影发明于19世纪八九十年代，它们作为电信技术的一部分，是依靠"电力"（而不是依靠"电子"）加速机械运动从而完成其"媒介"使命的。例如电影胶片本是平面的"像"，依靠"电力"加速机械运转，给人的视觉造成错觉，从平面的静止的

"像"变成立体的活动的"影";电话、电报也不过是依靠"电力"而使机械运动得以延伸,从而成为或近或远身处异地的两个主体之间的桥梁。因此,我认为电报、电话、电影不能称为严格意义上的电子媒介。世界上最早的电子媒介——第一台电子计算机是1946年在美国诞生的,它比电报、电话、电影等晚了一百年或数十年。它的诞生给新时代投下了一缕曙光。有了电子计算机,之后又有了电视,再后又有了电视直播以及互联网等,人类才进入了电子媒介时代。如果说电信技术王国时代有将近两百年的历史,那么电子媒介时代不过只有半个多世纪。电子媒介丰富了电信技术,也从本质上改造了电信技术,成为电信技术的核心和支柱。因此我认为准确地说当今时代应称为电子媒介时代而不是电信技术王国时代。

再如,"信息社会"之"信息",主要指电子信息——电子媒介是信息社会的灵魂;"智能经济时代"之所谓"智能",也主要指电子媒介所创造的"智能";"全球化时代"之"全球化",也离不开电子媒介在其中的巨大影响——弗雷德里克·詹姆逊说:"全球化应该说是一种电子计算机控制的空间(cyberspace),在这个空间中,货币资本已经接近了它的最终的解区域化,作为信息它将瞬间从一个节点到另一个节点,横穿有形的地球、有形的物质世界。"① 除了电子媒介,谁能有这么大的本事?

对于电子媒介在当今社会所具有的巨大意义,也许有些人还没有充分意识到。试想,倘若一时停止了电子媒介的运作,世界许多关键和要害部门,如银行、证券、交通(特别是航空)、医疗等,不是都会陷于瘫痪吗?电子媒介在今天已经须臾不可缺少,而且发挥着越来越大的无可替代的作用。

关于电子媒介的发展情况和它所发挥的作用,在中国可以

---

① [美] 弗雷德里克·詹姆逊:《文化转向》,胡亚敏等译,中国社会科学出版社2000年版,第150页。

随手找到许多鲜明的例子。三四十年前，电子计算机在中国的家庭尚属少见的配置，手提电脑更属珍中之珍；电视直播也不那么经常；手机当时是某些人炫耀财富的标志。而今，电子计算机走进千家万户，笔记本电脑普及；电视直播几乎天天有，电视会议成为家常便饭，而且常常举行两地、三地甚至洲际的联合直播电视晚会；手机用户约有十亿户，来城市收废品的农民、还有卖菜郎，也都手持手机，而手机更是快递小哥必备之物。近年来，互联网以令人吃惊的速度和规模发展。如今上网像喝茶一样普通，过去见面问：吃饭了吗？现在问：上网了吗？《北京青年报》2007年9月17日A10版报道：北京市西城区一位84岁的老太太李信德告诉记者，她用电脑上网看新闻、听听戏，感觉自己也和孙子孙女一样时髦。身患先天性肌无力、无法支撑身体而只能绑在轮椅上的残疾兄弟张云成、张云鹏，一个靠仅能动弹的右手中指操作鼠标，一个只能用嘴叼着筷子在手写板上书写，他们在淘宝网上开起了一个名为"鹏成E购"的网店，一年收入12万元人民币。令人惊讶的是，现在连某些偏僻山沟的果农也通过网络进行交易。近日看到一则广告：一位老农民用草帽兜着猕猴桃，高兴地说："有了拼多多，不愁卖了！"请看，中国当今的社会生产和生活，能够离得开电子媒介吗？没有电子媒介，中国不可能有连续多年的国民生产总值的增长。

我之所以愿意称当今时代为"电子媒介时代"，还因为从理论层面上看，它更能抓住问题的根本和要害。

从根源上说，生产力是社会发展的基本动力。科学技术是生产力，电子媒介理所当然也是生产力。这是马克思主义的一个命题，有些人是不同意的。例如波德里亚在《象征交换与死亡》中说："本雅明第一个（其后是麦克卢汉）没有把技术当成'生产力'（马克思主义的分析仍然坚持这一点），而是当成中介，当成整个新一代意义的形式和原则。"① 关于这个问题不在这里争论。我在别处已经论证过电子媒介是生产力,而且认为"电子媒介"这个最富有活力和潜力的生产力的大发展,使人们的生产方式和内容、生活方式和内容、思维方式和内容、感情方式和内容、感受方式和内容等都发生了重大改变。以电子媒介为主要动力和根本技术支撑造成的影像大泛滥、符号大泛滥②,成为当今社会(或曰消费社会)进行"消费"的一个基本条件和重要诱因,正如詹姆逊所指出的:"肯定地说,在文化领域中后现代性的典型特征就是伴随形象生产,吸收所有高雅或低俗的艺术形式,抛弃一切外在于商业文化的东西。在今天,形象就是商品,这就是为什么期待从形象中找到否定商品生产逻辑是徒劳的原因……"③ 随之,人们的审美文化实践以及整个学术活动的内容和样态也发生了深刻变化——这可能导致审美文化版图(无论是"面积"还是"结构")的改变以至美学学科结构的改变。这也就是为什么近些年会对"文学边界""文艺学边界""美学边界"等问题进行激烈争论的主要原因。德里达、米勒他们声称"电信时代的变化不仅仅是改变,而且会确定无疑地导致文学、哲学、精神分析学,甚至情

---

① [法]让·波德里亚:《象征交换与死亡》,车槿山译,译林出版社2009年版,第77页。

② 美国学者詹姆逊说:"现代社会空间完全浸透了影像文化,萨特式颠倒的乌托邦的空间,福柯式的无规则无类别的异序,所有这些,真实的,未说的,没有看见的,没有描述的,不可表达的,相似的,都已经成功地被渗透和殖民化,统统转换成可视物和惯常的文化现象。"又说:"现在突然一种一直被视为似乎不能容忍任何乌托邦的可恶的普遍可视性正在受到欢迎并洋洋得意:这就是真正的形象社会时期,从此在这个社会中人类主体面临(用保罗·威利斯的说法)每天多达一千多个形象的轰炸(与此同时曾经属于私人的生活也在信息银行中被彻底地观看,审查,详细列举,度量和计算)。人类开始生活在一个非常不同的空间和时间、存在经验及文化消费的关系中。"([美]弗雷德里克·詹姆逊:《文化转向》,胡亚敏等译,中国社会科学出版社2000年版,第108页)

③ [美]弗雷德里克·詹姆逊:《文化转向》,胡亚敏等译,中国社会科学出版社2000年版,第130—131页。

书的终结";"新的电信时代正在通过改变文学存在的前提和共生因素而把它引向终结"①;等等,不是完全没有道理的。但是他们据此断言文学的时代将不复存在,而其他一些学者更断言文艺学、美学也会被文化研究取代等,未免过于武断,也过于悲观。对此,我已另文详述。现在我想说的是文艺学、美学面对冲击如何应对。

二

关于如何把握和界定当今时代的性质和特征,法国社会学家、哲学家波德里亚的一些思想颇为独特,并发生了重要影响,美国学者詹姆逊曾说他的关于后现代主义的一些看法"显然"受到波德里亚的影响。②但是,我认为一方面应该看到波德里亚对时代特点的感受十分敏锐;另一方面又要注意他有太多的浪漫主义气息,太夸张。

所谓"敏锐"者,是说他如中国古诗"春江水暖鸭先知"所说,比较早地把握到了电子媒介时代(后现代、消费社会)的一些特点。在波德里亚看来,"生产时代终结"了,"生产、劳动、生产力的全部领域正在跌入'消费'的领域,这个领域应该理解为普遍化公理系统的领域、符号编码交换的领域、生活总体设计的领域"③。正如迈克·费瑟斯通教授在《消费文化与后现代主

---

① [美] J. 希利斯·米勒:《全球化时代文学研究还会继续存在吗?》,《文学评论》2001年第1期。米勒2003年9月再访北京,带来了他的新作《论文学》,仍然申述原来的观点:"文学的终结就在眼前。文学的时代几近尾声。该是时候了。这就是说,该是不同媒介的不同纪元了。"但是米勒同时又强调:"文学尽管在趋近它的终点,但它绵延不绝且无处不在。它将于历史和技术的巨变中幸存下来。文学是任何时间、地点之任何人类文化的标志。今日所有关于'文学'的严肃的思考都必须以此相互矛盾的两个假定为基点。"

② [美] 弗雷德里克·詹姆逊:《文化转向》,胡亚敏等译,中国社会科学出版社2000年版,第33页。

③ [法] 让·波德里亚:《象征交换与死亡》,车槿山译,译林出版社2006年版,第7、16页。

第十三讲 我看当今时代特点及其对文论的新挑战 183

义》中评述波德里亚时所说:"他在后来的作品中,从对生产的强调转向了对再生产的强调,也即转向了由消解了影像与实在之间区别的媒体无止境地一再复制出来的记号、影像和仿真的强调。因此,随着社会生活的规律的消解,社会关系更趋多变、更少通过固定的规范来结构化,消费社会也从本质上变成了文化的东西。记号的过度生产和影像与仿真的再生产,导致了固定意义的丧失,并使实在以审美的方式呈现出来。大众就在这一系列无穷无尽、连篇累牍的记号、影像的万花筒面前,被搞得神魂颠倒,找不出其中任何固定的意义联系。"① 在波德里亚那里,消费是一种操纵符号的系统性行为,而不是一般意义上的物质实践;人们消费的并不是对象本身,不是物品本身,而是它所代表的符号。人们消费符号是要通过它获得一种身份认同,显示地位或财富,满足虚荣心,实现个人的所谓自我价值。要之,符号的意义在于建立差异,要将符号所代表的贫富、优劣、阶级、阶层等区分开来;符号不同,高贵、卑下、贫、富、优、劣便得以确立、得以显现。符号消费的潜台词是:"我比你强!"与他人形成差异,正是日常生活中消费的主要用途之一。通过消费达到个性的实现,让每一个消费者觉得自己是独一无二的。举一个例子:偶尔看了北京电视台《名人堂》节目,说某个明星为参加国际电影节颁奖晚会,在国外某著名设计师那里定做了一套绝对独一无二的服装,其价钱是一辆奔驰轿车。一只女人用的知名品牌的皮包,少则数千元(这是低档的),多则数万元,等等。当时真是吃惊不小。后来又在中央电视台的一则报道中知道,英国一个什么展览会上,有一双镶嵌宝石的女式凉鞋,要六万英镑,合人民币近百万元。你不敢相信也得相信,因为东西摆在那里,明码标价,上面的红蓝宝石还在闪闪发光!还有,一位姓李的女明星在香港商店看到一条

---

① [英]迈克·费瑟斯通:《消费文化与后现代主义》,刘精明译,译林出版社2000年版,第21页。

一万多元的裙子，很想买，服务员告诉她，这条裙子昨天赵薇刚买了一条，她立刻觉得没有面子，转身离开。另据《北京青年报》2007年9月17日A8版报道，北京金融街购物中心地下一层华润万家OLE'超市，一斤牛肉竟卖458元人民币！这种牛是黑安格斯牛和日本的和牛杂交而成，这种天价牛肉是它的外脊和眼肉的部位。该超市总经理说："以金融街购物中心为圆心，1.5公里半径之内的写字楼及周边居民月均收入5000元，超市定位提供时尚生活精品，我们不愁卖不出去。"在我看来，这种牛肉的消费者哪里是吃牛肉，简直就是炫耀财富和地位。

现在中国到处都是过度包装，形式大于内容，人们只看形式不管内容。名牌就是身份、地位、财富的标志。人们似乎真的如波德里亚所说，不是消费商品的使用价值，而是消费这种牌子、这种符号。中国有些商家似乎正在制造符号消费，月饼的各种各样的豪华包装就是例子，人们消费那些价值千元、数千元甚至近万元的月饼，不如说是消费它们的豪华的包装符号；有些时髦青年，似乎也在竞相消费符号，他们使用名牌手机、穿名牌服装、戴名牌手表、去名牌餐厅、喝名牌饮料……从根本上说是消费这些名牌的符号，以表明自己的身份地位等，物品的品牌价值远远胜过它的使用价值。今日中国"审美泛化"（或曰"日常生活审美化""审美日常生活化"）的现象也屡屡可见，我体会，按照波德里亚等人的思想，世界"符号"化，也即审美化了、艺术化了，符号世界即审美世界、艺术世界。从某种意义上说，在今日现实中，的确在许多方面审美（艺术）生活化了，生活也审美（艺术）化了。生活与艺术的界限越来越模糊不清。上面说的那些明星们穿的服装，其实不就是穿"符号"吗？服装不过是身份地位的标记而已，他们的确是在消费符号。对于他们而言，他们的这种生活与艺术似乎真的合一了。

此外，还有一种现象应当提及：性的泛滥。波德里亚在《消费社会》中指出:"性是消费社会最活跃的中心,它以一种奇观的方式从多方面决定了大众传播的整个旨意领域,在那里所展示的一切都回荡着性的强劲颤音,一切供以消费的东西都同时包有性的因素。"在中国也开始出现这种迹象。从卫慧、绵绵,发展到木子美、竹影青瞳、流氓燕等,例子很不少。

所谓"浪漫主义""夸张",是说波德里亚所揭示的只是事情的一部分,至少在中国,是一部分,也许是并不太多的一部分——我不知道以后会怎样。以此作出普遍性的结论,太夸张,也许太"超前"。说人们都在消费符号,从符号作为艺术语言的角度来说,可以;从符号作为科学语言的角度来说,不严密。

因为事情还有另一面。我从媒体看到:

一个贫困地区的教师,26年独自支撑一个学校,把孩子接到自己家里上学,管吃、管住、管教,一个大床睡几十个孩子;

两个湖北的女大学毕业生作为志愿者到山区支教,就物质生活而言与城里有天壤之别,她们坚持下来了,并且准备继续做下去;

一个大学生舍生救出落水儿童,献出二十几岁的生命;

江西一位40多岁的大学老师累死在讲坛上,两万人自发为他送葬;

一个82岁的美国老太太十年前到中国聊城乡村(她童年生活过的地方)落户,至今十几年,做各种公益活动,很愉快……

所有这些,他们纯粹作秀?人们在其中"消费"了什么?消费符号在哪里?

参加国际电影节颁奖晚会的明星的一套衣服价值相当于一辆奔驰,赵薇一条裙子一万多块,这毕竟并不普遍;木子美们也只是部分甚至是少部分或极少部分青年人的行为——我是很晚才从一篇文章知道她们的"事迹"的,后来在网上一查,当时我目瞪口呆。但他们毕竟是少数。而且如果将一斤牛肉458元人民币的消费同数量相当不少的连咸菜干粮果腹也困难的老少边穷地区的普通人民对比一下，总觉得心口堵得慌。把明星们的生活同贫困山区上不起学的孩子放在一起，我感到非常悲哀。就整个社会而言，现实生活是章子怡、赵薇这样的吗？是木子美们这样的吗？

再说生活审美化问题。不错，生活中符号化的现象越来越多，审美泛化越来越严重，生活与艺术的界限在许多地方越来越模糊。但就生活与艺术的整体情况而言，生活与艺术合一了吗？没有。对此我已有专文论述。既然有"艺术"这个名称，它就不能同生活没有界限，不然就没有必要存在"生活""艺术"这两个词了。这是值得继续深入研究的问题，其关键在于文艺学、美学面对新形势如何应对。

三

我认为，文艺学、美学必须在承认电子媒介的巨大冲击使整个社会发生广阔而深刻的变化的基础上，在承认生活与审美、生活与艺术之间关系发生新变化、出现新动向的基础上，研究这些变化和动向，适应这些变化和动向，作出理论上的调整。文艺学家、美学家应该对新现象作出新解说，甚至不断建立新理论。当然，我再次强调，对这些新变化、新动向也不能夸大其词——似乎艺术、艺术家在这种新变化、新动向之中失去了意义，理论研究也失去了价值。人类的整个生活还要进行下去，艺术还会在变化中存在下去，生活和艺术还是照常互动；特别是那些所谓高雅艺术（剧场艺术、音乐厅艺术、博物馆艺术……）和艺术家作家的创作，也并没有在所谓"生活审美化和审美生活化"浪潮中消失，恐怕也不会消失。国家大剧院负责人表示，该院还是要演出《红色娘子军》《天鹅湖》《江姐》《大梦敦煌》《茶馆》《梅兰芳》及青春版《牡丹亭》等作品，涵盖了歌剧、芭蕾、民族舞剧、话剧、京剧、昆剧等表演艺术门类——这就是说，剧场艺术、音乐厅艺术、博物馆艺术和艺术家作家的创作，还会继续存在下去，至少在最近的将来是如此。对剧场艺术、音乐厅艺术、博物馆艺术和艺术家作家的创作的理论研究也会存在，文艺学、美学不但会存在并且会不断发展。还是那句话：人是最丰富的，人的需要（包括人的审美需要、审美趣味、艺术爱好）也是最丰富、最多样的。文学所创造的"内视世界"和影视所创造的"图像世界"各有优势，可以同时满足人们不同的审美需要，他们应该共同发展，不能互相取代。"抽象艺术"和"具象艺术"也可以并行不悖。即使是古典艺术，也没有过时。谁敢说，古希腊的雕刻、贝多芬的音乐、曹雪芹的《红楼梦》、泰戈尔的诗……过几百年、几千年就没人看了、没人喜欢了？而且，"精英艺术家"也不会被"卡拉OK演唱者"取代，他们在历史长河中还会不断涌现，并且会不断产生照耀时代的巨星，歌唱家廖昌永们、钢琴家郎朗们、小提琴家吕思清们……还会在以后的各个时代引领风骚。谁敢说，以后就永远不能产生伟大艺术家？当然，审美活动和艺术会不断呈现气象万千的新面貌，会不断有新的方式、形式、形态，变化无穷。

正因为审美和艺术不会消亡、对审美和艺术的理论思考不会消亡，所以，理论会不断更新——这就意味着：没有放之四海而皆准的理论。文艺学、美学会随时代前进而变换它们的思维形式、存在样态和述说方式。任何理论都必须随历史实践的发展变化而不断发展变化，随社会现实、审美活动和艺术实践的不断发展变化而发展变化。文化研究虽然不一定会取代文学研究，但它肯定会大大改变文学研究，使它在研究方法、研究内容、研究格局、研究版图等方面发生重大变化。

文艺学家和美学家面临许多新课题。

譬如，目前就急需对审美和艺术的新现象如网络文艺、广场文艺、狂欢文艺、晚会文艺、广告艺术、包装和装饰艺术、街头舞蹈、杂技艺术、人体艺术、卡拉OK、电视小说、电视散文、音乐 TV 等，进行理论解说。应该走出以往"学院美学"的狭窄院落，加强美学的"实践"意义和"田野"意义。美学绝不仅仅是"知识追求"或"理性把握"，也绝不能仅仅局限于以往纯文学、纯艺术的"神圣领地"，而应该到审美和艺术所能达到的一切地方去，谋求新意义、新发展、新突破。

我再次建议：应该发展多形态的文艺学——哲学的、政治的、社会学的、心理学的、美学的、文本的、形式的、历史的、文化的、"学院"的、"田野"的……八仙过海、各显其能，协同作战、互补互动。

文学艺术是极其复杂的、多面的、流动不居的精神文化现象。人本身有多深奥、丰富、广阔，文学艺术也就有多深奥、丰富、广阔；人本身有多难把捉，文学艺术也就有多难把捉。单一的文艺学，它再优秀、再完美无缺、好的没治了，也无法全面揭示文学艺术的全部奥秘。因此，在文艺学领域，绝不能武大郎开店，也绝不能像白衣秀士王伦小肚鸡肠，而是要海纳百川，各个不同学派和各分支学科共同发展、共同繁荣。所谓文学社会学也好，文化研究也好，"无国界"也好，"有国界"也好，"古典"也好，现代、后现代也好，主张古代文论可以现代转换也好，不主张现代转换也好……都可以按自己的设想进行文学研究，但是，请尊重不同意见而不要剪除不同意见，不同意见可以互相商榷、论辩，但不要互相仇视。

我还建议：中外一切好东西都"拿来"。以"需要"为准。然而，从理论的创造、生成及深化角度看，西方的许多最新或比较新的文论和美学思想，在中国学界的传播工作中尚未得到实质性拓展和创造性转化。新时期文论家对于它们的研究与理论操作往往不到家。其间，理论观点的复述往往代替了自己的创造，肯定性的介绍与阐释往往湮没了理智而审慎的批判，这必然使理论的拓进力度显得不足。只有为数不多的学者对它们的局限性提出了中肯的分析和批评。"文化研究""解构文论"等领域的研究者都有这个毛病。

总之，文艺学、美学必须在承认和研究生活与审美、生活与艺术关系的新变化、新动向的基础上，适应这些变化和动向，作出理论上的调整，对新现象作出新解说，甚至不断建立新理论。没有放之四海而皆准的理论。任何理论都必须随历史实践的发展变化而不断发展变化，随社会现实、审美活动、艺术实践的不断发展变化而发展变化。譬如，目前就急需对审美和艺术的新现象如网络文艺、广场文艺、狂欢文艺、晚会文艺、广告艺术、包装和装饰艺术、街头舞蹈、杂技艺术、人体艺术、卡拉OK、电视小说、电视散文、音乐TV等，进行理论解说。

（本文据2007年9月在北京举行的"消费社会与文学理论的新挑战"国际学术研讨会上的发言提纲改写而成）

第十四讲　40 年,回头看

——漫议"改革开放 40 年"

（1）历史发展没有一个固定的、永恒的、万古不变的模式。没有任何一个天才能够事先设计好一套完美无缺的行动方案，然后依此行事。一切都要在实践中去寻求，"摸着石头过河"是行之有效的方法。

（2）"改革开放"是一个大课堂，40 年的历程改造了一批"旧人"，造就了一批"新人"。

（3）面临电脑、互联网、电子媒介、大数据、云计算、人工智能、清洁能源技术、信息技术的迅速发展的时代，文学创作如何前行是一个新课题。与此相应，文学理论如何建设也颇受考验。

1978 是中国历史和世界历史都不能忘记的一个伟大年份，这一年 12 月 18 日召开的中国共产党十一届三中全会，吹起了改革开放的号角，开始了翻天覆地的历史转折。到 2018 年，改革开放整整走过了 40 个春秋。最近学界和文学界的一些朋友开始热议"改革开放 40 年"。有位青年才俊要我就这个问题谈谈意见，我犹豫再三——主要是觉得题目太"大"而自己太"小"，不敢应承；然而最终还是扛不住盛情，咬牙闭眼豁出去，硬着头皮勉为其难。

这算是"强充好汉"吧。

因为没有集中时间深入思考，只能说一点儿个人感想——写了这句话，我随即意识到这是可笑的托词：即使给你数月、数年又能怎样？以你之"小"，能说出何等"大"话？

"乱弹"而已。我姑妄言之，诸君姑妄看之。

"摸着石头过河"

直观整体、大而化之地说：这是"摸着石头过河"的40年。"摸着石头过河"，就是讲究实践、实践第一，在实践中不断"试错"，谨慎前进。其间，曾经战战兢兢"摸着石头"，在各种争议和多重试验中"过了河"。值得庆幸的是，获得了初步成功。站在"河"这边，回望"河"那边，顿觉"河东""河西"两重天，翻天覆地。亲历者刻骨铭心、难以忘怀。反对者即使口不服而内心也不得不承认事实。地球上其他地方的多数居民，开始对中国刮目相看。

"摸着石头过河"，这是中国走出的一步符合事物发展规律的好棋。

往远里说，从开天辟地起，人类当初要过河，起始并没有过河的理论，也没有事先存在于某处的方案、蓝图，只能"摸着石头"，勇敢又谨慎地前行。人类会不断遇到新的河流挡在眼前，旧的过河经验可能不够用或不适用了，怎么办？没有人（不论"神仙"还是"皇帝"）为你准备新的过河方案，指出一条新路子——即使他能指出，适用吗？你只能再次"摸着石头"，探索新的过河途径。人类历史就是这样一个过程。当然历史上不断有理论产生，但是，先有过河的实践，后有过河的理论。旧理论未必适合新实践；新实践自然导出新理论；还是要不断地去"摸石头"。譬如在中国当代历史发展的节骨眼儿上，20世纪70年代末80年代初，旧道路、旧理念遇到麻烦，新道路、新理念尚在形成之中，没有更好的办法，只好"摸着石头"试着走。或认为当时"摸着石头过河"可能属于不得已的无奈之举；就算是吧，而铁的事实证明，这是个好方法、好思路、好指针。如此而已，岂有他哉！

"摸着石头过河"，就是反对主观任性，就是反对随意妄为，就是反对空论先行。

十年以前，在纪念改革开放 30 年的时候，我曾在《文艺研究》杂志社举办的一个座谈会上说：观察问题、研究问题，我自己（也许还有不少与我思想文化背景大体相近的学者）常常犯一个毛病，即自觉不自觉地从定义出发，从观念出发。尤其研究文学理论问题更是常常如此。后来在各种经验的教育下，特别是在改革开放的现实感召之下，我觉悟到一个近乎常识的道理：经营人类的任何事业（经济、政治、文化、学术、文学艺术等），都不能从定义出发。人类不能事先设想好一个固定的、永恒的、万古不变的模式、方案，然后依此行事。没有事先想好或制定好存放在某个地方的永恒的凝固的绝对真理。没有哪个神仙能够开出拯救人类的百试不爽的药方并制造出包治百病的灵丹。人们只能自己救自己。从根本上说，路只能是"摸着石头"勇敢地走。

十年前《文艺研究》那次座谈会上我还曾举例说，美国哲学家约翰·杜威的一本书《评价理论》（这实际上是我国学者冯平等编译的，包括杜威的专著《评价理论》和有关价值问题的其他十篇文章，由上海译文出版社于 2007 年出版）有一个基本思想：没有先验的永恒的价值，没有先验的永恒的绝对的价值标准，没有先验的永恒的解决问题的方法、方案。价值和价值标准，解决问题的方案，都是在行动中、实践中诞生的、生长着的、修正着的、变化着的。

这个思想深得我意。就是说，人们可以提出各种解决问题的假设性的方案，这些方案可以作为方法和手段用以指导下一步的观察和实验乃至行动；但是，应该清醒地认识到：它们也许能够解决问题，也许不能。能与不能，权威的判定是历史实践。这是铁则，任何人为的主观的美好愿望也奈何不得。

历史实践可以验证此论不虚。看看我们中国共产党近百年的经验吧，有成功的例证——经过数十年的摸索、不断修正自己的前进路线，终于符合了历史发展规律，从而成立了中华人民共和国；但也有不顾规律而人为设计的"美好"方案，而其效果并不总是"美好"。

"摸着石头过河"就是在实践中不断矫正自己的前行路线，发现错误，就要改，就要"修正"。改革开放初期，有人指手画脚说这是"实用主义"（杜威的理论），更有甚者，骂它是"修正主义"（当年"修正主义"与"反革命"和"帝国主义"等级相同，连称"帝修反"）。其实，假如从不断修正错误、矫正路线这个意义上说，"修正主义"这个名称也没有什么不好（我在本书第十讲《我对马克思主义的一些理解》中已经对此作了较为详细的解说，此不赘述）。而且如果拿"实践是检验真理的标准"来衡量，依"实践"判定行动是否正确并及时加以调整、加以"修正"，是很明智的做法。"修正"，其实是"摸着石头"发现了问题从而纠错，走向正确的道路。

我们的确应该反思。

2017年结束而迈入2018年，我们经历了一个无雪的冬日，开始了改革开放40年的纪念之年。在这个时候，我不但仍然坚持而且更坚定了十年前的那些观点和信念。改革开放40年的历史实践在"如何走路"方面给我们一个重要启示依旧是"摸着石头过河"——如果未来的一天，你又遇到了道路不知怎么走的境况，而以往的过河理论和过河经验虽然可以借鉴但不够用也不适用了，那你既不要靠"神仙"，也不要靠"皇帝"，而是靠自己"摸着石头"前行——先是凭着敏锐的足部触觉（感性）感知虚实深浅，随后又凭着大脑（理性）分析情况、总结经验，在实践中寻求过河的路子。双脚总能走出路来。

结论：还是那句话——路不是"凭着观念"想（设计）出来的，而是"摸着石头"走（实践）出来的。

现在又提出"顶层设计"。"摸着石头过河"加上"顶层设计"可能发展得更完美。然而，不管"摸着石头过河"还是"顶层设计"，都应建立在"实践第一"的基础上。

观念革新

作为一个小小的文学人，我当然没有能力、没有眼界也没有资格谈改革开放40年的整体，最好还是从自己的狭小角度谈谈40年来个人的一点儿感受。

在物质层面，改革开放的业绩显而易见，只要不抱偏见，睁眼看看今日之中国，看看深圳，看看浦东新区，看看高铁，看看青岛、宁波，看看青岛"无人港"和上海洋山深水港四期"无人码头"，看看上天的"神舟"和下海的"蛟龙"，看看老北京的新鸟巢，看看新楼房的老居民……哑巴也想说几句赞扬的话。

但是，我想说的主要是精神层面的变化，是思想观念（作为文学人特别是文学观念）的变化。这是深层次的不易看到的变化。这也许是改革开放40年更加伟大的变化。就此而言，改革开放40年应该定义为"观念革新的40年"，它改造了一批旧人，造就了一批新人。

我可以现身说法。改革开放的实践是个大学堂，我是这个大课堂中的一个学生，当然不算好学生。在这个课堂里，我最大的收获是思想观念的由"旧"转"新"。虽然"旧"去得并不彻底，"新"来得也不充分；但是究竟开始洗心革面，脑子里输入了一些新思想、新方法、新观念。有人比我更先进。我中不溜儿，算是芸芸众生的一员。像我这样的学者大概还有不少（也许是一大片），自认为具有一定的"典型性"（代表性）。倘如是，那么，改革开放40年的历史实践，首先就是改造了如我这样的一批"旧人",使我(我们)在"观念"上进行了"革新"。

"革新"者,"吐故纳新"之谓也。思想上的"吐故纳新",必须"走心入魂",要"苦练内功",要学习,要思考,从而由"旧人"变为"新人"。

中国共产党十一届三中全会当然是变革之始,但那是就整个国家和历史而言;而作为一个比较愚钝的小民,我并未立刻得到符合历史深度的同等感受。就个人的切肤之感而言,我的触动灵魂的观念变化,大约从1979年"理论工作务虚会"开始。

1977年春夏之交,我被借调到耿飚领导的中央宣传口(很快就成立了新中共中央宣传部)筹备全国宣传工作会议,参加"起草组"工作。1978年5月11日《光明日报》头版发表《实践是检验真理的唯一标准》的"本报特约评论员"文章,使我非常震撼;旋即《人民日报》和《解放军报》全文转载,新华社向全国发通稿,引起全国性大讨论,有的赞成,有的反对,形成所谓"凡是派"与"改革派"。中国共产党十一届三中全会通过会议公报,在宏观上为中国的发展定了方向。但是多年的历史淤积太沉重,历史阻力太顽固,中国的道路究竟如何走,人们的争论依然激烈。有鉴于此,叶剑英建议中央召开理论工作务虚会,展开民主探讨,统一认识。我作为筹备全国宣传工作会议"起草组"人员参与理论工作务虚会的服务工作。理论工作务虚会开始于1979年1月18日,由刚刚授命为中共中央秘书长兼宣传部长的胡耀邦负责。那时中国共产党十一届三中全会闭幕不到一个月。我亲耳聆听了胡耀邦的开幕词《理论工作务虚会引言》,他慷慨激昂,号召"冲破一切禁区,打碎一切精神枷锁,彻底肃清林彪、'四人帮'的理论专制主义和理论恶霸作风"。

与会者提出并且激烈争论的问题对我触动很大,使我从灵魂上开始"脱胎换骨"。一些与会者提出的许多问题我过去从未想过,而且也不敢想。譬如,"领袖与人民"的关系问题,真理和真理标准的问题。

这些问题正好触及我的灵魂。回想以往几十年，我满脑子个人崇拜，现在看，那时我是一个没有头脑的、非常愚昧的人。那时候，人，没有独立自主的自己，都是被"控制"着，而且是自觉自愿地被"控制"，我自己也莫名其妙地成了"反革命"，为此我苦恼了好几年。直到理论工作务虚会，才真正使我的榆木疙瘩脑袋凿开了个大缝儿，逐渐开窍。

我开始学着"自己思想"，开始学着"说自己的话"，就像一个失语的重症病人重新学说话学走路一样。

读者诸君可能不知道，在当时，"自己思想"和"说自己的话"并不是一件容易的事。不信你找"文化大革命"当中和"文化大革命"以前的报纸看看，你会看到不少（当然不是全部）套话和陈词滥调，许多人鲜有自己的思想，更鲜有新意。有自己的思想，敢于说自己的话，说话有新意，是有风险的。彭德怀的遭遇尽人皆知，不去说了。我有一位朋友叫李维民，烈士子弟（父亲李竹如曾任中共山东分局宣传部部长，创建《大众日报》，1942年牺牲）。20世纪50年代李维民是解放军报社记者，当时全军表彰了两名优秀记者，他是其中之一。1957年"反右"开始，他看到一些被戴上右派帽子的同志所说的话并没有什么错，于是写信给最高领导述说自己的观点。结果，他自己被戴上右派分子的帽子。还好，22年后平反，被授予解放军少将军衔。

总之，从理论工作务虚会我逐渐觉悟到：我应该有自己的思想，说自己的话。

理论工作务虚会，对类似于我这样的"旧人"，是伟大启蒙。

沿着这条路，40年，终于改造了一批"旧人"。这是比建高铁、建跨海大桥、建宇宙飞船、建空间站……更伟大的工程。

在文学理论和美学方面，我也开始反省并且怀疑：过去人们公认、我也并无疑义的某些理论思想如"文艺是阶级斗争的工具"

"文艺为政治服务"等,是否真的那么正确?究竟是文化、文艺、教育、经济要为政治服务,还是政治要为文化、文艺、教育、经济服务?单就文艺而言:现实主义是否真是唯一正确的?"封资修"是否真那么罪恶滔天?文学家艺术家"表现自我"是否真那么十恶不赦?

我开始接触西方学术。我过去视之为洪水猛兽,现在看来并非一无可取,而且有许多营养可以吸收。1985年被称为方法年、1986年被称为观念年,西方学术融进中国。当然,外国的东西亦如中国古代文化,既有精华也有糟粕。毛泽东所说"取其精华去其糟粕"的原则是可行的。

我在被改造的过程中,开始尽量用自己的思想写作。1985年是我学术思想明显的分界线。我发表了一些不合某些"旧人"口味的"理论",写了几本某些"旧人"看不上眼的"糙书"。

关于这些情况我在一些文章中讲过多次,兹不赘。

在实践中寻求文学创作的新题材、新精神、新方法、新途径

改革开放40年的文学创作和美学理论的实际情况,给我们一个重要启示是:在实践中寻求文学创作的新题材、新精神、新方法、新途径,寻求解决问题的契机,探索新理论、建立新美学。

改革开放不久,作家艺术家们就开始探索新题材、新写法。王蒙的意识流小说(特别是王蒙自己非常欣赏的《夜的眼》),高行健带点儿荒诞意味的小剧场实验剧(如《绝对信号》《车站》),美术界"星星美展"的现代艺术探索,从《黄土地》开始第五代导演(以陈凯歌、张艺谋为代表)的带有反传统色彩的一系列电影……犹如炸雷响彻天空。随后王朔《过把瘾就死》等小说、王小波《革命时期的爱情》等小说,专门正话反说、满嘴阴阳怪气、通篇油嘴滑舌,以此为特殊手法对荒诞现实进行反讽(虽然二王都以阴阳怪气、油嘴滑舌著称,但王朔显得更"痞子",王小波显得更"油滑")。莫言透着魔幻现实主义色彩的"红高粱系列"和其他小说,贾平凹《废都》和王小波《黄金时代》具有强刺激的性描写,还有刘震云、李锐、马原等一批新锐作家作品,成为中国当代的文学领域一道道独特的风景。他们为中国当代文坛增添了新内容、新质素、新风格、新手法,你赞成也好,反对也好,它们已经成为客观存在。

许多有才能的作家艺术家继承传统有了新创造。苏童《黄雀记》中的疯子形象(保润爷爷)令人想起鲁迅的《狂人日记》,其中主人翁保润富有独创性的捆绑疯子的"高超"技法,荒诞中寓含百分之百的真实,笑中流出的是辛酸的眼泪。这是对鲁迅的发展。李佩甫《羊的门》《生命册》,观察生活细致入微,刻画人物入木三分,把中国传统小说的写实方法提高到一个新层次。金宇澄《繁花》的"中国式叙事",发展了《金瓶梅》《红楼梦》等伟大作品以自然主义为基础的中国现实主义。格非"江南三部曲""用具有穿透力的思考和叙事呈现了一个世纪以来中国社会内在精神的衍变轨迹",是新时代的史诗。刘慈欣的优秀科幻小说《三体》惊世骇俗,是中国作家在新时代的全新创造。

20世纪末21世纪初,在出现了电脑、互联网、电子媒介、大数据、云计算、人工智能等的伟大新时代,历史实践的新现实为文学发展提供了新契机。文学的描写对象和描写方法,与以往相对照,将有天壤之别。

譬如,20世纪60年代京剧《海港》第二场《发现散包》是这样描写和歌颂咱们的海港码头的:

当日下午二时前后。

码头一角。电线杆上挂有"全世界无产者,联合起来!"的红色标语牌。

现场边缘有凉棚、工具箱、茶水桶和盐汽水。

幕启：马洪亮肩搭包裹，手拿草帽，兴高采烈地走上。
马洪亮（唱）
自从退休离上海，
时刻把码头挂心怀。
眼睛一眨已六载，
马洪亮探亲我又重来。
看码头，好气派，
机械列队江边排。
大吊车，真厉害，
成吨的钢铁，它轻轻地一抓就起来！

可是 21 世纪的头 20 年，咱们的海港码头已经完全不同，智能化集装箱装卸完全取代人工，大吊车用不着了，身强力壮的吊车司机无用武之地了，"大吊车，真厉害，成吨的钢铁，它轻轻地一抓就起来"的景象不见了，许振超们要转行了。先是青岛港，后是上海洋山深水港四期码头，实现完全自动化。码头上看不到一个人，只见各种车辆载着偌大集装箱，有条不紊地穿梭移动，或从轮船上卸到码头，或从码头装上轮船。记者来到洋山深水港四期码头看到，在空无一人的码头上，无人驾驶的自动导引车来回穿梭运送集装箱，桥吊、轨道吊精准地装卸集装箱。据了解，在洋山深水港四期码头，初期将有 100 台智能设备投入生产，其中包括 50 台自动导引车、10 台桥吊和 40 台轨道吊。根据规划，洋山深水港四期码头最终将配置 130 台自动导引车、26 台桥吊和 120 台轨道吊。以往需要人工操作的设备，如今都被智能设备代替，按照系统指令，自动执行生产任务。过去大吊车需要精壮大汉操纵，现在只见几个小姑娘坐在控制室的电脑前灵活移动鼠标……

在作家面前，新题材、新精神、新风貌展现出来了，请问，作家如果再写码头，再塑造码头工人的形象，该怎么写？

不光物质上出现了变化，而且精神上也出现了新因素。人物的性格、气质也不同了，人物情感、观念也不知不觉发生了变化。

再往细处考察，在这个电脑、互联网、电子媒介、大数据、云计算、人工智能的新时代，人们的感受、情绪，人们的家庭关系、社会关系，生活方式、情感方式、思维方式，都在无形中发生变化。现在人们还打电报吗？多数人还写信吗？通过手机（如果是可视电话更好）联络情感、抒发爱意不是比书信往来更方便、更直接、更迅速吗？网上恋爱不是也屡见不鲜（当然要防止受骗）吗？作家们，你们该如何适应新现实，写新人物，写新人物的思想感情，写人物面貌的变化，写这个伟大深刻的变化过程？

这一点，梁鸿通过她的非虚构文学《中国在梁庄》《出梁庄记》作出了可喜的尝试。她把人们的变化轨迹呈现了出来。最近梁鸿又转而用虚构文学的长篇小说《梁光正的光》描写这种变化。不过，就我个人爱好而言，还是喜欢她的非虚构文学。

再譬如，进入电脑、互联网、电子媒介、大数据、云计算、人工智能、清洁能源技术、信息技术的新时代，悄悄儿地产生和发展起来一个新的文学品种：网络文学。这是文学这个行当数千年历史上亘古未有的、破天荒的新鲜事物。网络文学生长非常迅速，具有迅雷不及掩耳之势——你还没回过神儿来，它已经铺天盖地而来。据研究网络文学的专业人员称，每年在网上更新的连载小说就达十多万部。现在每周都有上万部网络文学作品被推出。有一位笔名"孑与2"（原名云宏）的网络文学作家，2012年开始创作网络小说，他的第一部作品《唐砖》点击量过千万，日搜索量超过2万，获2015年第一届网络文学双年奖铜奖。① 随着网络文学的发展，人们也开始对网络文学的种种问题进行思考，探索并企图建立网络文学理论。前一段时间我撰写《文学是什么——文学原理

---

① 周珺：《孑与2：我不要写闷闷不乐的历史我要写快乐的历史》，《中国青年报》2017年3月30日第B7版。

简易读本》一书中有关网络文学一节，竟不知该如何界定"网络文学"，最后采取"耍滑头"的低劣做法，收集现有有关网络文学的种种说法，加以客观介绍和陈述，以"网络文学是正在快速成长、蓬勃发展乃至瞬息万变中的新生事物，现时不必追求它的确切义界，应该以宽容的态度等待其自然生成、定型……"之语敷衍了事；并且在综述了网络文学的种种说法之后，说了一些既不肯定也不否定的话，把问题推给读者："这些观点对吗？一切皆在探索中。网络文学——'在路上'。"作为一个学者，这是在逃避认真研究问题的责任。至今我仍感愧疚。当然，这比不懂装懂好些。

文学创作和文学理论何尝不是如此？今后文学如何发展和文学理论如何创新，我主张在实践中去摸索它的规律，把握它的性质和特点，即要在实践中去寻求自己的行动方案。而且，应该十分谨慎，不要像20世纪80年代初那样动不动就"清除精神污染"，动不动就以"阶级斗争为纲"，去扣"资产阶级"的大帽子。要知道，今日之中国，"社会主要矛盾已经转化为人民日益增长的美好生活需要和不平衡不充分的发展之间的矛盾"。文学创作和文学理论是不是也应依据矛盾转化了的历史实践调整自己的思维方式，制定自己的行为规则？

（2017年末至2018年初写于北京安华桥寓所，载《文艺争鸣》2018年第12期，原文标题为《漫议"改革开放40年来的文艺理论"》）

第十五讲　努力说新话

——谈学术"创新"

在当前较为普遍的浮躁心态和从众风气的氛围之下，说"旧"话易、说"新"话难。为什么？一是说"新"话费力。一是说"新"话有风险。但是，一个社会，一种学术，大家都不说"新"话，就停滞，就衰落，最后就死亡。所以我告诫自己努力说新话。拙著《从"诗文评"到"文艺学"》，就是努力说新话的尝试，如：为中国传统的文论形式"诗文评"正名，探索中华民族审美心理结构，提出魏晋时期产生过一场伟大的形式主义运动，挑战铃木虎雄关于中国诗学"衰落于唐宋金元"的判断，断言20世纪的中国文艺学是中外杂交之后产下的"混血儿"，是流淌着中外古今多种血液的一种新的学术生命体，等等。学术创新有风险，但只有创新才能前进。

我的追求：努力说新话

《从"诗文评"到"文艺学"》，是我一本新书的名字，它作为中国社会科学院研究生院重点教材，由中国社会科学出版社出版。它四十万言，说的是中国三千年诗学文论如何产生和发展，如何成熟和衰落，最后如何蜕变和转型——即从古典形态的"诗文评"转化为现代形态的"文艺学"。

我写《从"诗文评"到"文艺学"》，主观追求是：努力说新话。因此，这书印在封面上的副标题是"中国三千年诗学文论发展历程的别样解读"。"别样"者，与流行观念相异也。我想努力说一些与流行观念不同的"新"话。

在当前较为普遍的浮躁心态和从众风气的氛围之下，说"旧"话易、说"新"话难。有的时候，有的事情，真正说"新"话，同说"真"话一样，需要勇气和胆量。这实在不正常，是一种恶俗。我本是一个俗人，也难免俗。但我正努力"改恶从善"。

为什么说"新"话不容易？

一是说"新"话费力。

一是说"新"话有风险。

但是，一个社会，一种学术，大家都不说"新"话，就停滞，就衰落，最后就死亡。

获得诺贝尔奖的学者之所以对社会进步、对学术发展有助益，皆因其说"新"话。当代中国大陆地区从事科学研究的人，还没有获得诺贝尔奖者（但在文学方面，莫言得了一个奖，这很好）。[1]这在一定程度上反映了一种现状：说"新"话少了一点儿，或者说原创性、独创性的理论和实践，少了一点儿。

不但自然科学是这样，社会科学和人文学科也大体如此。譬如我们现代的"文艺学"（文学理论）和美学，有什么独创性的东西能够拿到世界上去的吗？好像不太多。不要老是埋怨世界对我们重视不够。我们应该多检讨一下自己有没有值得人家重视的东西。相比较而言，我们现代学人在世界上的地位，还不如我们的古人。

我们古代的科学技术曾经为世界做出过巨大贡献，在许多方

---

[1] 2017年2月补注：写这段话的时候，屠呦呦尚未得诺贝尔奖。

面曾经处于领先地位。譬如在数学方面，我们曾经有过辉煌。南北朝时期的祖冲之是一位伟大的数学家，他祖籍河北，为避战乱迁至江南，他的主要著作是《缀术》。他有两项巨大成就：一是将圆周率精确到八位有效数字（即 3.1415926 到 3.1415927 之间），一是与他的儿子完成球体的体积公式的推导，这在当时的世界上，是"新"的，是领先的。光是祖冲之就够我们骄傲的了，但是，还有比祖冲之更早也更伟大的数学家，这就是刘徽。以往人们很少注意到，祖冲之的两项成就都是他的前辈刘徽为其提出方法或建立理论基础的。刘徽比祖冲之大约早了二百年，生活于三国时代，他的籍贯是淄乡，属今山东邹平县。他的主要著作是《九章算术注》和《海岛算经》。刘徽于魏景元四年（263）撰《九章算术注》，以演绎逻辑为主要方法全面证明了《九章算术》的算法，建立了中国传统数学的理论体系。特别应该强调的是，刘徽在世界数学史上第一次将无穷小分割方法和极限思想用于数学证明——他首创割圆术，为计算圆周率建立了严密的理论和完善的算法，即不断倍增圆内接正多边形的边数求出圆周长，他说："割之弥细，所失弥少，割之又割，以至于不可割，则与圆合体，而无所失矣。"这是"新"话。刘徽说"新"话所达到的高度以及逻辑之严谨，在当时的中国和世界堪称第一。因此，就现存资料看，刘徽是中国古代最伟大的数学家。

倘若是现在，刘徽应该得类似诺贝尔奖的世界性大奖（诺贝尔奖没有数学这一项）。他是说"新"话的典范。

我在给研究生上课时，曾提出对他们的期望：你们应该超过老师；不能超过老师的学生不是好学生。只有学生超过老师，学术才能发展，世界才有前途。怎样超越老师？说"新"话，说比老师的话还"新"的"新"话。

但一段时间以来我们的许多学生缺乏说"新"话的精神和作为。

我们应该大力提倡说"新"话。一年前，中国网络电视台就我的一本新书《戏看人间：李渔传》（作为"中国历史文化名人传"丛书之一种由作家出版社推出）对我作访谈时，我特别强调李渔"自我作古"也即说"新"话的精神，这是李渔性格的精髓。

我写《从"诗文评"到"文艺学"》，就是想写成一本说"新"话的书。可能还做得不好，但这是我的追求，我努力的目标。

我努力说的"新"话之一：为中国古代诗学文论正名

《从"诗文评"到"文艺学"》四十万言，如何讲"新"话？这"新"话又从哪里"说"起？

首先，是为中国古代诗学文论正名。

当我实实在在踏入中国古代诗学文论这片深厚、富饶而广袤的大地之后，所接触到的许许多多相关古典文献资料和20世纪20年代以来某些学者写的题为《中国文学批评史》或《中国文学批评》等研究著作，不断使我产生这样一个疑问：以"文学批评"称谓中国古代诗学文论是否得当？这是在我探索中国诗学文论古今演化道路上出现的第一个重大问题。我要对某些学者给予中国古代诗学文论的这种"文学批评"的称谓进行辨析，予以"正名"。在一定情况下，"正名"的确重要，"名"之不正，则其"所指"混淆不清，而且会导致随后的一系列理论和实践问题"无所措手足"。祖孔老夫子"名正言顺"之义，我要还中国古代诗学文论一个它本来就有并且与其"出身""成分""品性"相符的名字。

"文学批评"这一名称，如朱自清先生早已指出的那样，是"文化舶来品"。我必须说明：引进西方学术观念和学术名称，一般而言，当然是应该的、必要的，也是有益的。但是，如果引进的外来学术观念和学术用语不能有益于发扬和展示本民族学术文化的优秀传统和基本品格，甚或模糊、掩盖以至抹杀了这种传统和品格，那就需要慎重考虑这种引进是否得当。中国古代诗学文论本有自己的名字,叫作"诗文评"。而"诗文评",根据我的研究,它充分表现着中国古代学术文化本身的固有品格和优秀传统,它与叫作"文学批评"和"文学理论"的西方文论有着巨大的甚至本质的区别。用"文学批评"的称谓取代中国古代"诗文评"的称谓,处处以西方的眼光和西方的标准来衡量中国古代的诗学文论思想,在很大程度上掩盖了中国古代诗学文论自身的品格和传统,甚至"宰割"了它,使它变了形、变了味儿。所以,在论述中国古代诗学文论的时候,我主张最好还是恢复本来的名字"诗文评",使人们时刻意识到"诗文评"所蕴含着的中华民族自己的特色和优秀传统,并且充分保护和发扬这种民族特色和优秀传统。

在《从"诗文评"到"文艺学"》的第一编第一章,我详细考察了"诗文评"的由来和特性。我坚定地认为,不弄清"诗文评"由来、内涵和特性等,就说不清中国古代诗学文论的内在筋骨和外在风貌。因此我花了相当大的力气去探索"诗文评"作为中国古代诗学文论特定形态的种种问题:摸清它何时孕育萌发,何时正式成立,何时得以命名;我还将中国古代诗学文论与西方诗学文论比较,努力考察它的民族特色,力图从外到内地去探索它具有怎样的与西方不同的特征和品格,从民族文化根性上去解剖它为什么会具有这样的特征和品格。在我看来,以往学者没有给予应有关注的"诗文评"这个称谓,却是中国古代文论的关键性概念;我也以它为本书的支柱性范畴之一。

我认为,中国古代的"诗文评"与西方的"文学批评",二者其实"似是而非"。猛一看,中西很"似",好像就"是";但若仔细瞧,则"非"也——从外在面貌到内在神韵,完全不是一回事儿。

先从字面说起。中国的"诗文评"与西方的"文学批评",都有个"评"字,一般而论,这"评"字里面都多多少少包含着

"评""判""说""议""论""品""赏"等因素，这些意思中西相通；但细考究，此"评"非彼"评"。中国"诗文评"，最突出的意思是"品评""品说""赏鉴""赏析""玩味""玩索"，其"感性"（感受、感悟）特色更浓厚些。西方"文学批评"则重在"评论""评价""评说""评析""裁判"①，其"理性"特色更浓一些。西方"文学批评"，大多是思理清晰、逻辑严密、辨析分明的理论著作。中国的"诗文评"却不然。

对"诗文评"几点突出的直感印象是：第一，虽然"诗文评"作品中也不乏长期积累、深思熟虑而形成的评价、判断，但最常见者是电光石火、灵光一现的瞬时体验感悟，以一语或数语点到即止，活像羽毛球场上之"点杀"。近代王国维（1877—1927）《人间词话》谈到"红杏枝头春意闹"时说："着一闹字境界全出矣！"一语击中要害。第二，它们一般不作范畴、概念的严格界说和理论判断的逻辑推演，而喜欢用生动活泼的形象语言进行审美描述。第三，"诗文评"有与西方完全不同的一套"概念""范畴"的术语及语码系统，而它们的突出特点是常常以两相对待的形式出现，这在西方文论中却少见。第四，在写作时，往往纵马由缰，自由发挥，随心所至，信笔而成，不拘一格，伸缩自如。第五，虽然也有鸿篇巨制如《文心雕龙》和叶燮《原诗》，但大多是短小精悍的文字连缀而成的精彩篇章，如各种诗话、词话、文话、曲话、评点之类。

---

① 罗根泽《中国文学批评史》之"绪言"认为：我们译为"文学批评"的英文"Literary Criticism"中的"Criticism"，本意是"裁判"，所以"Literary Criticism"应译为"文学裁判"。罗先生的中国古代文论研究，造诣很深，我获益良多；该书"绪言"对"批""论"及"评论"等的训诂，亦颇精到，富有启示。但是他主张中文的"批评"一词应以"评论"代替，却并没有突出中国"诗文评"的特点。我认为，把"诗文评"称为中国的"文学批评"或"文学评论"（或"文学理论""文学裁判"），都没有把中西文论的不同特色区分开来；"诗文评"就是"诗文评"，它不是西方的"文学批评"或别的什么名称。[参见罗根泽《中国文学批评史》（一），古典文学出版社1957年版，第5—10页。]

"诗文评"与西方文论的根本差别之一，正在这里。这是从文化根性而来的差异——透过表面往深层看，中西文论在各自民族的文化发源和精神根底上即有不同走向。

（一）"内向"与"外向"（或曰"内视"与"外视"）。

中国"诗文评"关于诗的最基本也是最早的论述是"诗言志"[①]，朱自清说它是"开山的纲领"[②]；而古希腊诗学则是"模仿自然"，车尔尼雪夫斯基说，提倡此说的亚里士多德诗学思想"雄霸了两千年"[③]。许多学者都看到这种差异，并且强调"言志"指向内，是"内向"的或"内视"的，因为"志"是情志[④]、"怀抱"[⑤]、内心世界，"诗言志"是说诗是抒发人的内在情志的；而古希腊的"模仿自然"，则明显指向外，是"外向"的或"外视"的。总之，"诗言志"与"模仿自然"，是两股道上相背而驰的车，前者向内，后者向外。

（二）以求"善"为主旨的"伦理"哲学与以求"真"为主旨的"存在"哲学。

中国最早形成和发展起来的是以求"善"为主旨的"伦理"哲学或"人生哲学"[⑥]。中国的"诗文评"正是建立在"伦理"哲

---

① 《尚书·尧典》"诗言志"，《左传·襄公二十七年》"诗以言志"，《庄子·天下》"诗以道志"，《荀子·儒效》"诗言是其志也"，《礼记·乐记》"诗言其志也"，等等。

② 朱自清：《〈诗言志辨〉序》，《诗言志辨》，凤凰出版社2008年版。

③ 车尔尼雪夫斯基说："亚里士多德是第一个以独立体系阐明美学观念的人，他的概念意雄霸了二千余年。"见［俄］车尔尼雪夫斯基《美学论文选》，缪灵珠译，人民文学出版社1957年版，第129页。

④ 孔颖达《左传正义》："在己为情，情动为志，情志一也。"

⑤ 朱自清说："到了'诗言志'和'诗以言志'这两句话，'志'已经指'怀抱'了。"见《朱自清古典文学论文集》，上海古籍出版社1981年版，第194页。

⑥ 钱穆在《中国文化史导论》中说："在中国根本无哲学，在西方人眼光下，中国仅有一种'伦理学'而已。中国亦无严格的宗教，中国宗教亦已伦理化了。故中国即以伦理学，或称'人生哲学'，便可包括了西方的宗教与哲学。而西方哲学中之宇宙论、形上学、知识论等，中国亦只在伦理学中。"见《中国文化史导论》，商务印书馆1994年版，第226页。

学基础之上的，因此伦理和人伦教育色彩极为浓厚，尚"用"的主张很突出。

西方最早形成和发展起来的是以求"真"为主旨的"存在"哲学，在此基础上，他们的诗学文论崇尚模仿自然、"复制"现实。

（三）"象思维"与概念思维。

许多学者努力从中西哲学不同思维方式的对比中寻找中西文论差异的内在根源，我的一位哲学家朋友王树人研究员提交给第十五届国际中国哲学大会的一篇论文《中国哲学与文化之根——"象"与"象思维"引论》（2007年春初稿，2008年7月修改），很有道理，他的核心观点是：中国古代是"象思维"，而西方则是概念思维。他说：

> 就思维内涵而言，两种思维所把握的本质不同。"象思维"所把握者为非实体，属于动态整体，而概念思维所把握者为实体，属于静态局部。如果说思维都需要语言，那么"象思维"所用语言，与概念思维所用完全符号化之概念语言不同，可以称为"象语言"（李曙华教授提出）。而所谓"象语言"，在形下层面，也并不局限于视觉形象，还包括嗅、听、味、触等感知之象。所有这些象，作为可思之语言，都属于"象语言"。同时，这种"象语言"除了感知形下层面，还有精神之形上层面，而且更重要。如老子所说"大象无形"之象。另如由味觉之味引申出种种味象：意味、风味、品味、趣味等象，都具有动态整体之形上意蕴。
>
> 因思之把握内涵不同以及所用语言不同，"象思维"与概念思维在思维方式上也有明显的不同特点。其一，"象思维"富于诗意联想，具有超越现实和动态之特点。而概念思维则是对象化规定，具有执着现实和静态之特点。其二，"象思

维"的诗意联想，具有混沌性，表现为无规则、无序、随机、自组织等。概念思维之对象化规定，则具有逻辑性，表现为有规则、有序，从前见或既定前提出发，能合乎逻辑地推出规定系统。其三，"象思维"在"象之流动与转化"中进行，表现为比类，包括诗意比兴、象征、隐喻等。概念思维则在概念规定中进行，表现为定义、判断、推理、分析、综合以及逻辑演算与整合成公理系统等。其四，"象思维"在诗意联想中，趋向"天人合一"或主客一体之体悟。概念思维在逻辑规定中，坚守主客二元，走向主体性与客观性之确定。

不用我再多饶舌。读者将王树人所说"象思维""象语言"的这些特点，与"诗文评"外在风貌诸种表现，如：中国"诗文评"偏重于"品评""品鉴""品赏""品玩"而不像西方"文学批评"偏重于"评论""评价""评判""评析"；中国多"灵光一现的瞬时体验感悟"而不像西方多"范畴、概念的严格界说"；中国"喜欢用生动活泼的形象语言进行审美描述"而不像西方多作理论思想的逻辑推演和抽象述说；中国多"纵马由缰，自由发挥，随心所至，信笔而成，不拘一格，伸缩自如"的精短文字而不像西方那样多系统、有序的长篇大论……稍加对照，自能找出其思维方式上的缘由。

（四）"两端"论与"一端"论（或"两点"论与"一点"论）。

中国古人看问题总是从关系出发，是"两端"论或"两点"论，圆形思维，超以象外、得其环中……这就造成中国"诗文评"的概念范畴常常成对出现。

西方哲学的"一点"（"一端"）论、单性范畴、线性思维等导致西方文论大量出现的是单性概念范畴，如柏拉图的"理念"（"理式"）、"摹本"；亚里士多德的"情节""性格""形象""思想"等,直到19世纪的"再现""表现""现实主义""浪漫主义",等等。

(五)尚"和"与尚"斗"。

中国尚"和",与天和,与人和。诗学文论讲究"温柔敦厚"。

西方尚"斗"。赫拉克利特说:"和谐来自斗争","战争是万物之父,也是万物之主"①,这就影响了西方美学两千年来一直崇尚崇高、崇尚悲剧。这就是西方悲剧理论之所以发达的根本原因。

中国的"诗文评"在世界文化史上自成一格,不是西方的"文学批评"或"文学理论"。

假如我们不再套用西方的学术名称和学科称谓而硬是把"文学批评""文学理论"加在我们古代这类文字的头上,我认为还不如干脆用中国古人自己发明的名称。

现在,我们应该郑重其事地还给它本来就有的一个称呼——诗文评。它就是中国古代一门特有的学问或学科。

"中国文学批评史",也应该叫作"'诗文评'史"。

我努力说的"新"话之二:探索中华审美心理结构

古老的中国大地,以黄河流域和长江流域为中心,从传说的三皇五帝和夏商周算起,已经有5000年以上(易中天说,"5000"年,这是吹牛;他认为只有3700年)且从未间断过的文明史。它与古埃及文明、两河流域文明、古希腊文明、古印度文明一起,在地球上最早点亮火把照耀人类星空,是地球全体居民的骄傲。

---

① 北京大学哲学系、外国哲学史教研室编译:《古希腊罗马哲学》,商务印书馆1961年版,第23页。

中华文明，其中一个重要部分是灿烂的审美文化①——它的发生和孕育几乎与中华文明史同步，并且成为中华文明的最早标志之一。

在先民们尚未完全独立而走向独立的审美实践中，逐渐孕育着中华民族独具特色的审美心理结构。

假如我们从先秦诗文来探索和考察中华民族原始审美心理结构的蛛丝马迹，我建议大家注意先民们审美实践的以下几个方面。

（甲）逐渐形成偏重于抒情的审美习惯。

（乙）简约、质朴而隽永、绵长的审美风格。

《诗经》多为四言诗，许多诗篇寥寥数语，反复吟咏、一唱三叹、余音缭绕，言有尽而意无穷。

（丙）温柔中和的审美心态。

所谓"温柔敦厚，诗教也"（《礼记·经解》）②、"发乎情，止乎礼义"（《诗大序》），几成古人共识；"喜怒哀乐之未发谓之中，发而皆中节谓之和"，"致中和，天地位焉，万物育焉"（《中庸》）是那时人们审美心理的常态。

（丁）注重政教作用、追求美善合一的审美趋向。

在先秦，赋诗、引诗、作诗、吟诗，当然也包含愉悦情性的因素，然而更加重要的常常是发挥诗的政教、外交、道德教化等

---

① 王岳川在 2010 年第 12 期《文艺争鸣》发表的《回归经典与精神现代化》一文中说："中国文化中儒家文化、道家文化、佛家文化分别形成中国思想文化的三个维度。儒家强调的是'和谐之境'，讲求消除心与物的对立，达到心物合一，知行合一，使宇宙与生命、人与自然、人与人、人与社会之间具有和谐之美。道家强调'逍遥之境'，追求生命空灵之境，以养生为美，以惜生为善，以等生死为精神升华，既重视物质又超越物质，既把握现实又超越现实之上。佛家强调'慈悲之境'，生命本体与宇宙本体圆融一体，在日常处世中体现宽博慈悲。这三大维度共同展现了中国文化的均衡、稳定、平和、典雅之美。中国文化的美丽精神构成一个鲜活生命体，一个不断提升文化氛围、包含宇宙论、生死论、功利观、意义论的东方价值整体。"这个概括是有道理的，富有启发性的。

② 唐孔颖达解释说："温谓颜色温润，柔谓情性和柔。《诗》依违讽谏，不指切事情，故云温柔敦厚是《诗》教也。"又说："诗主敦厚。若不节之，则失在于愚。"（《礼记正义》卷五十）

社会作用。

（戊）"赋比兴"的审美旨趣。

古人普遍认为，没有"赋比兴"的诗不是好诗甚至不能称其为诗。

《诗经》到处充满"赋比兴"。

"兴"，最突出地表现了中华民族独特的审美追求。这与西方截然不同。

我粗粗列出这五个方面，力图陈述那时中华民族审美心理的构成因素和组合状况；其实肯定不止这五点，期待读者诸君批评、补充、修正，使之更加准确、更加完善。

我想，所有这一切方面（或因素）相融会相化合，或许可以呈现出当时处于雏形状态的中华民族审美心理结构的面貌。

我努力说的"新"话之三：先秦各家对诗的不同态度

在先秦两汉各色人等有关"诗"（此时"诗乐舞"为一体）的评说言论中，我们可以看到一个十分有趣的现象：儒、墨、法、道，唯独儒家对"诗"最感兴趣，器重它，爱它，甚至"爱"得要命，可谓"爱"派；其他各家是不重视"诗"的，其中墨家和法家对"诗"采取一种敌视和仇视的态度，甚至"恨"之入骨，可谓"恨"派；而道家则介于儒家与墨家、法家之间，对"诗"虽说不上"恨"之入骨，却也绝不待见它，常常以超然的态度给予蔑视，可谓"贬"派。

儒家爱"诗"

儒家，从它的鼻祖孔子[①]起，就把"诗"看作宣传和实现其

[①] 孔子之前即有"儒"，据说殷代专门负责冠婚丧祭时司仪的祭官，就是早期的"儒"，或者称为术士。《论语·雍也》中孔子对子夏曰："女为君子儒，无为小人儒。"但是创建儒家学派者，当是孔子。关于"儒"及"儒"的起源多有争论，如胡适与章太炎；但，孔子作为儒家学派的创始人已是学界所公认的。

至高理念"仁爱"以至建设有等级的"仁爱"社会最为得心应手、最具影响力的工具,所谓"兴于诗,立于礼,成于乐""不学诗,无以言""不能诗,于礼缪"是也;"诗"也是春秋时代诸侯朝聘盟会、人际交往的最富实用价值的手段,在孔子那里,"诵诗三百"是为了"授之以政"而能"达","使于四方"而能"专对",所谓"赋诗言志"是也。

当然,在儒家看来,与"仁"相比,"诗"只能居次要地位,为"二等公民",因为如果把二者放在一起,它们就构成体用、主次关系,"仁"为体、为主,"诗"为用、为次,这种等级关系不能颠倒。但是,"次要"也好,"二等"也罢,只是相对而言,而这绝非说"诗"不重要;不然,不会深切地爱它。

(甲)先说孔子

"诗"在孔子眼中的地位总是"3A"级而不能下调,先秦诸子还没有一个人像孔子那样对之钟爱有加。孔子在齐闻韶,竟然"三月不知肉味",即使在逆境之中,如困于陈蔡时,依然"讲诵弦歌不衰"(《史记·孔子世家》)。对"乐"爱得如此之切,甚至爱得要命,古今中外,未之闻也。

(乙)次说孟子

孔子之后,孟子等儒家后人,也对"诗"相当宠爱。孟子顺着孔子的路数往下走,如司马迁《史记·孟子荀卿列传》所谓孟子"退而与万章之徒序《诗》《书》,述仲尼之意";当然,同孔子一样,孟子爱诗也是爱诗之"用",重诗也是重诗之"用"。不过,孟子进了一步,讲求"知人论世":"颂其诗,读其书,不知其人,可乎?是以论其世也,是尚友也。"而且提出解诗须"以意逆志":"故说诗者,不以文害辞,不以辞害志。以意逆志,是为得之。"孟子认为,只有"知人论世""以意逆志",才能够更好地"用"诗。《孟子》一书,引用《诗经》,几乎随处可见。如《离娄上》仅开头的一章四十余字,就有两处以诗说事儿:一处是

"诗云'不愆不忘,率由旧章',遵先王之法而过者,未之有也",用《诗经·大雅·假乐》这两句诗,告诫人们遵先王之法才能不犯错误[①];一处是"诗云'天之方蹶,无然泄泄',泄泄,犹沓沓也。事君无义,进退无礼,言则非先王之道者,犹沓沓也",用《诗经·大雅·板》这两句诗,谈如何事君的道理。

(丙)再说荀子

到荀子,除了在《儒效》《劝学》等篇中称赞诗书礼乐皆"天下之管道""道德之极"之外,更是以其驳斥墨子"非乐"的专文《乐论》,大段地、直接地论说"乐"(也包含作为当时"文艺"整体的"诗乐舞")的重要和必需,可见其爱之深。

夫乐者,乐也,人情之所必不免也。故人不能无乐。乐则必发于声音,形于动静;而人之道,声音、动静、性术之变尽是矣。

……

君子以钟鼓道志,以琴瑟乐心,动以干戚,饰以羽旄,从以磬管。故其清明象天,其广大象地,其俯仰周旋有似于四时。

---

① 《诗经·大雅·假乐》原诗:
假乐君子,显显令德,宜民宜人。受禄于天,保右命之,自天申之。
千禄百福,子孙千亿。穆穆皇皇,宜君宜王。不愆不忘,率由旧章。
威仪抑抑,德音秩秩。无怨无恶,率由群匹。受福无疆,四方之纲。
之纲之纪,燕及朋友。百辟卿士,媚于天子。不解于位,民之攸塈。
有人作了这样的现代汉语译文,供参考:
君王冠礼行嘉乐,昭明您的好美德。德合庶民与群臣,所得福禄皆天成。保佑辅佐受天命,上天常常关照您。
千重厚禄百重福,子孙千亿无穷数。您既端庄又坦荡,应理天下称君王。从不犯错不迷狂,遵循先祖旧典章。
容仪庄美令人敬,文教言谈条理明。不怀私怨与私恶,诚恳遵从众贤臣。所得福禄无穷尽,四方以您为准绳。
天下以您为标准。您设筵席酬友朋。众位诸侯与百官,爱戴天子有忠心。从不懈怠在王位,您使人民得安宁。

(庞坚:《先秦诗鉴赏辞典》,上海辞书出版社1998年版,第567—568页)

……

声乐之象：鼓大丽，钟统实，磬廉制，竽笙箫和，筦（guǎn）龠发猛，埙篪翁博，瑟易良，琴妇好，歌清尽，舞意天道兼。鼓，其乐之君邪。故鼓似天，钟似地，磬似水，竽笙、箫和、筦龠似星辰日月，鼗（táo）、柷（zhù）、拊（fǔ）、鞷（gé）、椌（qiāng，即柷）、楬（jié）似万物。曷以知舞之意。曰：目不自见，耳不自闻也，然而治俯仰诎（qū）信进退迟速莫不廉制，尽筋骨之力以要钟鼓俯会之节，而靡有悖逆者，众积意謘謘（chí chí）乎。

荀子认为"礼""乐"相互配合，"乐合同，礼别异；礼乐之统，管乎人心"，从而发挥综合的社会文化效果，使得"乐行而志清，礼修而行成，耳目聪明，血气和平，移风易俗，天下皆宁，美善相乐"。

此外《礼记·乐记》、《诗大序》（又称《毛诗序》），也是爱诗的重要文章。

墨家和法家"恨"诗

与儒家形成鲜明对比的是，墨家和法家对"诗"持敌视和仇视态度，简直是誓不两立。墨法与儒家放在一起，真是"爱""恨"两重天。然而有意思的是，它们两派立论之出发点却相似或相近，都是从"用"和"益"出发：儒家"爱"诗，是认为它有用且有益；墨家、法家"恨"诗，是认为它无用且无益。

先看墨家。《墨子》卷八《非乐》首先亮出其人生信条和处世原则：一切思想行为都要看其对天下社稷、国计民生是否有利有益；倘有利有益，就是正当的，应该加以提倡和鼓励的；否则，即须坚决反对。于是，以这个标准，墨子毫不含糊地主张"非乐"，认为"为乐"之举，不当吃、不当喝，寒者不得衣，劳者不得息，不能除民之患，不能增民之利，内不能防盗，外不能御敌，反而劳民伤财……总之有百害而无一利，要这些劳什子干什么？所以，他坚决主张"非乐"。

再看法家。法家代表人物主要是商鞅和韩非。

商鞅的治国大计以"农战"为本，所谓"国之所以兴者，农战也"；而其他都是次要的，甚至有害的。"诗、书、礼、乐"即是危害国计民生的罪恶因素。

韩非亦然。他历数"文"、"文学"（含文章、博学意）、"文丽"、"乐"之罪恶。《韩非子·五蠹》中说："儒以文乱法，侠以武犯禁，而人主兼礼之，此所以乱也。夫离法者罪，而诸先生以文学取；犯禁者诛，群侠以私剑养……文学者非所用，用之则乱法。"

老庄"贬"诗

道家，在春秋战国以至秦汉时期，也是一个非常重要的思想派别；虽然开初不如儒家、墨家显赫，但愈到后来愈显示出它的影响力量，以至春秋之后墨家衰落下去，而道家地位逐渐上升。中国两千多年的历史中，特别是魏晋以降，儒道释[1]几成三足鼎立之势——当然在绝大多数时间，还是儒家占有更为重要的甚至主导的地位。

道家的代表人物老子和庄子，就对"诗"的态度而言，处于儒家与墨家法家之间：儒家是"爱"，墨家和法家是"恨"，老庄则是"贬"。老庄于"诗"，常常给予超然的蔑视。因为，老庄处世，超然物外，对一些人为之事（当然包括"诗乐舞"）都瞧不上眼，一切似乎都无所谓，所以，用"贬"字形容，差强人意。

老庄的基本思想趋向，是崇尚自然、清静无为、返璞归真，甚至希望历史"开倒车"，退回到蛮荒状态，人也回到婴儿时无知无识的样子——似乎具有某种"反文明"的心态。

---

[1] 佛教于东汉传入中国。

老子说："五色令人目盲，五音令人耳聋，五味令人口爽，驰骋畋猎令人心发狂，难得之货令人行妨。是以圣人为腹不为目，故去彼取此。"(《老子·十二章》)① 庄子将诗书礼乐喻为"骈拇枝指"，认为它们是多余的东西。

话虽如此，但也不能不看到一个有趣的事实：老庄的思想对后世文艺有巨大影响。

其实，老庄当年述说他们有关"诗乐舞"和审美问题的思想时，主观意图绝非谈艺术或审美问题；毋宁说，二者并不沾边儿。例如《田子方》中"宋元君将画图，众史皆至，受揖而立，舐笔和墨，在外者半。有一史后至者，儃儃（读作 tǎn tǎn 或 máo máo）然不趋，受揖不立，因之舍。公使人视之，则解衣般礴，裸袖握管，君曰：'可矣，是真画者矣'。"只是赞赏一种自然而然的人生态度和处世方式，本与艺术无涉。"画图"只是打个比方，或拿"画图"说事儿。与艺术联系起来，是后世的"自作多情"。但这后世之"情"，附会得确实有道理。艺术应当达到"自然天成"的效果，而不要做作，不要人工刀斧之迹。创作心态，也的确要像那位"解衣般礴"的画师那样才能创造出好作品。但，这一切，并非当年老庄本意。

老庄其他言论对后世艺术创作和"诗文评"之影响，亦应作如是观。

我努力说的"新"话之四：魏晋伟大的形式运动

魏晋时期最能体现"诗文评"诞生和繁荣的，是"四声"的发现及其在诗文创作中的应用所掀起的形式运动，其意义不亚于唐代古文运动，甚至有过之。它是被以往历史所忽略了的一场运

---

① 《庄子·天地》也说过类似的话："且夫失性有五：一曰五色乱目，使目不明；二曰五声乱耳，使耳不聪；三曰五臭熏鼻，困惾中颡；四曰五味浊口，使口厉爽；五曰趣舍滑心，使性飞扬。此五者，皆生之害也。"

动,是至今尚未被认识、更没有被充分评价的一场运动,是受到不公平待遇的一场运动;然而这是一场伟大的运动,是中国审美文化史和"诗文评"史上的一次"哥白尼"式的革命,它影响了中国审美文化、诗文创作和"诗文评"近两千年来的历史发展。

真正有意识地将"四声"运用于诗文创作,并且就诗文形式问题大做文章,从而形成相当规模的形式运动,是在南齐永明。如《梁书》卷四十九载"齐永明中,文士王融、谢朓、沈约文章始用四声,以为新变,至是转拘声韵,弥尚丽靡,复逾于往时";《南齐书》卷五十二载"永明末,盛为文章,吴兴沈约、陈郡谢朓、琅琊王融以气类相推毂。汝南周颙善识声韵。约等文皆用宫商,将平上去入为四声,以此制韵,不可增减,世呼为永明体",等等这些都是史籍上明确记载的证据。

我之所以称其为形式运动,是因为在我看来,将"四声"运用于诗文创作,是已经形成了具有明确的理论指导、许多人参与且持续时间相当长、具有相当大的声势且获得相当显著的成绩、具有相当规模且引起当时文坛诗坛重视的实践活动——可谓有纲领,有理论,有队伍,有实践。再进一步看,它不但在当时即形成一定气候和风尚,而且后来对建立中国律诗起了直接的决定性作用;若从更长时段来看,在之后一千多年的文学史上,在"诗文评"史和审美文化史上,都发生了重大和深远影响,直至今天。

所谓"有纲领",我是指沈约的《宋书·谢灵运传论》。我把它看作这场形式运动的宣言书和纲领性文件。它通篇是对有史以来全部诗文创作的回顾和检索,而着眼点则是所谓音律问题。

所谓"有理论",即指沈约及其前前后后的论者有关诗文四声问题的论说[1],它们都集中于诗文形式问题。

---

[1] 沈约之前,范晔也曾谈及声律问题,其《狱中与诸甥侄书》云:"性别宫商,识清浊,斯自然也。观古今文人,多不全了此处,纵有会此者,不必从根本中来。……年少中,谢庄最有其分,手笔差易,文不拘韵故也。"(《宋书》卷六十九《范晔传》)

所谓"有队伍",一是说理论队伍,一是说依此理论进行诗文创作的队伍。

所谓"有实践",即永明体的创作。永明体是一种新体诗,乃近体诗前奏。其创作中坚则是谢朓、沈约和王融。

永明诗人严格依四声之说进行诗歌写作,开一代诗风,由晋宋以来之艰涩转向清畅。

上述各个方面结合在一起,虽说不上轰轰烈烈,却也算得上有声有色,称之为"运动",当之无愧。

这场形式运动在当时对创作与理论都产生了重大影响,永明体的形成即是最直接的成果;此外,"文"与"笔"的热烈讨论,也与此密切相关。

说到对后世的影响,除了前面提及为律诗的形成奠定基础之外,在后世整个文学(诗文及其他各种文体,包括韵文、对子、曲子词、杂剧、散曲、传奇乃至今天的新格律诗)的写作都产生了不可估量的作用。如杜甫的诗讲究声律,成为其诗美的重要因素;元稹谈到诗歌时,也强调"因声以度词,审调以节唱,句度短长之数,声韵平上之差,莫不由之准度"(《乐府古题序》)。中国诗词之美、戏曲之美、辞赋之美乃至散文之美,都与声律有关。中国人阅读文学作品,讲究"诵读",一"诵读",韵味就出来了;而所谓"诵读",就是充分展现它的声律之美。说到这里,我们不能忘记沈约等人的"四声"声律说所立下的汗马功劳。

为了声律之美,出现了许多可能在西方人看来不可思议的苦吟故事:贾岛《题诗后》"二句三年得,一吟双泪流";李频《北梦琐言》"只将无字句,用破一生心";杜荀鹤《苦吟》"生应无辍日,死是不吟时",《秋日闲居寄先达》"乍可百年无称意,难教一日不吟诗";僧归仁《自遣》"日日为诗苦,谁论春与秋。一联如得意,万事总忘忧";卢延让《苦吟》"吟安一个字,捻断数茎须"，等等。他们不只是为"炼意"而"苦"，也是（甚至主要是）为"炼句""炼字"（即斟酌"声律""韵脚"和下面谈的"对偶"）而"苦"。当然，任何事情都有个"度"，"苦"得过了"度"，也会出现另外的弊病。

在"诗文评"理论方面，其影响也非同小可。隋唐即不断有人沿着沈约路线发挥，尤其是唐人沿此路线向前推进，进一步提出"对偶"说——包括"声对"（平仄互对）和"义对"（字义相对），把魏晋南北朝时期的"形式运动"推进一个层次，建立了律诗与绝句，这是一个重大成就。此外，唐人把声病说细化：来唐求法的日僧遍照金刚《文镜秘府论·天卷·四声论》竟列文病二十八种之多，其《文镜秘府论·序》云："沈侯、刘善之后，王、皎、崔、元之前，盛谈四声，争吐病犯，黄卷溢箧（qiè），缃帙满车。"《文镜秘府论·论病》又说："颙约已降，竞融以往，声谱之论郁起，病犯之名争兴，家制格式，人谈疾累。"于此可见一斑。更长远地说，受形式运动影响，此后一千多年声韵音律研究作为一种重要学问（音韵学）蓬勃发展，各代的诸种韵书（诗韵、词韵、曲韵等）和讨论声律论的著作，不计其数。

我努力说的"新"话之五：与铃木虎雄辩难

日本学者铃木虎雄（1878—1963，字子文，号豹轩）《中国诗论史·序》曾言："在中国文学的悠久历史中，真正的评论产生于魏晋以降，兴盛于齐梁时代，而衰落于唐宋金元，复兴于明清时期。由此观之，唐代诗赋创作的繁荣，与其归之于政治制度的优越，不如说更多的是由于诗人们对在六朝以来已经得到充分探究的文学批评标准的遵循和实践，因此，唐代诗论的衰落并不影响诗坛的繁荣；而宋代诗歌创作的衰落，与其说是由于诗话兴起所致，不如说正是由于其缺乏明确的评论标准所造成；至于明清时期的各派诗论，其主张都有各自的根源，构成堂堂理论阵营而对峙相持，各派的创作也随着各派理论主张的差异而显示出不同的风貌，从而促使诗学大观局面的形成。"①

铃木虎雄作为研究中国文学和中国诗论的日本资深学者，有许多精深的见解；但是，他关于中国诗学"衰落于唐宋金元"的判断，却很难成立。我认为，诗学文论的繁荣并不一定与经济的繁荣、政治的强盛同步，有时看上去甚至也不与文学艺术的繁荣相匹配。例如，唐代经济、政治高度发展，文学艺术（诗、文、书、画、乐、舞等）也高度繁荣，但相对而言，其理论思维却略显平庸②，而诗学文论也似乎"赶不上"当时文学艺术的发展，显得"不匹配"，表现得"不尽如人意"。但这所谓"不同步""不匹配"和"滞后"，与铃木虎雄说的"衰落"，是两回事。唐代诗学文论只是在其是否与当时文学艺术的繁荣相匹配的相对意义上不如后人想象的那么发达或繁荣，显得"滞后"而已；充其量，这只是向前发展中的"不同步""不匹配"和"滞后"，而不是向后倒退中的"衰落"。事实上，唐代诗学也有自己的重大贡献，如在"唯美"一系，进一步深化了魏晋南北朝时期的"形式运动"，提出"对偶说"，促成了律诗、绝句的建立；提出"诗境"论，成为中国"诗文评"核心理论思想之一"意境"的起始；晚唐司空图提出"韵外之致""味外

---

① ［日］铃木虎雄：《中国诗论史》，许总译，广西人民出版社1989年版，第1页。
② 人类对世界的思考和把握可以有不同形式，或是理论思维（哲学），或是艺术思维（诗文），或是其他思维形式。德国人善于通过理论思维（哲学）把握世界而配以艺术思维等其他思维形式；中国人则善于通过艺术思维（诗文）把握世界而配以哲学思维等其他思维形式。唐代即比较典型地表现出中国人的这一特点。唐代的思维智慧似乎并不突出表现在理论思维（哲学），因此看起来其理论思维（哲学）显得平庸些；但是唐代的总体思维智慧不但不平庸，而且很发达、很优秀，它的发达和优秀主要不是通过理论思维而是通过艺术思维达到的。唐代对世界的思考和把握集中表现在诗、文、画、乐、书等艺术思维形式上。

之旨"的观点,影响深远;此外在乐论、书论、画论等方面也有长足发展。在"尚用"一系,则有元白诗论、韩柳文论等很有特点的思想。而且,从另一个角度说,何尝不可以把与文艺创作和审美实践之繁荣"不同步"的唐代诗学文论这种"滞后",看作正在为日后的文论发展繁荣积蓄势能的一种蛰伏状态呢?

至宋,"诗文评"果然出现了名副其实的大繁荣和再提升:诗话、词话、文话("四六话")如雨后春笋,开创了一个前所未有的新局面,此后更是一发而不可收,此类作品如春河开闸,如繁花绽放,成为中国古代"诗文评"一道独特而亮丽的风景;开创的新形式"评点",到明清更发展成蔚为壮观的"诗文评"重镇;古文理论(欧苏甚至包括理学家的极端论调)也有新的拓展;尤其是对诗文自身性质特点的把握达到前所未有的高度和深度,《沧浪诗话》尤为出色。

而金元之际,审美文化和"诗文评"也在各民族思想文化的碰撞、交流中作出了成绩。虽然由于战乱,经济文化发展受到一定影响,但是在金元时代,整体来说"诗文评"还是继续发展的,也有一些著名文论家和著作。

总体看,唐宋金元时期的"诗文评",与其谓之"衰落"不如说它"隆起",甚至可以说,它是继魏晋南北朝"诗文评"学科诞生和大繁荣之后,在其基础上,新"隆起"的一个高原;而在这个高原上,若将唐、宋、金元排在一起进行"共时性"地直观,或许觉得两旁的部分即唐与金元,稍平一些;而中间的宋代,则高耸而耀眼——它是这个高原上的珠穆朗玛峰。

我努力说的"新"话之六:说说"诗文评"命名者焦竑

明代在"诗文评"史上也是一个了不起的时代。首先,"诗文评"在明代得以正式命名;其次,明代是中国古代文论家和各种诗学文论思想取得重大成就的时期，各种"诗文评"著作也层出不穷，使此时成为"诗文评"又一个辉煌时期。例如前后七子的辩驳论争，左派王学影响下的新鲜文论思想的活跃，徐渭、李贽、三袁、汤显祖等大胆"叛逆"而充满独创思想的言论，使明代文论以至整个学界热闹非凡；戏曲理论（曲话）、小说评点、叙事文论的发展等也是明代文论的新亮点。宏观地说：一方面，这辉煌与当时物质文明和精神文明高度发展不无关系——明代的中国是当时世界上最强大的国家之一，在当时的世界各国之中，国民生产总值占世界第一；而明代精神文明的各个领域（包括思想、学术和审美文化等）也取得了巨大成就。另一方面，明代"诗文评"的辉煌也是历代积累的结果，仅诗话之作（包括有"诗话"之名和无"诗话"之名而实为诗话的著作）就有约170多部，而词话、曲话、小说评点都超过前代，它们在继承自先秦以来优秀学术思想的基础上做了进一步阐发或提出新见。郭绍虞先生说它"空疏不学"，大概指个别作品而非全部，因为，明代的许多"诗文评"著作，如高棅《唐诗品汇》、李东阳的《怀麓堂诗话》，前后七子的一些作品如《四溟诗话》《艺苑卮言》，还有李贽、叶昼等人的小说评点，徐渭、臧懋循、吕天成、王骥德等人的曲论，还有以汤显祖为代表的临川派与以沈璟为代表的吴江派的争论等，其实并不"空疏"，也非"不学"。

别的问题其他论著讲的已经很多了，按下不表；我重点说的是："诗文评"的正式命名既是明代对中国古代诗学文论的重大贡献，而对"诗文评"的命名者焦竑，过去重视不够，所以今天我要特别拈出论之。

"诗文评"作为一个学科诞生于魏晋南北朝，但当时并没有"诗文评"的名称。它的名称正式出现在明代焦竑《国史经籍志》，是从目录学、图书分类学的角度被提出的。

《国史经籍志》是明代万历年间官修"国史"的一部分，

全书未成，只留下焦竑所撰的这一部分"志"，仍以"国史"名之。

今天看来，仅焦竑提出"诗文评"名称，即是一大功绩。

对于我这部《从"诗文评"到"文艺学"》所论述的问题而言，焦竑的贡献在于把以往的"文评""诗评"合在一起，第一次提出"诗文评"的名称。这虽是目录学上的名称，却反映了中国古代文论学科的发展程度——即它作为一个学科从魏晋南北朝诞生以来，经隋、唐、宋、金、元，到明代，已经完全成熟，它需要这样一个名字作为自己的称谓，而且这个称谓很恰切。

关于"诗文评"学科的建立、发展，它与西方文论相对照所表现出来的中华民族文论的特殊性以及这种特殊性的深层内涵和民族根性等我在其他文章中已经有所论述，兹不赘述。这里只想说说有关焦竑其人以及当时思想界的一些情况——这与"诗文评"表面看似乎关系不大，而从内里看、从深层看，暗通脉络，密切关联。

焦竑（1540—1620），字弱侯，号漪（yī）园，又号澹（dàn）园，又号龙洞山农。南京人，祖籍日照。万历十七年（1589）状元，授翰林院修撰、皇长子侍读等职。他博览群书、严谨治学，尤精于文史、哲学，为晚明杰出的思想家、藏书家、古音学家、文献考据学家。著述颇丰，撰著有《澹园集》四十九卷、《澹园续集》二十七卷、《国史经籍志》五卷、附录一卷、《焦氏笔乘正集》六卷、《焦氏笔乘续集》八卷、《笔乘别集》六卷、《支谈》三卷等；评点类作品有《春秋左传钞》十四卷、《九子全书评林正书》十四卷、《苏长公二妙集》二十二卷、《东坡志林》五卷、《荀子品汇解评》二卷、《墨子品汇解评》一卷、《绝句衍义》四卷、《庄子品汇解评》一卷、《苏老泉文集》十三卷等；还编纂有《国朝献征录》一百二十卷、《四书直解指南》二十七卷、《词林历官表》三卷、《杨升庵集》一百卷等。

在明代后期，焦竑是一个思想相当开放、相当先进的思想家和学问家，王（阳明）门后学的重要成员之一。现代有的学者称其为"王学会通派"[①]的一员健将，说他"是一位治学范围极广、具有多方面成就的学者和当时颇具影响的文学家；在他身上可以看到会通思潮对于晚明思想学术各个方面的影响。同时，他生前交往广泛，影响巨大，号称东南儒宗"。

关于焦竑的思想倾向和特点，我只要说出他的师承、他的朋友、他的学生，读者即会一目了然。

他的老师是泰州学派（左派王学）的重要人物耿定向和罗汝芳，他们都是该学派的大将，在思想界发生过重要影响；对于晚明泰州学派的思想革新，焦竑予以承接与发展。大家知道，中国思想史上有一个很有意思的现象：宋代新儒学是一种适应帝国专制社会的创新思想，当时看起来红红火火，但在宋代它并未取得官方地位，倒是在元代程朱理学才成为官方意识形态。明前期承袭元代思想体制，继续尊崇程朱理学，其所定下的立国的基本国策之一，是科举考试以程朱理学为内容、以八股制义为形式。明成祖朱棣颁行的官定教科书《五经大全》《四书大全》《性理大全》即以程朱注疏为标准，而科举也几乎成为选拔文官的唯一途径。对于许多读书人来说，做学问就要记诵程传朱注，而其目的只是通过科举而做官。而作为官方意识形态的程朱理学日渐僵化，成为羁绊人们思想的绳索。顾炎武说："自八股行而古学弃，《大全》出而经说亡。"[②] 明代中期王学兴起，对程朱理学是一个重大

[①] 所谓"王学会通派"是指王门后学中追求超脱生死的精神境界、会通入世出世、宣扬无善无恶的一个思想派别，他们治学讲究"求真"（打破一切人为限制、平等对待各种思想资源，唯真理是求）、"自主"（要求打破权威对真理的垄断，否认既成规范的天然合法性，自作主张）。参见刘海滨《焦竑与晚明会通思潮》卷前"内容提要"，华东师范大学出版社2010年版。

[②] （清）顾炎武：《日知录》卷十八《书传会选》。

冲击；明代晚期的王门后学承续之。泰州学派是中国帝国专制社会后期的一个启蒙学派，他们努力打破程朱理学的死板教条。在经学领域，他们反对把程传朱注定为一尊，提倡古注疏，掀起博学考证风气，成为后来清代考据学风的一种范导。同时他们反对把圣人看成不可企及之人，以解除人们思想的束缚。焦竑在《支谈》中曾说："学道者当扫尽古人刍狗，从自己胸中辟取一片乾坤，方成真受用，何至甘心死人脚下！"

焦竑有一位忘年交李贽（号卓吾，1527—1602）。一提李贽，人们即会想到这位异端思想家的种种思想和作为，想到他的许多惊世骇俗的言论，想到他对当时思想界的冲击和震撼，此处不必多说。而焦竑恰恰同李贽成为亲密朋友。与焦竑同年同馆的朱国祯（1558—1632）在其所著《涌幢小品》卷十六"黄叔度二诬辨"条中曾说："焦弱侯推重卓吾，无所不至。谈及，余每不应。弱侯一日问曰：'兄有所不足耶？即未必是圣人，可肩一狂字，坐圣门第二席！'"当时有许多人反对李贽、批判李贽，包括朱国祯在内，对李贽甚为厌恶。但是，焦竑则称其为"圣门第二席"。从前面所引焦竑"从自己胸中辟取一片乾坤，方成真受用，何至甘心死人脚下"的话，亦可见出焦竑与李贽气味相投、思想相近。真是物以类聚、人以群分。

焦竑有一位大名鼎鼎的学生，即明末的进士，也就是著名科学家徐光启（1562—1633，字子先，别号玄扈）。徐光启的引人注目之处在于，他是与外国传教士利玛窦合作翻译《几何原本》的中国进士，他也是到天主教堂接受洗礼从而改信西教的中国进士。关于焦竑与徐光启的关系，还有一段奇特的故事。万历二十五年（1597）顺天乡试，焦竑任副主考，他从落卷中选出了徐光启的考卷，拔置第一，从而使他起死回生！徐光启的儿子徐骥在《文定公行实》中记述此事曰："万历丁酉试顺天，卷落孙山外。是年大司成漪园焦公典试，放榜前二日，犹有不得第一人为恨，从落卷中获先文定公卷，击节称赏，阅至三场，复拍案叹曰：'此名世大儒无疑也。'拔置第一。"① 若不是焦竑独具慧眼，一位天才可能就此埋没。徐光启对恩师终生念念不忘，在其《尊师澹园焦先生续集序》中说："吾师澹园先生，以道德经术表标海内，巨儒宿学，北面人宗。"

焦竑的另一位大名鼎鼎的学生是公安派领袖袁宏道（字中郎，又字无学，号石公，又号六休，1568—1610）。万历二十年（1592），焦竑任会试同考官，当年经他选拔而进士及第者十五人，其中就有袁宏道。② 此后袁宏道常常求教于焦竑。同时，焦竑还把袁氏三兄弟介绍给李贽，受到李贽思想（特别是"童心说"）影响颇多，"性灵"说的提出，与此密切相关。而焦竑自己也谈"性灵"。他在《澹园集》卷十五《雅娱阁诗集序》中说："诗非他，人之性灵之所寄也。"郭绍虞《中国文学批评史》就特别引出焦竑《澹园集》中的一段话："夫词非文之急也，而古之词又不以相袭为美。《书》不借采于《易》，《诗》非假途于《春秋》也。至于马、班、韩、柳乃不能无本祖；顾如花在蜜，蘖在酒，始也不能不藉二物以胎之，而脱弃陈骸，自标灵采。……斯不谓善法古者哉！近世不求其先于文者，而独词之知，乃曰以古之词属今之事，此为古文云尔。韩子不云乎？'惟古于词必己出，降而不能乃剽贼'。夫古以为贼，今以为程。……谬种流传，浸以成习，至有作者当其前，反而视而不顾，斯可怪矣！"在引了这段话之后，郭先生说："此文攻击七子之摹拟剽窃，颇与公安之论相同。"③ 此足可见焦竑对公安派的影响。

---

① 见《徐光启集》"附录"，王重民辑校，上海古籍出版社1984年版。
② 焦竑《澹园集》卷二十七《心夔乐公墓表》曰："壬辰，与礼闱校士之役，所荐拔十有五人。"而袁宏道亦称焦竑为"座主"（《袁宏道集》卷二有《白门逢焦师座主》二首）。
③ 郭绍虞：《中国文学批评史》，中华书局1961年版，第352页。焦竑的话见于《澹园集》卷十二《与友人论文书》。

焦竑还与意大利人、天主教传教士、学者利玛窦有一段友谊。万历二十七年（1599），利玛窦来到南京，结识了焦竑与他的好友李贽。《利玛窦中国传教史》一书记述了这段经历：

> 这时在南京有一位状元，即是在考进士时，三百位进士中考第一名的。这是一种很大的荣誉。他因失官返乡，极受地方人士尊重。他对中国的三个宗教极有研究，这时极力宣传三教归一之学说。当时有中国另一位名人李卓吾，在焦竑家中做客。他做过大官，曾任姚州或姚安知州，却弃了官职和家庭，削发为僧。因了他博学能文，又年已古稀，声望极高，有许多弟子信了他创立的宗派。这两位大文人对利神父非常敬重。特别是李贽，本来非常高傲，大官拜访他时，他不接见，也不拜访高官大员；而他竟先自动造访利神父，使神父的朋友们都感到意外。利神父按照中国习惯回拜时，有许多学术界的朋友在场，大家谈论的是宗教问题。李贽不愿与利神父争论，也不反驳他的主张，反而说天主教是真的。李卓吾在湖广有许多弟子。他得到了利玛窦的《交友论》之后，便抄了几份，分送给湖广的弟子们。因了这位大文人对《交友论》的推重，神父们的名声便也在湖广一带传开了。[①]

从这段记述，我们看到焦竑和李贽是多么开明。此时他开始接触西方思想。焦竑在《管东溟墓志》中曾说："冀以西来之意密证六经，以东鲁之矩收摄二氏。"（《澹园集续集》卷十四）即不断吸收外来思想，又尝试用中国传统文化收摄各种学说。

综上所述，由焦竑这样一位学者提出"诗文评"的名称，表

[①] 《利玛窦中国传教史》，刘俊徐、王玉川译，（台北）光启出版社、辅仁大学出版社1986年版，第306—307页。

面来看似乎是偶然的"歪打正着"（不是专谈文论，而是从目录学角度提及），但是实际上又是历史发展的必然要求——乃"正中历史下怀"也！其间，颇有值得往远处和深处思索的空间。

（2015 年在中国海洋大学文学院的讲演稿）

第十六讲　从"诗文评"向"文艺学"的转化

从19世纪末起至今，这一百多年，是中国的文论从古典形态的"诗文评"向现代形态的"文艺学"蜕变、转化的历史，是现代形态的文艺学诞生的历史。我们建设现代文艺学，就需要吸取历史经验。当前我们沿着过去走出来的路子前行，绝不能无视或跳过那些最先"睁开眼睛看世界"的志士仁人，绝不能无视或跳过严复等人介绍西方学术思想为古典文论现代转换所埋下的变革种子，绝不能无视或跳过梁启超、王国维等人所做的筚路蓝缕的工作，绝不能无视或跳过"五四"的学术传统，绝不能无视或跳过20世纪三四十年代大批学人的创造性工作，绝不能无视或跳过毛泽东，也不能无视或跳过朱光潜、蔡仪、周扬、胡风，还不能不重视百年来对西方的和苏联的文艺思想、美学思想、哲学思想、文化思想的介绍，特别是不能不重视马克思主义文艺思想、美学思想、哲学思想在中国的传播、建立和发展。我们现在的文艺学的学术范型，包括哲学基础、思维方式、治学方法、命题、范畴、概念、术语等，都是在这一百多年的时间里熔铸而成的。

从19世纪末20世纪初起到21世纪的现在，这一百年多一点的时间里，中国的文论的确发生了与此前明显不同的重要变化，即从古典形态的"诗文评"向现代形态的"文艺学"蜕变、转化。这一百多年是中国古典形态的文论"诗文评"现代化的过程，是现代形态的文艺学诞生和"长大成人"的过程。直到今天，这个过程仍然没有最后完成；恐怕从现在起以至之后相当长一个时期，我们会仍然处在进一步建设有中国特色的现代文艺学并使之健康成长的过程之中。

我们建设有中国特色的现代文艺学，就需要吸取历史经验。回顾历史，我们会看到它经过了从明末清初起相当长一段时间的"地火运行"、蓄势待发的酝酿期，以及19世纪与20世纪之交的萌芽期、20世纪一百年间的成型、定格、"反叛"等过程。当前我们沿着过去走出来的路子前行，绝不能无视或跳过"地火运行"期那些最先"睁开眼睛看世界"的志士仁人，绝不能忽略他们"师夷长技以制夷"图新救国的急切呼求，以及为变革文论所创造的社会文化氛围和蕴含于底层的内在冲击力；绝不能无视或跳过严复等人介绍西方学术思想为古典文论现代转换所埋下的变革种子；绝不能无视或跳过梁启超、王国维等人所做的筚路蓝缕的工作；绝不能无视或跳过"五四"的学术传统；绝不能无视或跳过20世纪三四十年代大批学人的创造性工作；绝不能无视或跳过毛泽东；也不能无视或跳过朱光潜、蔡仪、周扬、胡风；还不能不重视百年来对西方的和苏联的文艺思想、美学思想、哲学思想、文化思想的介绍，特别是不能不重视马克思主义文艺思想、美学思想、哲学思想在中国的传播、建立和发展。我们现在的文艺学的学术范型，包括哲学基础、思维方式、治学方法、命题、范畴、概念、术语等，都是在这一百多年的时间里熔铸而成的。

（一）起点：梁启超、王国维和他们的同道

从19世纪与20世纪之交到20世纪最初10余年，是现代文艺学的萌芽期和草创阶段，它刚从"诗文评"之"蛹"中往外爬，或者说它正处在从"诗文评"母体降生的过程中，脐带尚

连，还带着血迹；然而它的第一声啼哭是响亮有力的，露出无限生机。

这阶段的业绩，最突出、最充分地表现在梁启超和王国维等人一系列诗学文论的革命性活动之中。

梁启超

梁启超（1873—1929），字卓如，一字任甫，号任公，又号饮冰室主人、饮冰子、哀时客、中国之新民、自由斋主人，广东新会人。清光绪十五年己丑（1889）中举，翌年庚寅（1890）赴京会试落第，回粤途经上海，看到徐继畬用先进的现代眼光介绍世界地理的《瀛寰志略》和上海机器局所译西书，大开眼界。这时，他结识康有为，拜为老师。光绪二十一年乙未（1895），他追随康有为率数千名举人联名上书光绪皇帝，反对在甲午战争中败于日本的清政府签订丧权辱国的《马关条约》，是为"公车上书"。有人认为，"公车上书"是中国群众的政治运动的开端。光绪二十四年戊戌（1898），梁启超与康有为一起领导了著名的"戊戌变法"，变法失败后逃亡日本，在那里创办《清议报》和《新民丛报》。辛亥革命后他曾先后出任司法总长、财政总长。1925年，梁启超应聘任清华大学国学研究院导师。梁启超著述甚丰，超过一千万字，友人将其著作编为《饮冰室合集》，包括著名的《中国近三百年学术史》《中国历史研究法》《少年中国说》等。

梁启超是中国近代一位值得国人永远记住的影响深远的伟大人物。数年前我曾在中山大学作过一次题为《伟大的学界"革命家"梁启超——漫议19世纪与20世纪之交梁启超的巨大贡献》的演讲，其中有一段话至今我仍然坚持，是这样说的：

> 梁启超是提出"诗界革命""文界革命""小说界革命""史界革命""思想界之革命"等"革命"口号之第一人，并且身体力行，不但有"革命"口号，同时也建立"革命"理

论，进行"革命"实践，成为19世纪与20世纪之交中国旧学术和旧思想的掘墓人之一，同时也成为中国新学术和新思想的催生婆之一……众所周知，经历维新变法的失败，流亡中的梁启超在1899年年底赴美国檀香山船上写的《夏威夷游记》中，首次提出"诗界革命"的口号："故今日不作诗则已，若作诗，必为诗界之哥伦布、玛赛郎（今译麦哲伦——引者）然后可。……支那非有诗界革命，则诗运殆将绝。虽然，诗运无绝之时也。今日者，革命之机渐熟，而哥伦布、玛赛郎之出世，必不远矣。"写这段文字后之第四日，梁启超阅读日本著名报人德富苏峰所著《将来之日本》，倍加称赞，并由此喊出另一响亮的口号"文界革命"："德富氏为日本三大新闻主笔之一，其文雄放隽快，善以欧西文思入日本文，实为文界别开一生面者，余甚爱之。中国若有文界革命，当亦不可不起点于是也。""小说界革命"则是1902年11月梁启超在《新小说》创刊号上发表的《论小说与群治之关系》中提出的，他说："欲新一国之民，不可不先新一国之小说。故欲新道德，必新小说；欲新宗教，必新小说；欲新政治，必新小说；欲新风俗，必新小说；欲新学艺，必新小说；乃至欲新人心、欲新人格，必新小说。……故今日欲改良群治，必自小说界革命始；欲新民，必自新小说始。"几乎与此同时，梁启超在发表于《新民丛报》第1至20号上的《新史学》（1902年2月至11月）中倡导"史界革命"："今日欲提倡民族主义，使我四万万同胞强立于此优胜劣败之世界乎，则本国史学一科，实为无老无幼无男无女无智无愚无贤无不肖所皆当从事，祝之如渴饮饥食一刻不容缓者也。然遍览乙库中数十万卷之著录，其资格可以养吾所欲给吾所求者，殆无一焉。呜呼！史界革命不起，则吾国遂不可救。悠悠万事，惟此为大！"还是在1902年，梁启超在《论宗教家与哲学家之长短得失》中，怀抱对未来之殷殷期望，号召"思想界之革命"："吾窃信数十年以后之中国，必有合泰西各国学术思想于一炉而冶之，以造成我国特别之新文明，以照耀天壤之一日。自今以往，思想界之革命，沛乎莫之能御矣。今始萌芽，虽庞杂不可方物，莫能成一家言。顾吾侪今日，只能对于后辈而尽播种之义务。耘之获之，自有人焉。"上述梁启超所提出的五大"革命"，在他那里并非各自孤立，而是互相紧密联系在一起的一个整体；或许可以说，前面四项（诗界、文界、小说界、史界）"革命"乃是最后一项（思想界）"革命"的有机组成部分，它们可总汇为"思想界之革命"。要之，梁启超当时所要做的，是整个思想、整个学术的"革命"——梁启超在当时历史条件下把握和顺应思想及学术潮流之发展趋向，力图发动这样一场与时代命运息息相关的思想、学术"革命"；而且还可以进一步说，这思想、学术"革命"，又是梁启超所追求的总体社会"革命"之一部分，是梁启超有关整个社会的总体"革命"蓝图的有机组成部分。在当时能够提出这些"革命"口号就是了不起的贡献。陈平原教授在一篇文章中说："能够敏感到思想及学术潮流发展之趋向，将众多零散的思考凝聚成一个口号，这是一种本事，需要某种'先知先觉'，更需要胆略与气魄。要说对西学的理解，严复远在梁启超之上；要说国学的修养，梁启超也无法与章太炎比肩。可作为思想潮流而被史家再三提及的，首先还是梁启超的'革命'论述。以一人而包揽晚清四大'革命'（指'诗界革命''文界革命''小说界革命''史界革命'——引者注）的命名权，而且在每场'革命'中都能以身作则，多有创获，这实在是个奇迹。只有在晚清这'三千年未有之大变局'中，才可能出现如此局面。……所谓的四大'革命'，其核心都是'竭力输入欧洲之精神思想'，并将其应用到各个专门领域，以改变传统中国的文学及学术。这一思路，确实在20世纪中国占据主流地位，难怪梁启超如此简要的表述，能激起当年以及后世无数读者的强烈共鸣。"①

梁启超所提出的这些"革命"口号，尤以"小说界革命"影响最大。古典形态的"诗文评"向现代形态的"文艺学"转化，最突出的成绩表现在小说理论的领域里。

其实，小说理论变革的先声，是1897年严复、夏曾佑发表于《国闻报》上的《本馆附印说部缘起》②。在这篇文章中，作者界说小说的性质是"书之纪人事而不必果有其事"，是"人心所构之史"。作者还提出，小说虽为"人心所构之史"，但"今日人心之构营，即为他日人身之所作，则小说者又为正史之根矣"，不可"因其虚而薄之"。作者还从人性论的立场出发，提出小说因描写"英雄"与"男女"这人类的两大"公性情"，才"易传行远"，可以"使民开化"。该文作为第一篇试图运用新观点论说小说的长文，实属可贵。

但小说理论变革的主将、最重要的代表人物当然非梁启超莫属。他在1898年《清议报》第一册上发表的《译印政治小说序》，即推崇社会变革中"政治小说为功最高"，鼓吹"小说为国民之魂"。翌年，即1899年年底，梁启超在《夏威夷游记》中提出"诗界革命"和"文界革命"的同时，明确提出"小说界革命"。又三年，即1902年，梁启超在日本创办了《新小说》杂志，并在创刊号上发表了"小说界革命"的纲领性文章《论小说与群

---

① 陈平原：《"元气淋漓"与"绝大文字"——梁启超及"史界革命"的另一面》，《文学评论》2003年第3期。

② 《本馆附印说部缘起》发表于光绪二十三年（1897）10月16日至11月18日天津《国闻报》，当时未署名，梁启超《小说丛话》中说，"《本报附印小说缘起》，殆万余言，实成于几道（严复）与别士（夏曾佑）二人之手"。

治之关系》，在中国文论史上破天荒第一次把小说视为改革社会头等重要的手段——所谓"欲新一国之民，不可不先新一国之小说。故欲新道德，必新小说；欲新宗教，必新小说；欲新政治，必新小说；欲新风俗，必新小说；欲新学艺，必新小说；乃至欲新人心，欲新人格，必新小说。何以故？小说有不可思议之力支配人道故"。梁启超还相当深入地探讨了小说的性质和特点，指出：小说能够"常导人游于他境界，而变换其常触常受之空气"，而且能够把人们日常生活中"行之不知、习矣不察者""和盘托出，彻底而发露之"，故其"感人之深，莫此为甚"。同时，梁启超出色地论述了小说的四种审美力量："一曰熏。熏也者，如入云烟中而为其所烘，如近墨朱处而为其所染。……人之读一小说也，不知不觉之间，而眼识为之迷漾，而脑筋为之摇飏，而神经为之营注；今日变一二焉，明日变一二焉；刹那刹那，相断相续；久之而此小说之境界，遂入其灵台而据之，成为一特别之原质之种子。""二曰浸。熏以空间言，故其力之大小，存其界之广狭；浸以时间言，故其力之大小，存其界之长短。浸也者，入而与之俱化者也。""三曰刺。刺也者，刺激之义也。熏、浸之力，利用渐，刺之力，利用顿。熏、浸之力，在使感受者不觉；刺之力，在使感受者骤觉。刺也者，能入于一刹那顷忽起异感而不能自制者也。""四曰提。前三者之力，自外而灌之使入；提之力，自内而脱之使出，实佛法之最上乘也。凡读小说者，必常若自化其身焉，入于书中，而为其书之主人翁。……夫既化其身以入书中矣，则当其读此书时，此身已非我有，截然去此界以入于彼界，所谓华严楼阁，帝网重重，一毛孔中万亿莲花，一弹指顷百千浩劫，文字移人，至此而极。然则吾书中主人翁而华盛顿，则读者将化身为华盛顿；主人翁而拿破仑，则读者将化身为拿破仑；主人翁而释迦、孔子，则读者将化身为释迦、孔子，有断然也。度世之不二法门，岂有过此？"此后，梁启超又同当时十余位著名学者联手写作了

《小说丛话》发表于1903—1904年《新小说》第1、2卷①，广泛论及小说的性质、作用、审美特点、古典小说（如《金评梅》《水浒传》《红楼梦》等）的评价、中西小说的对比等。

王国维

差不多也是在这个时候，现代文艺学草创阶段另一篇具有奠基意义的学术论文——王国维的《〈红楼梦〉评论》②问世了。这篇文章借鉴了19世纪德国哲学家叔本华的哲学思想和美学理论，评说中国古代最伟大的小说《红楼梦》，特别是拈出其悲剧意义予以重点阐发，这在中国文论史上旷古未有。写作《〈红楼梦〉评论》的王国维，可以说从观念、方法到范畴、术语都是"现代"的。

王国维（1877—1927），字伯隅、静安，号观堂、永观，汉族，浙江海宁盐官镇人。清末秀才。我国近现代在文学、美学、史学、哲学、古文字、考古学等各方面成就卓著的学术巨子，国学大师。他早年屡应乡试不中，遂于戊戌风气变化之际弃绝科举。1898年，王国维22岁进上海《时务报》馆充书记校对，利用公余，他到罗振玉办的"东文学社"研习外交与西方近代科学，结识主持人罗振玉，并在罗振玉资助下于1901年赴日本留学。1902年王国维因病从日本归国。后又在罗振玉推荐下执教于位于南通的"通州民立师范学校"和位于苏州的"江苏师范学堂"，讲授哲学、心理学、伦理学等，并埋头文学研究；1906年随罗振玉入京，任清政府学部总务司行走、学部图书编译局编译、名词馆协韵等。其间，著有《人间词话》等书。1922年受聘北京大学国学门通讯导师。翌年，应召任清逊帝溥仪"南书房行走"。1925年，王国维受聘任清华大学国学研究院导师，教授"古史新证"等课

---

① 1906年，《新小说》社又将《小说丛话》印成单行本，梁启超作序，说明该书写作缘由和经过。

② 王国维：《红楼梦评论》，《教育世界》1904年第76—78号、第80—81号。

程，与梁启超、陈寅恪、赵元任、李济（一说吴宓）一起被称为"五星聚奎"。1927年，北伐军挥师北上，听闻北伐军枪毙湖南叶德辉和湖北王葆心（王被杀是谣传），6月2日同朋友借了五块钱，雇人力车至北京颐和园，于园中昆明湖鱼藻轩自沉。

与改革家梁启超形成鲜明对比的是，王国维在政治上是保守的、落后的；但他在学术上同梁启超一样，是"革命"的、先进的——这非常矛盾，却是事实。作为现代文艺学和美学最早的开拓者之一，王国维的功绩不可磨灭。

除了上述《〈红楼梦〉评论》，在20世纪初的一二十年间，王国维还写了《文学小言》《人间词话》《论叔本华之哲学及其教育学说》《叔本华与尼采》《论哲学家与美术家之天职》《屈子文学之精神》《古雅之在美学上之位置》以及其他一系列文艺学、美学文章，表现出新的文论观念和美学气息，吸收和运用西方学术思想并与本民族的传统的文论思想相结合，观察和论述中国的文艺问题，为中国的文艺学研究开了新生面。前述《〈红楼梦〉评论》，在中国文论史和美学史上第一次阐发了《红楼梦》悲剧美学意义，强调《红楼梦》的价值在于它创造了典型的悲剧美。王国维借鉴叔本华的理论，把悲剧分为三种："第一种之悲剧，由极恶之人，极其所有之能力以交构之者。第二种之悲剧，由于盲目的命运者。第三种之悲剧，由于剧中之人物之位置及关系而不得不然者；非必有蛇蝎之性质与意外之变故也，但由普通之人物、普通之境遇，逼之不得不如是；彼等明知其害，交施之而交受之，各加以力而各不任其咎。此种悲剧，其感人贤于前二者远甚。何则？彼示人生最大之不幸，非例外之事，而人生之所固有故也。"[①] 王国维认为《红楼梦》是悲剧中之悲剧、彻头彻尾之悲剧，是悲剧美的典范。同时，王国维还第一个主张在中国的大学里开美学课。他在

---

① 王国维：《王国维遗书·静安文集》第5册，商务印书馆1940年版，第50—60页。

1906年《奏定经学科大学文学科大学章程书后》中提出:"定美之标准与文学上之原理者,亦唯可于哲学之一分科之美学中求之",并建议:"中国文学科应设:哲学概论;中国哲学史;西洋哲学史;中国文学史;西洋文学史;心理学;名学;美学;中国史;外国文。"[1] 有人把王国维看作中国现代美学之起点,是有道理的。我们还要特别注意王国维按照西方观念为文学所作的定位。王国维在《国学丛刊序》中对学术进行总体分类的时候,认为学术包括三大类:科学、史学、文学:"凡记述事物而求其原因、定其理法者,谓之科学;求事物变迁之迹而明其因果者,谓之史学;至出入二者间而兼有玩物适情之效者,谓之文学。"又说:"凡事物必尽其真,而道理必求其是,此科学之所有事也;而欲求知识之真与道理之是者,不可不知事物道理之所以存在之由与其变迁之故,此史学之所有事也;若夫知识道理之不能表以议论而但可表以情感者,与夫不能求诸实地而但可求诸想象者,此则文学之事也。"[2] 按照王国维对文学的定义,文学是以"表以情感""求诸想象"为特征的审美活动,这与始终在冷静的、清醒的状态下对事物和问题进行理性思考、探求、研究的学术活动,有巨大区别。

梁启超、王国维的同道

除了梁启超和王国维,他们还有许多同道,一起倡导新说,这说明从"诗文评"向"文艺学"的转化,绝非个人行为,而是历史趋向。

当时这批具有先进思想的学者有数十篇论述小说、戏曲改革问题的学术文章发表,比较重要的,如夏曾佑的《小说原理》[3],狄楚卿的《论文学上小说之位置》[4],金松岑《论写情小说与新社

---

[1] 姚淦铭、王燕编:《王国维文集》第三卷,中国文史出版社1997年版,第72页。
[2] 姚淦铭、王燕编:《王国维文集》第三卷,中国文史出版社1997年版,第74页。
[3] 夏曾佑:《小说原理》,《绣像小说》1903年第3期。
[4] 狄楚卿:《论文学上小说之位置》,《新小说》1903年第7号。

第十六讲　从"诗文评"向"文艺学"的转化　241

会之关系》①，吴沃尧《〈月月小说〉序》②，无名氏《〈新世界小说社报〉发刊辞》和《读新小说法》③，徐念慈《〈小说林〉缘起》和《余之小说观》④，黄人《〈小说林〉发刊词》和《小说小话》⑤，王仲麟《论小说与改良社会之关系》和《中国历代小说史论》⑥，陶曾佑《论小说之势力及其影响》⑦，黄世仲《小说之功用比报纸之影响更普及》⑧，黄伯耀《小说与风俗之关系》⑨，管达如《说小说》⑩，吕思勉《小说丛话》⑪，等等，它们大部分给梁启超以支持，但有的观点也与梁启超不同，而且不少文章对小说的特性分析得更加细密、深入、合理。除了小说理论，这阶段带有新观念的戏曲理论文章也颇令人注目。欧榘甲的《观戏记》、蒋智由的《中国之演剧界》、陈去病的《论戏剧之有益》、齐宗康的《说戏》和《观剧建言》、姚华的《述旨》和《说戏剧》、刘师培的《原戏》、王国维《宋元戏曲考》、陈独秀的《论戏曲》、柳亚子《〈20世纪大舞台〉发刊辞》、黄远生《新剧杂论》、冯叔鸾《啸虹轩剧谈》等⑫，从不同方面、在不同程度上论述了戏剧改良之必要以及戏剧的性质和特点，透露出戏剧理论的一些新观念。特别值得注意的是，有的文章（如《中国之演剧界》）引入西方悲剧、喜

---

① 金松岑：《论写情小说与新社会之关系》，《新小说》1905年第17号。
② 吴沃尧：《〈月月小说〉序》，《月月小说》1906年第1号。
③ 这两篇文章分别发表于《新世界小说社报》1906年第1期和1907年第6、7期，发表时未署名。
④ 徐念慈这两篇文章分别发表于《小说林》1907年第1期和1908年第9、10期。
⑤ 黄人这两篇文章分别发表于《小说林》1907年第1期和1907—1908年第1、2、3、8、9期。
⑥ 王仲麟这两篇文章发表于《月月小说》1907年第9号和第11号。
⑦ 陶曾佑：《论小说之势力及其影响》，《游戏世界》1907年第10期。
⑧ 黄世仲：《小说之功用比报纸之影响更普及》，《中外小说林》1907年第11期。
⑨ 黄伯耀：《小说与风俗之关系》，《中外小说林》1908年第5期。
⑩ 管达如：《说小说》，《小说月报》1912年第3卷第5、7—11号。
⑪ 吕思勉：《小说丛话》，《中华小说界》1914年第3—8期。
⑫ 以上有关文章，可参见王运熙主编《中国文论选》近代卷（下），江苏文艺出版社1996年版。

剧观念论述戏剧的美学品格和社会作用，认为"悲剧者，能鼓励人之精神，高尚人之性质，而能使人学为伟大之人物者也"[①]。这阶段的文论和诗论，像章炳麟的《序〈革命军〉》和《国故论衡·文学总略》、梁启超的《饮冰室诗话》、金松岑的《余之文学观》、黄人的《中国文学史·总论》、刘师培的《论文杂记》、陶曾佑的《中国文学之概观》《论文学之势力及其关系》、周树人的《摩罗诗力说》、周作人的《论文章之意义暨其使命因及中国近时论文之失》、柳亚子的《寄胡尘诗序》，等等，也透露出新思想。

开始发生质的变化

我们应该特别注意：上述文章和论著显示，在这一阶段，与传统的"诗文评"相比，中国文论已经从诸多方面开始发生明显变化。

而且这些变化是"质"的变化，显露出新的学术范型的某些信息。

这时，文论的关注对象已经开始发生位移，小说（包括戏剧等叙事文学）的地位大大提高，小说的作用甚至被夸大到它自身难以承受的程度，在许多学者眼里，小说和戏剧等叙事文学已经取代诗文而成为文学的主角和关注的重点。

文论的哲学基础和学者们的美学观念开始发生变化，西方的认识论哲学、进化论思想和某些美学理论已经引入，文学被许多学者视为对社会现实的认识或反映，有的学者还从真善美统一的角度对文学的性质和特点作出界定。

思维方式、治学方法以及范畴、概念、术语也逐渐表现出新的特点，"理想""写实""悲剧""喜剧""主观""客观"……新的文论语码，古典文论中见所未见、闻所未闻的新术语、新名词，越来越多。

---

① 蒋智由：《中国之演剧界》，《新民丛报》1904年第17期。

总之，学术范型已经不同于以前。

总之，梁启超及其同志们和追随者、王国维以及所有那些倾向变革而又观点不尽相同的学者们，探讨了文学的本质、特征、作用及其与社会的关系，探讨了诗、文、小说的"革命"以及它们的美学特征，并掀起了诗、文、小说的革新和对之进行学术研究的不大不小的热潮。梁启超、王国维们的文艺学研究，虽然可以找出某些偏颇之处，而且往往是新、旧交错；但他们的功绩是巨大的，可以说功德无量。他们的工作是开创性的。正是从梁启超、王国维们起，古典文论开始发生质变。应该说他们是中国现代文艺学的开拓者和创立者。中国现代形态的文艺学学术史"正篇"之起点，理应从他们讲起。

（二）"五四"时期：雏形

在激烈批判中塑形

如果说，19世纪与20世纪世纪之交，梁启超、王国维们红红火火的文论改革活动和带着浓烈"革命"气息的诸多文章，是古典"诗文评"向现代"文艺学"转化的一通热闹的"开场锣鼓"；那么，"五四"前后的十余年，即人们常说的"五四"时期，则是中国现代文艺学从梁启超、王国维等人起步之后进入"正戏"的一个高潮。

打个比方：前一阶段现代文艺学这只"蝴蝶"刚刚从"蛹"中往外爬，旧的"壳"（即旧的"诗文评"学术范型）即将"蜕"下却还未完全"蜕"下，或者说这个新生儿的脐带还连着母体；那么，在"五四"时期，"蝴蝶"则钻出蛹壳开始振动翅膀，或者说新生儿的脐带已被剪断，它要离开母体开始自己独立的生命历程了。在这阶段，具有新思想、新观念的一批"五四"学者，操着从西方借鉴来的新式武器，乘着当时整个社会思想、文化的变革热潮，在文论领域向旧的学术范型（从哲学基础、美学观念、价值取向,到思维方式、治学方法、命题、范畴、概念、术语等)发起猛烈攻击,欲彻底铲除之;而且铲除旧范型的过程也就是逐渐建立新范型的过程。譬如,以陈独秀、胡适、李大钊、鲁迅、吴虞为代表的"五四"勇士,高举"民主"与"科学"两面大旗,以必胜的信心向旧的封建伦理哲学宣战,向他们眼中的封建伦理哲学的堡垒"孔家店"宣战。陈独秀认为,"儒者三纲之说为吾伦理政治之大原",它与"以自由、平等、独立之说为大原"的"近世西洋之道德政治"根本对立,因此,"伦理之觉悟为最后觉悟之觉悟"[①]。"现代生活,以经济为之命脉,而个人独立主义,乃为经济学生产之大则,其影响遂及于伦理学。故现代伦理学上之个人人格独立,与经济学上之个人财产独立,互相证明,其说遂不可动摇;而社会风纪,物质文明,因此大进。中土儒者,以纲常立教。为人子为人妻者,既失个人独立之人格,复无个人独立之财产。父兄畜其子弟,子弟养其父兄。《坊记》曰:'父母在,不敢有其身,不敢私其财。'此甚非个人独立之道也。"[②] 因此,"儒教不革命,儒学不转轮,吾国遂无新思想、新学说"[③]。在这种新的哲学基础上,从新的思想立场出发,在学术上,陈独秀提出,"吾人倘论学术,必守三戒:一曰勿尊圣,二曰勿尊古,三曰勿尊国"[④]。他们用新的观念来观察文艺、界说文艺,急切要求变革文艺,他们响亮地提出:两千年的思想文艺是"恶政治的祖宗父母"[⑤],"新文明之诞生,必有新文艺为之先声"[⑥],"吾国文艺,犹在古典主义、理想主义时代,今后当趋向写实主义"[⑦]。

[①] 陈独秀:《吾人最后之觉悟》,《青年杂志》1916年第1卷第6号。
[②] 陈独秀:《孔子之道与现代生活》,《独秀文存》,安徽人民出版社1987年版,第82—83页。
[③] 吴虞:《儒家主张阶级制度之害》,《新青年》1917年第3卷第4号。
[④] 陈独秀:《随感录》(一),《新青年》1918年第4卷第4号。
[⑤] 胡适:《我的歧路》,《胡适文存》第3卷,黄山书社1996年版,第336—337页。
[⑥] 李大钊:《〈晨钟〉之使命——青春中华之创造》,《晨钟报》1916年创刊号。
[⑦] 陈独秀:《答张永言信》,《青年杂志》1915年第1卷第4号。

在1917年1月和2月的《新青年》上，胡适在他的《文学改良刍议》中，提出著名的"八不主义"（或称"八事"），陈独秀在他的《文学革命论》中提出著名的"三大主义"①，他们要求打倒陈腐、阿谀、雕琢、铺张、迂晦、艰涩的旧文学，建立平易、抒情、写实、立诚、新鲜、通俗的新文学，不作无病呻吟，不讲对仗，不用典，言之有物，讲究文法；他们要铲除"桐城谬种"和"选学妖孽"，主张建立"活的文学"（即白话文学）和"人的文学"②，倡导以"人道主义为本"③，推崇个人本位主义，宣扬"为人生而艺术"、"写实主义"（文学研究会）、以文艺"改造国民性"（鲁迅），或提倡"为艺术而艺术"、"浪漫主义"（创造社）、"艺术是自我的表现"（郭沫若）。总之，他们在新的哲学基础上，用新的思维方式，以新的命题，新的范畴、概念、术语，去代替"文以载道""温柔敦厚""思无邪"的诗教等那一套老的哲学基础、美学观念、思维方式、命题、范畴、概念、术语。

当然，现在我们回过头来冷静思考，在充分肯定五四运动的革命功绩的基础上，也应该看到当时这批"猛士"们的偏颇之处。他们几乎把"孔老二"不分青红皂白全盘否定，对一些优秀文化传统也同文化垃圾一起肆意踩在脚下，如上述发表在《新青年》1918年第5卷第6号上周作人《人的文学》，其中列了十类需要铲除的"书类"："（一）色情狂的淫书类，（二）迷信的鬼神书类（《封神传》《西游记》等），（三）神仙书类（《绿野仙踪》等），（四）妖怪书类（《聊斋志异》《子不语》等），（五）奴隶书类

---

① 陈独秀和胡适的文章见1917年1月和2月的《新青年》。

② 胡适在20世纪30年代写的《中国新文学大系·建设理论集·导言》（题为《新文学的建设理论》）中回顾"五四"文学革命的理论时说："简单说来，我们的中心理论只有两个：一个是我们要建立一种'活的文学'，一个是我们要建立一种'人的文学'。前一个理论是文字工具的革新，后一种理论是文学内容的革新。中国新文学运动的一切理论都可以包括在这两个中心思想的里面。"

③ 周作人：《人的文学》，《新青年》1918年第5卷第6号。

（甲种主题是皇帝状元宰相，乙种主题是神圣的父与夫），（六）强盗书类（《水浒》《七侠五义》《施公案》等），（七）才子佳人书类（《三笑姻缘》等），（八）下等谐谑书类（《笑林广记》等），（九）黑幕类，（十）以上各种思想和合结晶的旧戏。"你看，周作人把许多今天看来的好作品《水浒传》《西游记》《聊斋志异》等都列入扫除之列，真是"洪洞县里无好人"了！他的文学观念很"革命"，但是太偏激了。于此可见一斑。

"文学概论"

这一阶段文学基本理论和美学基本理论的翻译和建设均取得了重要成果。特别应当注意的是这一阶段以"文学概论"之名印行的著作。

其实，"文学概论"这个名字在这之前几年已经出现了。在辛亥革命之后，1912年，京师大学堂更名为北京大学，而在该校"中国文学门"的课程目录里，出现了"文学概论"的名称。1913年教育部公布的《大学归程》中，"文学门"共八类，其中"国文学类"的课程，有"文学研究法"（这是按照旧的"诗文评"模式设置的课程），也有"美学概论"（这是按照新式的西方观念设置的课程）；其他七类（梵文学类、英文学类、法文学类、德文学类、俄文学类、意大利文学类、言语学类）中没有"文学研究法"而设置了"文学概论"；同是这一年，教育部公布的《高等师范学校课程标准》中，要求"国文部及英语部之豫科，每周宜减他科目二时，教授文学概论"[①]。1912年和1913年先后在北京大学"中国文学门"课程目录和教育部文件里出现的"文学概论"，大概是这个名称的最早身影。但是，对我们来说这身影只是一晃而过，因为很遗憾，当时的"文学概论"这个课程的教

---

① 参见舒新城编《中国近代教育史资料》中册，人民教育出版社1981年版，第645—646、729页。同时参见张法《中国现代文论：在与世界互动中的复杂演进》，《文艺争鸣》2012年9月号。

材没有保存下来（或许有，但我没有看到），具体内容不得而知。保存下来的只有桐城派文论家姚永朴（字仲实，1861—1939）1914年在北京大学讲授的《文学研究法》，并由商务印书馆于1916年出版。《文学研究法》体例仿《文心雕龙》，试图以桐城派古文的"义法"说，对"文"重新阐释，且植根于经史传统之学，从语义、语用及篇章结构、风格等方面，阐述中国文章学体系，是当时旧式文论的代表（虽然其中也有某些新的因素）。而新式的"文学概论"究竟何等模样，并不了然。根据我现在掌握的资料，大约到"五四"前后，新式的"文学概论"面貌，才隐约而现。《北京大学月刊》1919年第1卷第1号发表朱希祖《文学论》，指明文学的"要义"是"以娱乐方法使之自由感动"，"以美为归"；主张"文学须有独立之资格"。《新潮》1919年第1卷第2号发表罗家伦《什么是文学？——文学界说》，列举欧美学者关于文学的十五种定义，界说文学性质和特点为："文学是人生的表现和批评，从最好的思想里写下来，有想象，有感情，有体裁（style），有合于艺术的组织，集此众长，能使人类普遍心理，都觉得他是极明了、极有趣的东西。"1920年，周作人在北京大学第一个讲授了"文学概论"，它与文字学、古籍校读法、诗文名著选、诗、词曲、文、小说文学史概要、欧洲文学史等课程并列，成为一门单独的课程。与此差不多时间，鲁迅受聘北京大学讲授《中国小说史略》，同时还以日本学者厨川白村《苦闷的象征》为教材讲授过文学概论。还是1920年，梅光迪也在南京高等师范专科学校暑期班讲授"文学概论"课，以英国学者温彻斯特1899年出版的《文学批评原理》为教材——这本书在1922年东南大学《文哲学报》连载，并于1924年由上海商务印书馆出版单行本（钱堃新、景昌极等译，梅光迪校）；它以文学的四要素"情感""想象""理智""形式"，来阐释"文学是什么"。

据我所知，中国公开出版的最早的一部《文学概论》在1921

年由广东高等师范学校贸易部印行，藏于国家图书馆。它的作者，当时署名伦叙，即伦达如，系根据日本太田善男《文学概论》编著而成。全书共158页，两编，七章。上编为"文学总论"，下编为"文学个论"（分叙诗、文等文体）。它的突出特点是推崇"纯文学"观念（另，还有署名伦叙的《文学概论》，编者自刊，上海世界书局1921年版）。还是在1921年，西谛（郑振铎）在《文学旬刊》第1号发表了《文学的定义》，以新观念阐释文学。同在1921年，还有胡怀琛的《新文学浅说》（上海泰东图书馆出版）。之后，1922年长沙湘鄂印刷公司出版了刘永济的《文学论》（不过，这是循姚永朴《文学研究法》路数的著作）；1924年上海世界书局出版了夏丏尊的《文艺论ABC》（1928年9月由世界书局出版）；1925年上海商务印书馆出版了马宗霍的《文学概论》（此书基本也属旧模式）；1925年河南教育厅公报处印行了简贯三编的《文学要略》；1925年上海北新书局出版了潘梓年的《文学概论》；1926年上海梁溪图书馆出版了沈天葆的《文学概论》；1927年上海商务印书馆出版了郁达夫的《文学概论》和傅东华的《文学常识》，1927上海中华书局出版了田汉的《文学概论》……与此同时，1922年创办的上海大学中文系主任陈望道，还在该系讲授《文学概论》。其中，影响深远、发行量很大的是潘著《文学概论》，1936年第6版时已达13000册，直到1943年还屡屡再版。该书包括序言"什么是文学"、第一章"鸟瞰中的文学"、第二章"内质与外形"、第三章"文学中的理智的要素"、第四章"文学的变迁及其派别"、第五章"文学的分类和比较"以及四篇附录"怎样研究文学""泰戈尔来华""读诗和作诗""艺术论"。潘梓年认为文学属于同"自然科学""社会科学"并列的"人文学科"。作者在将文学与史学、哲学、修辞学进行比较之中，从文学的内容、形式、使命等方面综合地给文学下了这样的定义："文学是用文字的形式，表现生命中的纯情感，使人生得着一种常常平衡的跳跃。"作者反对把文学看成宣传主义的东西,反对以主义为前提来建立文学论。他认为文学既应"无所为",要"有自己独特的领域,创作时基于纯艺术的立场,不要让道德和主义参谋其间";又要"有所为",其"在人生上实有重大意义,是自由的,是时代的先驱,是预言"。尤其可贵的是,作者对文学语言的特点进行了探讨,认为文学语言有流通和障碍两重性,所以既应"操练控制文字的手术",又要"改进文字工具本身"。①

顺便说一说,中国这一阶段出现的"文学概论",除刘永济《文学论》和马宗霍《文学概论》主要承继姚永朴《文学研究法》而吸收某些西方学术思想之外,其他基本是以西方模式(当时主要是英国温彻斯特著作中所表述的学术模式)建构的。"概论"者,基本原理或基本理论也。② 这里稍微介绍一下当时译介国外相关著作的情况:刘仁航于1920年翻译出版了日本学者高山林次郎的《近世美学》。耿济之于1921年翻译出版了俄国托尔斯泰的《艺术论》。"学衡派"景昌极、钱堃新、梅光迪、缪凤林、吴宓等人于1924年翻译出版了英国文论家温切斯特的《文学评论之原理》。在20世纪20年代的前五年(1921—1925),日本学者本间久雄的《欧洲近代文艺思潮论》《新文学概论》,厨川白村的《苦闷的象征》《近代文学十讲》《文艺思潮论》《出了象牙之塔》,被译成中文出版,其中鲁迅就翻译了两本。这些对我们的现代文艺学和美学的建设,起了重要作用。其中,温彻斯特和本间久雄的

---

① 潘梓年:《文学概论》,北新书局1936年版,第12、35—36页。
② 汉字"文学概论"一词,本是日本人用来对译英文的 outline 或 introduction 或 survey,是以西方的实体哲学为基础的,意思是实体性的基本原理,与中国人本来使用的"概"的意思不一样——如刘熙载《艺概》的"概",据他自己解释,是在"通道必简"原则上讲其大意,有所说有所不说,说出者须"触类引申",未说者含其"隐备";即这个字含虚实相生的意思。中国20世纪二三十年代的"文学概论"则完全用的西方意思。参见张法《中国现代文论:在与世界互动中的复杂演进》,《文艺争鸣》2012年9月号。

著作影响最大。

此外,这个阶段在美学基本理论建设方面的成绩也很引人注目——因为美学理论与文艺学是密切相连的,所以在这里也一并介绍。当时提出"以美育代宗教"著名观点的北京大学校长蔡元培,20世纪20年代在北京大学开设了美学概论课,并且撰写《美学通论》教材,只可惜没能完成全稿,只写了两章。此外,吕澂、黄忏华、陈望道、范寿康等学者,作出了重要贡献。吕澂写的《美学概论》于1923年由商务印书馆出版,这大约是中国现代美学史上的第一本著作。之后,他又陆续出版了《美学浅说》《现代美学思潮》《西洋美术史》《色彩学纲要》等,对"美的态度""美感""艺术""艺术史"等提出来许多很有价值的思想。黄忏华于1924年出版了《美学略史》,1927年又出版了《美术概论》。范寿康和陈望道也于1927年各自出版了自己的《美学概论》,他们借鉴了西方美学家(特别是立普斯等人)的思想而建立自己的美学理论,对"美的特殊性""美的形式原理""艺术"的"制作和欣赏"作出了独到的论述。

总之,在这个阶段,现代形态的"文艺学",已具雏形——需要说明,当时的著作一般名为"文学概论"而还没有使用"文艺学"的称呼,本书为了叙述的方便,统称"文艺学"。

(三) 20世纪三四十年代:成形

大批论著标志着现代文艺学基本成形

20世纪20年代后期至三四十年代,是现代形态的"文艺学"(那时仍然名之为"文学概论")基本成形的时期,并且在初步成形之后,著作如林,其现代的学术范型被进一步巩固和深化。

这一时期我国学者许多重要理论著作,如雨后春笋,遍山冒出,充分地呈现出他们追求新观念、新理论的极大热情。据我2000年左右在主编《中国20世纪文艺学学术史》时的初步统计,这个时段的著作，有近百种——我在《中国20世纪文艺学学术史·全书序论》列出了其中大部分书目[①]；后来我看到张法等著《世界语境中的中国文学理论》一书所列《1911—1949文学理论著作统计表》[②]，知道我所统计的有遗漏。张法说，他们的统计表，是在《中国现代文学理论知识体系的建构》（程正民、程凯著）和《中国文艺理论百年教程》（毛庆耆、董学文、杨福生著）二书的基础上，查补近年文艺理论著作综合而成，可见是集众多学者之力而获得的成果。读者可以参见。

这些论著，除极少数，如姜亮夫《文学概论讲疏》（北新书局1931年版），循姚永朴《文学研究法》、刘永济《文学论》、马宗霍《文学概论》一路下来的旧模式而掺进某些新因素之外，其余都是"现代模式"的。只是，他们的具体的立场、观点、方法、价值趋向、派别等，有许多差别，甚至尖锐对立。例如，有受社会主义的苏联学术思想影响而建构的苏俄模式，顾凤城的《新兴文学概论》（上海光华书局1930年版）是其代表。该书虽然也像西方文论的一般论述那样从文学的"情感"特点入手，但它强调：文学表现的不是个别人的情感，而是多数人的情感，什么是社会大多数？无产阶级是也，因而，文学表现情感是有阶级性的。该书认为，依照马克思主义原理，社会结构分为经济基础和上层建筑，文学属于上层建筑，并且属于上层建筑中的意识形态。依照经济基础与上层建筑的辩证关系，文学不是一般地表现情感，而是应该去组织情感，让无产阶级的情感达到自觉的阶级意识；由此，文学是有党性的。该书阐发了列宁的文学党性原则，说："普罗列塔利亚（无产阶级）文学是普罗列塔利亚在现实解放斗争中之武器的一部分。所以普罗列塔利亚文学必须把握得普

[①] 见上海文艺出版社2001年版《中国20世纪文艺学学术史》之《全书序论》，该书由我和钱竞主编。

[②] 张法等：《世界语境中的中国文学理论》，安徽教育出版社2010年版。

罗列塔利亚的意识形态，代表普罗列塔利亚底集团底精神底文学。"① 这之后出现的蔡仪的《新艺术论》（写于1942年，后由重庆商务印书馆1947年出版）、《文学论初步》（光华书店1946年版）和《新美学》（上海群益出版社1948年版），也是努力学习马克思主义基本原理而写成的，但是并非照搬苏俄模式，而是通过自己的融会创造将马克思主义文艺思想系统化。此外，大部分著作是依西方模式而构建。如梁实秋的《浪漫的和古典的》（新月书店1928年版）、《文学的纪律》（新月书店1928年版）、《文学批评论》（上海光华书局1934年版），接受白璧德的新人文主义思想而建立起自己以普遍人性论为基础的文艺理论；梁宗岱的《诗与真》（商务印书馆1935年初版），将西方象征主义与中国古典美学的"兴"进行比较研究；朱光潜的《谈美》（开明书店1932年版）、《变态心理学》（开明书店1933年版）、《悲剧心理学》（法国斯特拉斯堡1933年版）、《文艺心理学》（开明书店1936年版）、《诗论》（重庆国民图书出版社1943年版），等等，依西方文艺心理学模式构成。而在西方模式中，英国学者温彻斯特的《文学评论原理》和日本学者本间久雄亦步亦趋学习温彻斯特而写成的《新文学概论》（汪馥泉译，上海书店1925年版），对中国学者影响最大。张法等著安徽教育出版社2010年版《世界语境中的中国文学理论》梳理了从温彻斯特到本间久雄到中国的田汉所撰《文学概论》（上海中华书局1927年版）的承袭脉络。今引其中本间久雄《文学概论》与田汉《文学概论》的目录对照表，读者即可一目了然：

本间久雄《文学概论》目录	田汉《文学概论》目录
第一编 文学的本质	上编 文学的本质
绪言	第一章 绪言

---

① 顾凤城：《新兴文学概论》，上海光华书局1930年版，第90页。

续表

本间久雄《文学概论》目录	田汉《文学概论》目录
第一章 文学的定义	第二章 文学的定义
第二章 文学的特质	第三章 文学的特性
第三章 美的情绪及想象	第四章 文学的要素
第四章 文学与个性	第五章 文学与个性
第五章 文学与形式	第六章 文学与形式
第二编 为社会底现象的文学	下编 社会的现象之文学
第一章 文学的起源	第一章 文学的起源
第二章 文学与时代	第二章 文学与时代
第三章 文学与国民性	第三章 文学与国民性
第四章 文学与道德	第四章 文学与道德
第三编 文学各论（各章具体内容见上表）	
第四编 文学批评论（各章具体内容见上表）	

从总的框架到各章节的具体内容，田汉的《文学概论》承袭本间久雄《文学概论》是很明显的。

这阶段虽有各种不同的美学观点、文艺观念、思维方法、价值取向的激烈论争，甚至是意识形态上所谓"你死我活"的对立；但是，它们都是现代文艺学的内部论争和对立。不要说20世纪20年代后期创造社同鲁迅的论争、30年代"国防文学"同"民族解放战争的大众文学"的论争、后来关于文学大众化和"民族形式"的论争、周扬等人同胡风的论争等（这都属于现代文艺学、美学营垒内部的论争），即使是鲁迅同梁实秋的论争、左翼文艺理论家同所谓"第三种人"、同"新月派""现代派"、同林语堂等人的论争，蔡仪同朱光潜的美学思想的分歧等，今天看来也统统属于现代文艺学、美学这个大范围之内的论争。相对于古典形态的"诗文评"和传统美学的学术范型来说，他们同属一个营垒，他们都姓"现代"。而且，我们以往写"史"时认为是"错误"甚至"反动"的某些20世纪三四十年代的文艺学、美学思想和学术观点，今天从学理的角度来看，也未必完全一无是处；当年把许多"学术"问题意识形态化从而得出的"你死我活"的结论，今天回到学术本义上看，未必真的那么"不共戴天"。

重复地说，这些著作，不论观点如何不同甚至冲突，从学术史的角度来说，这大多不是现代形态的文艺学的学术范型同旧的"诗文评"的学术范型的论争和对立，而是现代文艺学、美学范围之内的论争和对立。它们都是现代形态的文艺学的组成部分。因为它们的学术范型都属于现代而不是古典。例如，从哲学基础看，虽然其间有所谓"马克思主义"与所谓形形色色"资产阶级哲学思想"的对立，但是它们都是现代的，与古典形态"诗文评"有根本区别。再如，它们的语码是相同的或者相通的，甚至有些立场、观念相互对立的理论家、批评家，理论术语和一系列语码却大体相同或相近——你看看鲁迅所使用的文学批评语码与梁实秋所使用的文学批评语码，就知道其理论并不像他们的观念那么誓不两立。再如，他们的论述对象、思维方式、逻辑方法、都是现代的。这一切，与古典形态的"诗文评"有着根本差别。

此外，"中国文学批评史"（即我在本书中所称"诗文评史"）的研究也取得了重要成果。第一部《中国文学批评史》的作者是陈钟凡，1927年由上海中华书局出版。之后，有郭绍虞《中国文学批评史》（上卷1934年由商务印书馆出版，下卷1947年出版）；罗根泽《中国文学批评史》（北京人文书店1934—1943年版）；方孝岳《中国文学批评》（上海世界书局1934年版）；朱东润《中国文学批评史大纲》（开明书店1944年版）。朱自清的《诗言志辨》也很有功力。

正是基于上述史实，我认为到20世纪三四十年代，中国现代形态的"文艺学"已经基本成形。

苏俄和西方论著的译介

这阶段有许多重要的理论翻译不能不注意。

在翻译方面获得突出成绩的首先是马克思主义美学和文艺理论的介绍。开始是介绍列宁论托尔斯泰的几篇文章、《党的组织和党的文学》，普列汉诺夫等人的文艺理论和美学论著，托洛茨基的《文学与革命》[①]，以及苏联其他马克思主义理论家的著作和苏联共产党的文艺政策；后来是介绍马克思和恩格斯有关文艺问题的信，再后来是译介苏联学者编纂的马列论文艺的著作。[②] 其间做出巨大贡献的是鲁迅、瞿秋白和冯雪峰。20世纪20年代末30年代初，鲁迅翻译出版了卢那察尔斯基《艺术论》（上海大江书铺1929年版）、《文艺与批评》（冯雪峰主编的"科学的艺术论丛书"之第六种，上海水沫书店1929年版），普力汉诺夫（普列汉诺夫）的《艺术论》（"科学的艺术论丛书"之第一种，上海光华书局1930年版）；鲁迅还翻译了有关苏联文艺政策的文件汇集（包括苏联共产党中央委员会有关文艺政策的决议、第一届无产阶级作家全联邦大会的决议等），书名为《文艺政策》（"科学的艺术论丛书"之第十三种，上海水沫书店1930年版）；此外1930年上海光华书局还出版了鲁迅编辑的《戈里基文集》（戈里基即高尔基，1932年再版时改为《高尔基文集》），译者中有冯雪峰、沈端先（夏衍）、柔石等。瞿秋白对译介马克思主义文艺理论也功不可没。1932年瞿秋白据苏联公谟学院（共产主义学院）《文学遗产》资料，编译了《"现实"——马克思主义文艺论文集》，其中全文翻译了恩格斯致玛·哈克奈斯的信和致保·恩斯特的信，还有普列汉诺夫的四篇文章。1932年至1933年，瞿秋白翻译了列宁论托尔斯泰的两篇文章《列夫·托尔斯泰像一面俄国革命的镜子》《L. N. 托尔斯泰和他的时代》（载于《文学新地》1934年创刊号，

---

① [苏]托洛茨基：《文学与革命》，刘文飞等译，外国文学出版1992年版。
② 1933年楼适夷由日文转译出版了里夫希茨和希列尔编辑的《马克思恩格斯论艺术》（当时的书名为《马克思恩格斯艺术论》）；1940年重庆读书生活出版社以《科学的艺术论》为题再版。

署名商廷发）；还编译了《高尔基论文选集》。瞿秋白牺牲后，鲁迅将上述译文收入《海上述林》于1936年出版。另一位对译介马克思主义文艺理论花费了巨大心血的是冯雪峰。1928年9月，冯雪峰（署名画室）从日文翻译出版了《新俄的文艺政策》（上海光华书局），介绍当时苏联的文艺思想和政策。1929年5月，冯雪峰从日文转译了卢那察尔斯基的《艺术之社会的基础》（上海水沫书店，署名雪峰）。1929年5月，上海昆仑书店出版了冯雪峰（署名画室）编译的沃罗夫斯基《作家论》（翌年3月该书又由光华书局作为"科学的艺术论丛书"第十二种出版）。1929年8月，冯雪峰又从日文转译了普列汉诺夫的《艺术与社会生活》（上海水沫书店）。1929年9月，上海大江书铺出版了冯雪峰翻译的德国马克思主义理论家梅林格（即梅林）的《文学评论》（"科学的艺术论丛书"之第八种）。1930年1月出版的《萌芽月刊》第1卷第1期上，发表了冯雪峰从日文转译的马克思《〈政治经济学批判〉导言》中关于物质生产与艺术生产发展不平衡的文字，题目是"艺术形成之社会的前提条件——关于艺术的断片"，署名洛扬。1930年2月10日出版的《拓荒者》第1卷第2期上，发表了冯雪峰从日文转译的列宁《党的组织与党的出版物》的新译文，题为《论新兴文学》，署名成文英。1930年5月《萌芽月刊》第1卷第5期上，又发表了冯雪峰从日文转译的《马克思论出版自由与检阅》，内容是马克思《第六届莱茵省议会的辩论（第一篇论文）》和《评普鲁士最近的书报检查令》的有关文字。1930年6月，上海大江书铺出版了冯雪峰翻译的匈牙利马克思主义者马察（或译玛查）《现代欧洲的艺术》。1930年8月，上海大江书铺还出版了冯雪峰翻译的弗里契《艺术社会学底任务及问题》（作为陈望道主编的"文艺理论小丛书"之一）。此外，其他学者如陈望道、楼适夷、陆侃如、郭沫若、邵荃麟、冯乃超、彭嘉生、周扬、胡秋原、沈端先（夏衍）、胡风等，也对译介马克思主义文艺理论贡献了自己的力量。

这一时期西方文艺论著也不断翻译出版。张资平翻译了藤森成吉的《文学新论》（上海现代书局1928年版）；宋桂煌翻译了韩德生的《文学研究法》（上海光华书局1930年版）；戴望舒翻译了伊可维支的《唯物史观的文学论》（上海水沫书店1930年版）；傅东华翻译了《比较文学史》（上海商务印书馆1931年版）；张我军翻译了夏目漱石的《文学论》（上海光华书局1931年版）；胡秋原编译了《唯物史观的文艺论》（神州国光社1932年版）；王任叔翻译了居友的《从社会学见地来看艺术》（上海大江书铺1933年版）；傅东华翻译了韩德的《文学概论》（商务印书馆1935年版）；稚吾翻译了约翰·玛西的《世界文学史》；杨心秋、雷鸣蛰翻译了柯根的《世界文学史纲》（读书生活出版社1936年版），等等。

这些翻译、介绍，说明中外文艺理论已经形成互动机制（虽然当时主要是向外国学习）——这也是一个新的学科基本成形的标志。

需要特别关注的几件事情

在这阶段文艺理论和美学的学术研究中，有几件重要事情是不能不注意的。

一是文艺理论和美学上各种"主义"的译介热潮，积极促成当时中国理论思想多元化局面的出现。马克思主义、象征主义、唯美主义、弗洛伊德主义、印象主义、未来主义、表现主义、达达主义、意象主义、超现实主义、存在主义、意识流、新感觉主义……再加上早些时候译介过来的现实主义（写实主义）、浪漫主义，以及西方各种流派、各种"主义"的文论思想和美学思想，在当时的中国，它们的信奉者和研究者可以说应有尽有，也都可以找到。当然，其中影响最大的是以马克思主义为哲学基础的现实主义（瞿秋白、鲁迅，以及后来的周扬、胡风、蔡仪等），其次是象征主义、唯美主义、弗洛伊德主义。这种多元化的局面，对于文艺理论和美学的建设和发展来说，是好事而不是坏事。

二是文艺理论和美学开始出现独具特色的派别和潜心研究的专家。譬如，刘西渭（李健吾）的印象主义批评、瞿秋白的马克思主义理论批评、胡风强调"主观战斗精神"的现实主义理论、闻一多"戴着镣铐跳舞"的诗论、周扬等人对"马克思主义与文艺"的介绍和研究等。在这阶段，出现了像朱光潜这样吸收西方诸多文艺理论和美学思想而又着重从文艺心理学角度进行研究和稍后一些时间同朱光潜相对立的蔡仪的现实主义文艺学美学研究的专家，他们所撰写的《文艺心理学》、《悲剧心理学》（1933年在法国斯特拉斯堡大学用英文出版）、《变态心理学》、《诗论》、《谈美》、《给青年的十二封信》、《新艺术论》、《新美学》，是中国20世纪文艺学美学学术史上最厚实的著作之一。

三是需特别要注意马克思主义的输入对中国现代文艺学和美学的巨大影响。中国最早介绍马克思恩格斯的时间是在19世纪与20世纪之交；到"五四"时期，对马克思主义的介绍、宣传和研究达到一个新阶段。其间李大钊的贡献尤其值得称道，他的《我的马克思主义观》《俄罗斯文学与革命》《由经济上解释中国近代思想变动的原因》《阶级竞争与互助》《真正的解放》《物质变动与道德变动》《马克思的历史哲学与理恺尔的历史哲学》《再论问题与主义》《唯物史观在现代史学上的价值》《研究历史的任务》《什么是新文学？》等，在当时发生了巨大影响。李大钊较少专门谈文艺问题，而是主要介绍和宣传马克思主义哲学思想和革命理论；更多谈到文艺问题的是瞿秋白和其他一些马克思主义者。瞿秋白20世纪20年代初亲赴苏俄，不但写了《饿乡纪程》和《赤都心史》介绍第一个社会主义国家人们的生活，而且努力以马克思主义观点写了许多文艺理论批评文章，如《郑译〈灰色马〉

序》《〈俄罗斯名家短篇小说集〉序》《劳农俄国的新文学家》《赤俄新文艺时代的第一燕》《艺术与人生》等；此外邓中夏的《贡献于新诗人之前》、恽代英的《文学与革命》、萧楚女的《艺术与生活》、沈泽民的《文学与革命的文学》、蒋光慈的《无产阶级革命与文艺》《现代中国社会与革命文学》、沈雁冰（茅盾）的《文学者的新使命》、郭沫若的《革命与文学》等，也都努力阐述无产阶级的文学观点。但对马克思主义文艺理论的大量介绍、宣传和阐发，并初步形成具有中国特点的理论思想，主要还是20年代后期以至三四十年代的事情。如30年代的瞿秋白除了翻译马克思主义著作之外，自己还写了不少阐述马克思主义文艺思想的文章，如《马克思、恩格斯和文学上的现实主义》《社会主义的早期"同路人"——女作家哈克纳斯》《恩格斯和文学上的机械论》《马克思文艺论底断篇后记》《普洛大众文艺的现实问题》《"我们"是谁？》《文艺的自由和文学家的不自由》《哑巴文学》《五四和新的文化革命》《高尔基作品选·后记》《高尔基论文选集·写在前面》等，积极解说马克思恩格斯的文艺思想，努力按照他所理解的马克思主义立场、观点、方法，阐述文艺与政治、文艺大众化、文艺为谁服务、创作方法、文艺的内容和形式、现实主义文学创作规律等一系列重要理论问题。冯雪峰、周扬、胡风等一批理论家、作家也写了许多论述马克思主义文艺思想的文章，形成了一个小小的高潮。当时（20世纪20年代后期至三四十年代）马克思主义文艺理论和美学在中国的译介，只是众多派别中的一派，而且它的信奉者、研究者水平也并不很高，一些阐释也未必完全恰当；但是它在中国显出巨大生命力，由星星之火渐成燎原之势。

四是1942年毛泽东《在延安文艺座谈会上的讲话》提出了"工农兵方向"、普及与提高、知识分子改造思想、文艺与政治、文艺与生活、文艺批评的标准、文艺典型等一系列理论思想和美学观点，这也是中国文艺理论和美学学术史上的一件大事；而且，我们要特别指出，毛泽东的文艺思想与瞿秋白的文艺思想在许多地方，如文艺与政治的关系、文艺的大众化、文艺的服务对象、文艺的内容与形式、文艺批评的标准、文艺家与工农结合以及改造思想转变立场等，有着惊人的相似——事实证明毛泽东受到瞿秋白的深刻影响。冯雪峰在《谈有关鲁迅的一些事情》① 一文中回忆说，鲁迅曾经托冯雪峰把瞿秋白的《海上述林》送给毛泽东，而且毛泽东认真阅读和研究了瞿秋白的这部著作。据李又然回忆，毛泽东在谈到瞿秋白与文艺工作问题时曾经十分感慨："怎么没有一个人，又懂政治，又懂艺术，要是瞿秋白同志还在就好了！"② 另据肖三在《忆秋白》一文回忆，毛泽东曾说："假如他（指瞿秋白）活着，现在领导边区文化运动该有多好啊！"③

当时毛泽东文艺思想虽主要笼罩解放区，但几年之后即主宰或雄霸整个中国文坛。

（四）20 世纪 50 年代

"文艺学"术语的出现

中华人民共和国成立，马克思主义、毛泽东思想被定为唯一的指导思想，中国的文化、思想、学术等各个方面都要学苏联，向社会主义的苏联看齐……在这总的趋势之下，文艺理论的研究者也大量翻译苏联相关著作，并且请苏联专家讲学，仿照苏联模式撰写文艺理论著作和大学教材。

有研究者指出：对苏联文艺思想的翻译和介绍，是 20 世纪 20 年代以来中国文学理论发展的一条线索。30 年代以后，苏联的以

---

① 冯雪峰：《谈有关鲁迅的一些事情》，《鲁迅研究资料》第一辑，文物出版社 1976 年版。
② 李又然：《毛主席——回忆录之一》，《新文学史料》1982 年第 2 期。
③ 肖三：《忆秋白》，《人民日报》1980 年 6 月 16 日。

第十六讲 从"诗文评"向"文艺学"的转化

高尔基为代表的一大批作家作品和文学理论著作进一步传入中国，甚至像维诺格拉多夫的《新文学教程》这样标志着苏联社会主义现实主义文学取得正统地位的教材也被翻译到国内来（1937），引发了中国文学队伍特别是左翼思想家的学习借鉴。如以群的《文学底基础知识》（1942），被认为是维诺格拉多夫《新文学教程》的中国版。巴人1954年出版的《文学论稿》，内容框架也取之于《新文学教程》。从翻译出版《新文学教程》开始，中国文学理论知识的讲述模式就发生了从师从西方向师从苏联的转化。1949年以后，中苏关系进入"蜜月期"。短短几年时间，国内翻译介绍了上千种苏联的文艺作品。与此同时，苏联的文艺理论、美学著作和教材也在不断地翻译和出版。据有学者统计，1950年至1962年的13年间，我国翻译出版苏联文艺理论美学教材或著述11种，翻译出版普列汉诺夫、列宁、斯大林、高尔基、卢那察尔斯基等论文学的著作7种。1953年由查良铮翻译的季摩菲耶夫的《文学原理》，是一部对1949年以后我国文学理论教材编写产生了重要影响的教材。这部教材虽然比《新文学教程》晚翻译到国内，但产生的影响不容低估。一是因为这部教材的作者季摩菲耶夫是苏联著名文艺理论家，有若干耀眼的学术光环，在苏联就有着很广泛的影响。二是这部教材所阐释的内容，例如文学反映论、文学形象论等，正是1949年以后国内文学理论教材编写的两大理论基石。20世纪50年代我国文学理论教材，例如巴人的《文学论稿》（1954年），刘衍文的《文学概论》（1957年），李树谦、李景隆的《文学概论》（1957年），冉欲达的《文艺学概论》（1957年），霍松林的《文艺学概论》（1957年），蒋孔阳的《文学的基本常识》（1957年）等，都是在苏联模式的影响下写就的。[①]

由于学习苏联，引进苏联模式，所以这个时期也从苏联引进

[①] 参见邢建昌《理论是如何讲述的——以不同时期文学理论教材的编写为例来说明》，《燕教学术》2010年第1期。

了一个对现代中国文论具有重大影响的学科名称——文艺学,这个名称也一直流行至今。我们的教育部和国家社会科学基金的相关正式文件,都依此作为对现代文论的法定称呼。

许多专家像吴元迈、高建平、周启超等都考察过"文艺学"这个名称的历史渊源和它被译为汉语的过程。2012年9月号《文艺争鸣》上张法的《中国现代文论:在与世界互动中的复杂演进》中作了进一步梳理。西方文论,从古希腊到文艺复兴,再到18—19世纪,逐渐演化为两大系统,一是英语世界的文学批评(Literary criticism),一是德语世界的文学科学(Literaturwissenschaft)。德国的文学科学主要包括两个部分——文学理论和文学史,二者皆具有理论的思辨性和科学的实证性,文学批评则受到排斥。现代的俄国深受德国思想影响,当德语的文学科学转到俄国时,就变成了俄语的文学科学литературоведение。但是在苏联时期,文学科学又不同于德国,它强调的是政治性,强调文艺和文学科学不只是解释世界,而且要作用世界、改变世界,具有改造社会的功利性,因此,苏联的文学科学又把被边缘化的文学批评吸收进来。这样,苏联时期的文学科学包括三个部分:文学理论、文学史、文学批评。当苏联的文学科学进入中国时,中国学人即采用"文艺学"来对应苏联的литературоведение这个术语(据说日本人最早就是用汉字的"文艺学"来对译德国的文学科学的)。于是从20世纪50年代开始,"文艺学"这个名称普遍流行起来。苏联专家毕达可夫的讲稿被译为《文艺学引论》出版,谢皮洛娃和柯尔尊的文学理论著作译为中文时,也名为《文艺学概论》;中国学者自己的书,如霍松林、钟子翱、冉欲达等,也都以"文艺学概论"名之。但中国的"文艺学"并不像苏联那样包括文学理论、文学批评和文学史三个部分,而主要是文学理论或文学原理(与20世纪二三十年代的"文学概论"含义相同),只是把文学批评的原理部分包括进来。

理论的"定格"

刚才我们谈到，马克思主义文艺学和美学理论在20世纪二三十年代即被介绍到中国来，但当时它是"百家"中的一"家"，"诸子"中的一"子"，"多元"中的一"元"；然而，它是最强大、最具有潜力、最富于魅力、最有发展前途的一"家"、一"子"、一"元"。20世纪40年代以后，马克思主义文艺学逐渐成为主流；特别是马克思主义文艺学经过中国的具体国情、中国现代特殊的历史文化环境的折射，形成了具有强烈政治文化色彩的毛泽东文艺思想，并且借助政治文化的优势，先是在中国的解放区、1949年之后又在整个中国的文艺界（包括文艺理论界）取得了主导地位，此后几十年间，它一直作为中国现代文艺学的霸主雄踞海内。现代文艺学的学术研究就是在它的笼罩和指导下进行的。

如果说在古代"诗文评"向现代"文艺学"转化的"蜕变"期，中国现代文论处于一种多元纷呈的状态，犹如两千多年以前春秋战国时代诸子百家争鸣，那么到了这个时期，特别是1949年之后，中国现代文艺学则基本结束了"百家争鸣"的时代，而进入了类似于汉朝"罢黜百家、独尊儒术"的时代。也就是说，文艺学逐渐地从"百家"走向"一家"，从"多元"走向"一元"，这"一家""一元"就是马克思主义文艺学和它在中国的特殊形态——毛泽东文艺思想。中国现代文艺学在这之后的几十年就"定型"于此、"定格"于此。这是中国现代文艺学学术史的"定格"（"定型"）时代。

1949年7月2日至19日举行的中华全国文学艺术工作者第一次代表大会，在一定意义上可以说是这种"定格"（"定型"）的一种标志。会上，周恩来的政治报告、郭沫若的总报告、茅盾和周扬分别作的关于国统区和解放区文艺运动的报告，一致确认毛泽东《在延安文艺座谈会上的讲话》为指导文艺的总方针、为工农兵服务、为文艺运动的总方向。之后，在全中国范围，文艺学研究、文艺学教学、文艺学的批评实践、对各种所谓错误倾向的批判、各种文艺运动等，都要在马克思主义、毛泽东文艺思想的"一元"指导下进行。当然，接受这种指导有两种情况，一种是积极、主动、自觉的，一种是消极、被动、非自觉的。前者大多是来自解放区的文艺工作者和理论家，如周扬、何其芳等，他们一直是以毛泽东文艺思想的权威解释者和积极、自觉的宣传者的面目出现的；即使他们自己私下有些不同想法，也会努力进行自我克服、自我批评，以毛泽东文艺思想为准绳加以修正，力求一言一行都与毛泽东文艺思想保持一致。后者，各种各样的情况都有，但一些来自非解放区的通常被称为"资产阶级"学者和文艺家的人居多，然而他们中的大部分人经过历次运动和"思想改造"，逐渐向毛泽东文艺思想靠拢。

在毛泽东文艺思想的一元指导下，文艺理论家和高等学校的文艺理论教师，一方面进行了文艺学的研究、教学、讨论和建设，如20世纪50年代进行的美学问题的研究和讨论，关于典型问题的研究和讨论，关于形象思维问题的研究和讨论，关于新诗形式问题研究和讨论，关于现实主义问题的研究和讨论（其中，蔡仪在50年代中期写的论现实主义问题的一组论文，是他最好的成果之一），关于革命现实主义和革命浪漫主义相结合的研究和讨论，以及60年代初期至"文化大革命"前一系列文科教材（《文学概论》《美学概论》《西方美学史》）的编写等；另一方面，他们也花了很大精力进行各种文艺批判。

马克思主义文艺学、毛泽东文艺思想，在长达半个世纪以上的时间里雄踞海内，表现出强大的生命力；然而，从20世纪50年代后期开始的极"左"思潮却一步一步将它"漫画化"、僵化。特别是到了六七十年代，极"左"思潮将它推向极致——这不是把它往绝路上推吗？

文艺学这种"定格"("定型")的状况甚至最后的僵化状态，并不是或主要不是由哪个人或哪些人的主观意愿所为，而是客观历史的产物。它的出现、它的成就、它的最后被僵化，有着充分的历史根据和理由，有着充分的历史合理性。这是中国现代各种历史力量、百年来国内外的文化环境同文艺学自身机制相互作用的结果。对于这样一个客观存在的历史事实，不管你是喜欢它还是讨厌它，你都得承认它。作为一个严肃的文艺学学术史的研究者，我们不能凭个人好恶去斥责它或是歌颂它，而是要力图科学地说明它、阐释它，要弄清楚：历史是如何造成这种状态的，它之所以能够存在的理由是什么，它的历史趋向怎样，它在中国现代文艺学学术史上的历史意义和命运如何，等等。绝不能作简单的"意识形态"的肯定或否定。

（五）新时期：观念上有了重要变化

新时期几十年间，中国现代文论的名称在人们不知不觉之中悄悄发生了变化：从20世纪五六十年代都喜欢的"文艺学"，变成了"文学理论"或"文学原理"。

这个微妙的变化，究竟反映了什么？我认为它反映的是一种新趋向，是改革开放之后文论界多数人的价值定位和观念发生了转变。

如前所述，从20世纪50年代起学习苏联，苏联模式风靡一时，"文艺学"风行。但是到了新时期，改革开放了，思想解放了，以往曾经视为"洪水猛兽"、认为里面充满毒素的西方学术思想大量涌入中国。面对这势不可当的滚滚潮流，西方模式的影响渐渐超过苏联模式的影响，中国学者许多文论著作和文章中的西方学术观念逐渐多起来，甚至成为主导。不知不觉间，许多文论著作的名称变了，不再叫"文艺学"，而是依西方通常的观念称为"文学理论"或"文学原理"。我们文学研究所文艺理论室几位同人接受国家"六五"和"七五"重点社科课题而撰写的著作,就名为《文学原理——作品论》《文学原理——创作论》《文学原理——发展论》;许多高等学校的教材也以"文学理论"或"文学原理"名之。

更重要的是,从它们的名称深入下去,可以看出它们的内容和观念与五六十年代的著作、甚至与1978年教育部在武汉召开全国综合大学文科教学工作座谈会上决定的高校教材——以群主编的《文学的基本原理》和蔡仪主编的《文学概论》,有诸多不同。

与过去的著作着重阐述文学的意识形态性、阶级性、党性等不同,此时更多强调"人的文学",强调审美特性(童庆炳主编的《文学理论教程》论述了文学的审美意识形态性质),强调文学创作是一种特殊的精神生产,强调文学的消费与接受,等等。

新时期的这些著作所使用的语码也发生了很大变化,过去著作的语码常常是意识形态、上层建筑、经济基础、反映论、社会性、阶级性、党性、人民性、世界观、倾向性、形象、典型、现实主义、浪漫主义,等等。新时期文学理论著作中的语码常常是文学活动、审美意识形态、话语、精神生产、创作主体、创作客体、直觉、陌生化、情感评价、人文关怀、表层结构、深层结构、文本时间、故事时间、视角、叙述者、接受者、隐喻、象征、文学消费、文学传播、文化市场、期待视野、接受心境、隐含的读者,等等。尤其是某些年轻学者吸收了后现代语境下的许多观念,如反对"本质主义",认为文学的本质不是实体的、唯一的、超越历史的,而是生成的、敞开的或者建构的,主张对"本质"认识的语境化、历史化和多元化,怀疑"元叙事"。陶东风主编的《文学理论基本问题》,就认为以前许多著作是"以各种关于'文学本质'的元叙事和宏大叙事为特征的、非历史的本质主义思维方式严重束缚了文艺学研究的自我反思能力和知识创新能力,使之无法随着文艺活动的具体时空语境的变化来更新自己"，必须"反思文艺学学科中的普遍主义和本质主义倾向，强调文艺学知识的历史性和地方性"。该书主张以当代西方的"知识社会学"为基本武器进行另一种类的文艺学知识生产，要"贯穿历史化与地方化的方法"[①]；他们避免运用"本质"一词，反对以自明的理论前提出发讲述文学的故事，等等。

（六）总体印象

一百多年现代文艺学的风风雨雨给我们的总体印象和主要启示是什么呢？

检视百年来的文艺学历程，会发现有两个时段变化最大、发展最快、最为耀眼因而给我们感触最深，一是最初那二三十年，一是最末这二十来年；而中间几十年则略微平缓和单调了一点。这是我们对20世纪中国文艺学学术史的总体印象。

这一头一尾两个时段的文艺学状况有许多相似的地方。

一是都处在社会基本结构的大变动、大转型的时期。前者，古老的中华帝国在戊戌变法、辛亥革命、五四运动等"社会地震"接连不断地冲击下，整个社会真是翻江倒海、地动山摇，政治、思想、文化发生巨变，而文论领域里从"诗文评"向现代文艺学的转换正是那巨变的一部分。那是中国现代文艺学学术史上辉煌的"春秋战国"时代。那时，各种主义丛生，各种思潮并存，新思与旧见相克相生，中学与西学相交相融，熙熙攘攘，场面煞是好看。梁启超、王国维、蔡元培、胡适、李大钊、陈独秀、鲁迅等，无疑是那时的文化、学术明星。（顺便说一句，过去总是强调五四运动对"辛亥革命"和"戊戌变法"具有革命的否定性，其实，至少在文艺学范围里，它们是在同一轨道内的向前推进，具

[①] 陶东风主编：《文学理论基本问题》，北京大学出版社2004年版，第1、21页。

有发展的连续性和统一性。）后者，从"文化大革命"浩劫中惊醒的中国改变历史航向，解放思想、改革开放、以经济建设为中心、向市场经济转型，整个民族的政治、经济、思想、文化也发生巨变，中国20世纪文艺学学术史迎来了又一个"春秋战国"时代。这20来年的文艺学历程，前期（自70年代末到80年代末），是一个从"反正"到"反思"到突破的过程，是从以往的"舆论一律"走向"多元争胜"的过程（尽管还远未达到理想境地）；后期（自80年代末至今），是从"多元争胜"转而开始意识到必须"多元对话"的过程，是从"轰轰烈烈"进入"哲学沉思"的过程。90年代的文艺学更加注意学术的独立。总之，这一头一尾两个时段社会结构的变动、转型形成一种巨大的文化势能，促使文艺学在哲学基础、根本观念、学术范式、观察视角、叙事语码、论述对象、思维方法以及命题、范畴、概念、术语等方面进行了重大变革和调整，并获得了大幅度的突破和进展。

二是都处在从封闭走向相对开放的时期，大量译介外国的学术文化思想，并迅速地有时甚至是饥不择食、囫囵吞枣地加以吸收。

三是都处在非常激烈的中西交会、古今碰撞的时期，由于社会结构和文化形态的转型和调整，面对外来思想文化的引入和新的现实生活的内在要求，文论家、文艺学家的思路被激活了，具有强烈的创新意识和创新欲望，思想开放，新说蜂起，呈现出空前的文化和文艺学的多元化和多样化状态。

四是都处在新旧交替、新旧杂糅的时期，旧规范或已破或正破或将破，新规范或已立或正立或将立，使得文艺学有时出现短时的失序状态，等等。

当然，历史不可能重复，两者必然有着根本的区别。譬如，它们所处时代的历史性质不同，所处的国际历史环境不同，所处的国内文化语境不同，面对的对象和问题不同，所要解决的任务不同。而且，它们各自的未来走向也不同：如果说最初那二三十年文艺学由多元化走向大一统，中间特别是 40 年代以后马克思主义文艺学、毛泽东文艺思想一统天下，那么，由当今时代性质所决定，未来的文艺学发展将不是由多元走向一统，而是走向对话，而且在可以预计的历史范围内将长时间地维持这种多元对话的局面。

（2012 年 11 月于北京安华桥寓所）

第十七讲　全球化时代

"全球化"与"全球化时代",二者不能等同;毋宁说,它们是两个既有联系又有很大区别的概念。从最宽泛的意义上说,全球化,人类产生以来就一直进行着,但速度极为缓慢。资本主义时代,全球化加速发展,但那时算不上真正意义上的"全球化时代"。20世纪至21世纪,电子媒介和互联网的产生和发展使"时代"大变样,世界才真正开始进入"全球化时代"。"全球化时代"的显著特征是什么?"全球化时代"反对建"隔离墙",它是空间界限崩塌、全球大融通的时代;"全球化时代"反对"单边主义",它是多边化、多元化、多样化、无限丰富多彩的时代。"全球化时代"使社会的物质生活和精神生活发生了翻天覆地的改变,它必然引起文学艺术和美学发生亘古未有的巨大变化。在"全球化时代",文学家、文艺学家和美学家将面临许多新课题。

"全球化"与"全球化时代"

"全球化"与"全球化时代",并不能完全等同。按我的理解,对全球化这个概念可以作比较宽泛的理解,它是指地球上各种不同的文化,通过各种形式和各种途径,在各种范围、各种程度的交往、碰撞(甚至免不了厮杀),互相影响、互相渗透、互相融通,从而某些方面或某些部分达到统一,实现一体化(如某些度量衡单位的统一、某些科学原理和技术手段的共识和共用）；某些方面、某些部分虽难以一体化，例如在精神文化特别是在文学艺术领域很难或不可能一体化，但可以在保持个性化、多边化、多样化、多元化的情况下，互相理解、彼此尊重、各美其美、美美与共，达成某种价值共识和价值共享，促成全球性的人类文化繁荣。

这样的全球化，人类产生以来就一直进行着。譬如古埃及和两河流域各部族之间的交流（包括各种碰撞和融合），古希腊各部族之间及其与波斯之间的交流（包括各种碰撞和融合），中国自先秦时代以来中原部族与北方游牧部族的碰撞与融合，西汉张骞通西域，汉末佛教东来以及之后三国时期朱士行、东晋法显、唐代玄奘和义净等僧人西行取经，西方中世纪天主教发动的十字军东征，13世纪蒙古人通过征战建立横跨欧亚的大帝国，13世纪下半叶意大利旅行家马可·波罗（Marco Polo）游历中国并著《马可·波罗游记》（学界对此虽有争议，但许多事实是可信的），15世纪意大利航海家克里斯托弗·哥伦布（Cristoforo Colombo）发现新大陆，近代以来中西经济贸易往来以及文化上的西学东渐和东学西渐，19世纪40年代的鸦片战争以及此后英法联军、八国联军入侵北京……（还可以列举许多事例，其中有侵略有被侵略，恕不详述）这些都是世界上不同地区、不同族群、不同国家通过文武两种方式进行的全球化。

需要看到，资本主义以前，这样的全球化，极其缓慢。

在资本主义时代，全球化急速发展、大踏步前行。《共产党宣言》中已经论及："资产阶级，由于开拓了世界市场，使一切国家的生产和消费都成为世界性的了。使反动派大为惋惜的是，资产阶级挖掉了工业脚下的民族基础。古老的民族工业被消灭了，并且每天都还在被消灭。它们被新的工业排挤掉了，新的工业的建立已经成为一切文明民族的生命攸关的问题；这些工业所加工的，已经不是本地的原料，而是来自极其遥远的地区的原料；它们的产品不仅供本国消费，而且同时供世界各地消费。旧的、靠本国产品来满足的需要，被新的、要靠极其遥远的国家和地带的产品来满足的需要所代替了。过去那种地方的和民族的自给自足和闭关自守状态，被各民族的各方面的互相往来和各方面的互相依赖所代替了。物质的生产是如此，精神的生产也是如此。各民族的精神产品成了公共的财产。民族的片面性和局限性日益成为不可能，于是由许多种民族的和地方的文学形成了一种世界的文学。"①

但是，这时还不能称为"全球化时代"。

20世纪至21世纪，电子媒介和互联网的产生和发展使"时代"大变样。

先以电视为例：1926年英国人贝尔德发明了机械电视，次年美国纽约、新泽西、华盛顿开设电视联播实验；1931年电子电视在洛杉矶和莫斯科开始试验广播；1936年英国开办世界第一座电视台，次年英国第一次进行户外电视实况转播；1949年美国出现了电缆电视（CATV）；1958年美国首次将卫星用于通信传播；1962年美国在世界上率先利用卫星传播电视图像；此后，卫星电视转播和直播逐渐遍及全球。

再说电脑：1946年，世界上出现了第一台电子数字计算机"ENIAC"②；1956年，晶体管电子计算机诞生；1959年出现集成

---

① 《马克思恩格斯选集》第一卷，人民出版社1995年版，第276页。
② 据2007年10月16日《北京青年报》A8版题为《计算机发明人后代来京为父申诉——"计算机是我爸爸发明的"》的报道：美国人小阿坦那索夫2007年10月15日在北京说，第一台计算机是他父亲研制的。1939年，时任爱荷华州立大学物理系副教授的阿坦那索夫与合作者贝里研制出一台完整的计算机样机，称为"ABC"。但是当时阿坦那索夫并未意识到该项发明的重要性，时逢第二次世界大战，所以并未申请专利。后来才有了1946年莫科里和艾科特的名为"ENIAC"的计算机，并迅速申请了专利。小阿坦那索夫说："而实际上，在1841年，莫科里曾经在我父亲的家里借住了5天，将ABC的全部设计理念、内部构造了解得一清二楚。他所研制的ENIAC只是ABC的拷贝或演变！"

电路计算机；到 1976 年，大规模集成电路和超大规模集成电路制成；到现在，电脑走进千家万户。

更伟大的发明是互联网，它是 20 世纪 90 年代出现的，至今几乎覆盖了全世界，整个世界玩于人的股掌之间，实现了真正意义上的中国古人所谓"寂然凝虑，思接千载；悄焉动容，视通万里"（刘勰），"观古今于须臾，抚四海于一瞬"（陆机）。

此外，还有手机的发明和迅速普及……

所有这一切，使全球化速度发生质的飞跃，地球真的如麦克卢汉所说，成了一个小小的村落。这才开始进入实际意义上的"全球化时代"。詹姆逊说："全球化应该说是一种电子计算机控制的空间（cyberspace），在这个空间中，货币资本已经接近了它的最终的解区域化，作为信息它将瞬间从一个节点到另一个节点，横穿有形的地球、有形的物质世界。"[1] 有的学者说，所谓全球化，实际上无非空间的重组，或者说是空间界限的崩溃。而空间界限，始终是权力角逐的焦点。在这个时代，全球各个民族各个国家各个地域进行着大交流大融通，打破作为权力角逐焦点的空间界限。

虽然学者们的这些话不能完全概括"全球化时代"的全部含义，但它已经透露出作为一个"时代"的某些本质特征。

全球化时代是空间界限崩塌的时代

刚才说了，全球化时代的到来，必须打破空间阻隔——我这里主要指人为设置的阻隔，至于天然屏障，如喜马拉雅山阻断中印、太平洋隔开中美，等等，当另作别论。空间界限的崩塌，既是全球化实践的结果，也是"全球化时代"的标志性特征之一。空间界限的崩塌当然有一个发展过程。从空间界限开始崩塌、到

---

[1] ［美］弗雷德里克·詹姆逊：《文化转向》，胡亚敏等译，中国社会科学出版社 2000 年版，第 150 页。

加速崩塌、再到最后完全崩塌，世界大交流、大融通，从而实现各个地区、各个民族、各个国家的人们对全球文明无障碍的共识共享，其间充满波折和斗争，直至今日。现在的世界，空间界限还崩塌得不那么彻底，所以当今也还只是"全球化时代"的起始阶段和初级阶段。

回顾以往的时代，虽然全球化也在极其缓慢地进行着，但从总体说，其根本特点却是"隔"。

"全球化时代"之前，特别是在古老的年代，各地区、各部族、各国家之间，用老子的话说常常是"邻国相望，鸡犬之声相闻，民至老死不相往来"（《老子》第八十章）。时间越是往前推，越是如此。为什么？这有两种原因。一是，在人类社会还不怎么发达的年代，受各种条件例如主观的认知能力和客观的交通工具等的限制，各个地区之间的交流往往十分困难，因而联系也十分有限。二是，那时候物资匮乏，除了空气和阳光之外，其他像水源、土地、人员等，都是一个部族、一个国家维持其生命延续的要害物资，不同地区、不同部族、不同国家的人们都会视之为生命之本。这些物资不足怎么办？可能互相争夺。为了保护自己占领的土地和水源及其他生产生活物资，就会设置障碍加以阻隔，防止外人抢掠。这种阻隔的设立，使得各部族、各国家之间，壁垒森严。

譬如中国，自先秦起就筑长城——齐长城、秦长城一直到明长城，把中原与北方游牧民族"隔"开，防止他们来掠夺财产、人员。除了物质上的"隔"，还有制度上和精神上的"隔"。由于各地区各部族各国家之间长期互不了解、互不信任，怕受侵害，常常产生对外交往的畏惧；还有，由于长期封闭，人们以为自己的制度最优越，自己的思想文化最优秀，而"异族"则是蛮人，不需同他们交流，产生了顽固的排外思想。于是设立制度上的"长城"和精神上的"长城"进行阻隔。例如，明朝洪武四年（1371）颁布"海禁令"，严禁官民私自出海与外国互市，也限制外国商人到中国进行贸易；对外来思想文化，也常常予以鄙视。至清，虽然国际国内形势使得"海禁"松动，但从统治者主观来说，仍然是与世"阻隔"的思想缠绕脑际。特别是在精神思想上，更是从内心设置与外界交流的屏障，视外来思想、制度为洪水猛兽。清代统治者，不但防外人，而且也防接受了外来思想的中国人，防新思想、新言论。他们崇奉"防民之口甚于防川"的信条，钳制舆论，让老百姓闭嘴。他们大兴文字狱，连"清风不识字，何事乱翻书"这样的诗句，都被作为"反叛"的言论而治罪。到清末，他们尤其要剥夺新思想者、新言论者的发言权。

全球化，就是要打破阻隔，扫除障碍。如同德国哲学家哈贝马斯所主张的"交往"理论那样，要提倡全球范围内不同言谈者之间的开放对话，促使世界上的孤独主体向交往主体转变。近年以来，世界上许多有识之士更是大力反对"隔"而提倡"通"，当前，全球科技产业链错综复杂，相互联系，任何国家试图通过强硬行政甚至政治手段阻隔思想文化交流的做法都并不现实。就是说，在全球化的今天，有人想采取封锁的方式阻碍别人、别国发展，不可能得逞。"全球化时代"的趋势和特点就是拆掉"隔离墙"而反对建"隔离墙"，它是以空间界限的崩塌为重要标志。从全球来看，资本主义时代对壁垒进行了有力冲击。资本主义时代，总体来说是"拆墙"的时代，是变"隔"为"通"的时代。

但是，这是一个艰难的历程。某些人，即使号称民主国家里的某些人，头脑里"壁垒"阴魂依然不散。请看，最近自称世界上最民主国家的总统特朗普先生，不是花巨资建"隔离墙"吗？这立刻使人想起中国古人筑"长城"。历史何其相似乃尔！这是历史的回光返照吗？不管特朗普先生建"隔离墙"有着怎样的缘由，但总让人觉得是 21 世纪的历史幽默。①

不仅如此。特朗普先生还在国民舆论方面设"隔离墙",阻断言路,听不得不入耳的话——他会在记者招待会上粗暴打断他不喜欢听的记者发言,甚至公然剥夺记者的提问权。

近一个世纪以来,中国这个自古以来就有"隔"的传统的国家,情况也好不了多少。例如在蒋介石统治的时代,就对国民的思想言论设"隔离墙"——他们"防民之口甚于防川",怕老百姓说话,怕老百姓批评。1946 年,著名学者闻一多说了几句蒋介石不爱听的话,就被暗杀。

"隔"与"通"的斗争也表现在 2018 年年底的台湾,例如韩国瑜的"路"与陈其迈的"墙"。高雄市长韩国瑜当选前同他的竞争对手民进党人陈其迈辩论时说:"你的心中有围墙,很多地方过不去;我的心中有道路。"陈其迈反对"九二共识"、反对两岸交流,他的"围墙"是阻遏大陆与台湾畅通,从而搞"台独";韩国瑜的"道路"是高举"九二共识"的旗帜,沟通两岸,"人出得去,货进得来,高雄发大财"。"墙"与"路"的对立,是"隔"与"通"的对立。陈其迈是反历史潮流而动,韩国瑜是顺历史潮流而上。

在"全球化时代",不但要清除"物质上"的"隔离墙",也要清除种种精神思想上的"隔离墙";不但要清除国与国之间、民族与民族之间阻碍思想文化交流的"隔离墙",也要清除民族内部、国家内部阻断言路、障碍老百姓之间思想文化交流的"隔离墙"。

---

① 美国特朗普政府对外关系上筑"隔离墙",引起美国国内广泛而尖锐的争论,两党也打得不可开交,众议院决议不同意拨款,特朗普动用总统权力宣布"紧急状态",被告上法庭。这其中虽有一定程度的党争因素,但无疑反映了非常强烈的反对筑"墙"的民意。美国的许多有识之士和学者也从学术层面对特朗普提出批评。《中国社会科学报》驻华盛顿记者王悠然发来一篇报道《美学者著书分析:对外开放不是美国国内问题"祸根"》,文中提到"贸易和移民对美国有利","贸易壁垒常常带来新的冲击"。"没有确凿证据表明移民严重伤害了美国劳动者"。(《中国社会科学报》2019 年 2 月 20 日第 3 版)

要"通",不要"隔"

不要阻断言路。不要像特朗普先生那样,在记者招待会上粗暴打断他不喜欢听的记者发言,甚至公然剥夺记者的提问权。

在学术问题上,尤其应该广开言路,让人们自由争论。我想起2019年3月20日哈佛大学校长白乐瑞(Lawrence S. Bacow)在北京大学所作《真理的追求与大学的使命》的演讲,他说:"伟大的大学坚持真理,而追求真理需要不懈的努力。真理需要被发现,它只有在争论和试验中才会显露,它必须经过对不同的解释和理论的检验才能成立。这正是一所伟大大学的任务。各学科和领域的学者在大学里一起辩论,各自寻找证据来支持自己的理论,努力理解并解释我们的世界。追求真理需要勇气。在自然科学中,想要推动范式转移的科学家常常被嘲讽、被放逐,甚至经历更大的厄运。在社会科学和人文学科里,学者们常常需要防备来自各个方面的政治攻击。正因为这样,开创性的思想和行动往往从大学校园里开始生长。改变传统思维模式需要巨大的决心和毅力,也需要欢迎对立观点的意愿,需要直面自己错误的勇气。伟大的大学培养这些品质,鼓励人们倾听,鼓励人们发言。不同想法可以切磋,也可以争论,但不会被压制,更不会被禁止。要坚持真理,我们就必须接受并欣赏思想的多元。对挑战我们思想的人,我们应该欢迎他们到我们中间来,听取他们的意见。最重要的是,我们必须能够敏锐地去理解,但不急于作出评判。"细细品味白乐瑞的这些话,其中许多意思是我们可以借鉴的。譬如"不同想法可以切磋,也可以争论,但不会被压制,更不会被禁止",譬如"要坚持真理,我们就必须接受并欣赏思想的多元",譬如"对挑战我们思想的人,我们应该欢迎他们到我们中间来,听取他们的意见",等等。学术问题、思想问题,只能用"学术"讨论、互相辩驳的手段来解决。

要让老百姓畅所欲言。要让"防民之口甚于防川"的时代成为永不复返的历史。只要不违宪,老百姓应该什么话都可以讲,什么文章都可以写。毛泽东说:"让老百姓讲话,天塌不下来。"

"独立之精神,自由之思想",应该大力倡导。

人云亦云的套话空话,应该受到鄙视。

老百姓能够大胆说真话,能够说自己的话,能够不说假话、不说套话、不说空话,应该成为社会风尚。

我们是不是应该提倡这种风尚呢?

全球化时代是多边化多元化多样化的时代

以往某些人似乎有一种误解:全球化就是一体化,而一体化就意味着"一律化","一律化"再进一步就是世界的"格式化"。

请问:将世界"格式化"能走到"全球化时代"吗?倘若真如此,世界将会多么单调、刻板、枯燥、乏味!

这不是全球化,而是单一化、单边化。这是在政治上经济上文化上实行单边主义路线。单一化、单边化,只要我这一"边"而不要众多的另一"边",必然化"多"为"一",化"繁华"为"单调"。这就消灭了世界的丰富多彩。最近有学者撰文介绍哈贝马斯"交往"理论,谈到这位德国哲学家数十年前提出的观点:在当今地球村世界里,最重要的是确认不同文明的差异,传承各民族的优秀文化传统,大力倡导一种多元主义真理观,从片面的、封闭的民族主义视野转向开放而包容的世界公民视野,在世界范围内,推进各民族多元文化认同,实现跨文化普遍交往。所谓世界公民理念就是尊重世界文化多样性,摒弃一元论文明史观,超越民族国家种族主义樊篱,最终建立全新的世界秩序,实现康德意义上的永久和平。[①]

[①] 转引自金寿铁《全球化时代与总体交往》,《中国社会科学报》2019年4月9日第2版。

单边主义不是"全球化时代"的特点，倒是"全球化时代"以前的特点。

封建主义时代是单边主义时代。帝国主义（不管是封建帝国主义、资本帝国主义还是别的什么帝国主义）都是行单边主义之道。他们都是唯有"我"这一边而无视"对方"那一边。封建君主和帝国元首，对内对外都是唯我独尊。天无二日，世无二君。例如中国历代的封建皇帝，一切都是"朕"说了算，一言堂，一元化。这是绝对的单边主义。

在资本主义时代，按理说，单边主义应受到强烈的冲击。应该奉行多边主义，倡行多边化、多元化、多样化，互利共赢。

但是，封建主义时代和帝国主义时代的单边主义余毒如此顽固，影响如此深远。王毅在2019年3月8日的记者会上说："这几年，单边主义和保护主义不断抬头，有时候还来势汹汹。"有的国家领导人在处理与他国、他民族的关系上，霸气十足，总想当世界警察，并以世界领袖自居，力图主宰全球，一切以本国的理念为行事指南，一切要皆服从本国的利益。这种单边主义已经成为霸权主义。近来，在处理与他国经贸关系时，单边主义更加露骨，不惜破坏WTO的协定，在其他国际关系上接连退"约"。虽然受到众多抵制和反对，但仍一意孤行。

政治经济上的单边主义十分令人厌恶。文化上的单边主义是不是同样令人厌恶呢？文化上的单边主义就会造成思想文化特别是文学艺术的单一化、一律化、格式化。用中国古人的话说就是"同而不和"。从根本上说，这与世界的丰富多彩的本来面目水火不容。

世界万事万物，不管是物质的还是精神的，本来都是多元性、多样性的组合。这就是中国古人所说的"和实生物，同则不继"，即"和而不同"。例如烹调，油盐酱醋组合在一起，才有美味；交响乐，管乐、弦乐、旋律、节奏、节拍、速度、力度、音色、调式、和声等组合在一起，才会有美妙的音乐；天上的彩虹，红、橙、黄、绿、蓝、靛、紫，七色组合，才会让人歌颂为"谁持彩练当空舞"。中国的传统文化和教育理念，也是倡导兼容并蓄、多元化、多样性的，我国著名教育家蔡元培先生1918年在《〈北京大学月刊〉发刊词》中说："大学者，'囊括大典，网罗众家'之学府也。《礼记》《中庸》曰：'万物并育而不相害，道并行而不相悖。'足以形容之。如人身然，官体之有左右也，呼吸之有出入也，骨肉之有刚柔也。若相反而实相成。各国大学，哲学之唯心论与唯物论，文学、美术之理想派与写实派，计学之干涉论与放任论，伦理学之动机论与功利论，宇宙论之乐天观与厌世观，常樊然并峙于其中，此思想自由之通则，而大学之所以为大也。"①

"全球化时代"应该是遵循自然界和人类社会的客观规律和本来面目弘扬"和而不同"精神的时代，是提倡各个民族优秀文化兼容并蓄、多元化、多样性的时代。

单边主义，"同而不和"，这是文化的大敌。奉行"同而不和"的文化单边主义路线，就是要让文化荒漠化，要让文化断子绝孙。应该坚决反对思想文化特别是文学艺术的单边主义。不但国与国、民族与民族之间的文化单边主义要反，而且一个国家内部、一个民族内部的单边主义也要反。人民需要一个多边化、多元化、多样化、无限丰富多彩的思想文化世界。

谁若奉行单边主义的路线，"同而不和"、残害文化，理应受到世界各国各族人民的谴责，全球共讨之！

马克思在《评普鲁士最近的书报检查令》中曾说：

> 你们赞美大自然令人赏心悦目的千姿百态和无穷无尽的

---

① 该文重新发表于《北京大学学报》（哲学社会科学版）2005年第1期，题为《蔡元培先生〈北京大学月刊〉发刊词（1918年）》。

丰富宝藏，你们并不要求玫瑰花散发出和紫罗兰一样的芳香，但你们为什么却要求世界上最丰富的东西——精神只能有一种存在形式呢？我是一个幽默的人，可是法律却命令我用严肃的笔调。我是一个豪放不羁的人，可是法律却指定我用谦逊的风格。一片灰色就是这种自由所许可的唯一色彩。每一滴露水在太阳的照耀下都闪现着无穷无尽的色彩。但是精神的太阳，无论它照耀着多少个体，无论它照耀什么事物，却只准产生一种色彩，就是官方的色彩！精神的最主要形式是欢乐、光明，但你们却要使阴暗成为精神的唯一合适的表现；精神只准穿着黑色的衣服，可是花丛中却没有一枝黑色的花朵。精神的实质始终就是真理本身，而你们要把什么东西变成精神的实质呢？①

马克思说得何等好啊！全世界马克思主义的子孙们，应该努力实现马克思的理想。我们应该时时扪心自问：自己为实现马克思的上述理想做了些什么工作？应该像反对政治经济的单边主义一样，也要坚决反对思想文化特别是文学艺术的单边主义。人民需要一个多边化、多元化、多样化、无限丰富多彩的文化地球。

全球化时代对社会生活的改变

"全球化时代"出现了许多前所未有的新鲜事儿，例如所谓"赛博空间"。仅从赛博空间也可以略微窥见"全球化时代"对社会生活的影响。

2004年5月11日，我在一个有关赛博空间的学术对话会上，听了荷兰鹿特丹伊拉斯谟大学哲学系教授约西·德·穆尔《欢迎到赛博空间来：进入人性历史的另一种可能》的报告后，有一个

---

① 《马克思恩格斯全集》第一卷，人民出版社1995年版，第111页。

即兴发言，主要意思是说：赛博空间作为电子网络空间，不是通常的空间，而是特殊的空间，是"超"空间——超地理空间，超历史空间；是"后"空间——后地理空间，后历史空间。赛博空间是数据的图表式表现，是脑子里的光速……我与在美国的女儿每周通一次至数次网络可视电话，鼠标一点，女儿和小外孙、外孙女，立刻出现在屏幕上，看到孩子们向我招手，冲我喊："嗨，姥爷！"万里咫尺，中国与美国的空间距离瞬时浓缩为一个点，神话中的孙悟空也未必能够做到。这是一二十年前像我这样近于老朽的中国学者闻所未闻、也不可想象的事情。但今天，赛博空间就在我们的周围，就在我的身旁。

我想，加拿大科幻小说家威廉·吉布森于20世纪80年代提出这个词的时候，未必会想到它在今天的世界上、特别是在今天的中国会如此风光，在人们的生活中会发生如此大的影响，占有如此重要的地位。

互联网、赛博空间的出现会改变人们的思维方式、情感方式。我和妻子有一次谈起，为什么我们同女儿、同外孙外孙女，彼此分离，远隔万里，却不像人们想象的那样思念得牵肠挂肚、撕心裂肺？妻子的答案是：多亏了网络可视电话。现在，用我的话说：多亏了赛博空间和互联网。网络可视电话一通，等于每周见一次面或数次面；而且每天（甚至随时）都可以有电子邮件来往。有什么话，写个"伊妹儿"，一点鼠标，瞬间，过去了；一会儿，信息反馈回来了。多少思念，在赛博空间中化解了。如果《红楼梦》中远嫁千里之外（比我女儿近多了）的探春生活在今天，是否还会有那样生离死别的悲痛？

概括地说：在全球化时代，电子媒介、赛博空间和互联网这个最富有活力和潜力的生产力的大发展，使人们的生产方式和内容、生活方式和内容、思维方式和内容、感情方式和内容、感受方式和内容，等等，都发生了重大改变。

全球化时代对文学艺术的改变

2000年金秋,美国著名学者J.希利斯·米勒教授在北京召开的"文学理论的未来:中国与世界"国际研讨会上作了一个长篇发言,借德里达的话阐述了全球化时代(或者用他发言中的话说"电信技术时代、电子媒介时代")文学将要面临的"悲惨"命运,引起了与会者不小震动和争论,鄙人有幸在场。当时我对米勒教授的观点虽然有些疑惑、不解,甚至还有些不满,但对他苏格拉底式的循循善诱和雄辩,十分佩服。这个发言后来以《全球化时代文学研究还会继续存在吗?》为题,发表在2001年第1期《文学评论》上。米勒一开始就引述了雅克·德里达《明信片》中的一段话:"……在特定的电信技术王国中(从这个意义上说,政治影响倒在其次),整个的所谓文学的时代(即使不是全部)将不复存在。哲学、精神分析学都在劫难逃,甚至连情书也不能幸免。"然后,他的整个发言就围绕这段话的思想加以发挥。米勒说:"德里达就是这样断言的:'电信时代'的变化不仅仅是改变,而且会确定无疑地导致文学、哲学、精神分析学,甚至情书的终结。他说了一句斩钉截铁的话:'再也不要写什么情书了!'"德里达的话对于文学工作者、文学爱好者甚至所有惯于以文字表达思想感情的人们来说,无疑是一个打击。米勒在转述德里达的话时,也尽量照顾人们的这种情绪,说得委婉、退让。但,他是赞同德里达的,这个意思表达得很明白:"尽管德里达对文学爱好有加,但是他的著作,像《丧钟》(Glas)和《明信片》,的确加速了文学的终结,……在西方,文学这个概念不可避免地要与笛卡尔的自我观念、印刷技术、西方式的民主和民族独立国家概念,以及在这些民主框架下言论自由的权利联系在一起。从这个意义上说,'文学'只是最近的事情,开始于17世纪末、18世纪初的西欧。它可能会走向终结,但这绝对不会是文明的终结。

事实上，如果德里达是对的（而且我相信他是对的），那么，新的电信时代正在通过改变文学存在的前提和共生因素（concomitants）而把它引向终结。"① 那么，"文学存在的前提和共生因素"是怎样被"改变"的呢？他说："照相机、电报、打印机、电话、留声机、电影放映机、无线电收音机、卡式录音机、电视机，还有现在的激光唱盘、VCD 和 DVD、移动电话、电脑、通信卫星和国际互联网——我们都知道这些装置是什么，而且深刻地领会到了它们的力量和影响怎样在过去的 150 年间变得越来越大。"于是就渐渐造成了目前世界范围内的如下状况："民族独立国家自治权力的衰落或者说减弱、新的电子社区（electronic communities）或者说网上社区（communities in cyberspace）的出现和发展、可能出现的将会导致感知经验变异的全新的人类感受（正是这些变异将会造就全新的网络人类，他们远离甚至拒绝文学、精神分析、哲学的情书）——这就是新的电信时代的三个后果。"

虽然德里达和米勒的话对于今天的中国来说有些言过其实，但是不能不承认他们抓住了问题的某些要害。文学艺术不会消亡，但是的确无可避免地发生了巨大变化。

尤其需要注意的是网络文学。

20 世纪末至 21 世纪，互联网大发展并大普及，网络文学也以人们难以想象的速度发展繁荣。2013 年年底，据中国互联网络信息中心的统计，文学网民人数已达 2.27 亿，约占网民总人数的 47%；以各种形式在网络上发表过作品的人数高达 2000 万，注册网络写手达 200 万，每年有六七万部作品被签约。在这种形势促使之下，经过几年酝酿，中国作家协会于 2015 年 12 月 17 日在北

---

① 米勒 2003 年 9 月再访北京，带来了他的新作《论文学》，仍然申述原来的观点："文学的终结就在眼前。文学的时代几近尾声。该是时候了。这就是说，该是不同媒介的不同纪元了。文学尽管在趋近它的终点，但它绵延不绝且无处不在。它将于历史和技术的巨变中幸存下来。文学是任何时间、地点之任何人类文化的标志。今日所有关于'文学'的严肃思考都必须以此相互矛盾的两个假定为基点。"

京成立了网络文学委员会。之后，网络文学更加迅猛发展。据中国互联网络信息中心发布的第 38 次《中国互联网络发展状况统计报告》，截至 2016 年 6 月，全国网民总数达 7.10 亿，手机网民为 6.56 亿；网络文学用户达 3.08 亿，其中手机网络文学用户为 2.81 亿。从 1998 年国内网络小说"第一人"蔡智恒推出《第一次的亲密接触》起，不到 20 年，中国网络文学创作总数约 1000 万部。据中国作家协会有关人士在接受采访时介绍，目前国内网站签约及推荐作家约有 200 万人，还有超过 2000 万人是网上注册但未签约的，加上不定期在网上写短文、发段子的，网络写手可能超过 5000 万人次。

到今天，网络文学的时代到来了——虽然它尚未取代纸质媒介的文学而成为主流，但目前二分天下的局面已经开始出现。

这是我们眼看着发生的事情。

全球化时代对文学理论、美学的改变

在全球化时代，除了电子媒介、赛博空间、互联网给整个社会的生产和生活带来根本变化之外，它所造成的影像大泛滥、符号大泛滥，也成为当今社会消费的一个基本条件。你不妨留心一下地铁上的男男女女：十有八个低头看手机，那么投入，那么忘我，有的一边看一边笑，旁若无人。他们中有许多是在看网上传来的各种"段子"。这些"段子"是不是一种新的"文学"形式呢？或者，至少它们其中是否也包含着某种"文学性"呢？

尤其是，电子媒介、赛博空间、互联网使得人人皆可进行文学创作、人人皆可成为作家的梦想，真正变成现实。"文学创作"可能不是几十年前那样的"文学创作"了。"作家"也可能不是几十年前那样的"作家"了。它们的外延、内涵，发生了神不知鬼不觉的变化。

面对这些新的审美现实，美学家、理论家怎能固守老的观念、

老的阵地而不往前挪动挪动脚步？

　　随着社会从外到内、从物质到精神的巨变，人们的审美文化实践以及整个学术活动的内容和样态也发生了深刻的变化——这可能导致审美文化版图（无论是"面积"还是"结构"）的改写，以至美学学科结构的改变。

　　我认为，在全球化时代，文艺学、美学必须在承认电子媒介、互联网的巨大冲击使整个社会发生广泛而深刻变化的基础上，在承认生活与审美、生活与艺术之间的关系发生新变化、出现新动向的基础上，研究这些变化和动向，适应这些变化和动向，作出理论上的调整。文艺学家、美学家应该对新现象作出新解说，甚至不断建立新理论。当然，我再次强调，对这些新变化、新动向也不能夸大其词——似乎艺术、艺术家在这种新变化、新动向之中失去了意义，理论研究也失去了价值。人类的整个生活还要在新形势下进行下去，艺术还会在变化中存在下去，生活和艺术还是照常互动；特别是那些所谓高雅艺术（剧场艺术、音乐厅艺术、博物馆艺术……）和艺术家作家的创作，也并没有在所谓"生活审美化和审美生活化"浪潮中消失，恐怕也不会消失。2007年9月国家大剧院刚刚落成并进行试演出时，国家大剧院副院长邓一江9月17日表示，"试演出期间将推出7台剧目23场演出，包括《红色娘子军》《天鹅湖》《江姐》《大梦敦煌》《茶馆》《梅兰芳》及青春版《牡丹亭》，涵盖了歌剧、芭蕾、民族舞剧、话剧、京剧、昆剧等表演艺术门类"。这就是说，剧场艺术、音乐厅艺术、博物馆艺术和艺术家作家的创作，还会继续存在下去，至少在最近的将来是如此。对剧场艺术、音乐厅艺术、博物馆艺术的理论研究也会存在，文艺学和美学不但会存在并且会不断发展。还是那句话：人是最丰富的，人的需要（包括人的审美需要、审美趣味、艺术爱好）也是最丰富、最多样的。文学所创造的"内视世界"、影视所创造的"图像世界"、网络文学所创造的网络审美世界，各有优势，可以同时满足人们不同的审美需要，它们应该共同发展，不能互相取代。"抽象艺术"和"具象艺术"也可以并行不悖。即使是古典艺术，也没有过时。谁敢说，古希腊的雕刻、贝多芬的音乐、曹雪芹的《红楼梦》、泰戈尔的诗，过几百年、几千年就没人看了、没人喜欢了？而且，"精英艺术家"也不会被"卡拉OK演唱者"取代，他们在历史长河中还会不断涌现，并且会不断产生照耀时代的巨星，歌唱家廖昌永们、钢琴家郎朗们、小提琴家吕思清们还会在以后的各个时代引领风骚。谁敢说，以后就永远不能产生伟大艺术家呢？当然，审美活动和艺术会不断呈现气象万千的新面貌，会不断有新的方式、形式、形态，变换无穷。

正因为审美和艺术不会消亡、对审美和艺术的理论思考不会消亡，因此，理论会不断更新——这就意味着：没有放之四海而皆准的理论。文艺学和美学会随时代前进而变换它们的思维形式、存在样态和述说方式。任何理论都必须随历史实践的发展变化而不断发展变化，随社会现实、审美活动和艺术实践的不断发展变化而发展变化。正如前几年热议的文化研究虽然不一定会取代文学研究，但它肯定会大大改变文学研究，使它在研究方法、研究内容、研究格局、研究版图等方面发生重大变化；网络文学、网络文学研究，同样会使文艺学、美学在研究方法、研究内容、研究格局、研究版图等方面发生重大变化。

文艺学家和美学家面临许多新课题。

譬如，目前就急需对审美和艺术的新现象如网络文艺、广场文艺、狂欢文艺、晚会文艺、广告艺术、包装和装饰艺术、街头舞蹈、杂技艺术、人体艺术、卡拉OK、电视小说、电视散文、音乐TV，等等这些进行理论解说。

再如，应该走出以往"学院美学"的狭窄院落，加强美学的"实践"意义和"田野"意义。美学绝不仅仅是"知识追求"或

"理性把握"，也绝不能仅仅局限于以往纯文学、纯艺术的"神圣领地"，而应该到审美和艺术所能达到的一切地方去，谋求新意义、新发展、新突破。举一个例子：一向以学院派著称的中国社会科学院文学研究所的理论家们，就在2007年11月召开"媒介文化与网络文学研讨会"，向他们以往并不熟悉、正在现实中发生着的文化现象、艺术现象伸出探索之手。他们现在已经有了专门研究网络文学的专家；中外文艺理论学会也成立了专门研究网络文学的分会。

我建议：应该发展多形态的文艺学——哲学的、政治的、社会学的、心理学的、美学的、文本的、形式的、历史的、文化的、"学院"的、"田野"的……八仙过海、各显其能、协同作战、互补互动。要海纳百川，各不同学派、各分支学科，共同发展，共同繁荣。

（本文原为2007年10月20日在首届中国文学博士后论坛"全球化语境中的中国文学"研讨会上的发言稿，2019年2月修订，3月又改，发表于《江汉论坛》2019年第5期，原名为《全球化时代特征与文艺理论研究论纲》）

附录　六十年学界见闻

——杜书瀛访谈录

李世涛（中国艺术研究院研究员，以下简称李）：杜先生好！非常感谢您接受我的采访！我最近作一个中国当代文艺口述史的课题，计划由中国当代文论的亲历者谈一些自己经历或知道的事情，为现在的学术研究提供些资料。从20世纪50年代您入山东大学中文系受教于许多著名教授算起，至今已经超过60年；而从20世纪70年代特别是改革开放以后，您直接从事美学、文艺理论和古代文论的研究，参与、见证新中国美学、文艺理论的发展，也已超过40年。希望您给我们谈谈您步入学界之后经历和知道的情况。

据我所知，在新时期文艺界的拨乱反正中，您与您的同事撰写的《围绕〈创业〉展开的一场严重斗争》产生了很大的影响，首先请您谈谈写作这篇文章的大致情况。

杜书瀛（以下简称杜）：1976年10月，"四人帮"倒台，普天欢庆。北京各界自发游行三天，我参加了文学研究所的游行，拄着拐杖的何其芳也参加了游行。游行时，我终于卸掉压在我心头的一块大石头，消去了憋在胸中一股恶气，一下子感到透过气来了。在游行路上，我和杨志杰、朱兵突然间动了一个念头：写一篇有关电影《创业》的文章，揭露和批判"四人帮"反总理的罪行。我要将窝在心中的激愤喷发出来，一吐为快！杨志杰、朱兵以及所里的其他同事，还有千千万万的知识分子和普通百姓，和我的心情是一样的。

那天晚饭时，我们三个人在大食堂买了几个馒头和北京辣丝儿（咸菜），晚上7点来钟，来到学部大院六号楼文艺理论组（即后来的文艺理论研究室）的办公室——那里平时只有我一个人，也是我晚上睡觉的地方。根据在文化部机关和所属电影局、中央戏剧学院和北京电影学院等单位收集到的材料，先拟出文章的大纲，确定主攻方向，然后就开始动笔。我们的分工是：朱兵写第一遍稿，之后杨志杰写第二遍稿，最后由我来统第三遍稿。饿了，就用馒头夹辣丝儿当夜宵。从晚上7点到第二天早上7点我们定稿，整整12个小时，写了一万一千言，题目就叫《围绕〈创业〉展开的一场严重斗争》。吃过早饭，我们三人携稿，乘103路电车匆匆赶往阜外西口的《解放军报》社。

1976年11月5日，《解放军报》以整版篇幅、通栏大字标题发表此文。几天后《人民日报》加"编者按"全文转载，接着全国各大报刊跟着转载，当时也算一件轰动的事。其间，《解放军报》专门派该报理论部主任等三位同志来到文学研究所，郑重其事地向当时主持工作的总支书记朱寨同志以及文章作者，传达华国锋主席指示，说华主席看了《解放军报》这篇文章后，十分肯定，在当天的政治局会议上说"这篇文章好就好在写得很细，写这类文章就要细一点"。送走了《解放军报》的客人，朱寨同志把我留下，说："你可不要飘啊！"回来我把前前后后的情况告诉栾勋和其他一些朋友。老栾特别看重朱寨同志的话，说"你记住朱寨的话就是"；许多朋友也都赞同老栾的意见。之后一段时间，报纸刊物约稿者，某些单位请作报告者，许多不认识的人慕名拜访者，不知有多少拨，我穷于应付；甚至有一位比我年纪还大许多、"文化大革命"前已发表过不少文章的同志，请熟人带信，要来"取经"，弄得我十分惶恐……我谨记朱寨同志以及老栾和朋友们的嘱咐，一律谢绝，没有迈出文学研究所一步。有一次，老栾很认真地对我说了一句话："你小子还算清醒。"

李：读您的书，知道您曾经被借调到《红旗》杂志工作过一段时间，还参加了全国宣传工作会议"起草组"。这应该与你们写的那篇文章有关吧？

杜：粉碎"四人帮"之后的最初两三年，我的确被借调到《红旗》杂志和全国宣传工作会议"起草组"工作了一段时间。那是1976年11月，粉碎"四人帮"才一个多月，我和"学部"（即中国科学院哲学社会科学学部，中国社会科学院的前身）的许多同志接到通知，到《红旗》帮助编辑刊物——《红旗》原来的领导和许多编辑，因为曾经和"四人帮"离得太近、跟得太紧，所以在一段时间内多数人暂时停止了正常的编辑业务活动，专搞自身的"清查运动"；中央调原驻德大使王殊任总编辑，从安徽调来陆德生（20世纪50年代他曾写过一篇调查报告受到毛泽东表扬）任副总编辑，又从"学部"临时抽调部分人员代替或者协助《红旗》原有的编辑同志编刊物。

这是我一生中第二次走近《红旗》。第一次是1964年大学毕业，分配方案公布了，我和李准被分配在"马列主义研究院、《红旗》杂志"，派发介绍信已经写好，而且拿到了手；当我正在迷惑为什么我的接收单位写的是"马列主义研究院"和"《红旗》杂志"两个名字的时候，忽然接到系里通知，说我的研究生考试结果也出来了，文学研究所录取我为蔡仪研究员的美学研究生，问我是去"马列主义研究院、《红旗》杂志"工作，还是到文学研究所当蔡仪研究员的美学研究生？一听到文学研究所的录取通知书，我再也不想弄清"马列主义研究院"和"《红旗》杂志"那两个单位究竟是什么关系，几乎没作任何思考就回答："去做研究生。"就这样，50年前与《红旗》擦肩而过。

此刻是我第二回偶然间"被"与《红旗》谋面，而且是真真切切"被"推进了《红旗》的门槛儿——尽管并非我愿，亦非我料，且是临时性的。

《红旗》杂志一直实行总编辑负责制，在1970年前长达12年的时间里，由陈伯达任总编辑（兼）；1970年10月之后，姚文元在总编辑（兼）位置上坐了整整六年，直到1976年10月他被逮起来为止。

说是总编辑负责制，实际上在"文化大革命"前，在总编辑上面，还是要听中央政治局和书记处的，特别是直接由负责意识形态工作的中央领导管；"文化大革命"时，它直接由"中央文化大革命小组"领导，最后沦为"四人帮"的宣传工具。1976年10月"四人帮"垮台，《红旗》杂志全面改组，记者出身的原驻德大使王殊接手这个重要杂志，而上面，则直接由耿飚同志牵头的"中央宣传口"管。

我在《红旗》杂志帮助工作的时候，每当总编辑或副总编辑召集编辑人员开会，经常听到传达"中央宣传口"领导同志的指示；而且《红旗》每期的稿子，都要送"中央宣传口"审阅，而其中最重要的稿子，还要送更高一级的中央负责同志——主要是当时主管全党思想宣传工作的中央副主席汪东兴审批，有的稿子甚至直接由中央领导同志下令发表，连总编辑也不知情。譬如1977年2月7日发表的"两报一刊"社论《学好文件抓住纲》，提出"凡是毛主席作出的决策，我们都坚决维护，凡是毛主席的指示，我们都始终不渝地遵循"（即著名的"两个凡是"），据说就是由汪东兴让秘书班子写好之后，直接下达命令作为"两报一刊"社论发表的，事先不但当时《红旗》总编辑王殊并不知晓，而且连"中央宣传口"的负责人耿飚也毫不知情，临发表前，他们才见到文稿。耿飚说："发表这篇文章，等于'四人帮'没有粉碎。如果照这篇文章的两个'凡是'干，什么事情也办不成。"但是，很无奈，耿飚和"两报一刊"的总编辑都得执行中央副主席的命令：照发。这就是《红旗》的真实工作状况。

同我在一个编辑组工作的，是原《红旗》杂志的老编辑何望贤同志。他差不多长我十岁，他对我很尊重，也很亲切，总喊我"小杜同志"，遇到问题，常说："小杜同志，你说呢？"我刚来，不摸头脑，总是让老何拿主意。老何，人很精灵，也很敬业，对《红旗》那套编辑业务，以及那套成文的或不成文的规矩，可谓滚瓜烂熟。他对我说："《红旗》基本上没有自然投稿的文章，几乎所有文章都是按照中央的政治思想、方针政策和形势任务的需要约稿、组稿。在《红旗》当编辑，你得记住最重要的一点：多请示领导。你必须随时随地掌握《红旗》领导意图，领会中央指示精神，一切按上面的指导思想办。你若做某篇文章的责任编辑，那篇文章就得由你包下来，有时候你得同作者泡在一起，把《红旗》杂志的要求和基本精神说透；如果那文章写得不符合要求，你得亲自动手改，有的时候——这里说的是'紧急情况'，即《红旗》急需某单位或某人发表某种类型的文章，他写得不合要求，你就是替人家写，也得完成任务。"我在《红旗》时，有一次受命向当时红极一时的年轻数学家杨乐、张广厚约稿，写一篇学习毛泽东哲学思想的文章，题为《用毛主席哲学思想指导自然科学研究》，临发排了，领导还是不满意，于是急急忙忙把两位作者请到《红旗》的工字楼（那里曾是陆定一办公的地方，我的宿舍和工作室都在二楼），我与他们一起熬夜，快 12 点了，肚子咕咕叫，我领他们到食堂吃夜宵，然后接着工作，反复修改，差不多一个通宵，才算完成任务交差，真苦。那篇文章发表在 1976 年《红旗》第 4 期。

也有例外，文章作者与《红旗》的领导发生矛盾。那是特殊情况，其根由，往往是"上面"（中央不同领导人之间）发生了意见冲突。有一次，为了纪念毛泽东同志逝世两周年，与我一起来《红旗》帮助工作的文学研究所同事张炯、陈素琰以及原《红旗》编辑雷声宏，受命约请谭震林同志写一篇文章，谈如何坚持井冈山斗争。那时正值真理标准大讨论刚刚开始，谭震林说：我要通过回忆井冈山斗争，来阐明毛泽东思想的形成和发展，论证实践是检验真理的唯一标准。张炯、陈素琰、雷声宏到井冈山沿着谭震林活动的地区走了十来天，回来后遵照谭震林谈话精神整理成稿，可是，当时接替王殊出任《红旗》总编辑的熊复，遵照汪东兴的指示，坚持"不卷入真理标准讨论"，硬要把谭震林文章里谈真理标准的内容统统删掉。谭震林火了：关于真理标准问题的观点，一点也不能动。他说，我经过深思熟虑得出两句话："凡是实践证明是正确的，就要敢于坚持；凡是实践检验是错误的，就要敢于纠正。"最后，矛盾闹到邓小平那里，小平对谭震林的稿子发了话："这篇文章好。""为什么《红旗》不卷入？应该卷入。可以发表不同观点的文章。看来不卷入本身可能就是卷入。"这样，谭震林的文章终于得以发表。

其实，我来《红旗》杂志承担的第一个任务，是为纪念周恩来总理逝世一周年而组稿、约稿。那是在1976年11月下旬某一天，我到《红旗》杂志社报道，刚刚把洗漱用品放到工字楼宿舍的床上，还没有来得及喘口气，就立即被领导叫去，分派到国务院办公室约稿，请他们撰写一篇纪念周恩来总理逝世一周年的文章："你写的那篇《围绕〈创业〉展开的一场严重斗争》（其实是我与同事杨志杰、朱兵合作撰写的），歌颂周总理，批判'四人帮'，受到华主席表扬，《人民日报》等转载，反应很好，影响很大；这次你趁热再去组织一篇纪念周总理的稿子，要作为重点文章在明年（1977）第1期《红旗》刊出，那时差不多就是周总理逝世一周年的纪念日，咱们《红旗》一定要把这篇大文章做好，全国各界等着看呢！而对你，大概是轻车熟路吧……"

听领导这一席话，我倍感压力，而且觉得领导过高估计了我的能力和能量。我虽然写过揭露"四人帮"迫害周恩来总理的文章，却从未当过编辑，这么重大的任务突然压下来，犹如千斤重担；但此时此刻也不能说软话，只是要求领导把任务交代得更明确具体一些。于是领导把这篇文章组稿的原则意向和基本精神作了详细指示。最后说："时间非常紧，此文明年1月7日刊出，顶多还有一个半月，必须分秒必争。你刚到，许多情况不熟悉，社里派何望贤同志与你一起工作，他很有经验，你们两位共同作为这篇文章的责任编辑。"

当时负责接待我们并组织写作班子的是国务院办公室主任吴庆彤，我们向吴庆彤同志和写作组建议：尽量多、尽量快地约请曾经在周总理身边工作的同志座谈总理的革命事迹，把丰富生动的具体事例和感受写到文章里去。这样，我们就邀请一些老同志座谈总理的事迹，其中包括总理秘书赵炜，在总理身边工作的童小鹏、廖承志、齐燕铭同志等。以国务院办公室理论组名义撰写的这篇文章，题为《纪念敬爱的周恩来总理逝世一周年》，发表在1977年第1期《红旗》上。但因为是急就章，文章写得并不尽如人意，有许多生动的材料并没有写进去，加上当时形势的限制，文章的所有提法，都遵循中央已有文件的精神，并限制在"悼词"范围之内。

李：那您后来又是怎么到宣传部门工作的呢？

杜：由于"文化大革命"中旧"中共中央宣传部"被称为"阎王殿"而彻底砸烂，在粉碎"四人帮"后第十天，中央决定成立一个临时机构，由耿飚牵头，协助中央统管全国的宣传工作，这个临时机构称为"中央宣传口"。当时，"中央宣传口"领导小组成员有五位：耿飚、朱穆之、李鑫、华楠、王殊，而耿飚则是"口长"，主持日常工作的是朱穆之和王殊。"中央宣传口"的工作制度规定，每周一上午开办公会议。除"中央宣传口"领导小组成员外，所联系的中央单位的负责人都来参加。当时，经常来出席办公会议的有：《人民日报》社总编辑胡绩伟、《解放军报》社总编辑华楠（兼）、《红旗》杂志社总编辑王殊（兼）、广播事业局局长张香山、文化部负责人黄镇、哲学社会科学学部临时负责人林修德以及国家出版局负责人等。通常，由耿飚主持办公会议，主要讨论一些重大的宣传工作问题。有时讨论某个特殊议题，中央组织部长兼中央党校副校长胡耀邦也来参加。

没想到，在《红旗》工作不到一年，我自己也到了"中央宣传口"。当时，由耿飚同志领导的"中央宣传口"（当时还没有建立新的中宣部）正筹备召开全国宣传工作会议。一天，我接到王仲方同志通知：到"中央宣传口"报道，筹备全国宣传工作会议，参与"起草组"工作。仲方同志告诉我，胡乔木同志任会议文件"起草组"组长，是乔木同志点名要我去的。起草组一共6个人，胡乔木亲自任组长，组员有王若水、郑惠、王树人、李曙光、杜书瀛。"起草组"除组长之外的5个成员，我是真正的小字辈。王若水，著名哲学家，不久之后当了《人民日报》副总编辑；"文化大革命"前，他以《桌子的哲学》一文而受到毛泽东表扬。郑惠是原国务院政策研究室专门起草文件的笔杆子，后来参加过1982年《中华人民共和国宪法》、《建国以来党的若干历史问题的决议》等文件的起草，深受胡乔木器重和信赖，他曾任中共中央党史研究室副主任；1997年创办《百年潮》，敢于直言，披露重大历史事件的真相，但也因此而被迫辞职。王树人是原《解放日报》副总编辑，"文化大革命"中与"四人帮"在上海的爪牙作过坚决斗争，1980年代做了中宣部理论局长。李曙光，笔名黎之，14岁参加革命，逐渐成长为著名记者，又写诗、写小说，"文化大革命"前在中宣部文艺处工作，参与过"文艺十条"等许多重要文件的起草，"文化大革命"后当了人民文学出版社总编辑。而我，不过是因为那篇《围绕〈创业〉展开的一场严重斗争》而引起胡乔木关注，调来"起草组"。我们"起草组"大多数时间住在西颐宾馆（即友谊宾馆）北配楼，而经常活动的场所则是"中央宣传口"的办公地点钓鱼台国宾馆十七楼。

"起草组"的任务是为全国宣传工作会议起草文件，说白了，不过是按"上面"的指导思想进行运作。但是，由于当时正值中央领导人之间在"两个凡是"和"真理标准"问题上存在尖锐的矛盾斗争，我们的直接领导数度变换：最初是"中央宣传口"，其在耿飚同志领导下兢兢业业做了许多拨乱反正的宣传指导工作；不久，中央决定成立新中宣部，由张平化任部长，执行"两个凡是"的路线；后来胡耀邦接任中宣部部长，坚决反对"两个凡是"，坚持"实践是检验真理的唯一标准"的思想路线，大快人心，但一时仍有诸多不协调的因素掣肘……这种状态，导致全国宣传工作会议的筹备工作"颠沛流离"。一两年间，每位领导上台，对于如何召开全国宣传工作会议，都提出自己的一套主张和要求，指导思想相互矛盾，我们"起草组"以及整个会议筹备组，就在这矛盾斗争的波浪中漂来漂去，几乎无法进行实质性的工作。会议筹备组办公室主任（实际上他就是"中央宣传口"的"秘书长"）王仲方，这位当年从延安走出来的副部级老干部，能量大，办法多，八方应付，机动灵活，居然在这种情况下把我们的工作和生活调理得有声有色。除了组织大家学习文件之外，晚上的时间异常丰富多彩——钓鱼台国宾馆的电影放映室里，总是有"过路电影"播放，我们在这里看了许多奥斯卡获奖影片。

1978年夏天，在张平化主政的时候，我们几乎无所适从，于是全国宣传工作会议筹备组的部分人员在王仲方带领下到青海和新疆进行调研，做了点实实在在的工作。正是在这次调研中，最早来"中央宣传口"和全国宣传工作会议筹备组的江春泽同志（原北京大学的教师）给我们讲了耿飚给他们讲述的参与粉碎"四人帮"行动的过程和接管中央人民广播电台的故事。

这个"起草组"存在了很久,我在那里混了差不多一年,后来王春元也借调到"中央宣传口"办公室。再后来,新的中宣部一成立,要正式调我和王春元去工作,据说调令已到文学研究所人事科。我听到这个消息,感到是一件大事,就找朋友们商量,有说应该去的,也有说不要去的。何西来和老栾的意见是不要去。老栾有一句关键性的话起了很大作用:"中宣部是党政机关,是搞政治的人待的地方;你不是搞政治的料。"我听从了这个意见,没有离开文学研究所,王春元也没有。

李:胡乔木点将把您借调到全国宣传工作会议的文件"起草组",你们应该有不少接触吧!

杜:第一次见面,当胡乔木微笑着把手伸给我的时候,我握着它,感到软软的,暖暖的,一个温和的长者就在眼前。给我印象最深的,是他那文弱书生的样子。他中等个儿,略微有点含胸,衣着朴素,一套再平常不过的中山装,已经洗得有点儿褪色;听他说话,苏北口音,声音不大,似乎没有多大力气,与他党内大理论家的强势地位和名声不大相称;但是你仔细听他讲话内容,就会感到他总能抓住问题要害,而且思路明确,条理清晰,具有很强的逻辑力量,有种强大的磁力吸引你,牢牢把你抓住。

长期在乔木身边工作的郑惠,在"起草组"闲聊时曾经对我说,乔木有一种能耐:文稿在许多人手里,费尽九牛二虎之力,总是不够劲儿,说不到那个点儿上;等拿到乔木那里,不几天,文稿就不一样了,水平上去了。郑惠说,1977年9月,毛主席逝世一周年,要写毛主席关于"三个世界"的论说,原定由外交部组织班子起草,他们调集了新华社、中共中央对外联络部的许多人,还把驻外的几个大使都调来了,搞出来以后,不太行;于是,就找到乔木。乔木有水平,一去,把他们的稿子都否了,重起炉灶,另组班子撰写,我参与其中。乔木提出了撰写该文的主导思想、应突出的重点、大的结构和该着力之处,让我和苏沛两人来帮助写，搞得我们挺苦的。每天上午他来议一议，拟出意见，晚上我们俩加班加点，写出一部分就立即去排印，这样苦苦弄了几天，按乔木的设计和构想，把初稿写出来了，上面很满意，认为是一篇非常有学术性的大文章。后来《人民日报》以特约评论员的名义登了好几版，接下来出了小册子。

但是在"起草组"同乔木的接触中，最令我意外、感到与他地位反差很大的，是他在我们这些小字辈面前说着说着话，忽然间无法控制自己而伤心地哭起来。那好像是1977年冬天我们"起草组"住在西颐宾馆北配楼的时候，一个下午，乔木召集我们几个人到他的房间开会，讨论"起草组"的目前工作，他让大家谈谈自己的想法，并且，对当前理论宣传方面存在的问题进行分析研究。听完大家的发言以后，乔木开始说话。他主要是分析"文化大革命"至粉碎"四人帮"之后到当前的理论状况和问题，他说："这十来年，我们党的许多重要的基本的理论思想，包括政治上的、经济上的、文化上的、学术上的、文学艺术上的、科学上的根本理论原则，全都被'四人帮'搞乱了，把我们的理论根基全都搞坏了，我们必须拨乱反正！我们党的理论思想，从来没有遭到这么大的破坏，从来没有遭到这么大的损失……"说到这里，乔木呜呜地哭起来，无法继续说下去。骤然间，整个房间的空气凝固了，当时我们几个人，面对此情此景，没有一点儿思想准备，手足无措，谁也安慰不了他，劝解不了他，而且也不知怎么安慰、怎么劝解。我当时更是六神无主，不知怎么办才好。大人物也有如此脆弱的时候。

我为乔木的眼泪而感动。当时我想，这位党的重要理论家，把党的理论视为自己的生命，理论被破坏使他如此伤心。

这件事过后，有一天晚上我到郑惠房间聊天，就我们俩，谈起那天乔木失态痛哭，我说我对乔木的哭充满同情和崇敬。郑惠也有同感。他说，乔木搞了一辈子理论，看到理论被破坏，的确心痛。过了一会儿，郑惠说："不过，乔木的确有他软弱的一面。"于是，郑惠讲了在乔木领导下工作的一些情况和乔木的点点滴滴。

根据郑惠亲身体会，乔木这个人是不轻易跟下面的人吐露心迹的，他有些莫测高深；但同他在一起工作长了，也能看到许多有意思的东西。郑惠说，我同乔木接触比较多，是"文化大革命"后期小平同志出来主持工作的时候。小平同志在1975年年初同乔木说要成立一个班子，这就是当时的国务院政策研究室，胡乔木、吴冷西、胡绳、熊复、于光远、李鑫、邓力群，都在里面，我是普通工作人员，分在理论组。工作地点在中南海。我们那时就跟"四人帮"对着干。乔木领着我们做了几件震动较大的事：一件是"科学院的汇报提纲"，一件是"工业二十条"，在文艺方面是关于电影《创业》的。大家公认《创业》在当时是不错的电影，却受到"四人帮"批判；于是我们通过文艺界的人让张天民给毛主席写信，由我们这里往上送，后来就有了主席那个重要批示（我对郑惠说，这个细节第一次从你嘴里知道，如果1976年我们写关于《创业》文章时知道，肯定会写进去）。我们还策划举办了"冼星海与聂耳音乐会"，请冼星海的夫人给毛主席写信，请毛主席同意举办"冼星海与聂耳音乐会"。文化部研究室有一个叫李春光的人，写了一篇大文章批于会泳，文章写得有说服力，有气势，有才气，乔木大加称赞，专门打印，让我们每人一份，让我们学习李春光的文章。我们还联系你们学部，想办一个权威性刊物《思想战线》，你是知道的（我对郑惠说，我确实知道，因为曾想把我调去这个刊物工作，但后来又派我去了《红旗》杂志）。《思想战线》第1期稿子都齐了，也因为批邓，没有出来。1975年夏秋，我们的工作真是轰轰烈烈的，影响很大。对于这一连串的事，"四人帮"很恼火，视国务院政策研究室为眼中钉。后来，在迟群的信这件事上，出了问题。有人写信告清华大学的党委书记迟群，通过乔木交给邓小平，又送给毛主席。毛主席生了气，认为告迟群是针对他的，态度就变了。到了1975年10月，形势就不妙了。我们政策研究室有一个原来中宣部的普通干部，到我们这里来是搞资料的，表面很老实，没有想到他写信告了我们，姚文元马上就批了，要政策研究室接受审查整顿。这个打小报告的人成了政策研究室的负责人，取代了胡乔木。接下来就是批邓，把政策研究室称为"邓记谣言公司"，乔木是被批的首要。我们都没想到他经受不住，精神垮了，沮丧得不得了，我们那时看他被批判的样子，走路都走不动，人都垮了。别人，如于光远等，都是经过"文化大革命"初期、干校的批斗，面对这些事情都能应付，但是乔木在"文化大革命"初期就受到保护，没有去过干校，没有在群众会上受过批斗，他没有经受过运动的挫折。他特别在意毛泽东对他的态度，认为毛泽东对他有看法了，不然，怎么会精神崩溃呢？于是作检讨，作揭发。当时吴冷西揭发了邓小平说的许多话，还很具体。乔木更绷不住了，因为邓小平讲话，乔木都在场。于是，乔木也一条一条地揭发起来。最糟糕的是，他写了一个详细的揭发邓小平的材料，还对邓说了很不应该的话："这个人（邓小平）顽固虚伪。"据说他写的材料被送到了毛泽东那里。这是乔木的一个很大的污点。毛泽东去世，乔木想参加追悼会，江青他们不让，他心里很难过，因为他和毛泽东感情很深，乔木就写了一封信给江青。"四人帮"被抓时，在江青的办公桌里搜出了这封信。这就成了大事。有人认为这是乔木向江青献忠心，其实，公平地说，乔木只是想参加追悼会而已。这就形成华国锋上来以后对乔木的看法，认为他政治上太不坚定了。此后一段时间，新班子也没有太重用他，据说，关于胡乔木，邓小平有两句话，一句话是说乔木是"软骨头"，一句话是说乔木"还是党的一支笔"（参见盛禹九《复杂多面的胡乔木——同李锐谈话录》，《炎黄春秋》2014年第2期），所以后来还是起用了他。乔木当着我们的面流泪的那个时候，他还没有被起用、被重用。

中央领导人之中，有两位是于我有知遇之恩的，一位是华国锋，一位是胡乔木。所以，我对他们两位的感情也很矛盾、复杂。关于华国锋，一方面，我感谢他对我们的表扬；另一方面，我对"两个凡是"又是不赞成的。关于胡乔木，一方面，我感谢他的赏识（有一次我到南长街他家里送材料时，他还说了对我们那篇评《创业》文章的称赞的话）；另一方面，我对他后来对王若水、对周扬的态度（也许他是代表了更高领导人的态度）不理解、不满意，实际上我是同情、赞成王若水、周扬的。

乔木是个大人物。但是，他终究还是一个文弱书生——一个处于高位的文弱书生而已。

乔木的一生也有他悲剧性的一面。但是，我转眼又想：说乔木具有悲剧性，难道仅仅是他个人的悲剧性吗？

李：您参加过文艺界的拨乱反正，在这个过程中，您最深刻的印象有哪些呢？

杜：当时，我对周扬的印象很深。我第一次近距离见到周扬时，最触动我的是他饮泣的眼泪。那是在1977年12月28日至31日在海运仓总参招待所召开的"在京文学工作者座谈会"上。

座谈会主办方是刚刚复刊的《人民文学》杂志，由主编张光年主持。他也是久违了的一个人物，坐在主席台上，同许多同样久违了的朋友打招呼，脸色既兴奋又凝重。会议悬挂的横幅是"热烈欢呼华主席的光辉题词，向'文艺黑线专政论'开火"——那年华国锋为《人民文学》题词："坚持毛主席革命文艺路线，贯彻执行'百花齐放、百家争鸣'的方针，为繁荣社会主义文艺创作而奋斗。"《人民文学》以此为由头召开座谈会，批判"四人帮"的"文艺黑线专政论"，进行文艺上的拨乱反正。座谈会开幕，时任中宣部部长的张平化举着华国锋题词到会，而他代表中宣部发表的讲话，却高唱"两个凡是"的调子，认为毛泽东的"两个批示"及其对《纪要》（即林彪委托江青召开的部队文艺座谈会《纪要》）亲自修改三遍讲过的话，必须遵循，因而"文艺黑线"是存在的，周扬是有错误的……这与此次座谈会批判"四人帮""文艺黑线专政论"的主旨相矛盾，与文艺界清算"四人帮"罪行的要求相抵牾，引得人们会上会下会里会外议论纷纷，大多数人表示了强烈不满。

文学研究所的人中，我与王春元及蔡仪先生应邀，全程与会。28日是座谈会第一天，夏衍、冯乃超、曹靖华、秦牧、韦君宜、吴组缃、冯牧等发言，激昂慷慨。29日上午，林默涵作长篇发言，题为《解放后十七年文艺战线上的思想斗争》，里面涉及丁玲、陈企霞和胡风问题，说"丁陈小集团和胡风小集团是两个隐藏在革命队伍中的反党和反革命集团。一个隐藏在革命根据地延安，一个隐藏在国统区。他们之间是遥相呼应的"，后来，该文发表在《人民文学》1978年第5期。29日这天下午，通知我在草明、柯岗之后发言——我与王春元商议，蔡仪先生是我们的老师，还是请蔡老代表我们三人发言吧，表明我们对"四人帮"罪行的批判态度和愤怒感情而已。蔡老代表我们发言，很有激情，坐在我旁边的北京作家协会秘书长、老作家雷加对我说，没有想到蔡仪这么有激情，我以为他只会抽象思维呢——原来我还想写一篇关于蔡仪的报告文学，看看他是怎样抽象思维的。又过了一天，30日上午，会议终于请周扬到会作长篇发言，大家期待着。那天周扬从西郊赶来，迟到了一会儿，9点半多了，我看到面色苍白、显得有些衰老、但精神还算健旺的周扬，匆匆步入会场。他从会议室后面走来，穿过已经就座的与会者，从我身边经过，走上主席台，表情十分激动。

周扬已经有11年没有在文艺界露面了。1966年他切除一叶左肺到天津养病，是年年底，从天津被抓到北京关押起来，从此音讯全无，一度传说他已死亡。周扬的突然现身，令大家兴奋不已，热烈鼓掌欢迎他的归来。

这是经过了十年劫难之后，文艺界第一次如此大规模（约有140人）的聚会。周扬原是中宣部副部长（"文化大革命"中称之为"阎王殿"的"二阎王"）、中国文联的副主席，当时他虽然恢复了自由却并未完全平反，因而并非以中国文联副主席、原中宣部副部长的身份讲话，而只是一个"特殊的"应邀与会者；而且张平化在这次座谈会第一天的讲话中，仍然说"周扬是有问题的"，"文艺黑线"也是存在的，在周扬头上砸了两棒子，也给座谈会泼了一盆冷水。虽然张平化的讲话在会上受到与会同志抵制，但在这样的情况下，周扬到会讲话并非完全没有顾忌。他百感交集，心情复杂，第一句话是："参加《人民文学》召开的这个座谈会，我觉得很幸福，感慨万端。"紧接着就检讨自己，说"我错误缺点很多，有路线性错误，有一般性错误，有历史的错误，有当前工作的错误；对我错误的批判，我都接受，这是对我很好的教育，我要感谢"；但他陡然一转，提高了声音说："'四人帮'对我的诬陷迫害，我一概不能接受！这完全是整人嘛！"这时，他说话声音有些变了，沙哑着嗓子带着哭声说道："整人也不能这样整嘛！"至此讲不下去了，我坐在会场的第四排，看到他眼泪唰唰流下来，饮泣不止。全场默然，有的人也跟着流泪。大约过了好一会儿，才平静下来，周扬继续讲了三个问题：第一个问题是怎样评价30年代文艺；第二个问题是怎样正确评价十七年的文艺；第三个问题是要"文化革命"还是要毁坏文化？

　　此情此景，使我极为震撼。文艺界的这位曾经叱咤风云的掌门人，居然如此失态，如此伤心地饮泣，这与曾经的文艺界"强人"形象，形成鲜明对照，颇不协调。对此，我没有任何思想准备，有些不知所措。

　　我想，周扬此刻的眼泪，大概主要是为他的遭遇而深深委屈。不过这委屈对周扬自己来说，也许并非完全是坏事。由自己的委屈，他也会想到历次运动他给别人造成的委屈，灵魂受到尖锐的触动；因此他晚年一直向被他伤害过的人道歉。我相信他的道歉是真诚的——虽然有的同志余气难消而不接受他的道歉，如丁玲。因为他自己受了如此大委屈，所以也促使他在灵魂深处进行反思，而且反思得比某些人深刻。

在某些重要的理论问题上，周扬的反思也使他的认识大大前进了一步——他原来也是而且不得不是一个执行某种路线、阐发某种思想理论和方针政策的工具，那时，他在很大程度上没有独立思想或努力使自己没有独立思想；然而经过"文化大革命"，他开始有了自己的思想，如关于人道主义、异化等问题的思考。当周扬晚年开始有自己的思想的时候，就犯忌了，于是挨批，挨整。这真是一个时代的悲剧。

周扬的晚年值得称赞。即使晚年再次受到严厉批评的时候，学术界、文艺界非常多的人，包括我和文学研究所的、中国社会科学院的许多学者，都对他给予同情和支持。

李：何其芳先生是新中国文学界的重要领导人，他长期执掌文学研究所，担任文学研究所的所长。您长期在他的领导下工作，您的文章也流露出对他的崇敬、爱戴。希望能谈谈你们之间的交往。

杜：我一到文学研究所当研究生，除了我的导师蔡仪同志之外，第一个想见的自然是其芳同志。有一天，我正站在二楼会议室门口和人说话，其芳同志走过来了。旁边一个同志把我介绍给他："这是新来的，蔡仪同志的研究生。"他立刻微笑着和我握手，藏在深度近视眼镜后面的眼睛，流露出非常温和、亲切的光辉。"欢迎，欢迎"，他总是说话很快，"住处安顿好了没有？习惯不习惯？还有什么困难？见到蔡仪同志了吧，他是个很好的同志……"他的一连串的热情话语，把我的拘束一下子驱散了。他的话又快又多，一点也没有架子，很容易接近。他的衣着穿戴，也和他的为人一样朴实：一身半旧的海蓝色制服，一双圆口布鞋。那次给我留下很深印象的，还有其芳同志的手。那只写出了那么多咄咄逼人的论辩文章的手,原来是那么柔软;因为胖,他的手背上显出四个小窝。

多年来,不论其芳同志多么忙,身体多么不好,文学研究所的同志或是外单位的同志,特别是青年人,请他修改文章或请教问题,他总是热情接待,从来没有拒绝过,而且也从来没有敷衍应付。譬如,我所在的文艺理论组的青年同志写的文章或小册子,每次送给他,他都改得极其认真仔细,连一个标点符号也不放过。

在我请他修改文章的过程中,有两次给我的印象极深。有一次,我按约定的时间去了,他的爱人牟决鸣同志很抱歉地告诉我:"他刚刚从医院拔了牙回来,不能讲话……"请我改天再来。这时其芳同志从里屋赶出来,一只手用沾着血的手帕捂着嘴,另一只手一把拉住我,把我按在沙发上坐下,然后,拿一张白纸铺在我们两人之间,又取两支铅笔,一支给我,一支他拿着,他写道。"咱们用笔谈。"就这样,他写一句,我写一句,我们俩笔谈了半个多小时。

另一次,是一个中午,当我推开门进去的时候,我后悔不该来——其芳同志摇晃着身子来接待我。我看见他几乎要倒在沙发里。看得出来,他有些头昏。他先是非常遗憾地告诉我:"糟糕!我把你的稿子忘在家里,没带到办公室来,咱们到我家里去谈吧……"我赶忙提醒他:现在正是在他家里。他略定一定神,看看周围,恍然大悟:是在家里。我说,以后再约个时间谈吧。他哪里肯!他说:"你坐着,过几分钟我就会好一些。"我们默默休息了一会儿,他就开始谈他的意见,谈得很详细,并且事先已经在我的稿子上密密麻麻写了许多批语。除了谈对这篇稿子的一些具体意见,还针对我的问题,谈了如何写文章、如何做学问的一般的意见。

"你的文章好处是有热情,能感人,但是,能不能把语汇搞得再丰富一点儿?写文章不能翻来覆去就那么几个词儿,要想法丰富自己的语言，要下点苦功夫。你看那些艺术大师们，譬如像托尔斯泰，还有一些大理论家，语言多么丰富，多么富有表现力，真是妙极了！……"

"我刚刚学着写点东西，对那些艺术大师们，当然是望尘莫及。我们这一代年轻一点的人，业务已经荒废多年了，无论如何是不行了，完了。"

他马上批评我："不能这样没信心，这样自暴自弃，不能这样想。好好努力，下点功夫，总还可以做点事情嘛。也不要这样想：那些艺术大师们、大理论家们的水平是达不到了，就算了，或不敢再写点什么了，不能这样！文章还是要多写，敢写！"他想了一想，说："好像是俄国的哪个作家说过，不要看大狗叫得响，小狗就不敢叫了，也还应该叫几声的。这是谁说的，我一时记不起了，但是，有道理。"

"我觉得自己思考能力、分析能力都不行，技巧更谈不上，有时候想着有那么一点意思，可是等写出来，很平常。我老觉得自己太笨，怎么有的人就能把文章写得那么巧妙呢？"

"当然，写文章不能不注意技巧，不能不注意形式上的问题；但是更重要、更根本的是要在内容上下功夫，看你能不能抓住问题的要害、关键，把问题看得深一点儿，抓得准一点儿。要锻炼自己分析问题的能力，要多读马列和毛主席的书，真读懂可不容易呀，要学习他们是怎样抓问题、怎样看问题、怎样分析问题的。至于形式上的问题，对了，我还想起你们有些同志文章的一个通病：缺少波澜，太平。文章总得有点起伏嘛，一个高潮，再一个高潮，这样，文章就好看了。"

然后，他问我："你是学美学专业的，那些文艺理论方面的名著，西方的，中国的，你读了什么？"

我说了读过的有限的一些。

"还要多读点才好，理论是把握艺术的规律的，要看看前人掌握了些什么样的规律,我们今天如何在借鉴前人经验的基础上,进一步总结艺术的规律。文学名著你读了些什么?……唔,唔,不够,不够,能找到的尽量多读,如果认真读上几百本,那就不一样了……"

我看他已经十分疲惫,所以一个问题也不敢再提,企图尽量缩短这次谈话的时间。但是,他坚持把意见详细讲完。可是,我没有想到,这竟是其芳同志最后一次为我修改文章。

我最后几次见到其芳同志,是在医院里,他躺在病床上。那是1977年7月中旬,天气特别闷热。当时我正被借调在《红旗》杂志社帮助工作。一次,回到所里,有同志告诉我:其芳同志因病住院了,是胃大出血,已经开刀,发着高烧,时常昏迷。这个同志还用忧郁的声音在我耳边悄悄说:"听说,经医生化验,确诊是胃癌。"听到最后这几个字,我的心便突突跳起来。这不祥的消息好像更增加了炽热和郁闷,我冒了一身汗。

下午我便跑到医院去。那是三层楼上一个朝西的病房,西晒又额外给房间里增加了许多热量。电风扇不住地吹。其芳同志躺在病床上,闭着眼睛,脸烧得红红的,呼吸急促,头上放着冰袋。他的身上同时插着三根管子:鼻孔里是输氧的管子,腿上是切开静脉血管输液的管子,腋下还有一根开刀后从胸腔引流的管子。显然,死亡在威胁着他。我进去时他正处于昏迷状态,我默默站在旁边,戚然地看着他。一会儿,他醒来了,看到我,微微露出笑意。我连忙走前几步,向他点点头,然而,喉咙像是被什么堵塞着,竟连一句安慰的话也说不出来。又过了一会儿,其芳同志在说着什么,声音很弱,仔细听,他是在问身边的同志:"清样来了没有?拿给我,校对一下……"听到这几句话,我鼻子一酸,泪珠差一点滚出来。他的声音已经十分微弱,他躺在病床上连翻身的力气都没有了。给他输液的管子刚刚拔去,而为了挽救他的生命,还有三只管子同时插在他的身上。一个时常处于昏迷状态的人，当他稍一清醒的时候，心里想的只有一件事：工作。我知道，那一段时间，他正拼着老命写一部有关延安文艺座谈会的回忆录，题目叫作《毛泽东之歌》。其芳同志要的，就是这本书的清样。直到他临终的前一两天，当他连话都快说不出来的时候，他还在沾着血迹的床单上用手指对他的夫人写："手稿，列宁全集……"

1977年7月24日傍晚，当我听到噩耗赶往医院时，天色悲伤地阴沉下来。我站在其芳同志的遗体前，竭力吞咽着痛苦，不使自己哭出声来。热泪灼烧着我的双颊。透过泪水，在惨白的灯光下我看到其芳同志静静地躺在那里。举行追悼会那天，郭沫若同志、王震同志、沈雁冰（茅盾）同志、康克清同志、胡乔木同志、朱穆之同志、薛明同志……赶来参加，表示深切哀悼。王震同志说："他的记贺龙同志的文章，我读过，写得好，要整理出版。"

李："文化大革命"后，陈荒煤先生曾经担任过文学研究所副所长，为文学研究所恢复正常的业务做出过重要的贡献。你们应该有所接触，希望谈谈您对他的认识。

杜：文学研究所是十年"文化大革命"的"重灾区"之一。"文化大革命"后，文学研究所新旧矛盾很多。沙汀所长和陈荒煤副所长就是在这种情况下，来到了文学研究所，但实际上，真正掌所的是荒煤同志。这时候，我正好被借调到《红旗》杂志办刊物，随后又被调到耿飚同志领导的"中央宣传口"（后来是新成立的中宣部）筹备全国宣传工作会议，在起草组起草文件；但只要有空我就溜回文学研究所里来。一天，听同事说："文学研究所来新所长了，是名人：沙汀和陈荒煤，不过沙汀年老多病，基本上是由荒煤同志主管。"然而，沙汀、荒煤来所相当长一段时间，我竟连面都没有见到，因为白天我大多在《红旗》杂志或起草组，有时晚上回所，他们早下班了。荒煤同志刚上任，就在派性尚浓的文学研究所宣布："我们不搞支持一派、反对另一派的事，我们的目的是要把文学研究工作搞上去，克服'四人帮'所造成的混乱。"他提出建立中国的、有民族特色的马克思主义文艺科学,总结"五四"以来文艺运动的经验教训,总结、整理文学历史的遗产等三项任务,然后斩钉截铁地说:"不按这些任务和原则去安排和完成自己的研究工作,不管哪一派,不管谁,都不行!"他还宣布:"'文化大革命'的旧账谁也不要再纠缠,集中精力搞科研!"（参见何西来《追忆荒煤到文学所的"施政演说"》,《新文学史料》2003 年第 4 期;严平《荒煤在劫后重生的日子里（1978—1980）》,《新文学史料》2011 年第 4 期）几个月后的 1978 年 11 月 25 日,他以个人名义给文学研究所每位同志发了一份近千字的通知,我也曾得到一份,这个通知提出了九大问题,包括如何掌握目前理论问题的突破口,如何批"四人帮"的"文艺黑线论""黑八论",如何总结新中国成立以来正反两方面的经验,如何看"双百方针"二十年来的经验教训,可否废除审查制度,当前理论动态怎样,《文学评论》如何办得更有生气,五四运动 60 周年和建国 30 周年应写些什么重点文章,等等。我听说,会开得很有生气,也带动了文学研究所。

之后,荒煤同志带领文学研究所,着力进行基本理论建设,组织文艺理论组（随后即改为室,下同）撰写具有关键性的理论文章;请朱寨同志主持研究新中国 30 年的文学成就并总结 30 年文艺论争的经验教训;请现代组的同志研究"30 年代",弄清那段被"四人帮"称为"文艺黑线"源头的历史真相,组织编选《中国现代文学史资料汇编》;请古代组的同志以马克思主义观点总结整理文学历史遗产;而他自己则带领一些同志积极参与批判极"左"文艺思想,他身先士卒,冒着风险大力支持卢新华《伤痕》、刘心武《班主任》、张洁《从森林里来的孩子》、蒋子龙《乔厂长上任记》等一批尖锐触及现实问题的新生文艺作品,顶着压力在《人民日报》大声呼喊被"四人帮"打入地狱的《阿诗玛,你在哪里》……这段时间,荒煤是文艺界最活跃的人之一。

他旗帜鲜明地说:"我们回忆一下历史,用实践来检验,那么应该说,党在领导文艺工作方面,固然取得了很大的成绩,但是也犯过错误,也有缺点,我们的实践证明了如果党的领导部门不能正确地处理文艺与政治的关系问题,不按照艺术规律办事,不强调作家深入生活,反映生活的真实,就不能很好地领导文艺,有时候甚至严重地挫伤了文艺工作者的积极性。"(1980年8月在庐山召开的全国高等学校文艺理论学术讨论会上的开幕词)更重要的是他主导制定全国文艺研究和理论发展规划,主持了由文学研究所主办、全国文艺界、学术界老中青精英参加、在昆明举行的全国文学学科规划会议——它是新时期振兴文学学科发展的会议,也是新中国成立以来第一次全国性的文学学科会议——当时的文学研究所,成为引领风潮者。学界公认:以荒煤为首的文学研究所、以张光年为首的中国作家协会、以冯牧为首的《文艺报》是三大文艺重镇,对推动新时期的文艺发展,起了举足轻重的作用。1982年春,荒煤离开文学研究所调任文化部副部长之后,仍然不断地关心文学研究所。

大约是1978年年底或1979年年初,我辞谢了中宣部调我去工作的调令,回到了文学研究所文艺理论研究室。不几天,荒煤同志召集我们几个年轻同志到所长办公室开小会。那是我与他第一次面对面接触。他说话声音不大,但句句清晰,不拖泥带水。

"我看了你们三位发表在《解放军报》上的文章,各大报刊都曾转载,影响很大,反应很好。文学所的同志就是要多写这样的文章。"听了荒煤同志的话,我深受鼓舞,心里高兴。然后,荒煤同志讲了文艺界、学术界的大趋势和面临的问题,询问了我们的想法和个人的研究计划,最后,根据每个人的具体情况,谈他的建议。针对我,荒煤同志说:"小杜呀——所里同志都这么称呼你,我也这么叫你吧——我知道你是蔡仪同志的研究生,学美学的",哎呀,他是事先作了调查研究的,"蔡仪同志研究美学和文艺理论，他的最有名的理论就是'美是典型'，典型问题的确重要，你的优势在理论，你能不能着重研究一下典型问题啊？"他接着说，"有些理论问题，随着时代和形势的发展，特别是文艺创作的发展，出现了新情况、新问题，需要加以研究和探索，需要新的回答，需要对一些老的观点、传统的看法加以补充与修正，不这样做，理论就不能发展，也就对实践失去指导作用。艺术典型问题就是这样。你说呢？"我说："荒煤同志的意见很对，最近一段时间，我就按您的意见专门思考一下典型问题吧。"荒煤赞同地说："好！好！你自己做个计划，抓紧干起来。"荒煤同志马上又补充道："过去文艺上的经验教训，其中非常重要的一点是不按艺术规律办事。我们必须研究艺术规律，而且抓住艺术的特殊规律，而典型问题，就是艺术的特殊规律中的一个关键问题。'文学是人学'嘛，不管高尔基讲的原话和原意是什么，反正这句通俗简明的话语，表明了一个真理，在文艺创作中，特别是文学、戏剧、电影、电视等叙事性的作品中，人终究是中心。而人，在文艺作品中经过艺术概括所塑造的人物，都有一个典型化的问题，或者说典型性、典型意义的问题，即作者所创造的人物是否以鲜明的个性形态表现生活的本质真实，是否具有典型环境中的典型性格。作品思想的深度，主题提炼的高度，作品的艺术感染力，作家的才能，无不与人物典型创造密切相连。但是多少年来，关于典型问题还缺少比较系统的认真的研究和探索。到了十年动乱中，'四人帮'之流索性提倡以'三突出'的方法创造所谓高、大、全的英雄形象，树立所谓'样板'，完全抹杀了真正典型的创造，其结果导致了社会主义文艺园地百花凋零，一片荒芜。总之，典型问题，实际上是文艺创作中的一个关键问题，讲清楚典型问题，对发展文艺创作具有十分重要的意义。"

这次小会后，我花了差不多三个月，写了一篇近三万字的文章，题曰《典型与个性》，送给荒煤同志。大约一个星期，荒煤同志把我叫到所长办公室:"小杜,你写这篇文章花了不少工夫,洋洋两三万言,许多问题论述得也很深入,理论性很强。但是我还是不满意,我说点儿意见同你商量。我觉得你的这篇文章,学院气太重,就理论谈理论,逻辑推理头头是道,但是离现实的文艺创作实践远了些,离当前的理论实际也远了些。你应该针对当前的文艺创作实际和理论上出现的实际问题立论,密切联系当前现实提出问题、解决问题。你的理论如果不能有效地解决现实本身出现的亟待解决的问题,那理论的意义在哪里呢?你回去再琢磨琢磨,看看我说的是否有道理?"

那几天我反复思考荒煤同志的意见,觉得荒煤同志的意见确实抓住了我的问题所在。然后决定:按荒煤同志的意见,重新写一篇有关典型问题的文章。我紧盯当前的文艺创作和理论,研究了大量刚发表的作品和评论文章,并阅读了相关资料。差不多两个月,我写了一篇一万五千多字的文章,送给荒煤同志。两天以后,荒煤就急急找我:"这就对了!这篇文章好!"这就是先刊登于林韦同志主编的《未定稿》、后发表在《文学评论》1980年第1期的那篇《艺术典型与多数、主流及其他》,并得到了学界广泛认可。

一年多后,我按荒煤同志的指教写的研究艺术典型问题的一本小册子将要出版,于是我拿着书稿又找到他:"这本书的写作直接起因于您的倡导和指教,如果您有时间,能否为它写一篇序言?"那时他好像要调任文化部副部长,忙得不可开交,但他爽快地说:"我一定要写。"不到一个月,他的秘书严平同志把序言给我,说荒煤同志叫你看看有什么意见;可笑的是,我竟然大着胆子给荒煤同志的序言改了两个地方。严平当时还说我:"荒煤同志的文章你还要改?"事后想想,我确实不知天高地厚。然而荒煤同志毫不在意,完全采纳了我的意见,书出版之前,就把这篇序言在一个刊物发表了。

李:许觉民先生的资历也很老,曾经参加过左翼的文化活动。

他继陈荒煤之后担任过文学研究所的所长，好像时间不太长。希望您能够谈些他的情况。

杜：我与许觉民同志第一次接触，却赶上他发火。那是1979年冬天，为了我的一篇论文在他主管的《文学评论》发表的事。

事情的原委是这样的。我在荒煤同志指导下写的那一篇关于典型问题的文章《艺术典型与多数、主流及其他》，先是被林韦同志（他就是李银河的父亲）知道了，他充分肯定了文章，并立即在他主编的《未定稿》发表。不久，林韦以《未定稿》主编身份兼任新创办的《中国社会科学》第一副总编，又想在《中国社会科学》创刊号发表拙文。没有想到，与主管《文学评论》的许觉民同志发生了冲突。

我与林韦同志第一次见面是1979年秋天，他打电话约我去写作组，即《未定稿》编辑部，中国社会科学院一号楼二层的一个房间。他握着我的手说，《艺术典型与多数、主流及其他》一文，抓住当前问题，立意、论述、语言都好，叫人眼前一亮，我们马上发表，这样的文章，希望你多写。"你最近还有什么写作计划？有文章，先拿来我们《未定稿》。有争论的，更好，我们的《未定稿》既然是未定的，就可以拿出来讨论，可以稍微胆子大一点，开放一点。"他还说："我知道你在中宣部筹备会议，结束了吗？常到我们这儿走走，你的合作伙伴——经常与你一起写文章的何西来在我们写作组……"临别，我们两人都留了对方的电话。

不久，许觉民同志通知我，《文学评论》决定发表《艺术典型与多数、主流及其他》，问我还有什么修改补充没有。没有几天，林韦同志打来电话，说《中国社会科学》决定发表这篇文章："《中国社会科学》是咱们社科院新创办的大型刊物，规格很高，经过研究，创刊号选定了你的文章。"我为难了，立即向他说明《文学评论》已经决定发表此文。林韦同志有些意外，也有些失望。稍一停顿，又说："你向许觉民同志解释一下，把这篇文章让给我们《中国社会科学》创刊号发表好不好？"我去向许觉民转达林韦同志的意思。觉民同志一听就火了："你怎么一稿两投？这是不能允许的！"我第一次见觉民同志发火，平时的笑容不见了，非常严厉。我立即解释：我并没有一稿两投，而是此稿先在《未定稿》发表，林韦是主编，他自己看到文章而决定《中国社会科学》采用的。"而且我已经向林韦同志说明了情况，他让我转达他的意见，把此文让给《中国社会科学》。"觉民同志铁青着脸，斩钉截铁地说了两个字："不行！"我受了批评，满含委屈，只好如实转告林韦同志。之后，我忽然又接到林韦同志的电话："我们杂志的同志研究了一下，你看这样好不好：你同觉民同志商量商量，我们两家刊物同时发表这篇文章行不行？我们《中国社会科学》刚刚创刊，是双月刊，《文学评论》也是双月刊，约定明年《中国社会科学》第1期（创刊号）与《文学评论》第1期同时发。"我不知道为什么林韦不直接找许觉民，而让我在中间传话。结果，我又碰了一鼻子灰。觉民同志这次的态度同先前一样严厉："你是我们文学研究所的人，你的文章我们当然有优先权。你对林韦同志说：《文学评论》明年独家发表！"我夹在他们两人之间，非常难受、委屈。有一段时间，我怕见觉民同志；见了，也灰头土脸；有时竟躲着他。我的文章在《文学评论》发表后，觉民同志拿着这期《文学评论》专门找我，满脸微笑："小杜，你的文章，大家反映不错。稿子处理的事，我还得向你道歉，让你受委屈了。我也是一时心急，怕打乱既定安排，没有了解全面情况就向你发火，我应该检讨，对不起呀，你别在意……"

经历了这件事后，我对林韦同志感到十分抱歉，同时也一直心怀感激。后来，大概过了十来年，已经到了20世纪90年代，我偶然遇到林韦的女儿李银河，我对她的丈夫王小波不幸去世表示惋惜，我还特别对她说："我一直感激令尊的知遇之情，可惜之后再没有见到他。"李银河说："我父亲被撤职后，1982年5月参加会议时突发脑梗,失去了工作能力,1990年5月去世。"我心戚戚然,暗暗叹息。此是后话。

大约1982年夏秋之交,许觉民同志把我和刘再复叫到他的办公室——那时,许觉民同志好像全面主持文学研究所工作,不久以后即正式任命为所长。三人坐定,他说,最近中宣部开会,传达了中央领导同志有关意识形态领域一些问题的几次讲话,对目前意识形态领域的一些现象很不满意,有许多是带有倾向性的问题,认为这关系到坚持马克思主义基本理论和社会主义精神文明的建设,要求文学研究所的同志写文章,并且指明《文学评论》一定要发表重头文章,从文学艺术的角度表明自己的立场和态度。

那时胡乔木和邓力群已经离开中国社会科学院,我估计许觉民同志所说"中央领导同志"就是胡乔木,可能再加上邓力群,或者还有更高一层领导。我虽然没有直接听到过"中央领导同志"就意识形态问题的这些讲话,但有关胡乔木、邓力群与周扬、王若水等人之间的不同意见,已有不少传闻,特别是有关人道主义、异化等;甚至听说中央领导人有批评"资产阶级自由化""精神污染"的说法。汝信在《人民日报》发表的关于人道主义的文章及后来的自我批判,也与乔木两次直接指示相关。本来,前几年我在全国宣传工作会议起草组,就那么五六个人,经常开会,同胡乔木、王若水等同志接触还是不少的,我还到乔木家里送过材料,有过交谈;那时胡乔木是起草组组长,他不在,就指定王若水代组长,我对他们的印象蛮好,觉得乔木对王若水很器重。但是不几年就传出他们之间的意见分歧甚至尖锐对立;再后来,是王若水被撤职(《人民日报》副总编辑);再过几年,就是胡乔木亲自找王若水,要他退党……我很不理解,曾困惑良久。十几年后(大约是1994年秋天),在八宝山参加王春元遗体告别时,我又一次见到王若水,问起当年情况,他叹了口气,摆摆手,说是"一言难尽",但是仍然坚持自己的意见。那时他已是"党外人士",娶了个女研究生做妻子，以布衣学者身份经常到欧美讲学或参加其他学术活动；然而看起来精神很好，我们的交谈也十分亲切。没有想到这竟是我们的最后一次见面交谈——几年后他死于癌症。

回到1982年。就当时我所接触到的学术界、文艺界的人士，以及文学研究所的同事而言，有相当大一部分人，包括我自己在内，更倾向于周扬和王若水的意见，大家在私下议论纷纷。现在许觉民同志找我和再复，就是布置写文章，就当前意识形态领域的相关问题发表意见。觉民同志说："文学研究所的同志当然都能写文章，但是我们考虑还是由你们两人承担这个任务，你们近几年写了不少有影响的文章，大家公认你们是最能写的笔杆子。"我和再复只好答应了下来。并且商量了文章的大体方向、主要内容、基本结构等，并约定各自回去拟个文章提纲，一周后碰头，往一起合。一周后的会，还是我们三人一起讨论，确定了共同认可的提纲。觉民同志说："下面的事就由你们二人去做了。"我与再复商定：各自仔细考虑文章写法，三天后会面。可三天后，找再复的时候，怎么也联系不上了（他到外地去了？或是故意躲到某一处所？我至今也不清楚）。再复忽然"消失"了，既没有打招呼，也没有留下任何联系方式。其实我与再复俩，谁也不愿意写这样的文章。既然再复不见了，我当然也打退堂鼓。于是找觉民同志说明情况。觉民同志有点儿生气，也很着急。最后他说："这是中宣部交下来的任务，不写怎么行？怎么交差？不想写也得写。从文学研究所的大局出发，再复找不到，你自己也得独立完成，就是千斤重担，你也得挑！"像战场上的指挥官给他的士兵下命令。

回到家里，我重新调整了文章提纲，确定了总的策略，就是在不违背学术良知和自己意志的前提下，奉命作文。我主要是从正面阐述文学艺术在建设社会主义精神文明中的意义和作用，不涉及"批判"学术界许多有识之士并不认可的所谓"反面"现象。在以后的差不多一个多月，我挖空心思，写出了那篇题为

《社会主义文学和社会主义精神文明》的文章，先送给王信看，他说："没有想到在这种情况下你还能把文章做到这个模样，已经很不容易了。"许觉民同志也满意，把此文发表在《文学评论》1982年第6期。然而，对奉命而写的这篇论文，我并不感到高兴和荣耀。后来出文集，我也没有选入这一篇。

最初我与许觉民同志的几次接触，算不上多么和谐，总是不如其他同志那么亲密。但是，自从听到有关林昭（原名彭令昭）的事迹，尤其是许觉民与她的关系后，不由得对他肃然起敬。以后，再见到许觉民同志，就觉得他非常可敬、可亲、可爱，以前存在于我心中的那些小疙瘩，顿然消失；相遇时，我总是迎上前去同他打招呼。2004 年，许觉民同志在灵岩山上和外甥女彭令范一道主持了林昭骨灰安放仪式，他还写了主祭文。2005 年年末，听说许觉民同志患重病，2006 年春节，我与妻子到皂君庙宿舍探望。那次是由许觉民同志邻居、好友，《中国社会科学》的何祚榕老师指引和陪同去登门的。一见面，他笑声朗朗，倒是对我问寒问暖，又问所里的情况和学术界、文艺界的消息……一点儿也不像有病的人，我深感欣慰。不料想之后不到一年，许觉民同志竟然去世了，享年八十五岁。

李：1980 年，教育部委托西北大学主办了全国中文系助教进修班，推动了高校文艺理论的研究和教学工作。您是进修班的主讲老师，能否谈一些您知道的进修班的情况。

杜：1980 年春夏，教育部委托西北大学主办全国中文系助教进修班，由西北大学中文系主任刘建军和该系文艺理论教研室主任毛黎村主持。为时一个学期（约 5 个月）。全国各大专院校 71 人来此进修，江西的赖大仁和河北的詹福瑞等都是该班学员，后来他们大都成为文艺理论界和教育单位的骨干。邀请全国各个大学和研究单位的专家讲课，我记得有蔡仪、徐中玉、李泽厚、王燎荧、胡采、杜鹏程、王汶石等，文学研究所和外国文学研究所的年轻学者王春元、钱中文、柳鸣九、何西来和我也去讲了几天课。

我讲的题目是"艺术典型的历史发展",讲了九天。我的讲稿后来由广西人民出版社以《古典作家论典型》为名于1988年出版。

李:1949年后,文学研究所文艺理论研究室的工作一度引人注目。20世纪八九十年代,文艺理论研究室也很活跃。您曾经担任过文学研究所文艺理论研究室主任,能否介绍下文艺理论研究室的情况。

杜:从20世纪90年代起一直到2003年7月65岁退休,我一直担任文艺理论研究室主任。尽力与同事一起做一点工作而已。后来理论室一位老同事说:"你当主任时我们心情很愉快,大家不大想工作之外的东西,都愿意干点儿事,室内没有什么矛盾。你是怎么做的?"我说:"我只有一条:当'孙子'。我是'孙子'主任。当'孙子'主任的意思就是:有'好事',譬如有什么项目,有什么出国名额,等等,先想着室里的'爷爷'(同事),别先想自己。"我当主任的那些年,除了平常工作之外,干了几件有影响的事,一是1994年6月7日与《光明日报》文艺部合作召集首都部分专家学者座谈《文学:呼唤与社会变革相适应的新道德》,这个座谈会纪要以整版篇幅在《光明日报》发表;二是1998年5月7日召集首都部分专家学者座谈《新时期文艺学20年》,这个座谈会纪要以15000字的篇幅在《文艺争鸣》1998年第4期发表;三是21世纪最初几年与文艺理论研究室的同事撰写了《中国20世纪文艺学学术史》。

李:是的,除了大量的个人著述,您还主编出版了在文论界影响很大的《中国20世纪文艺学学术史》的丛书,先是由上海文艺出版社印行,后来中国社会科学出版社还再版了。希望您谈谈这部书的情况。

杜:首先,我需要对这部书的书名作些说明。《中国20世纪文艺学学术史》中"20世纪"的用法带有明显的不合理性、不科学性，但也有一定的可取之处和方便性。为此，我们继续沿用它。

研究中国现代文艺学，一是要联系中国两千年古典文论传统的大背景，二是要联系世界其他民族的文艺学美学传统和现状，从而克服以前的或封闭于"国粹"或"全盘西化"的局限。实际上，从19世纪末20世纪初起到20世纪末这一百年或一百年稍多点的时段里，中国的文论（古代常常称作"诗文评"，现代则常常称作"文艺学"）的确发生了明显的、重要的变化，即从古典形态的"诗文评"向现代形态的"文艺学"蜕变、转化，这是一个中国古典文论现代化的过程，也是现代形态的文艺学萌芽、生长、发展的过程，研究、撰写《中国20世纪文艺学学术史》，具有重要的理论意义、现实意义和学术价值。

学术史是为了求得系统知识和道理而对某种对象和问题进行专门研究和探求活动的历史；学术研究的重大发展和变化，常常表现为学者的学术范型的发展和变化，学术范型的根本不同或重大差别常常是不同学术阶段、不同学术时期甚至不同学术时代互相区别的显著标志。这样看来，文艺学学术史，就是对文艺学（照字面讲，"文艺学"的研究对象应该包括文学和艺术。但实际上，在大学中文系讲授的"文艺学"课或文学研究机构的"文艺学"研究活动，其对象主要是文学而很少涉及艺术，严格说只是"文学学"。多少年来，约定俗成，"文艺学"的名称就这样使用下来了，我们在本书中也是这样使用的。）作为一种专门学问进行研究活动（也包括其研究成果）的历史。简单地说，文艺学学术史，就是文艺学的研究活动及其研究成果的历史，或者说具体点，就是文艺理论、文艺批评和文学史学的研究活动和研究成果的历史。因此，文艺学学术史作为一个独立存在的学科，其研究对象就是文艺学的学术研究活动的运行过程、历史内容和发展规律。这里，还有必要弄清楚文艺学学术史与文艺学史及文艺学思想史的区别和联系。无疑，它们之间的关系非常密切，以至有时人们很难把它们清晰地区分开。但严格来说,文艺学学术史不能等同于文艺学史,也不能等同于文艺学思想史。文艺学学术史是对文艺学这种学术研究活动及研究成果的历史以及学术研究范型变化的研究;文艺学史则侧重于文艺学(包括文艺理论、文艺批评和文艺史学)本身的理论内容和理论思想的历史;文艺学思想史则主要研究文艺学(特别是文艺理论和文艺批评)的思想、观点的发展历程。同时,我们也注意到,虽然这三门学科的关注点各有侧重,但其对象又有交叉或重合之处。此外,文艺学学术史同其他一些不同层面、不同范围的其他学科也相关。想做好文艺学学术史的研究工作,抓住文艺学学术史的精髓,还应该了解文学艺术史、文学艺术思潮史等,了解社会的经济、政治、文化、哲学等各方面的情况,了解影响文艺学学术研究的各种因素。

对于建设有中国特色的现代文艺学的问题,应当做好这几项工作:(一)面对现实,研究现实的新发展、新特点、新需要。任何一种理论的提出、建设和发展,最重要的和最根本的,都是现实本身呼唤的结果,都是应现实之运而生。这个新现实(包括经济的新现实、政治的新现实、文化的新现实和思想的新现实,特别是文化的新现实)必然要求新的文艺学(或者文艺学的新因素、新观点、新思维、新结构)与之相适应。这是我们建设有中国特色的现代文艺学的最主要的根源和资源。(二)要面对传统,向传统、古代文论寻求资源。(三)吸收世界各民族的有价值的文艺学思想。从文艺理论、文艺批评、文艺思想发展的历史经验来看,外来的学术思想(包括哲学思想、美学思想、文艺思想等)的引入,往往是造成本民族文艺学发生重大变化甚至质的变化的极其重要的因素。(四)梳理中华民族自近代以来、特别是百年以来文艺学的研究脉络、研究历程和研究成果,总结经验教训,弄清前人已经做了些什么,根据当前现实的要求,弄清我们在前人已经作过的基础上还应该和能够做些什么。这也是《中国 20 世纪文艺学学术史》所要进行的研究工作。

《中国20世纪文艺学学术史》的研究对我们当前建设有中国特色的现代文艺学有重要的作用。第一点，我们要建设有"中国特色"的现代文艺学，而"中国特色"的根在于本民族的传统，特别是最邻近的传统。第二点，历史总是在批判与继承、否定与肯定的无数次辩证转换和相互搏击中发展的，而对它最邻近的前一个时代或时期的历史经验或教训，更有着特别密切的关系。对于当前我们建设有中国特色的现代文艺学来说，古代的传统和经验固然重要，但是21世纪和20世纪中叶、下叶的传统和经验则更加直接，影响也更加强烈和深刻。

李：你们是如何从整体上研究、把握"中国20世纪文艺学学术史"的？怎样准确地理解和把握它的性质和特点呢？

杜：我们的共识是以问题为纲、以学术范型为关节点。

首先要以问题为纲。以问题为纲，区别了以人物或以著作为纲，还抓住了文艺学研究中的重大问题，即学术发展过程中最主要的内容和它的精髓；以问题为纲，也有助于把那些能够提出问题、解决问题的重要人物和著作分辨得清清楚楚。其实，文艺学研究中的重大问题，都是时代提出来的，不同的时代有不同的问题，不同的问题又表现出不同时代学术的性质和特点。问题的变换，表现了不同时代学术的变化和发展。也可以说，一部20世纪的中国文艺学学术史，就是不断提出问题和不断解决问题的历史。当然，这些问题之间既有继承，又有革新。

其次就是以学术范型为关节点。学术问题的转换，常常通过学术范型的转换表现出来。这样，我们在研究和撰写文艺学学术史时，就要特别关注文艺学的学术范型。而且，我们还要把研究的对象与"思潮"史、"观念"史、"思想"史区别开来。抓住了学术范型，也容易达到我们的目的。为此，我们着重研究诸如学术对象的变化，哲学基础、思维方式、治学方法、价值取向、审美观念的变革，范畴、概念的提出及其内涵、外延的衍变，命题的确立及其陈述方式的变化，在上述所有方面前后不同时代或时期有什么样的继承或否定的关系，等等。更具体地说，譬如，不同的时代或时期，学者的关注对象有什么不同或变化；文艺学的某些命题、范畴、概念、术语是在怎样的社会历史文化外在条件和文论本身的内在机制之下提出来的；这些命题、范畴、概念、术语是怎样演变的；新旧命题、范畴、概念、术语相比较有什么不同，其内容有什么特点；它们是怎样被陈述的，陈述方式、方法、视角有些什么变化；学者进行了怎样思考和研究，不同学者或学者群（共时的和历时的）的思考和研究的方法、思维方式、价值取向、哲学基础和世界观有什么不同，有什么变化；前后不同时期或时段的学者（学者群）在上述诸方面有怎样的师承关系（或否定关系），等等。我们尤其强调：中国20世纪文艺学学术史，是由古典文论的传统的"诗文评"学术范型向现代文艺学学术范型转换的历史，也是现代文艺学学术范型由"诗文评"旧范型脱胎出来，萌生、成形、变化、发展的历史；或者说，是中国传统文论在外力冲击下内在机制发生质变，从而由"古典"向"现代"转换的历史，是学术范型逐渐现代化的历史（现在正处在这个现代化的历史过程之中）。这是中国文论历史性的转变和发展。这是中国文论自近代以来在文化危机中强制性的选择，同时也是从不自觉到自觉的选择。因此，应该抓住近百年来从古典文论到现代文艺学的历史发展中学术范型转换这个最显著的特点。客观地说，以"诗文评"作为典型形态的中国文论，发端于先秦，在清代达到了高峰，呈现出博大精深、周密详备、自成体系的特点，历时两千多年走向了终结。清代是古典文论的完备、总结、集大成时期，但也走向了僵化、衰落和终结。在外部条件和内在机制的交合作用下，中国古典文论发生了变化，这种变化是质的、根本性的变化，是两种不同学术范型的变换。

再次就是要站在社会历史文化的维度上，联系整个社会的大环境、整个文化的大氛围，甚至要联系那个时代世界历史的特点，来把握中国 20 世纪文艺学学术史的性质、特点及其运行轨迹。在世界范围的文明转型中，中国属于"后发外生型"的现代化，其现代化主要是在 19 世纪欧美列强坚船利炮的强暴和思想观念的浸染下进行的。到了 19 世纪与 20 世纪之交，经过积蓄和酝酿，终于在文论领域也发生了由古典形态的"诗文评"向现代形态的文艺学的转换。因此，从更宏阔的社会史、文化史的角度来看，由"诗文评"向现代文艺学的转换是中国近一二百年来整个社会由"传统"的农业经济社会向"现代"的工业经济社会转换过程的一部分，也是整个中国政治、经济、文化、思想现代化过程的一个有机组成因素。这种转换始终伴随着"古今"之争、"中西"之争。中国 20 世纪文艺学学术史就是在这种环境和氛围中运行的。如果不联系这样的环境和氛围，就不能理解许多理论命题之所以能够提出来的历史合理性和历史局限性。因此，中国 20 世纪文艺学学术史的历程是艰难的，甚至充满血和泪。既有学术范围之外在大的社会环境和文化氛围之下学术同非学术的冲突（常常是学术向非学术投降屈从），又有学术范围之内的中西、新旧的不同哲学立场、价值取向、世界观、人生观、审美观、学术思想、思维方式、治学方法等的争斗、融合。现代形态的文艺学，就是这样诞生、成长和发展的，注定是个"混血儿"。

最后我们还应注意"内史""外史"结合。学术史研究的维度可以是注重学术发展内在理路的"内史"研究，也可以是注重学术与其社会历史条件及时代氛围的关系的"外史"研究，如社会结构、风俗习惯、政治权力、地理和人文环境、学者个人的才性等对学术的影响。我们强调，"内""外"缺一不可，应该、必须是二者的结合。具体到中国 20 世纪文艺学学术史，一方面，文艺学学术研究本身的确有它自己的前后承续关系，不同学术流派及学术思想观念之间也的确有着内在关联，或者相互影响，或者相克相融。另一方面，研究又不可能不受外界社会条件、时代气息和文化氛围的影响，其中，政治对文艺学的影响十分强大；其他文化因素如道德、哲学等也对文艺学研究发生强有力的影响。而且，20世纪是世界历史和中国历史上政治、经济、文化、思想变化最剧烈的一个世纪。政治制度、经济体制、意识形态都发生了巨大变革。20世纪文艺学学术史就是在这种动荡和巨变中行进的，也必须考虑这些因素。

李：您能否从宏观上描绘下"中国20世纪文艺学学术史"运行的轨迹？

杜：根据这一百多年来文艺学所走过的曲折历程，我们把《中国20世纪文艺学学术史》全书分为四部（五本，第二部分上下两卷），它们作为一个有机整体，具有内在的连贯性和统一性，同时，每一部都具有丰富、复杂的内容，也承担着全书的分主题，即最突出的特点或"第一主题"（或者说"书眼""书核"）。具体地说，这四部书的"书眼"分别是蓄势、蜕变、定格（或叫定型）、突破（或叫反叛）。下面简单地介绍下。

先说蓄势。古典文论的终结，同时也是积蓄向现代文艺学转换的能量的过程。"中国20世纪文艺学学术史"的第一部，可以用"蓄势"来概括。就是说，这一部所要完成的主要任务是揭示出在古典形态的"诗文评"向现代形态的文艺学转换之前，这种转换的"势能"是如何积蓄起来的，中国文论的内部如何在外力的冲击下导致了不得不变的趋势。首先，这个时期逐渐积蓄了越来越强烈的"求变"势态、呼声，到19世纪末20世纪初，社会变革已势在必行，"甲午战争"的失败，加剧了这一趋势。文论"革命"才随之而生，新的美学也逐渐萌生。也就是说，从19世纪末到20世纪初，文论的转换已经是"箭在弦上"了。形象地说，第一部就是要回答"箭"是如何上弦的？这"弓"是如何拉开的？"箭"是如何积蓄能量的？

接着说蜕变。从19世纪末到20世纪二三十年代，才算是我们研究的"20世纪文艺学学术史"的开端，即中国现代文艺学才从"诗文评"的母体挣脱出来，发芽、生长、成形，我们用"蜕变"来概括这一部的特点。这个时期可以细分为三个阶段、两个高潮。这三个阶段分别是从19世纪与20世纪之交到20世纪最初十余年、"五四"前后的十余年、20年代后期到40年代。在第一个阶段，梁启超、王国维们的文艺学研究，呈现出新、旧交替的特征，他们的工作是开创性的，功德无量。也正是从他们起，古典文论开始发生质变，应该说他们是中国现代文艺学的开拓者和创立者。第二个阶段以胡适、陈独秀、鲁迅等为代表，他们在新的哲学基础上，用新的思维方式，以新的命题，新的范畴、概念、术语，去代替"文以载道""温柔敦厚""思无邪"等老的"诗文评"观念的哲学基础、美学观念、思维方式、命题、范畴、概念、术语，可以说，已经初步形成了现代文艺学、美学的学术范型。第三个阶段是现代文艺学和美学的学术范型的巩固和深化阶段，虽然充满了不同的美学观点、文艺观念、思维方法、价值取向的激烈论争，甚至是意识形态上的"斗争"，但从学术史看，这些交锋都是现代文艺学、美学大范围之内的论争和对立，属于内部矛盾。这个阶段有几个关键点，一是文艺理论和美学的译介热潮并由此促成了当时中国文艺理论思想的多元化局面；二是文艺理论和美学开始出现特色性的派别和潜心研究的专家；三是马克思主义文艺理论和美学的输入及其对中国现代文艺学美学的巨大影响；四是1942年毛泽东《在延安文艺座谈会上的讲话》提出的文艺思想、美学观点，后来成为新中国文艺的指导思想。

再说说"定格"（"定型"）。20世纪二三十年代，马克思主义文艺学美学理论开始译绍到中国，当时它只是"百家"中的一"家"，40年代以后，马克思主义文艺学逐渐成为主流、"一元"。

它首先影响了中国的解放区，进而在1949年之后又成为整个中国文艺界的指导思想——毛泽东文艺思想。此后几十年里，它一直统领了中国现代文艺学。中国现代文艺学就"定格"于此、"定型"于此。这就是中国现代文艺学学术史的"定格"（"定型"）的时代。1949年后，马克思主义文艺学、毛泽东文艺思想，表现出了强大的生命力。但是，极"左"思潮却一步一步地把它僵化，直到20世纪70年代，极"左"思潮把它推向了极端。

最后说说突破。从1976年10月开始至1978年年底，党和国家正式确立新的发展方向，抛弃了"阶级斗争为纲"、极"左"政治，开始解放思想、改革开放、着力发展生产力、以经济建设为中心、由计划经济向社会主义市场经济转型，文艺学的反叛、突破期也是在这种背景中开始、展开的。在20世纪80年代，出现了认识论文艺学向价值论文艺学和本体论文艺学的偏移，文艺心理学、文艺美学、文学人类学、文学语言学、文艺社会学、形式论文艺学、解构文论等各种新兴的或以往被压制的学科分支纷纷涌现。20世纪90年代，在文学、文艺学"边缘化"的背景中，出现回归文艺学学术本位、寻求文艺学学术独立品格的诉求，有了中国文论的"失语症"、中国文论话语重建的讨论，文艺学多元对话的时代也到来了。

李：可以说，百余年来，中国现代文艺学取得了丰富的成果，也走过了曲折、坎坷的路程。您对其发展的总体印象有哪些？

杜：检视百年来的文艺学历程，我们发现，两个阶段变化最大、发展最快、最为耀眼，给我们感触最深，一是最初那二三十年，一是最末这二十来年；中间几十年则略微平缓、单调了一点。这是我们对20世纪中国文艺学学术史的总体印象。

这两个时段的文艺学状况有以下相似之处。一是都处在社会基本结构的大变动、大转型的时期。社会结构的变动、转型形成一种巨大的文化势能和文化语境，促使文论（文艺学）在哲学基础、根本观念、学术范式、观察视角、叙事语码、论述对象、思维方法以及命题、范畴、概念、术语等方面进行了重大变革和调整，获得了大幅度的突破和进展。二是都处于从封闭走向相对开放的时期，大量译介外国的学术文化思想，并迅速地有时甚至是饥不择食囫囵吞枣地加以吸收。三是都处在非常激烈的中西交会、古今碰撞的时期，由于社会结构和文化形态的转型和调整，外来思想文化的引入，新的现实生活的内在要求，文论家、文艺学家的思路被激活了，具有强烈的创新意识和创新欲望，思想开放，新说蜂起，呈现出空前的文化和文论（文艺学）多元化和多样化状态。四是都处在新旧交替、新旧杂糅的时期，旧规范或已破或正破或将破，新规范或已立或正立或将立，使得文论（文艺学）有时出现短时的失序状态，等等。当然，必须承认，两者必然有着根本的区别。它们所处时代的历史性质不同，所处的国际历史环境不同，所处的国内文化语境不同，面对的对象和问题不同，所要解决的任务不同，它们各自的未来走向也不同。由当今时代性质所决定，未来的文艺学发展将是多元对话的局面。

李： 从中国现代文艺学走过的道路看，您认为它对我们的主要启示是什么？

杜： 百年来中国文艺学学术史可以给我们很多启示。例如，文艺学的建设和发展必须适应正在发生和发展着的最新历史现实的迫切要求；必须从本民族的优秀传统中吸取资源；必须积极借鉴外来优秀文化；学者应该具有"独立之精神，自由之思想"（陈寅恪语）等。

我想强调的是：一是要走出"学术政治化"的误区，二是不封闭，三是多元化，四是"知"与"思"的完美结合。我认为，对这几点以往关注得不够，而且就中国的具体国情来说，这几点对于建设和发展文艺学最为痛切、最为紧迫。

我这里想着重谈谈第四点，我认为，百年来文艺学研究的一个重要不足就是缺少哲理深度，根本原因是没能很好地把"知"与"思"结合起来。"知"主要是把握和认识对象本身是什么，它的客观规律、普遍性和必然性是什么，它基本上是科学范畴里的问题，但"思"的问题则基本上属于哲学范畴里的问题。"思"主要是在"知"的基础上，对它的意义进行叩问、思考、思索、思虑，包括对它的意味进行体察和领悟；要对对象与主体之间关系的意义进行叩问、思考、思索、思虑，包括对这种关系的意味进行体察和领悟。我还要强调：科学主要回答对象是什么的问题，所谓"对象"，既包括人之外的一切外物，也包括人自身，这里说的"人"，是作为"客体""对象"而言，而不是作为"主体"而言的。当哲学涉及对象时，它的着眼点不是在对象本身，而是对象对于人所具有的意义和意味，也即人的主体性问题。对象本身无所谓意义和意味，只有引入了人这个主体，对象才有了意义和意味，从这个意义上说，哲学就是人学，是人进行自我叩问、自我思考、自我体认、自我领悟的学问。这样看来，文艺理论和美学既关涉科学问题，也关涉哲学问题。好的文艺理论和美学著作应该是科学与哲学的结合：其科学层面比哲学要"具体"，具有形而下的性质；其哲学层面比科学要"抽象"，具有形而上的性质。过去，很少有人从"知"与"思"结合的角度来界说文艺学和美学的性质和特点，也很少有人以这样的角度作为考察文艺学和美学的现状及其优劣、得失的标准。而"知"与"思"作为文艺学与美学固有的两种主要特质，其结合的好与不好的问题，影响到整个文艺学学术研究的水平。我们的许多文艺学、美学论著，常常存在"知"与"思"脱节的问题，仅仅停留在"知"的层面、科学的层面，它们着力研究对象本身是什么（当然，准确把握住对象本身的面目并描绘出来，也是有价值的），着力于对象本身的具体现象的描述和说明，但对于现象具有的意义和意味，却没有进一步的思索和体察，导致它们缺少哲学深度。此外，有的论著表面看起来很富有哲学意味，但仔细推敲，又觉得玄之又玄。原因在于，它们的哲学思考并不是建立在对文艺现实的具体而准确的把握的基础上，而是从古代或外国借来某些观念，只对观念本身进行思考。这样，他们的"思想之花"开放在空中，而不是开放在中国土地上。其实，文艺学既与科学也与哲学相通，既要深入科学层面，也要深化到哲学层面。尤其重要的是，文艺学家更应该具有深厚的哲学底蕴。海德格尔提出人应该诗意地栖息在大地上，这可以看作强调审美的哲学意味，强调诗与哲学的融合。这就是为什么历史上那些好的文论家也常常是哲学家，也就是为什么那些大哲学家常常撰写文艺美学或文艺理论著作。西方的柏拉图、康德、黑格尔、叔本华、尼采，中国的朱熹、王夫之等，都是如此。我觉得，在21世纪，我们的文艺学和美学应该在"知"与"思"的完美结合上下功夫。

李：我知道，您最初在山东大学求学，后来又作蔡仪先生的研究生，毕业后，就留在文学研究所从事文艺理论的研究工作。在您的求学、研究生涯中，您一定有不少学界的师长同事，希望您给我们谈些你们交往的情况。我建议，首先还是从您求学时开始吧！

杜：那就先从成仿吾校长谈起吧。我在山东大学中文系读书时，最感兴趣的是成老他们创造社的活动以及与鲁迅的笔墨官司，希望他能够给我们讲讲那段经历，甚至奢望能去拜访他，可惜没有机会。有一次晚饭后在校园（山东大学迁到济南后的原农学院旧址）碰到过成老与其夫人张琳教务长带着女儿散步，他穿一身洗旧了的深蓝中山装，个儿不高，腰板却挺得直直的——后来知道他留学日本学的是"兵科"，曾任湖南兵工厂技正，国立广东大学理学院教授兼黄埔军校教官、军校兵器处技正及代理处长——此刻仍见当年训练有素的身板儿。我第一次近距离看到了成老，两颗门牙突出，对你一笑，开朗而平易，和蔼可亲。当时我不好意思贸然打扰他,只是给他鞠了一个躬。他很亲切地还礼,还问了我在哪个系读书。

在校期间,我听过好多次成老的报告,遗憾的是,大都与文学上的事不沾边儿。但有一次开大会,大概与纪念鲁迅先生有关,成老忽然讲起了他与鲁迅之间的故事。大体是说:鲁迅先生是伟大的革命家、文学家,我年轻时幼稚,同鲁迅先生打过笔仗。但后来与鲁迅先生关系很好,不但有过合作(1927年4月1日,成仿吾和鲁迅、王独清等人发起,联名在《洪水》第3卷第30期上发表了《中国文学家对于英国知识阶级及一般民众宣言》,揭露和控诉英、法帝国主义帮助军阀孙传芳残杀中国工人阶级的血腥罪行,呼吁"世界无产民众赶快起来结合去打倒资本帝国主义"),还通过鲁迅先生找到党的关系……成老有一段话是这样的:"我于30年代初从欧洲回到上海,奉党中央之命,到鄂豫皖根据地工作了几年。其间张国焘拉红四方面军主力队伍离我们而去,把根据地四部电台全部带走,从此,鄂豫皖根据地同党中央失去了联系。大约是1933年秋,党组织派我向中央汇报工作。那时我身患严重的疟疾,又黑又瘦,从武汉乘船抵达上海,找了一家便宜的小旅馆住下;举目无亲,如何接上党的关系?真是一筹莫展。一天,从报纸上看到有文章骂鲁迅是'准共产党',忽然受到触动,脑子里闪现出一线希望,心想:'何不去找鲁迅?'我通过内山书店老板打听鲁迅消息。内山一见到我,十分惊讶,说:'你还活着?'我说想见见鲁迅先生。三天之后,按约定在一家白俄开的咖啡馆见到了鲁迅先生,并通过他接上了党的关系。"后来在鲁迅夫人许广平写的《鲁迅回忆录》里面,看到这样的记载,可以印证成老的话:"一般人只知道鲁迅和成仿吾同志有过一次笔墨之争,但不知道和成仿吾同志之间还有过一段非常愉快的故事。记得有一天,鲁迅回来,瞒不住的喜悦总是挂上眉梢,我忍不住问个究竟,他于是说,今天见到了成仿吾,从外表到内里都成了铁打似的一块,好极了。我才知道他欢喜的原因所在。前不久，我有机会见到了成仿吾同志，问起他是否在上海见过鲁迅？他说：'是的，并且通过鲁迅和党接上了关系……'这件事情使人非常感动。成仿吾同志和鲁迅有过文学之争，这是谁都知道的，但由于革命的目标一致，思想、政见的一致，他们两人之间的争论终于统一了起来，意见一致了起来，这时看到鲁迅毫无芥蒂地像接待亲人一般地会见了成仿吾同志，真使在他旁边的我，都要为之高兴不已。"成老在鲁迅先生逝世时写过《纪念鲁迅》一文，说："关于过去创造社与鲁迅的争论问题，今天已经没有再提起的必要了。自一九三三年以来，我们是完全一致了，我们成为战友了。我们的和好，可以说是团结统一的模范，同时，从此他成了拥护统一的最英勇的战士。一九三三年底我与他在上海见面时，我们中间再没有什么隔阂了。"然而，不管成老自己如何说与鲁迅"没有什么隔阂了"，"文化大革命"期间，还是把他当年与鲁迅的那场论争作为"反对鲁迅"的天大罪状予以讨伐，并往死里批斗。听说，这位七十老翁，被打断了两根肋骨。一次，批斗者朗诵毛主席诗词"独有英雄驱虎豹，更无豪杰怕熊罴"为自己壮胆，但是把"罴"读成"罢"（bà）。成老强挣着昂起头，认真地对那位念错字的同学说："同学，你读错了，那个字不是'罢'（bà），而是'罴'，它音要念'皮'（pí）的音！"令人感慨不已。

成老当山东大学校长时，亲自作词，请著名作曲家郑律成谱曲，创作了山东大学校歌，头几句是："东临黄海，南望泰山，这儿是我们学习劳动的乐园。"1983年8月，86岁高龄的成老仍然登泰山，并题词"岱宗夫如何"。1984年5月，成老因突发脑溢血而去世，享年87岁。

李：作为中国著名高校，山东大学以文史系而闻名，这得益于在此任教的著名的文史学者。其中，闻名遐迩的陆侃如、冯沅君夫妇功不可没。不知道您上过他们的课没有？

杜：我上山东大学，最早接触的教授就是陆侃如和冯沅君两位先生。1958年，因为系里分派搬家任务（从青岛迁至济南），让我与另一位同学去帮助两位教授整理和捆扎书籍、用品。我们按时来到两位先生居住的鱼山路宿舍，只见门楣写着"冯·陆"两个醒目的字，两位先生笑脸相迎。我的第一印象：冯先生齐耳根短发，略微含胸；衣着十分普通，上身双排扣列宁装，原来是蓝色，许多地方已经发白。陆先生中等个儿，也戴一副近视眼镜，穿一件旧衬衣，罩着套袖，特别和气，细心人也许会觉察出他"反右"运动后心理上的某种谦卑。冯先生早已在客厅沏好了茶，说是先喝杯水再干活。我们则直奔主题，请先生吩咐，开始工作。两位先生生活简朴，家里没有什么像样的陈设，而且基本没有自己购买的家具——桌椅、书架等，都是公家配给。书房里，高高的书架，排排摆放得满满当当。当时他们两人的工资不少，每人月工资都为345元，仅次于国家最高领导人，又有丰厚的稿费，经济上相当富裕。但他们除了教书和做学问，没有其他爱好，生活上更没有什么特别需求。他们唯一的嗜好就是购买书籍，据说冯、陆两位先生藏书三万多册。令人惋惜的是，他们在"文化大革命"时期的不幸遭遇中被迫卖掉这些藏书的相当大一部分，有的则流失了。

1958年秋，山东大学搬到济南后，虽然"大跃进"运动开展得如火如荼，但总算可以开课了。我上得最多的课是陆先生的"中国古代文论"，差不多有一年或是一年半时间。每到陆先生的课，我早早在文史楼角上的大教室前排占好了座位。第一堂课，陆先生穿一套咖啡色西装走进来——这与我在青岛帮他搬家时的落魄样子迥然不同，这大概是他以前留下来的旧装，每逢隆重场合才穿。那时陆先生刚刚摘掉右派帽子（称为"摘帽"右派），他再登讲坛，重获教课机会，心存感激，分外庆幸，内心自然十分珍惜和重视。那年他近六旬，仍然显得那么潇洒。

那天，陆先生首先作了简单的自我介绍，然后说：

"同学们大都初次接触古文，难免感到有些困难，我尽量讲得详细。有些古字古词，不但意思要弄明白，而且读音也要准确，开始学，就要打下扎实的基础，不能马虎。课堂上听不明白的，课下还可以问我，我家住得不远，你们随时可以来找我；我年纪大了，睡觉少，夜里十一二点也不睡，找我也不晚。"

这最后几句话，给我的印象特别深刻。

当时陆先生给我的感觉是既认真，又谦和，而且特别热情。我虽然没有到陆先生家里去打扰，但是在学校的课余时间，是经常找陆先生问问题的一个。陆先生用的教材是郭绍虞先生的《中国历代文论选》，我在课堂上听课和课余问问题时，恨不得把陆先生的解释毫不遗漏地记下。每次上课前我都把铅笔削得尖尖的，便于写小字——在课本上每一页的页眉和字行之间，我都密密麻麻写上了陆先生的注释和讲解。五十年前的那套课本，我至今仍然保留着（只是有一本书皮儿掉了），之后，每每遇到难解的字词，我还是到陆先生当年讲课的笔记中寻求帮助。

冯先生给学生开的课是"元曲选"和"宋词研究"，可惜的是，她开课的那一年我正好因病休学，没有赶上聆听，这是我遗憾终生的事。冯、陆两位先生是当年我们最崇拜的教授之一，因为他们不但才气横溢，而且讲课生动、耐听，一下子就能抓住听众的心。有同学回忆，冯先生有一次讲王维"渭城朝雨浥轻尘"，按照"三叠"的方式朗诵了一遍，语速很快，像绕口令一样，引得同学们大笑；还有一次讲到明代散曲家王磐的《咏喇叭》，又朗诵又表演又赏析，活灵活现。两位教授之所以受喜爱，还因为他们对学生特别爱护，教学生特别尽心。两位先生终生没有子嗣，他们把学生当作自己的子女那样疼爱，我们许多同学都有亲身感受。

1971年陆先生坐了三年牢从监狱放出来，系里的负责人到监狱去接他，在从曲阜回济南的火车上，陆先生立即谈起今后做学问的计划，好像他不是刚刚从监狱里放出来而是从某地出差而归。陆先生晚年也反了一次"潮流"。那时正是大谈"儒法斗争"的年代，这"潮流"势头很大。陆先生昔日的朋友和同事刘大杰教授为当时"潮流"所左右，修改他的《中国文学发展史》，强行把杜甫归入法家。陆先生对杜甫一千四百多首诗歌反复研读，逐一分析，费时两月，写成《与刘大杰论杜甫信》万字长文，论证杜甫并非法家，发表于《文史哲》，被誉为当年《文史哲》最好的论文。可惜，这是陆先生最后一篇重要的学术论文。

我从黄元同志写的一篇记述陆侃如和冯沅君生平事迹的文章中，知道两位先生在法留学期间和回国以后，还在翻译方面作出过许多重要的贡献。冯先生翻译了《书经中的神话》、《法国歌曲的价值及其发展——〈法国近代歌曲选〉导言》（1946）、《新法国的文学》、《萨特存在主义》（1947）；译诗有《播种的季节》（雨果）、《人民颂》、《我曾漫步》（1947）、《双牛吟》（杜明）、《工人歌》（1948）等。她的译诗大多附有译者按语，对所翻译的法文诗歌与中国古代诗歌相似的特点一一作出点评，读者欣赏诗歌时能够感受到不同语言的魅力。陆先生翻译了《左传真伪考》（高本汉）、《金钱问题》（小仲马）、《法国社会经济史》（塞昂里）。他在1933年6月10日的上海《读书杂志》（第3卷第6期）上发表了《恩格斯两封未发表的信》的译作，恩格斯在致哈克奈斯女士的信中说："据我看来，现实主义的意思是，除细节的真实外，还要真实地再现典型环境中的典型人物。"这就是影响深远的、著名的"典型环境中的典型性格"创作方法论。

李：听说，你们上学的时候，毛泽东主席亲自接见过高亨先生。当时，他给你们上过课吗？

杜：上过。1963年，大约是初冬时节，一个阳光明媚的上午，高亨教授终于从北京开会回来，继续给我们讲中断了好几周的

"《诗经》研究"课。以往上课，一打铃，我总是看到高先生夹着讲稿，迈着稳健的步伐走进教室，站在黑板前面马上开讲，直入正题，黑边近视眼镜后面露出的眼色和面孔，平和静谧而略带严肃；这次不同，他显得特别兴奋，年逾花甲却像年轻人那样步步春风走上讲台，满面红光，笑容似乎忍都忍不住。他第一句话就是：

"同学们，我见到毛主席了！"

原来，1963年10月至11月，中国科学院哲学社会科学部第四次委员会扩大会议在北京举行，高亨先生作为我们山东大学的教授和中国科学院哲学研究所的兼职研究员，也应邀与会。当时我没有能力和水平、此刻在本文中也没有必要对那次会议的功过是非进行评价，只记得那些天从报刊和广播中感受到那次会议开得特别隆重而热烈。周扬10月26日在会上作的主题报告《哲学社会科学工作者的战斗任务》，在《人民日报》大篇幅刊登，洋洋数万言，几乎成为当时学界广泛阅读和学习的经典文献。那时我正准备报考中国科学院文学研究所蔡仪研究员的美学研究生，教文艺理论的老师建议我除了阅读蔡仪先生所指定的参考书之外，一定要把周扬的报告作为必读著作。那次会议开了差不多一个月，国家主席刘少奇出席会议并作重要讲话；11月16日会议结束那天，党中央主席毛泽东以及刘少奇、周恩来等党和国家最高领导人，在中南海接见了高亨以及范文澜、蒙文通、陈望道、冯友兰、刘大年、周予同等著名专家、教授和学者，气氛非常亲热而轻松，规格之高亦前所未有。

高先生开会回来的第一堂课，激动地说："今天我破个例，讲课之前，先把毛主席接见我们的情形对同学们说说……"接着，高先生几乎是眉飞色舞、绘声绘色地讲述了毛主席如何依次与他们一一握手；会议的主要领导者、组织者和报告人，时任中宣部副部长的周扬，如何在一旁为毛主席一一作介绍。

"当主席走到我面前的时候,一听到周扬同志说出我的名字,立即紧握着我的手,亲切而又风趣地说道:'你是研究哲学的还是研究文学的?'我回答说:'主席,古代哲学和古代文学我都很有兴趣,但水平有限,学得都不好。'说起学问,主席兴趣盎然,继续对我说:'我读过你关于《老子》和《周易》的著作……'"

说到这里,高先生嘴唇有些发抖:

"主席对我的研究给予了肯定和赞扬,令我既高兴又惭愧,我对主席说:'我做得还很不够、很不够,有主席的鼓励,鄙人有生之年,当加倍努力。谢谢主席!'"

我聆听过高先生的"《诗经》研究"课,领略过他的风采,印象深刻,终身受益。

高先生备课,极为认真,对学生的要求也非常严格,极富责任心。他不但要学生读懂古词古字的含义,而且要读准古音,一点儿也不许含糊。他的写得整整齐齐的讲稿,做着各种标记,个别字还标出了标准读音,以便给学生详细而准确地讲解。记得在讲《豳风·七月》时,仅第一小节"七月流火,九月授衣。一之日觱发,二之日栗烈。无衣无褐,何以卒岁?三之日于耜,四之日举趾。同我妇子,馌彼南亩,田畯至喜",就讲了老半天。他首先解释"七月流火",说:你们可千万不要误解为七月天热,热得"流火"。这里说的"火",是星名,又名"大火",即"心宿";"流"是向下去。"七月"也不是今天的七月而是豳历(历法的一种)七月。豳历五月黄昏时候"火"星在天空正中,六月里便向西斜,七月更向下去了。他接着解释"一之日"说:豳历一之日,即夏历十一月,周历正月。豳历此月与周历同,为岁始。"二之日""三之日"……类推。之后,高先生又特别强调"觱"字的读音,他说:这个字读作"必"(bì)的音,"觱发"者,风寒冷也……对于《诗经》各个篇目中的一些关键词和字,高先生总是强调出来,重点讲解,譬如《小雅·四牡》中的"四牡骓骓,啴啴骆马。岂不怀归？王事靡盬，不遑启处"，高先生突出讲这几个字："啴"要读作贪音，啴啴是喘息貌。"骆"是黑尾黑鬃的白马。"盬"要读作古音（gǔ），停息也。讲到"启"，他连说带比画：启是跪的意思，但是要分辨清楚：古人没有现在的椅子、凳子，而是席地而坐，当臀部贴着脚跟时，那"启"就是坐；若是臀部离开脚跟，那"启"就是跪拜时的动作了。

当他讲《小雅·皇皇者华》时，把有关马的形状和颜色讲得特别有意思：驹，马高六尺名驹；骐，马青而有像黑色棋子样的花纹；骃（音 yīn），浅黑色与白色相杂的马。高先生讲得这么细致、清楚，连一些非常微小的意思都讲得了了分明！

高先生不但对《诗经》的风、雅、颂、赋、比、兴有着自己独到的解说，而且对古地古名及其沿革变化，有着精深的研究和界定。他认为《诗经》是按照产生地，即周南、召南、邶、鄘、卫、王（东周）、郑、齐、魏、唐、秦、陈、桧、曹、豳、雅（即夏，西周）、鲁、宋，共十八个地域来分编的。他把这些地域的位置讲得异常清晰；而在讲《大雅》中的《生民》（写周人始祖后稷）、《公刘》（写公刘由邰迁豳）、《緜》（写文王高祖古公亶父）等几篇周人的史诗时，他把周人的历史沿革绘声绘色描述了一番，并把历次迁都的名称、地点以及相当于今天的什么地方，都作了仔细讲解，随口说来，如数家珍，令我们这些听课的学生惊叹。研究古籍的学人都会知道，像高先生这样的功夫，非数十年兢兢业业治学，修炼不到此等地步。高先生当年为我们授课的讲义，很可惜，我后来几次搬家，丢失了。但是，我在"文化大革命"后看到高先生在上海古籍出版社 1980 年版《诗经今注》，依稀见出当年讲义的影子，只是注释没有在课堂上那么多。当然，高先生的"《诗经》研究"，也有那个时代过分强调阶级、阶级斗争的历史痕迹，一些学者曾提出过批评意见。但是，高先生的文字考据和研究功夫，没有听到有什么微词；即使学术上有不同见解，见仁见智而已，而谁也否定不了高先生特立独行的敢于独创的学术个性。他在《诗经今注·前言》中说："我读古书，从不迷信古人，盲从旧说，而敢于追求真谛，创立新意，力求出言有据，避免游谈无根。"我记得高先生在课堂上对我们多次讲过类似的话。

李：山东大学的萧涤非先生是我国著名的汉魏六朝文学史专家、杜甫研究专家，他的学生很多，桃李满天下，也很长寿。您大学时上过他的课吗？

杜："我的名字叫萧涤非，不是'萧条非'，'涤'，这个字发'迪'（dí）的音，不要念成'条'（tiáo）！"20世纪60年代初，山东大学文史楼大教室，萧涤非教授为我们开"杜甫研究"，第一堂课，萧先生走到黑板前，就先写下了"萧涤非"三个有力的大字——当时写的是繁体，他特别指着中间的那个"涤"字，说了上面的话。

这是这门课开篇第一句话，课堂上发出一阵笑声。

萧先生中等个儿，脸庞儿稍瘦，双眼炯炯有神。那年他不过五十四五岁，头上已经露出些许白发。他说话，底气很足，声音洪亮，语速稍慢，明显带着江西口音。萧先生说："同学们不要笑，真有粗心的人把'涤'读成'条'，我记得不止一位初次见面喊我'萧条非'，弄得我颇为尴尬：应，不是；不应，也不是。咱们山大的同学可不能念错，让人家笑话。"

萧先生是个非常较真儿的老师，他是绝不允许自己的学生念错字、念白字的，也是绝不允许自己的学生出现常识性错误的——他的课，一上来先从自己名字的读音做起。后来，我记得在他全部"杜甫研究"课中，每遇到杜诗本文和注释杜诗所涉及的古文中难懂难读、容易念错的字词，都要格外挑出，重点讲解，不但把它的意思解释清楚，而且把它的读音弄准确。例如他讲的第一首诗是杜甫早年的五律《望岳》，讲到"荡胸生层云，决眦入飞鸟"时，他特别拈出"眦"字，说，这个字不要念成"此"

(cǐ)，它的音是"字"（zì），去声。"眦"者，眼角也。"决"，是裂开；"决眦"，形容张目极视的样子。萧先生一面解释，一面指着自己的眼睛作张目极视状。

对于两音字的十分细微的区别，萧先生都特别提醒同学们分辨清楚，例如，讲到《前出塞》（九首）之五的第五六两句"隔河见胡骑，倏忽数百群"，萧先生说，同学们要注意："骑"这个字，有两个读音，动词如"骑马"的"骑"，《说文解字》解释为"跨马也"，这时它可以读"奇"（qí）的音；而杜甫这首诗里的"胡骑"，是名词，指骑兵，照以前习惯的读法，应读作去声，发"寄"（jì）的音。

有一次，萧先生说，杜甫是作律诗的圣手。虽然他有时也故意作"吴体"（即"拗体"）诗，甚至自创新体；但在大多数情况下，他很遵循律诗的常规，注意音律、平仄、对仗，"语不惊人死不休"；晚年更是讲究，"晚节渐于诗律细"。例如杜甫757年秋天在夔州所作《登高》，有人誉为"古今七言律第一"，真是律诗的典范，同学们要背诵。说完，萧先生随口背诵出来。萧先生的头随着诗的声律、平仄而微微晃动，抑扬顿挫，了了分明。

他接着说，有时杜甫也写出看起来很怪、猛一看不容易理解的诗句，例如《秋兴八首》的最后一首第三四两句"香稻啄余鹦鹉粒，碧梧栖老凤凰枝"，就是为了平仄、音律、对仗的需要而写的倒装句。按正常的意思，应该是"鹦鹉啄余香稻粒，凤凰栖老碧梧枝"，但是，这样意思顺当了，却乖于音律、平仄，读起来有点儿别扭。对这样的奇怪诗句，同学们也要注意理解。

几乎在讲解杜甫的每一首诗时，萧先生都找出特别的关注点，提请同学们精心把握。

"杜甫研究"是一门选修课，当年我之所以对杜甫和杜诗特别感兴趣，那缘由有点儿可笑：原因之一是我和杜甫都姓"杜"，心理上有一种自豪感，不能不对"我家子美"格外了解。但这点肤浅、幼稚、渺小的虚荣促使我听了萧先生为时一年的"杜甫研究"课,并大获收益:萧先生使我认识了一位真正伟大的人民诗人,知道即使我与杜甫是本家,那么杜甫的伟大,也不是、至少主要不是"老杜家"的光荣(那样就把杜甫看小了、看扁了),而是中华民族的光荣,是全人类的光荣!

当年听萧先生讲"杜甫研究"的时候,有一次我在课下专门请教他如何学好杜诗。萧先生说了两条:一是知人论世,一是精确理解杜甫的主要诗篇,最好能够背诵。

什么叫知人论世?萧先生说,不但要对杜甫所处的那个时代、社会有深入的了解,而且特别要对生活在那个社会和时代的杜甫本人有深入的了解:他的家庭,他的经历,他的思想,他受了什么磨难,他怎样走向人民……读杜诗,不仅要学他的诗,更要学他的为人。萧先生特别指出,杜甫有一个特点,他的诗往往是个人生活经历的实录、社会重大事件的实录;他的诗就是他的传记,就是时代、社会的传记,你把杜甫的诗依写作时间阅读,就知道了他的生活史,知道了他的思想发展变化,也知道了那个时代的历史;萧先生强调,把杜诗称为"诗史",名副其实,最恰当不过。萧先生的《杜甫研究》讲义,把杜甫一生分为四个时期:三十五岁以前的"读书游历时期",三十五岁到四十四岁的十载"长安困守时期",四十五岁到四十八岁的"陷安史叛军中、为官时期",四十九岁到逝世长达十一年的"漂泊西南时期"。他选了二百六十多首杜诗来讲解,其排列顺序,也不是像别人那样依五古、七古、五律、七律、五绝、七绝等体裁,而是按写作年代——后来我读萧先生的《杜甫研究》(山东人民出版社 1959 年版)和《杜甫诗选注》(人民文学出版社 1979 年版),看到都是按创作时间的顺序选注的。

关于萧先生所说要精确理解杜诗的主要诗篇、最好能够背诵,我印象更为深刻,因为在我单独请教萧先生如何学好杜诗之后的下一堂课，快下课的时候，萧先生专门说了一段话："有同学问我怎么学好杜甫的诗，我说，除了知人论世之外，就是要熟读杜诗，达到能够背诵的程度，学习古诗、古文，都应这样，我的老师黄节先生当年就是这样教导我们的。下面，我就给同学们背诵《秋兴八首》。"本来此刻要立即背诵了，但萧先生说到这里，又特别加了几句话："《秋兴八首》为杜甫惨淡经营之作，或即景生情，或借古为喻，或直斥无隐，或欲说还休，必须细心体会。律诗本是一种具有音乐性的诗体，诗人完成一首律诗，往往不是用笔写出来而是用口吟出来的。因此，对于一首律诗特别是像《秋兴八首》这样的七律的鉴赏，更需要下一点吟咏的功夫。这倒不是单纯为了欣赏诗的音节的铿锵，而是为了通过抑扬顿挫的音节来更好地感受作者那种沉雄勃郁的心情。前人评《秋兴八首》，谓'浑浑吟讽，佳趣当自得之'，是不错的。"

萧先生在讲台上抑扬顿挫地背诵，我们在课桌上对照原文有滋有味地聆听，陶醉于杜诗的优美韵味之中。八首七律，每首五十六个字，八首共四百四十八个字，萧先生背诵得一字不差；他的声音，伸缩有致，高低相间，如行云流水，行其当行、止其所止。

背诵完了，萧先生定一下神，对同学们只说了一句话："你们就像我这样背诵！"

萧先生自1933年来山东大学到1991年去世，前后断断续续执教四十七个年头，可谓山东大学执教时间最长的教授之一。作为学界公认的现代顶尖的杜甫研究和汉魏六朝文学史专家，他与陆侃如、冯沅君、高亨诸先生一起，并称山东大学中文系的四大台柱子，是山东大学名副其实的大功臣。

李：读您的文章，知道您很早就结识了吴晓铃先生，你们也是同事，甚至还有过一段患难的历史。希望您谈一谈你们交往的情况。

杜：吴先生是我的长辈，但是他乐意同我等年轻人交往。我是在五七干校搞清查运动时才与吴先生成为朋友的。那时我被打成"五一六",属于另类,与我交往,是有风险的。但恰在这时,吴先生与我走得很近,也许是"同病相怜"吧。我们住的军营宿舍,大得可以做小礼堂用,南北各一排窗户,数百平方米(或许近千平方米)的面积,里面放了四五十张床,每个窗户的两旁,两两相对放四张床,宿舍中间留一个两三米的通道,人们可以串来串去。我与陈友琴先生床接床,他靠窗,我的床头连着他的床尾,我的床尾后面,就是人来人往的通道。我的床边总是比较"清净",可谓"床前冷落人迹稀",我常常一个人坐在床上发呆。唯有吴先生不时走过来,同我说说笑话。有一次,陈友琴先生也坐在床上,吴先生走来,指着陈先生说:"你是'足抵工部'。"又指着我说:"你是'头顶陈抟'。"听后,略一琢磨,我们三人哈哈大笑。"工部"者,唐代诗圣杜工部、杜甫也,我姓杜,吴先生以此喻我;陈抟是宋初著名道教学者、隐士,有名的"睡仙",号称"天下睡功第一",又是有名的长寿老人,据说活了118岁,吴先生以陈抟喻友琴先生。

还有一次,吴先生拿了一张纸过来给我看,上面是他模仿古代"告示"写的一段话:"照得近有不逞之徒,黄夜如厕,靡所弗届,随处乱撒,殃及水房……如有再犯,定当'杀头',严惩不贷,勿谓言之不预也!"原来,我们的宿舍,还有临近的其他宿舍,离厕所较远,冬日天冷,半夜有人小解,往往就近在水房"方便",弄得臊气熏天,怨声载道。于是吴先生写了一纸"告示",对我说:"贴在水房,好不好?"不一会儿许多室友围上来看,众人皆谓"妙不可言",文辞幽默,尖刻风趣,雅中有俗,俗中带雅,大家笑得前仰后合,不约而同地说:"好,好!贴到水房去!"

那年春节,食堂为每个人发了一斤白面、一碗白菜猪肉饺子馅,要大家自行过年。傍晚,许多人在自己的床前忙活起来。我是无心过年的——我们宿舍后面考古研究所的张旗，被诬为"五一六"而受到残酷逼供，不堪忍受，不久前在另一水房上吊自杀，死后连棺材也没有，穿了一身蓝色的确良制服埋在附近，第二天即被人扒出来从尸首上脱下那套新一点儿的制服，惨不忍睹；我这个"五一六"在北京隔离时，亦曾自杀未遂……有什么心情过年呢！所以饺子馅放在那里，迟迟没有动手，也不想动手。没有料到，过了一会儿，吴先生忽然出现在我面前："书瀛，我帮你包饺子！"顿时，一股暖流浸透我全身。那个春节我吃的是吴先生与我一起包的饺子。煮饺子用的是我自制的土煤油炉，有时煮个鸡蛋什么的还凑合，要煮饺子，显然火力不够。虽然由于火小，有不少饺子最后煮成了片儿汤，但我还是觉得那是在干校接受清查的冷酷之中，吃得最温暖、最有味道的一顿饭。

20世纪70年代初在河南明港五七干校时，吴先生在附近村子里偶尔结交了一位姓张的农民，还光着膀子与这位农民一起照了一张十分随意的生活照，拿回来给我们看，自以为是遵照党的"知识分子与工农结合"的号召，深入群众，与农民打成一片。不料想，当时领导我们搞清查运动的军宣队和工宣队不知怎么打听到，此农民家庭成分是富农。这还得了！于是把吴先生揪出来，开全所大会批判。军宣队一位负责人在大会上声色俱厉地呵斥道："吴晓铃，站到前面来！"会场上气氛顿时紧张起来，我大气都不敢喘。"你阶级立场站到哪里去了!? 资产阶级反动权威与富农臭味相投，可见你资产阶级反动立场非常顽固，死不悔改，可以做现行的反面教员……"我们不敢说什么，只暗暗为吴先生叫屈、叫苦。

吴先生人缘好，他乐意助人，人也乐意助他。从河南明港五七干校回京后，一次他家（校场头条）的下水道堵了，请几个年纪稍轻有力气的朋友和学生帮忙，于是我们三人——那时正赋闲在家的京剧武生王金璐，文学研究所有名的拼命三郎栾贵明，还有我，去吴先生的四合院，先在他的"双楷书屋"喝茶。我们三人不到半天，活就干完了。中午，吴先生请我们吃了一顿丰盛的午餐，席间海阔天空谈起来，我印象最深的是关于王金璐的遭遇和前途。当时，这位京剧名角正处于人生和事业低谷，后来，我从媒体知道王先生重返舞台，成为"武生泰斗"级的演员，我想这其中应该有吴晓铃先生之力。还有一件与我直接有关的事不能忘怀，他介绍徐大夫为我探亲的妻子治疗十几年屡治不愈的头痛病。

李：您谈的材料很有价值，使我们了解了文论界的不少情况。再次感谢您的帮助！

2019 年 6 月 5 日
发表于《文艺争鸣》2019 年 8 月

为王晓平、周发祥、李逸津
《国外中国古典文论研究》序

作为傅璇宗、周发祥两位先生共同主持的"中国古代文学走向世界"书系之一种，由王晓平、周发祥、李逸津三位学者执笔撰写的《国外中国古典文论研究》一书，即将由江苏教育出版社出版。这本书及"中国古代文学走向世界"书系的其他著作的出版，无论对于学界还是对于他们个人，都是一件可喜可贺的事情。

读这本书，我总的感觉是：几个老老实实的学者，写了一部实实在在的书。

所谓"老老实实"，是指作者为人为学的作风。发祥是我的同事和朋友；其他二位也听发祥讲起，略知一二。他们都是甘愿坐冷板凳、潜心做学问的人。当然，了解较多的还是发祥。我与发祥过往渐密以至成为朋友，是近几年的事情。十几年前，当我还只知发祥其名而在许多人中尚不能具体辨认出发祥之面的时候，听人说他是学英文的。学英文，接触"洋"的东西多，我以为总会有点"洋"气。当我真正同发祥有所接触，才发现他不"洋"，倒是有点"土"，一个带着浓浓乡土气息的山东汉子。微胖的身材越发显得憨厚，脱不掉乡音的普通话更加透露出淳朴。同他接触多了，更感到他的淳朴是发自内里的，是感情深处的，是因为内而符于外的。发祥为人淳朴，为学也同样淳朴。前年秋天，我应傅璇琮先生和发祥之邀，到中华书局参加他们的"中国古代文学走向世界"课题论证会，听发祥在会上对他们那个宏伟庞大项目所作的质朴无华的介绍，又在会下同发祥多次交谈，觉得发祥和他的合作者们的确是踏踏实实的学者。发祥对德高望重的傅先生十分尊重。傅先生对发祥的踏实学风也很称赞。对他们那个项目，傅先生纵观全局、高屋建瓴，发祥井井有条、细致周到。最可称道的是他们非常重视资料的收集、积累和翔实可靠。老实说，这个课题是有相当难度的。诚如发祥他们所说，做这个课题，需要涉及广泛的学术领域，既要熟悉国外的中国古典文学和古典文论的研究，又要了解国内的学术背景；既要把握国外中国古典文学和文论研究的发展史，又要把握国外渗入汉学领域的文化思潮和文艺思潮。再加上这一课题的原始资料大多数保存在国外，收集起来相当不易。因此，我想他们会常常感到"内""外"交困。面对着这些困难，他们结成写作小组，互相切磋，协同作战，集思广益，又广泛征求有关专家的意见以补自己知识之不足，想方设法收集资料、包括到国外收集第一手的原始资料以充实自己的学术库存（我知道发祥曾两次出国）。就这样，他们以刻苦的精神、踏实的作风、严肃认真的态度，越过了一个又一个的障碍。他们老老实实做学问，获得了成功。我不敢说他们写出了一部完美无缺、有多么多么高学术价值的书，但我敢说他们写出了一部实实在在的书。

所谓"实实在在"，是指这部书的内容比较充实而不浮华。这里没有那些为许多人所看不懂或难以理解的名词术语，没有怪怪奇奇的句子和花里胡哨的辞藻，没有虚张声势的褒扬，也没有不负责任的贬抑。这里所有的，只是他们所能收集到的欧美、苏俄以及日、韩、越诸民族研究和接受中国古典文论的历史和现状：读者可以看到外国的汉学家们如何看待和阐释中国古典文论思想，如何根据他们特定的历史语境和文化背景接受中国古典美学；可以看到我们的文化遗产、美学遗产在另一种民族环境中，会有怎样的命运，它们同别的民族的文化思想化合后，会演变出怎样的形态，会发生怎样的效应。这部书的缺点可能是接触面有限，会有遗漏；有的介绍也不够深入。但就所介绍的内容来说，却是敢于对读者负责的。王晓平先生在本书《引言》中的一段话，可以增加读者对本书内容的信赖："本书虽是以我们在国外访学收集到的大量资料为基础撰写的，但对各国学者的研究成果的掌握仍不免有所遗漏"，"凡国内已有译介的，一般从略，为能准确展现国外学者研究的原貌，我们避免主观的裁断"。撰写者们老老实实的态度，使得他们写出来的文字获得了实实在在的可信赖的内容。

我想，广大读者会喜欢这几位老老实实的学者所撰写的这本实实在在的书。

为张婷婷《文艺学沉思录》序

  一般我是不敢也不愿为人作序的；有人请，总是婉言谢绝。一是因为以我的学识，我觉得还不够格；二是因为我觉得序越来越"俗"气——要么圈内人溢美之词过甚；要么因为作者一请再请，盛情难却，碍于面子给并不熟悉的人的并不熟悉的作品作序，只好说一些张三李四人人通用、春夏秋冬四季皆宜的"过年过节的话"。

  但是，对于为人作序，我也有欣然应命的时候：给我的学生或我特别熟悉又对其作品十分了解的人。这样我可以言之有物，说一些真切的话，甚至说一些毫无顾忌的话。

  给张婷婷教授的著作作序，又不仅仅因为她是我的学生。当她把她的《文艺学沉思录》书稿发来嘱我写序时，我看到这洋洋二十五万言的理论文字中有许多发光的思想在跳跃，欣喜之情油然而生，立即给她打电话说：这个序，我一定会写！

  婷婷在我这里攻读博士学位三年，我印象中她既是一个富有灵气的学生，又是一个爱较真儿的学生。说灵气，是因为她不但"理性直观"（姑且用这个词吧）能力强，而且似乎有一种天生的艺术气质。她多才多艺，歌唱得好（在一些晚会上她的演唱常常被误认为是专业演员）、舞跳得好（小时候受过专门训练）、画也不错，她改编的电影《流泪的红蜡烛》在全国上演。我和她讨论审美—艺术问题时，因为她有亲身的艺术体验，对于艺术的许多十分微妙、难以言说的关节之处，常常是一点就通，比别人领悟得快些。但她又不是只靠聪明做学问的人，而是对学术特别较真儿，肯下实在功夫、苦功夫。有些理论上的难题，例如文学本体究竟怎样，形象思维是不是思维之类，一时很难解决，若是别人，可能会先绕开，暂且放一放；她不，一定要把有关资料尽量找齐，对照艺术活动实际，苦思冥想，作出一个自己认为满意的答案。这样，她就学得很苦。但是苦得有成效、有收获，她的《中国20世纪文艺学学术史》第四部受到好评，包括她这部书在内的我们这套书还获得了中国社会科学院科研成果二等奖和文学研究所科研成果一等奖。

获得博士学位之后，她去解放军艺术学院任教。不几年，她就晋升为教授，而且又教学，又做某些行政工作，即所谓"双肩挑"，肩上扛起了俗称"两毛四"的解放军大校肩章。我问她：还能做学问、写文章吗？答曰：挤时间，坚持做，抽空写；只是，很苦。我很能理解她的苦。但是，她苦得有成效、有收获——因为有社会反响：2005年11月29日《中国民族报·摄影文学》用了一个整版的照片和文字对她作了介绍，称她为"著名军旅学者"；而放在读者面前的这部《文艺学沉思录》更是她新的学术成果的明证。

这是一部严肃的、有深度、有独到见解的学术著作。开头的放在"文艺学前沿问题"栏下的几篇文章，表现出作者的学术敏感和洞察力。例如文学与生活的"距离"问题是新近出现的热点问题，作者通过历史的考察和现实的检视，作出了自己的有说服力的解答，指出：在电子媒介时代，艺术再也不像古典时代艺术创作那样神圣、神秘、永恒，那样具有唯一性。机械制作、大量复制、随身听……把创作和欣赏带入新的境界，卡拉OK把欣赏也变成了创作，把读者（观众）也变成了作者，把审美体验与生命体验联系起来。但是艺术是不是就此终结或曰消亡了呢？没有。人类要健康地活着，就必须有精神的审美的诗意的生活，只要这种有灵性的审美活动还继续一天，艺术便不会终结。艺术的对象和内容构成可能会发生转换，艺术会换一个位置和方式去发出自己的声音，艺术的光彩会暂时隐匿进现实世界的繁华当中，但她的精灵会永远活着。只要把艺术看成人类自身存在必然方式，这种对艺术生死存亡的担忧就会显得多虑了。再如文学"边界"问题也吵得沸沸扬扬。张婷婷作出了不同一般的解答：少做些划界，多研究些问题。她说，今天的文艺学当务之急不是要过多地空谈"应当这样""应该那样"，提出种种文艺研究者应该遵守的"规范"，制定出他们举手投足皆不可逾越的"边界"；而是要说明"正在发生什么"，即发现和阐释当今纷繁复杂的新问题。在人文科学中，尤其在文艺学研究中，任何人都不可能成为立法者——过去曾经有过错觉，今天必须清醒。文艺学研究的变化取决于社会审美实践和文艺创作实践的变化，而社会审美实践和文艺创作实践的变化又取决于制约它们的人类社会历史实践的变化、两个方面复杂关系的变化以及它们变化的深度与广度。这也是不以人的意志为转移的。文艺学研究不能够自己给自己"立法"，给自己划定界域。此外，张婷婷作为军旅学者，对军旅文学的审美内涵作了独到的概括："崇高与阳刚：军事文学的形态特征"，"对抗与挑战：英雄主义的审美品格"，还对作为军旅文学具有重要意义的"悖论"问题作了深入阐释。这些都发人深思。

这部著作的二、三两部分"文学主体论"和"文学本体论"，表现出作者的理论睿智和思维穿透力，特别是她通过对新时期文艺学史实的研究，常常能够一下子把问题的关节点揭示出来。仅举一例：对于文学主体性，作者指出："虽然在80年代的中国，'主体性'的提出本身即意味着它是当代的一个时代命题；但很可惜，无论是李泽厚还是刘再复，都没有赋予它更深刻更具体的当代规定性，以至这个命题在他们那里显得比较空泛，没有充分体现出 20 世纪 80 年代中国的气息和内涵。当代的'主体性'既应该带有社会主义的精神内涵，也应该带有数百年来在西方逐渐形成的市场经济下富有竞争性、选择性的运动形式；既有面向全球的博大开放的胸怀，又有中华民族的优秀文化的立足基地；既尊重个人的充分自由和权利，又强调社会责任和义务，等等。这样的'主体性'目前在我们的国家正在'生成'着、'发展'着。"我很佩服作者能有这样的见识！

  这部著作的四、五部分"文学与色彩"和"古典与现代"，表现了作者的巧思，尤其是关于文学与色彩的论述。我就不多说了。

  但是这部著作也有不足，即其语言问题。我认为，该书作为理论著作，其语言是精确的、严格的；但是，还不够通俗，有的句子过长。这也许是我的偏见：我主张理论文字应尽量写得易于被更广大的读者（包括专业的和非专业的）接受，甚至具有某种审美性；就像何其芳写的《论〈红楼梦〉》那样，读起来令人觉得像读散文。

2007 年 5 月 21 日

为陈定家《隐形手与无弦琴》序

定家的博士学位论文《隐形手与无弦琴——市场语境中的艺术生产研究》就要出版了，作为指导老师，我心里当然很高兴。

定家在大学期间原本是学自然科学的，但他酷爱文学和美学，在"正业"之余，潜心"副业"，读读写写，竟也积累了比较深厚的文学和美学素养，并且练就了一手相当不错的文字功夫。大学毕业工作几年之后，始终与他纠缠不休的文学和美学情结，促使他毅然报考文艺学专业的硕士研究生，在广西师范大学中文系林宝全教授门下修习三年，学业有成，旋即于1998年考入中国社会科学院研究生院文学系攻读博士学位，有缘与我成为师生关系。

我带博士研究生的方法，主张"开放—自由式"，即开放疆域、解除束缚，充分发挥学生的自由天性和自身优势，让他们自由自在地去吸收各种各样、各家各派的营养。这所谓"开放—自由式"，也类似于我的朋友谢冕教授所主张的"放羊式"——即把整个学术领域比喻为一个百草丛生的大草场，把羊放出去，让它们自主地去吃各种各样的草，凡是有营养的，都不拒绝。在别的地方我还曾说过，有志于学术事业的青年，应该打破以往"门户壁垒""学术帮派"之陋习，只认真理，不管亲疏。要学会吃"百家饭"。凡是于学业有益的，为实践证明具有真理性，或包含真理性成分的东西，不管属于哪门哪派，不管来自万国九州、古今中外，不管口味是苦是甜是辣是酸，不管其是否符合"师承"……，统统吸纳进来，变为我"强身健体"的养分。

我认为，学术活动最基本的条件是给学人提供一个"独立之思想、自由之精神"的环境。作为一介书生，我当然没有能力、也不奢望对整个学术环境会有什么影响；但是，我对自己带的博士研究生，却完全可以给予充分的宽松和自由。博士研究生不是小学生、不是中学生、不是大学生，也不同于硕士研究生。博士研究生经过硕士阶段的学术训练，大都已经有了相当程度的独立思考能力和独立研究能力；他们大部分已经有了相当多的人生阅历，形成了相对成熟的世界观；因此，一般说他们大都能够自主地去发现问题、辨别问题、思考问题、分析问题，经过比较、对照，他们在一定程度上也能考究出哪是真问题、哪是假问题，哪些问题有重大价值，哪些问题并无重要意义。在这样的情况下，对于博士研究生，我认为绝不可像对小学生那样手把手教他们"描红"，绝不可像对中学生那样教他们死记定义、死背课文，也不可像对大学生那样给他们出题做作业，一般也不要像对待硕士研究生那样为他们划定学习和研究的课题或范围……。我认为，带博士研究生，不必处处对他们不放心，把他们死死圈在老师认定的小圈子里，不允许他们越雷池半步。要放手让他们自己到大千世界去"找食吃"，有意识地去培养和锻炼他们独立发现问题、分析问题、思考问题、辨别问题的习惯和能力，要鼓励他们提出自己的见解，提倡他们发表不同意见。带博士研究生，最好不要采取讲课的方式，而是用讨论的方式、商榷的方式，两个人或几个人对谈、对话的方式。老师以讨论者的身份参与其中，在学术真理面前，一律平等。要鼓励学生大胆发表不同于老师的意见；要树立"学生应该超过老师"的观念，要树立"学生以超过老师为荣"的观念，要树立"不能超过老师的学生不是好学生"的观念。

读研究生，最主要的成果表现在毕业论文上，博士研究生尤其如此。不过，博士研究生与硕士研究生应该有所不同。正如有的老师所说，硕士研究生的学位论文可以由老师出题，学生去收集资料形成观点进行写作；博士研究生的学位论文选题，则应该由学生在学术领域里广泛涉猎和对照思考的基础上自己先提出来，然后与老师研究商定，并且在老师提出的各种有益建议下独立研究、独立思考、有所发现、有所创造，形成独创性的观点。如果一篇博士学位论文没有超过一般见解的独创性思想，哪怕是一个、两个属于自己的新观点，宁可不写。

定家的论文选题是由他自己确定的，我只是提了一些必要的建议。我认为这是个好题目。面对市场经济的冲击，文学艺术发生了急剧变化，理论界必须拿出敢于面对现实问题的理论勇气加以阐明，而不能回避。经过定家的独立研究，收集大量相关资料，分析思考，提炼论点，写成此文。我认为他在一定程度上获得了成功。有的老师指出，该文"对市场经济冲击下作家地位的变化，作家文化价值观念的变化，艺术雅俗的分化与融合等问题作了相当深入且有理论深度的论述。其中例如关于作家既要有审美意识又要有市场意识，既要有终极关怀又要有世俗关怀的论述，关于艺术雅俗分化与融合和艺术思维方式关系的论述，都很有独到见解"。

以童庆炳教授为主席，以钱中文教授、何西来教授、聂振斌教授、程正民教授为委员的五人答辩委员会，在审查了陈定家的博士学位论文之后，形成了如下决议：

陈定家的博士学位论文《论市场语境下的艺术生产》，是以马克思主义意识形态理论为指导，对改革开放以来市场经济条件下艺术审美现状、发展趋势及其所带来的积极和消极两方面的影响，作了系统的阐释和分析，提出了许多重要的和迫切需要加以解决的问题。选题具有很强的现实性和理论意义，反映了作者积极介入现实的精神和理论勇气。

论文从作为艺术的生产、作为生产的艺术，作为艺术的消费、作为消费的艺术等不同角度，具体细致而深入地探讨了市场语境下艺术生产的种种问题，如艺术生产和一般生产的共同规律和特殊规律、市场冲击下作家地位的变化、作家文化价值观念的变化、艺术雅俗的分化与融合、艺术如何既适合市场经济体制的需要走向市场，又适合文艺自身发展的规律超越市场，等等，作了较好的论述，有分析，有概括，也有自己的独到见解，其中尤以对市场语境下艺术雅俗分化与融合的探讨，更为深刻有力且具有独创性。论文从现实生活中、从文坛上实际发生的问题入手，摆事实，讲道理，避免了从理论到理论的毛病，从而形成了对新时期以来艺术生产问题的一次总结，这是很有意义的。这种理论联系实际的作风值得提倡。

论文观点正确、鲜明，立论比较辩证、公允，材料比较丰富，论述比较充分，行文生动流畅、活泼。有较高的学术质量。

希望作者在论文答辩之后，对文章再进一步加工完善，并注意在理论创新和材料提炼方面再下一番功夫。

陈定家对答辩委员提出的问题，进行了认真的回答，答辩委员会表示满意。

无记名投票，5位答辩委员一致通过。建议授予文学博士学位。

定家的博士学位论文获得答辩委员会通过，并被授予文学博士学位，至今已经过去了六个年头。这篇论文当然有不足，答辩委员会的决议和答辩委员的发言中也已明确指出。几年来，定家作了修改、补充。现在印出来，我想，定家也一定是衷心欢迎专家和读者批评。

（2006年11月11日于北京安华桥寓所）

为杨星映《小说艺术的奥秘——小说文体学》序

很高兴地读到杨星映教授的新作《小说艺术的奥秘——小说文体学》，我认为这是近年来我国学术界文体学研究中又一可喜的成果。

我国本是一个文体繁富、文体理论也十分发达的国家，许多文体早在先秦时期即已萌生，而且当时就有了对文体的初步把握。《左传》叙事，涉及多种文体，南宋陈骙《文则》中谈及《左传》所使用的文体时说："考诸左氏，摘其英华，别为八体，各系本文：一曰命，婉而当；二曰誓，谨而言；三曰盟，约而信；四曰祷，切而悫；五曰谏，和而直；六曰让，辩而正；七曰书，达而法；八曰对，美而敏。""诗三百"的编辑，类分"风""雅""颂"，暗含文体意义。《论语》中对诗的诸多论述，表明当时对诗这种文体的特点已经有相当深入的认识。《墨子》提出"立辞而不明于其类则必困"。《尚书》把文分为"典、谟、训、诰、誓、命"六类。总之，正如章学诚在《文史通义·诗教》中所说："盖至战国而文章之变尽，至战国而著述之事专，至战国而后世之文体备。"

至两汉，各种文体进一步发展，范晔《后汉书》记述汉代文体达六十余种。

到魏晋南北朝,各种文体可以说已经十分繁荣,文体理论也很完备。曹丕《典论·论文》把"文"分为四科八体,陆机《文赋》分为十体,萧统《文选》选录文体三十九类,任昉《文章缘起》著录文体八十四种,刘勰《文心雕龙》论列文体三十四种,等等。而且,他们对各种文体的特点都作了对照说明,特别是刘勰,通过对文体的"原始以表末,释名以章义,选文以定篇,敷理以举统",建立起自己的文体批评系统。

至于小说这种文体,在中国起源也很早。正如本书作者杨星映教授所说,它以神话传说为源头,以史传为过渡的中介,魏晋志怪、志人小说成为其发端,而唐传奇的出现标志着它的形成,明清时代它则走向了成熟。但是,直到明清之前,小说这种文体并没有受到应有的重视,小说文体理论没有发展起来。因为它不入"文"之正宗,正统文人瞧不起它。

"小说"这个词最初只是指与"大道""大达"相对应的小言、小行,《庄子·外物》说"饰小说以干县令,其于大达亦远矣"。汉代桓谭《新论》称"若其小说家,合残丛小语,近取譬论,以作短书"。班固《汉书·艺文志·诸子略》说"小说家者流,盖出于稗官。街谈巷议,道听途说者之所造也"。班固将诸子列为十家,谓"其可观者,九家而已",小说家居其十,属"不可观"者。然在班固看来,小说家虽不入主流,却也可当"刍荛狂夫之议",有"一言可采"。张衡《西京赋》说"匪唯玩好,乃有秘书,小说九百,本自虞初,从容之求,实俟实储",肯定其"玩好"性。魏晋南北朝文体批评十分发达,但于小说,仍因前说,视小说为游戏,与"俳优"连称,同"跳丸""击剑"并列。体大虑周之《文心雕龙》,列数十种文体,却无小说的地位。一千多年之后,明代以李卓吾、叶昼为代表,清代以金圣叹、毛宗岗、张竹坡为代表,才对小说这种文体给以前所未有的重视和肯定，并对它的特征作了十分精到的论述。所以中国古典小说理论和小说文体学的建立，应该从他们那里算起。

19世纪至20世纪，中国文论发生了从古典形态的诗文评到现代形态的文艺学的转换，关于小说这一文体的观念，也发生了重大变化。20世纪之初，梁启超诸人把小说抬到了"新国""新民"最根本手段的崇高地位。从"五四"时期至二三十年代，以鲁迅为代表的一批现代小说家吸收外来观念进行小说创作，取得了巨大成就。但直到70年代末，文艺理论界对小说文体很少作深入研究。中国现代文艺学是以社会学文艺学、政治论文艺学、认识论文艺学为主流，突出的是文艺的"内容"，而忽视的恰恰是其"形式"，数十年间，文体问题（包括小说文体问题）基本没有进入文艺理论家的视野。直到近二十年，情况才有了改观。

20世纪80年代以来，一是由于现实本身的要求，一是由于国外文艺观念、特别是叙事学、文体学理论的引进，我国小说家和文艺理论家、批评家的文体意识逐渐觉醒和强化。一些小说家开始致力于小说文体的探索创造，一些敏锐的文艺理论家、批评家也从过去的题材—主题批评转向小说的文体批评。许多理论家在密切关注创作实践的基础上，或介绍西方文体学、叙事学成果，或挖掘整理中国古典文体学遗产，或力图融合中西、建构一门现代小说文体学。本书作者便是其中用力甚勤的一位。杨星映教授潜心笔耕数年，贡献给我们一本融合中西文论、紧密联系创作实践、集逻辑实证与审美描述于一体的小说文体学著作，实在是一件可喜可贺的事情。

在融合中西文论的基础上搭建自己的小说文体学构架，是本书的理论基础，也是本书的一大特色。长期研究古典文论、特别是古典小说理论，使得杨教授从骨子里具有一种偏好民族理论遗产的"古典情结"。然而杨教授却并不把自己的视野局限于本民族，而是将另一学术触角伸向西方文艺理论的海洋。他山之石的源源涌来不断给她提供攻玉的利器，融合中西成为她必然而自然的选择。而且，她对中国古典文体学、小说理论批评与西方叙事学、小说文体学理论的吸取绝不生搬硬套，而是精心选择、反复咀嚼，然后有机融为一体，建构自己的包括叙事方式和语言体式在内的小说文体学。在融合中西文论的基础上，她将小说文体定位于"体制"与"语体"即叙事方式和语言体式，是很有见地的。如果说对叙事方式的论析较多地吸收他人成果，语言体式的论析则多作者自己的创意。尤其是"审美变异"部分，借鉴俄国形式主义"陌生化"理论，透辟地说明了普通语言何以变成审美的小说叙述话语，从而形成小说语体，颇多创见。这是全书写得十分精彩的部分。

　　密切联系创作实践是本书大又一特色。这不仅表现在作者提出理论观点、理论原则常常伴以作品例证的细致分析，因而其理论是创作实践的总结升华；还表现在作者对中西小说文体从萌芽、形成到发展、成熟的历时形态梳理得缜密全面，言之有据。书中列举的代表性作家作品，看似信手拈来，实则选择精当；而且古今中外，涉及面广。特别是对中国20世纪小说文体的三次嬗变，联系众多作品，论证充分，分析透辟。然而要做到这样，首要的前提是面临资料阅读梳理的"大运动量"；但作者不辞辛苦，研究了大量作品，使理论建立在创作实践的基础上，因而凿凿有据，言之成理。

　　本书从宏观（体裁）与微观（文本）、历时态（小说形态的历史发展）与共时态（小说文体的本体特征）等多种视角来论析小说文体，是对小说文体的科学而深入的把握。在广采博纳众说的基础上清晰地勾勒出中西小说文体各自不同的发展线索，尤其值得称道。这种理论构架导致本书的第三个特色：严密的逻辑实证与文采斐然的审美描述。本书从小说性质、特征、功能，到小说叙事结构、语言体式的辨析，层层推进，环环相扣，论证缜密充分；而对所列举作品的分析又采用审美描述的方式，其描述往往精当而富有文采，引人入胜。

杨星映教授教书育人，诲人不倦；做学问，刻苦勤奋，学风严谨。这不仅体现在从大量资料的研究梳理中提炼自己的观点；还表现在她从不掠人之美，从别人那里受到的启发、引用的观点，都清楚地加以说明，引文也必详细注明出处。这种为学的品格和作风是值得赞扬的。

当然，本书也有某些不足之处。如对中西文体历时形态的梳理，时代之间、作家之间篇幅长短不一，论析详略不一；一些重要作家作品也有遗漏。像卡尔维诺和博尔赫斯的文体创新在现代西方很有代表性，对中国先锋作家也产生过重要影响，本书论述却不够详细。

然而瑕不掩瑜，这本《小说艺术的奥秘——小说文体学》不失为一部结实、严谨、有水平、有价值的学术著作。

（2001年7月4日于北京安华桥寓所）

为杨星映《中西小说文体形态》序

　　与杨星映教授认识，是在几次学术会议上。她为人不事张扬，但在会上讨论问题、特别是遇到不同学术观点争论时，却显得相当活跃；阐述自己的见解，像给学生讲课似的，条分缕析、细致入微；跟踪某个问题，穷追不舍，大有打破砂锅问到底的劲头儿；有时坚持己见，表现得异乎寻常的执着——总之，她给我的印象是：一个做学问特别认死理儿、对学问特别较真儿、把学问特别当回事儿的人。在近些年学术界浮躁之气甚嚣尘上的时候，我感觉像她这样痴心学术，把切磋学问看得如此重的人，似乎越来越少——也许这是我的错觉或偏见，贸然说出，请有识者见谅。但我每遇到这样的人，心里便起几分敬重，并且为中国学术感到一丝宽慰，似乎看到了学术的某种希望。顺便说几句题外话，有时我也为自己的这种自作多情感到好笑，尝自嘲：学术又不是你的亲爹亲妈、至爱亲朋，它的兴衰隆替，于你哪有那么重要！每月照拿中国社会科学院文学研究所发给你的那份饿不死也富不了的工资，凭良心吃饭做事就是，别的——说句粗话：关你屁事儿！你这不是发贱吗？但总是贱习难改。

　　大约五年以前的一天，接到一个非常稀有的电话，是从重庆打来的，对方是杨星映教授，要我为她的《小说艺术的奥秘——小说文体学》作序。我感到很突然。开始我没有答应。一般我是不为人写序的。一是觉得自己造化小，道行浅，在学术上还没有修炼到可以为人写序的水平，还不够格；特别是像杨星映教授研究的"小说文体"之类的问题，我没有深入考察过，就更不敢涉足。二是我不愿为我所不甚熟识的人写序。为人写序，总是要对其人其文有较多较深的了解，才能说出点有意思、有价值的话。但这次杨星映教授又表现出了她特别坚持己见、特别执着的劲头儿。并且，她在我心目中切磋学问、痴心学术的形象，这时突然大了起来，当初我心中那份对痴心学术者的敬重心情也被重新唤起。我终于退让，答应她"先拜读大作"。不久，厚厚的一叠书稿寄来。读下去，竟然被它吸引。后来，竟心甘情愿为它写了序。

读者看到我在为那本《小说艺术的奥秘——小说文体学》写的序中说了许多赞扬的话。今天我要告诉诸位：那些赞扬和评价并非客套话。因为我作为该书的较早的读者（至少在出版前就先睹为快），首先是我个人获益匪浅。它让我有机会恶补了有关文体方面的学问，并整理了自己有关文体问题的知识，使我感到充实了许多。其次，由我自己对该书的阅读体验，我断定这的确是一本有价值的书，对学术界和广大读者有益的书，应该予以推荐。

时间又过去了五年，学术也随时间前进。这五年，杨星映教授锲而不舍，继续在文体学、特别是小说文体学的领域辛勤耕耘，而且还以小说文体学方面的题目写了一篇高质量的论文，在我名下获得了文学博士学位。前两天，杨星映教授又把她的一本新作《中西小说文体形态》的书稿摆在我面前，并又一次引起我的欣喜。这是她在五年前的《小说艺术的奥秘——小说文体学》和博士学位论文的基础上所作的进一步开拓，我阅读后的第一感受是：她在小说文体研究方面又有了长足的进步和发展，并且努力克服以往研究中的不足。

首先，这本新作在对文学文体和小说文体的宏观把握上，又有了更深刻的理论见解。她综合中西文体理论，给予文学文体、小说文体新的界定：文学文体是文学作品文本的体制结构和语言体式，它可分为三个层次，一是作为一种不同于其他文体的语言模式，一是作为作品的体裁和作家的风格，一是作为一种文化存在方式。小说文体则是一种特殊的文学文体，是小说作品文本的体制结构和语言体式。小说作为以语言为媒介的叙述艺术，通过叙述的方式虚拟客观对象世界和人的心灵世界，从而全面反映社会生活和人的感受，正是叙述、特别是对故事的叙述才是小说的本体。

我认为这个界定是科学的，而且是有新意、有创见的。特别是关于文学文体作为一种文化存在方式的论断，更是给人诸多启示。因为，作为文化存在方式的文学文体，它"记录"了每一时代的社会现实生活与人性情态、人类在一定历史时期的物质生产和精神文化创造（包括语言创造活动）；同时，它本身作为人类的一种精神文化产品，标志着人类文明成熟的程度与特色，因而具有特定的文化价值。作者正是在这种宏观理论的烛照下，展开她的一系列富有成果的研究和分析，强调小说文体的具体形态是作家对人的生存境况的情意化的和具有价值取向的审美描述，这使得小说文体成为人类一种对生存状态的独特感悟、体验、确证的文化存在方式，从而获得对生命的深刻审美体验，实现对世界的审美把握。

其次，杨星映教授在进行小说文体解析时特别注重文本与社会历史文化的联系、内容与形式的联系，认为不同时期的小说文体形态是不同时期社会文化的产物。她既分析文本符号系统如何表达意义，也揭示符号系统表达的社会历史文化内涵和审美效果。她以小说作品的心理和文化背景为前提，强调形式与内容不可分割，形式即内容，形式也体现了内容的蕴含。她的具体做法是：采用文本语段、语篇的细读，分析语言符号系统如何表达意义进而揭示其语境的社会历史文化含蕴和审美意味，并简明扼要地说明或描述其审美效果，希望以此将小说的形式审美研究与小说社会历史文化内涵的读解结合起来，使得小说文本的形式分析获得十分重要的意义。

再次，杨星映教授系统考察了中西小说文体之不同发展轨迹，指出：虽然中西小说文体都渊源于神话传说和民间故事，但是在随后的发展中，在西方，其中间环节是史诗（如《荷马史诗》等），再经中世纪的散文虚构故事（fiction）到18世纪命名的"小说"（novel），最后到19世纪小说这种文体充分发展，形成以人物性格刻画为核心，人物、情节、环境三要素有机统一的架构。在论述中，在某些具体问题上杨星映还提出与西方学者不同的观点："欧洲学者多以《堂吉诃德》为第一部小说。我认为从文体形态考察，《堂吉诃德》虽然比《小癞子》等流浪汉故事更多主人公自身性格命运的刻画，但游离主人公的见闻和穿插故事仍然较多，情节比较凌乱，无关叙事的议论等成分不少，尚未形成性格、情节、环境有机统一的三元结构，还不能算作近代意义的小说（novel）。"

而中国则走了不同的道路，其中间环节不是史诗而是史传，即以《左传》《战国策》和《史记》为代表历史著作。中西差异不仅表现在叙事方式，还突出地表现在语言体式上。中国古代小说的语言体式呈现为两种语体：文言与白话。中国古代小说的历时形态是文言小说与白话小说双水分流，各成系统。唐传奇标志着文言小说文体的形成，元明话本小说则标志着白话小说文体的形成。

总之，这是一本有学术心得、有独到见解的著作。我祝贺它的出版。

（2006年1月6日于北京安华桥寓所）

为杨星映《中西小说文体比较》序

杨星映教授主编的《中西小说文体比较》，是一部学术价值高，而且对目前小说理论和小说创作研究具有现实意义的著作。作者通过数年来的潜心研究，收集大量中外古今的相关资料，吸取以往各个民族优秀的学术成果而又能在比较中独辟蹊径，突出中华民族自身的学术特点，提炼出自己的学术心得，科学地界定了小说文体的性质特征。作者认为：文学作品是以文学文体的方式存在的。对文学文体的研究，中国主要是从体制的辨析进行，包括具体作品的体裁、布局（结构）、语言等；而西方的文学文体学（stylistics）则只研究或主要研究文学作品语言的表述方法和效果。本书对小说文体理论范围的界定，采用中国文学文体的观念，即研究小说文体包括对小说文类的界定、结构（叙事方式）、语体（语言表述方式）等。

作者分析了中西小说形成发展道路的差异，指出：虽然中西小说都起源于神话传说和民间故事，但由于中西思维方式和文化传统的不同，中西小说的形成和发展道路迥异。就文体而言，中西小说文体的不同特色与中西文化传统特别是小说文体观念的影响有着密切的关系，而这又对小说文体理论的形成和发展产生了影响。综观中西小说文体理论，中国以整体把握的方式，紧密扣合文本具体描写进行批、评，点到即止，言简意赅，但理论观点也就在其中生发出来，精粹而透辟；而西方的显著特色则是以知性分解的方式，对小说叙事作形式的、结构的、修辞的、文化语境的建构和批评。

这些观点很有见地。

作者还从比较中阐述了中西小说文体发展的共同规律和不同特色，论证了社会文化传统对小说文体的决定作用及小说文体形态的文化机制，揭示出中西小说创作和理论的交流对小说文体变革的影响。作者的许多理论思想和重要观点对目前的小说文体理论以至整个文学理论研究具有积极意义和启示作用。

我认为本书尤其在以下几个方面，论述得具体深入而具有独到见解。

第一，通过中西小说文体理论发展线索的勾勒和异同之比较，界定了小说文体的性质特征，比较细致地考察了理论与创作的互动关系，给人以相当清晰的理论面目。

第二，比较深入地考察、研究了20世纪中国小说文体在走向近代、现代的三次嬗变中对西方小说文体理论与小说文体的接受与选择，揭示了近现代西方小说创作和文体理论对中国小说创作和文体理论的影响。

第三，细致梳理了中西小说文体从萌芽、过渡到成熟、革新的过程，总结了文体形态发展的规律，比较异同，阐明形成原因，较好地揭示出中西小说文体的历史发展形态及其社会文化成因。

第四，通过各种类型典范文本的比较（例如历史小说的文本、游历小说的文本、世态人情小说的文本等），对中西小说典型形态进行了平行比较，得出作者自己富有见地的结论。

该著作的成果表现出作者具有深厚的理论功底和广阔的理论视野，古今中西熔为一炉，在小说理论研究中开出新生面。从该书的写作中，还表现出作者具有严肃认真的学术作风和态度，文献资料丰富翔实，并经过作者疏理、研究，得出自己的学术结论。

而且该书在文字表述上清晰、顺畅，具有可读性。

我祝贺这部高水平的学术成果问世。

2008 年 1 月 7 日

为朱殿封《大刀进行曲·庆祝抗日战争胜利 70 周年》序

朱殿封同志是一位从事新闻工作四十余年的有成就的老记者，获得过"全国好新闻"奖（中国新闻奖前身）以及数十项华东和山东"好新闻"奖，并曾被授予"山东省职业道德十佳标兵"荣誉称号；但是于我，这位老记者却是结识不久的新朋友。

那是半年前——大约 2015 年 7 月份，我接到一个陌生电话，而听来却是熟悉而亲切的乡音："我是《大众日报》记者朱殿封，为纪念抗战胜利 70 周年要写一系列冀鲁边区抗战纪实文章，在《大众日报》刚刚开辟的《大刀进行曲·庆祝抗日战争胜利 70 周年》栏目发表，其中写到你父亲杜子孚烈士的事迹，有些事实需要核实和补充，请你帮助。"他又说："我一直为冀鲁边区抗战宣传不够的现状深感遗憾，十分期盼有人来写冀鲁边，写出名作。时常想，作为生长在冀鲁边区的一名记者，希望有机会能为宣传冀鲁边抗战尽一份心力。"恰巧，《大众日报》开辟《大刀进行曲·庆祝抗日战争胜利 70 周年》专栏，提供了难得的施展机会。于是，他决定用新闻报道形式再现当年抗战史实，宣传冀鲁边抗战英雄事迹。

从 2015 年 2 月份起，近一年时间，朱殿封撰写、发表了 12 万字、15 个整版荡气回肠的文章，再现了冀鲁边区可歌可泣的抗战岁月，写成了一部气势磅礴的冀鲁边区抗战英雄史诗。

我翻读这些火辣辣的文字，一部冀鲁边区抗战英雄图谱展现面前。

这里有"娃娃"司令肖华。他少年从军，随红军长征，22岁任东进抗日挺进纵队司令员兼政委，领导冀鲁边区人民开展游击战争。他善于作抗日统战工作，与国民政府的乐陵县县长牟宜之及抗日村长常浩天在枣林盟结同心，共商抗战大计，被称为"枣园三结义"。在肖华感召下，牟宜之激动地表示："我们誓像一棵棵老枣树一样，不怕狂风暴雨，不怕刀山火海，无论环境多恶劣，也要抗战到底，为民造福。"肖华还只身赴约，智斗国民政府山东省主席沈鸿烈，一会儿慷慨激昂，一会儿义正词严，一会儿笑声朗朗。三小时的谈判达成协议，沈鸿烈送出肖华，竟掩饰不住惊讶、钦佩之情，要请肖华吃饭。

这里有被刘少奇赞为"军政兼优"的115师政治部主任符竹庭。他来到冀鲁边区，善于做宣传工作，领导创办《挺进报》《挺进月刊》《烽火报》《火光报》《战士报》《斗争》等报刊，亲自撰写社论和大量政论文章。这一张张报纸，像一束束火把，点燃了干部战士的理想之火；像一柄柄正义之剑，刺向敌人的心脏，令敌人心惊胆寒。一首首抗战歌曲，像一支支冲锋号角，鼓舞八路军战士和千百万民众奋起战斗，打击日本侵略者。尤其值得称道者，是他创作了《冀鲁边区进行曲》激励战士："东临渤海，西携津浦，南屏黄河，北迫平津。这里是敌人深远的后方，曾经混乱沦亡；这里是我们坚强的阵地，津南鲁北的屏障，准备反攻的堡垒。我们举起抗日的大旗，驰骋在广大的平原上。炮火连天中，我们飞速地发展，不断地壮大。不怕二百个据点的敌人疯狂扫荡，任它纵横的公路网，离敌人三五里宿营，不管吃的是树叶和糟糠，永远站在我们的岗位上。环境越困难，越是我们的光荣，同志们，我们要干到底，我们一定要胜利！"

这里有被朱德总司令亲自接见派往抗日前线的冀鲁边军区副司令员黄骅。他原名黄金山，参加过五次反"围剿"和两万五千里长征，在总司令面前，他提出："我请示组织批准改名？"总司令说："噢，那你想叫什么名字？""叫黄骅，牛马的'马'加一个中华的'华'字，给中华民族当一匹革命的马。我奔赴抗日战场，就是要去给日本鬼子挖掘坟墓，给劳苦大众和全世界无产阶级当牛做马。"就是这位立志"给日本鬼子挖掘坟墓"的黄骅，在冀鲁边区战场屡屡设伏，痛快淋漓地歼灭日寇，使敌人闻风丧胆。然而这位酷爱读书、喜欢吃辣椒和抽旱烟的抗日英雄，却不幸死于叛徒、汉奸之手。1945年，经山东省民主政府批准，他的牺牲地新海县改名为黄骅县（现为市）。他出生于湖北，其英灵永驻冀鲁边区大地！

这里有善于组织军民打破日寇"囚笼"政策、取得节节胜利的冀鲁边区军政委员会书记周贯五。到1942年下半年，日寇开挖封锁沟近2800里，修筑公路8000多里，平均7到10个村庄有一个据点、岗楼，再用其快速的机械化部队，在"笼子"里"清剿"。周贯五领导冀鲁边区军民"白天开展游击战争，晚上开始游击睡觉"。他带领一部分军队化整为零，脱下军装，换上便衣，分散活动，巧妙打击敌人。周贯五满怀信心地对干部战士说："我们要坚决粉碎日寇的'囚笼政策'，坚持战斗下去。山区有山洞林壑，平原有'土地娘娘'的肚皮。我们一旦成了'土行孙'，还怕什么'申公豹'！"从此，冀鲁边区平原上出现了无比壮观的一幕：炕洞、牛棚、墙壁、井壁、坟头、沟坎、树林里，冒出了许多地道、地洞秘密洞口。敌人明明看见八路进村了，却搜不着；八路出村了，追着追着杳无踪影；又冷不防，枪声在身后响起，刀光在脖颈闪现。八路军的游击战、地道战，搅得日伪军日夜不宁。

这里有被誉为"冀鲁边区的母亲"的马振华。他1932年入党，把自己的命运与救国救穷人出苦海连在了一起。作为独生子，他离别双目失明的父亲、含辛茹苦的妻子、幼年待育的儿女，走村入户宣传共产党的主张，发动民众，发展党员，组建起一个个农村党支部，为后来建立冀鲁边区抗日根据地打下了坚实基础。他联合周砚波、贾震、王猛等一批著名共产党员，组织抗日救国军。因为他慈祥和蔼如娘，这个大男人被同志们尊称为"老母亲"；因为他宅心仁厚如兄被称为"老大哥"。在被敌人封锁进不了村的日子里，马振华和战士一样睡庄稼地、柴草垛。在漫天飞雪的数九寒天里，马振华把发的新棉衣送给房东大爷，自己穿着破了缝、缝了破的补丁衣裳，和几个战士同盖一床布满虱子的破被子。马振华和战士们经常吃没成熟且发霉的连带玉米芯一起磨成粉做的糠窝头，吃了解不下大便，大便拉血。马振华的妻子和孩子为逃避日伪军对抗日家属的迫害和谋生，讨饭走到宁津县境内的一个村庄，在村边恰巧遇到来这个村庄查看地形的马振华。孩子见了父亲喜出望外，叫了声"爹"扑进他怀里。马振华欢喜地抱起孩子亲了又亲，看了看妻子深情地说："度过困难，就是胜利。"马振华放下孩子，和蔼地对着孩子说："快和你娘要饭去吧。要不过了饭时，就不好要了。" 1940年9月10日，马振华在同日寇作战时壮烈牺牲，中共冀鲁边区党委作出特别决定，把宁津县改名振华县（新中国成立后恢复原名）。冀鲁边区人民怀念马振华烈士，学习和发扬他的革命精神，编了《歌颂马振华》歌曲传唱："边区的革命舵手，边区的抗日元勋，边区的慈母啊！你为革命壮烈牺牲，丢下了这悲愤的一群。振华！你的革命精神，吓得敌人发抖；你的工作魄力，迫使敌人慌走。你最后，还想扼死一个鬼子，一枪啊！正打在你的胸口……"

这里有闻名四海的回民支队。他们说："小鬼子占我国土，烧我教堂，掠我财产，杀我同胞，令我们蒙辱含羞做亡国奴。穆斯林兄弟们，拿起刀枪吧，用战斗保国卫家，一直打到日寇降服日，再脱征衣解战袍！"他们唱起《中国穆斯林抗战歌》："起来吧，中国的穆斯林！捧起我们的古兰，追踪我们的至圣，打起正义的旗帜，光大卫道的精神，穆斯林！前进！前进！起来吧，中国的穆斯林！举起我们的宝剑，发出我们的吼声，贯彻爱国的信德，负起保族的使命，认清我们的敌人——日本。他施放无情的炮火，他残杀我国的国民，要把中华一口并吞，我们决不受他的侵凌。穆斯林！前进！前进！"回民支队里年龄最大的"老头子"刘喜三，把两个儿子领进队伍。时年15岁的吴庆云（1949年后任陕西省政协副主席等职），不顾家人担心年龄小"坠脚"，坚决地参加了回民大队。《穆斯林战歌》鸣响冀鲁边区，他们为保卫国土，屡立战功。

这里有与日寇血战到底进行肉搏而壮烈牺牲的石景芳、杜子孚、崔兰仙、余志远；有为抗战贡献所有儿女、贡献全部财力的兰大娘、常大娘等英雄的抗日家庭；有"深入虎穴"开展统战的杨忠；有智勇斗顽敌的杨靖远；有三次虎口脱险的"铁头英雄"李聚五；有"神枪手"李永安——被敌人包围时他以死报国，把最后一颗子弹留给自己；有杜步周、李光远、吴觊武、孙晓峰等无数英雄名字；有以《烽火报》社长兼总编辑傅国光为代表的一批英雄的抗日报人；还有冀鲁边区文救会主任吕器为代表的一批英雄的抗日文化人和文艺工作者……

朱殿封妙笔生花。其中"燎原剧团"女演员张维路的故事使我久久不能忘怀。她身患严重肺结核，却一定要拖着病身在后方医院帮着护士给伤员换药，喂药，喂饭，洗纱布、绷带、沾满血污的被单、衣服。一有空就给伤员们唱歌、讲故事。一天，前方送来一位负伤的连长，腿部筋肉深处嵌有两颗机关枪子弹，需要立即手术。而这时，麻醉药没有了。连长说："医生同志，就算有麻药我也不用，留给其他同志用吧。你们只管放开手用刀子、镊子捅吧，我受得了。我现在就怕这子弹在腿里作怪，害得我不能按期回前线。"连长转过脸对一旁的张维路说："别怪我冒失，你是文工团的张维路同志吧？动手术的时候，请你留在我身边。我是个戏迷，最爱听家乡的河北梆子，在开刀的时候，能不能来一段河北梆子？""行！"张维路干脆地说。连长要了一块毛巾狠狠地咬在嘴里。一阵传递刀剪的响声过去，突然，一声河北梆子清唱传来："一家人闻边报雄心振奋，穆桂英为保国再度出征。二十年抛甲胄未临战阵，哎，难道说我无有为国为民一片忠心！猛听得金鼓响号角声震，唤起我破天门壮志凌云。……有生之日责当尽，寸土怎能够属于他人。番王小丑何足论，我一剑能挡百万兵。我不挂帅谁挂帅，我不领兵谁领兵！叫侍儿快与我把戎装端整，抱帅印到校场指挥三军。"张维路嗓音高亢激昂，响遏行云，此刻她是在用自己的生命，来激励一位战斗英雄战胜伤痛。一段唱罢，张维路接着又唱："辕门外三声炮如同雷震，天波府走出来我保国臣，……此番领兵去征讨，不为官职为黎民，一马踏破辽东地，不杀那安王我不回家门。""当啷"，取出的子弹落入换药盘中。军医深沉地说："我们胜利啦！"只听连长高声说："维路同志，我向你致崇高的敬礼！回到前线，我一定多杀鬼子，感谢你的深情厚谊。"不久张维路也因病去世。读着这个故事，我不禁潸然泪下。

　　还有一个故事也感人至深。1939年8月中旬，关锋（周玉峰）突发皮肤病，通身流脓打水，住到陵县三洄河村魏大娘家。57岁的魏大娘苦大仇深，她10岁做童养媳，老伴被债主逼得上吊而死，债主抢去10岁的女儿当侍女，儿子从14岁到邻村扛小活。魏大娘家是抗日人员、八路军伤病员和抗日家属常住的"地下堡垒户"。关锋来时，二区区长赵振德的妻子孙树香和女儿、儿子赵明华正在她家躲藏。第三天傍晚，魏大娘和赵明华正给关锋换药，突然传来枪声和狗吠声。赵明华跑出去往村东头一看：不好，一队鬼子正挨门搜查，还绑了几个乡亲边走边打。他跑回院子急促地说："鬼子来了。"不一会儿，鬼子闯进院子，只见东厢房迎门一张床上，直挺挺地躺着一个身裹白布的"死人"，赵明华戴了一顶"孝帽"，他母亲和姐姐披着"孝衣"，魏大娘坐在"死人"床头不慌不忙地缝孝帽，屋里散发出一股难闻的气味。一个挎洋刀的鬼子马上戴上口罩，放开牵着的狼狗。狼狗围着"灵床"闻了一圈，嗷嗷叫着回到挎洋刀鬼子跟前摇起尾巴。挎洋刀鬼子挥刀向孙树香指了指，狼狗呼地扑过去咬住她的右腿，一股鲜血染红了裤腿，孙树香咬着牙一声不哼。赵明华急了，向狼狗扑过去，狼狗回头咬住他的右手，接着松开口，跑回挎洋刀鬼子跟前。那鬼子把洋刀插入刀鞘，一挥手说："传染！死人的，全家都传染的，大大的！"众鬼子捂着鼻子撒腿跑出院门。关锋化险为夷。魏大娘怕鬼子回想过来，再来搜查，她和孙树香连夜在魏家坟地堆起一个"坟头"，烧了些纸钱。不到10天，关锋的皮肤病痊愈了。临走前那天晚上，他给魏大娘留下一张纸条："魏赵二位大嫂：救命之恩，终生难忘！关锋三九年八月三十。"

朱殿封之所以写得如此动人，是因为他饱含真情，充满对这块热土和人民的挚爱，有一股激情充溢着他的胸膛，使他不能不写："我一定要写！不写，对不起当年为解放这片土地牺牲的先烈，对不起这片土地上参加抗战、流血流汗的那一代前辈——爷爷奶奶。不写，我的那个心结可能再也没有机会解开，成为终生遗憾。我要再现70年前冀鲁边区军民浴血抗战的那段悲壮史实，铭记历史，告慰先烈，激励后人。我年届六十，即将退休，对这次撰写抗战报道的心情有一个比喻：我是夜空里的一颗流星，是在它坠落前的最后的一道闪亮。"

朱殿封是乐陵人，他说："我家乡乐陵市有金丝小枣树，叶不争春，花不争艳，冠不争天，根不争地，是它的特有品性。它耐瘠薄，抗旱涝，历经沧桑，伤痕累累。但是，结出的小枣甘甜如饴。作为枣乡人，我崇尚金丝小枣树的这种品性，愿意像它一样。"他正是以乐陵人的这种品格，从事了四十余年的新闻工作，并且融合了他对乡土的热爱，铸就了他的神圣职责，他的每一笔、每一字都是在挚爱和职责促使之下，从心底流出来的："多年来，有一些想法藏在内心：冀鲁边区是'七七事变'以来中国共产党在华北创建的第一个抗日根据地，作为一个冀鲁边人的后代，作为一个听着当年战斗在这里的八路军抗日英雄故事长大的土生土长的乐陵人，长久以来，有一个心结——冀鲁边抗日根据地建立这么早，哺育了这么多铁血男儿，牺牲了这么多抗日将士，对抗日战争胜利贡献这么大，但由于挖掘宣传不够，这里面的故事正在被无情的时间慢慢尘封，不为外人熟知，为此感到痛心，也感到有一份必须尽的责任。"

正是这种神圣的责任感，使朱殿封要求自己必须对历史负责，对当事人和事件负责，对后人负责，一定努力正确把握抗战政策，事实真实，表述准确。他说："写作抗战报道，是个走近历史、还原历史的过程。"他边收集资料边写，写作中坚持求证真实。在撰写《三英擎战旗　血染冀鲁边》一文时，发现有关我父亲杜子孚烈士的内容里，涉及一些人名、经历、现状等情况不详、不准确，就通过有关同志与我取得联系，把原稿发给我，反复核对，其认真负责的态度，使我深受感动。

石景芳烈士的资料，也涉及相关人名不详，他请滨州记者站站长王福录同志帮忙联系到无棣县党史办退休老主任，请老主任帮着查证到石景芳的父亲叫石庆怀，教师，大哥叫石景纯，曾担任无棣县抗日县长。

撰写《英雄民众英雄兵》时，文中涉及抗日母亲兰大娘——河北省沧县茅草洼村人，她把5个儿女先后送上抗日战场和解放战争战场。在所收集到的现有的文字资料里，都是统称兰大娘。茅草洼村姓兰的人家很多，兰大娘那一带的同辈人、第二代人可能知道兰大娘是谁，第三代、第四代人，还能知道这个兰大娘是专指谁吗？应该给后人留下一个专指兰大娘名字？那个"兰大爷"

是谁呢？于是，他托在沧州的同学张金波帮助打听茅草洼村干部的电话，辗转找到了还健在、定居济南市的"兰大娘"的亲女儿兰淑韵女士，知道了兰大娘的丈夫叫兰江楼；同时通过与兰淑韵女士通电话，又纠正了文史资料记载的一个错误：兰大娘的一个参加人民解放军的孩子兰波不是儿子而是小女儿，她现在居住于南通市。文史资料上都说："1946年，兰大娘把自己的小儿子兰波送进了人民解放军。"兰淑韵说："那是他们弄错了，兰波是我妹妹当时的化名，听着像男人的名字，我没有弟弟。"

世界上怕就怕"认真"二字。朱殿封每写一篇，都对文中涉及的区域、地名、村名，查地图核对，解决区域、村名不准确问题。查万年历，解决农历、公历日期记载不准确问题。想方设法寻找知情人，核对人名、事实等。朱殿封说："每写一篇，都对原资料有纠错订正。这样做很费工夫。之所以这样反复求证，就是为了事实真实、准确，对得起先烈，对历史、后人负责。"

我对朱殿封的这种认真态度深表钦佩。

正是因为有了这份激情、这份挚爱、这份责任、这份认真，朱殿封写出了一部好书。我希望我的乡亲们，冀鲁边区的后人们，山东的同胞们，全中国的同胞们，以及身居海外的中华民族的子孙们，都来读一读这部好书。

（2016年1月25日于北京安华桥寓所）

代跋　好人为师，笔耕不辍

——杜书瀛先生采访记

丁国旗（中国社会科学院文学研究所研究员、副所长）

丁国旗：杜老师，您好！作为文学研究所理论室的老同志，无论做人还是做学术，您都是我们学习的榜样。在我国文艺理论发展过程中的一些关键时期，您都能提出属于自己的学术思想，对推动我国文艺理论向前发展做出了重要贡献。尤其是您在退休以后，仍然笔耕不辍，每年都有论著问世，而且提出了许多针对文艺理论原问题的理论思考，得到了学界的一致肯定。可以说，作为老一代学者的优秀代表之一，您为年轻一代学者的学术研究提供了可资借鉴的模范。因此，今天我想请您谈谈您的学术之路，以及您在文艺理论研究中的宝贵经验，以期可以给年轻的学者们一个比较全面了解您和您的学术的机会，更好地从您这里学到做学术的门径和做学问的精神。

杜书瀛：其实我只是文艺理论研究之路上的一块铺路石子而已。

我就从我的成长经历说起吧。我生长于动荡的战争岁月，早期的学习经历是比较坎坷的。我还未满四岁，父亲作为冀鲁边区一军分区的政委，与日寇作战中壮烈牺牲，就是当时震惊抗日根据地以至延安八路军总部的"柳林惨案",时在1942年6月19日。父亲牺牲后,母亲毅然带领我和哥哥参加革命,随当时的抗日部队行动。所以我只能在部队驻扎地就读小学,走到哪儿,学到哪儿,长则数月,短则数周。那时我是一个快乐的小游行僧。直到1950年,中华人民共和国成立后的第二年春天,妈妈调到山东博山工作,我才在那座工业城市的第三小学插班读小学四年级,读得很轻松。一年半以后,即1952年夏天,没等把小学读完,差一年才能小学毕业,我连妈妈也没告诉一声,便自作主张报考了博山一中。等张榜公布,各门科目平均,居然考了七十七点三三分。考中了!然而,1953年,妈妈又调到青岛工作。为了完成学业,我独自留在博山读书,住在妈妈原来工作单位的集体宿舍,吃大食堂。1955年,我初中毕业。高中考到哪儿去?早已习惯于自己管理自己的我,这次又是自作主张:报考青岛一中。妈妈整天忙于工作,无暇过问我的事。等拿到了青岛一中的录取通知书往妈妈面前一放,她这才发现:站在面前已经长得比她还高出半头的儿子,已经是青岛一中高中一年级的新生了。

  1958年,我被保送到山东大学中文系学习,在那里同老师、同学结下了深厚友谊。也正是在上大学的时候,听文学概论课,老师提到蔡仪先生,充满着尊敬、仰慕,说他是我国有数的几位文艺理论家之一,而且是马克思主义的,因此我知道了蔡仪先生的名字。在当时,马克思主义是一种价值判断,而且是最高级的价值判断;而能被称为文艺理论家的,也不很多;两者合起来,马克思主义文艺理论家,其可贵则可想而知。后来我就到图书馆去借了蔡仪先生的著作《现实主义艺术论》,看过后才知道理论文字是这样写的。那时正好赶上美学大讨论,蔡仪先生是核心人物之一,名字经常出现。原来更引人注目的是,蔡仪是著名美学家,是一个美学流派的创始人和代表人物。美学,对我来说这个名称那么神秘,因为神秘,就更具诱惑力,也就时时找些他的文章来看。对那场讨论的是是非非，当时我其实不甚明了。但参与讨论的人物，却引起我很大兴趣。

1964年我从山东大学中文系毕业，听说中国科学院哲学社会科学学部文学研究所（现中国社会科学院文学研究所）蔡仪研究员招收美学研究生，我就报考了。那年报考蔡仪先生研究生的不知道为什么那么多，全国共77人，我有幸考中。1964年9月，到文学研究所报到时，是一天下午3点左右。人事处的高智民同志接通蔡仪先生的电话，说了两句，回头对我说："蔡仪同志刚从所里回到家，他说马上就过来，你稍等。"大约20分钟后，人事处门口出现了一位温和的长者，稍高的个儿，瘦瘦的，短头发，不分，穿一身旧的但洗得很干净的蓝色卡其布中山装，脚上是一双黑色圆口布鞋，微笑着向我走来。高智民同志说："这就是蔡仪同志。"后来我才知道，从蔡仪先生所住的建外宿舍到文学研究所，至少走20分钟——也就是说，蔡仪先生放下电话马上就折回来。正像我迫不及待想见到导师那样，蔡仪先生也迫不及待想见到他的第一个研究生。

我亲眼看到的蔡仪先生与我想象中的蔡仪先生很不一样，与我看到过的一些教授、学者差别相当大。比如，我们山东大学的陆侃如教授，给我们上课时穿一身咖啡色西服，皮鞋擦得亮亮的，风流倜傥。来我们学校讲学的中山大学教授商承祚先生，头发梳得光光的，举手投足都显得那么有派头。而蔡仪先生呢，简直就像那个年代到处可见的机关干部。如果你到政府部门或党的机关办公室看一看，你会碰到无数蔡仪式的装束、打扮。那时的文学研究所，从何其芳所长到各位研究员，也都是类似蔡仪这身"行头"。第一次见到时的蔡仪先生，不过58岁，腰板直直的，头发好像也还没有怎么白。说话带着湖南口音，语速稍慢，声音轻轻的。不像后来见到的何其芳同志那样说话连珠炮似的，像是一口气要把所有的话说完；也不像王燎荧同志那样粗声大嗓，豪气夺人。从此,我在蔡仪先生身边开始了我的研究生生活,那是在"文化大革命"前,还没有后来的什么硕士、博士学位。

我到文学研究所报到的第二天,就接到通知:随蔡仪先生去安徽寿县搞"四清"。这样,我读研究生的第一个学年学的是政治——阶级斗争课。1965年11月回北京,正赶上姚文元批判《海瑞罢官》的文章发表,懵懵懂懂闻到点儿火药味儿。不过"山雨欲来"而尚未到来,蔡仪先生按他的计划给我开列了长长的阅读书目——一大批中外哲学和美学著作。从这年11月直到第二年(1966年)5月"文化大革命"正式爆发,我认认真真读了半年的书;此后,再想安安静静读书已经不大可能了。再一次真正坐下来做学问,是十年以后的事情了。毕业后,我就分配在文学研究所工作,而且就在蔡仪先生为组长的文艺理论组。

从20世纪60年代我进入文学研究所师从蔡仪先生做美学研究生至今,已经接近一个甲子。这期间经历了10年"文化大革命",使我到40岁才发表第一篇真正称得上"学术研究"的论文。那是1978年年底,蔡仪先生创办了一个刊物《美学论丛》,点名叫我写一篇文章。我执笔百日,用上以往所有的学术积蓄,并研读大量文献,写成《艺术的掌握世界的方式》,大约36000字,战战兢兢地送到了老师手中,心提到了嗓子眼儿上。过了几天,老师把我找去,说对文章很满意,我的心才放下来。这是我有生以来认真写的第一篇学术论文。从此,我算是走上了进行文艺学、美学研究的"不归路"。

丁国旗:您从事学术研究迄今为止已长达半个世纪,成果丰硕,而且在许多领域都很有建树。作为文学研究所的后辈学者,我一直想知道到底是什么缘分使您对好几个跨度很大的学术领域都有所涉及,而且都做出了贡献。

杜书瀛:如果谈我的研究方向和研究领域的话,主要有这样几个方面。一是美学研究,包括价值美学、艺术哲学、文艺美学，这方面的作品有《文艺美学原理》《文学原理——创作论》《价值美学》等；一是文艺理论，包括文学基本原理、当代文学理论批评、中国古代文论及中国百年文艺学学术史，这方面出版了《从"诗文评"到"文艺学"》《文学会消亡吗》《新时期文艺学前沿扫描》《中国20世纪文艺学学术史》等，还有一本即将出版的《文学是什么——文学原理简易读本》，其各章节均在杂志上发表了；一是李渔研究——对李渔的研究本来是我的业余爱好，但坚持做了几十年，主要有中国社会科学出版社版的《李渔美学思想研究》，中华书局版《闲情偶寄》三全本、作家出版社《戏看人间：李渔传》等，最近还有一本《李笠翁曲话》将在中华书局出版。

丁国旗：《从"诗文评"到"文艺学"》在您的研究中是一部很有分量的著作，在学界影响很大。不过，您给大家的印象，好像并不在古代文论方面，我也是因为这本书才知道您也研究古代文论的。您很早就开始做古代文论研究了吗？

杜书瀛： 关注的比较早，真正从事这方面的研究是从《从"诗文评"到"文艺学"》这本书开始的，那时我已经退休了，我退休之后写的东西比退休之前多。

丁国旗： 是的，提起您，所里的同志都很感慨。我们这些在职的研究员，根本无法做到一年出一本专著，更不用说像您那样，每年出两本甚至三本专著，而且每本都有重要的影响。您退休后为什么转向了中国古代文论研究，有什么特别的理由吗？

杜书瀛： 因为我逐渐感觉到做文艺理论研究，就要从根源去梳理，一定要把自己的理论传统梳理清楚。国外的理论资源很重要，但本民族的理论传统更是不能忽视的。再就是马克思主义文艺理论，一直都是我非常重视的。

丁国旗： 蔡仪先生是我国著名的马克思主义文艺理论家，作为他的第一个研究生，关于马克思主义文艺理论研究方面，您可否谈一谈？

杜书瀛：过去我在跟从蔡仪先生学习时，写的几篇文章，基本都是在马克思主义的观点指导下完成的。实际上，我现在也是这样，别看我好像有些东西没有直接涉及马克思主义，实际上我最信奉的还是马克思主义，尤其是它的历史唯物主义。我们的文艺理论要有根底的话，离开历史唯物主义恐怕不行。

丁国旗：整体来看，您的学术思想的发展脉络是有一定的转变的，比如您的美学观点，虽然师承蔡仪先生，但又与他的观点存在着差异。接下来，能否讲一讲您的学术思想的发展变化过程？

杜书瀛：截至目前，我出版了三十几本著作，从这些著作中可以看出我思想的转变和新的探索。我跟蔡仪先生学的是美学，后来就从这个方面进行了一些思索。1985年以前我基本上秉持传统的以认识论为哲学基础的现实主义美学观点，这主要表现在1982年和1983年出版的《论艺术典型》和《论艺术的特性》中，这两本书的内容大都整合融入后来出版的《艺术哲学读本》一书中去了。1985年左右，我的学术思想表现出明显的变化，当然，这种变化早在几年前就开始酝酿了。我越来越感到死死固守在认识论美学的阵地里而不敢越雷池一步，并不能完全恰切地抓住艺术和审美的特点。说"艺术是认识、是再现"，只把握了部分真理而不能解决所有的艺术问题和美学问题。所以，我在这方面逐渐进行新的理论探索，从认识论美学阵地挪开脚步，转向了人类本体论美学和价值美学。

1985年左右起，我陆续出版了《文艺创作美学纲要》《文学原理——创作论》，还有现在正准备出版的《文学是什么——文学原理简易读本》，我还主编了《文艺美学原理》。其中《文学原理——创作论》便是以人类本体论美学的观点为基本立场，以文学创作为窗口，以"文学创作的审美实践论""文学创作的审美社会学""文学创作的审美心理学"为主要构架，阐发对文学艺术活动一系列问题的主要思想。从《文艺创作美学纲要》和《文学原理——创作论》开始，我强调"文学创作作为一种审美活动，是人类最重要的本体活动形式之一"，是"人之作为人不能不如此的生活形式、生存形式之一"。从人类本体论的立场来解说"创作""作品""欣赏"，可以得出与认识论美学不同的结论："文艺创作从根本上说是人的生命的生产和创造的特定形式，也就是由作家和艺术家所进行的审美生命的生产和创造活动"；"文艺作品（本文）就是人的审美生命的血肉之躯"，是人"进行审美生命的生产和创造的结晶"；"文艺欣赏主要是由读者和观众所进行的一种审美活动"，在欣赏的过程中，"审美生命得以再生产、再创造"，"文艺作品不断被欣赏，其审美生命也就不断地被生产和创造"，"文艺欣赏（文学接受）是审美生命的存活方式、运动方式和延续方式"。《文艺美学原理》是由我主编、与当年的两位学生黎湘萍研究员和应雄教授合作完成，分"审美—创作""创作—作品""作品—接受"三编，论述文艺美学的基本问题。这本书被一些大学中文系用作了教材。

丁国旗： 您后来出版了一本《价值美学》，从价值论哲学出发去阐释审美和艺术。您是如何从人类本体论美学转向了价值美学研究呢？

杜书瀛： 到了1992年前后，我进一步从价值论的立场上来解说审美活动和艺术，后来便出版了《价值美学》和《美学十日谈》。我认为光是蔡仪先生的那种"美是典型"的观点是解决不了美学问题的，审美的秘密可能隐藏在主体客体之间的某种关系之中，隐藏在它们之间的某种意义关系之中。所以我提出"审美活动属于价值活动范畴，美就是一种价值形态。当进行审美活动时，既有主体的对象化，也有对象的主体化。具体说，在审美活动中也像在一切价值活动中一样，一方面，主体对客体进行改造、创造、突进，使对象打上人的印记，成为人化的对象，即赋予对象以人的，即人文的社会—文化的意义；另一方面，客体又向主体渗透、转化，使主体成为对象化的主体，成为对象化的人。这样，审美价值也就诞生了。审美价值就是在人类的客观历史实践中所产生和形成的客体对主体的意义，即事物对人的意义。美（审美价值）同一般价值一样，虽离不开客体却又不在客体。它不是客体自身的属性。自然界本身是无所谓美不美的，没有人就不存在美的问题，在人产生之前，宇宙是存在的，但无所谓美丑；人产生之后，当人与自然界不发生关系的时候，也无所谓美不美；只有和人发生了关系，对人具有了价值、意义，那个时候才产生美的问题。这是我和蔡老观点的不同之处。因为有了人，才有美。我还对崇高型、优美型、悲剧型、喜剧型等不同的审美价值类型及其生产规律进行了考察。我认为把审美活动看作一种价值活动、把美（审美现象）看作一种价值现象，在今天或许更契合审美活动实际和美（审美现象）的本来样态，更能搔到审美问题的"痒处"；以此为视角和途径，或许可以拨开以往的某些美学迷雾，澄清以往的某些美学误区。这就是我的《价值美学》。

不论是人类本体论美学或是价值论美学，与认识论美学已经很不相同了。然而它们并不绝对对立，而是可以互补。我主张从各种不同的理论视角、用各种不同的方法协同作战，以求更加全面地、透彻地把握审美和艺术的性质和特点。

丁国旗：美，的确是因为和人发生了关系才存在的。我在一篇文章中也曾提出"美是对人而言的"这一观点。

杜书瀛：对。我敝帚自珍，也看重《价值美学》这本书，因为这是我在美学上的一家言。如果它能引起更多人的关注和讨论，我当十分欣慰。

丁国旗：您师从蔡仪先生，并在文学研究所跟随蔡仪先生从事研究多年，那您从蔡仪先生及他们那一代学者身上，学到了什么？能不能将您好的方法、好的思路、好的想法，给我们说一说。

杜书瀛：蔡仪先生是一位很严谨的学者，他写的文章逻辑性非常强，他强调引用别人的话一定要引完整，不能断章取义，抓住一句话乱打棒子，蔡仪先生特别注重这一点，他的严谨的学风我很佩服。但是对于他的一些观念，我觉得我们后辈应当有所发展。当然，我提出来不是说我超过了蔡仪先生。不过我希望我的学生，包括年轻的学者，应该超过我，不然就没有发展了。而当年何其芳作为文学研究所所长时，所经营的学术氛围都是很严谨的，都本着很严谨的科学态度来做学问，很反对夸夸其谈、卖弄学问的不良风气，而是要扎扎实实地做学问。这个学风我们一定要继承。

丁国旗：关于学风问题，您谈得很好。学术研究要求有学理，但是还是要跟现实结合起来。老一代学者的学术研究，都是既讲师承传统，又非常重视学术研究的现实针对性。也就是说，学术研究不是去玩一些概念、理论，而要继承前辈的学术资源，面对现实问题，分析现实问题，解决现实问题。

杜书瀛：何其芳同志是很注重现实的，大家看看他在20世纪50年代所写的文章，都是很注重现实的，他有些批评性文章，对别人所作的批评，都是有十分清晰的现实针对性的。

丁国旗：在审视20世纪五六十年代的学术论争时，强烈感到那个年代的学术争论是现在学术界所难以达到的。尽管当时的学术争论可能造成了各个学术派别之间的学术之外的斗争，但那时的论争性文章却已经深入理论研究的细微之处，而现在学者们的学术研究很多都是粗线条的，而且彼此之间界限明晰，少有思想的交锋与碰撞，虽然天天在讲学术创新，但真正的创新并不尽人意。

杜书瀛：何其芳就非常提倡创新，他主张，没有新观点，宁可不写文章。要有新观点、新材料、新思想，这是老一辈学者竭力倡导的，就是主张原创。必须有新的观点、新的资料、新的发现、新的思想、思维，这样的文章才能拿出去；不要炒冷饭。老一辈学者的这种作风和治学态度非常值得今天的学者学习和遵循。

我即将出版的《文学是什么——文学原理简易读本》这本书，是为研究生和青年朋友们写的一本文学理论入门书。作为在文学研究所工作了几十年、以美学和文学理论为主攻方向的研究员，多年来，我给自己定的任务就是努力研究并真正把握文学理论的基本问题，给出新的答案。这是一项艰巨的任务。社会上流行着各种文学理论著作，各个高校也使用着许多文学理论教科书。它们大都有各自的特点和优点，有的也颇受学生和读者欢迎。但是，某些著作和教科书，对于初入文学之门者，有着相当程度的不适应：它们往往动辄三四十万字甚至更多，内容繁复、庞杂，学生和读者不易掌握；老师教起来，甭说一个学期，即使一个学年也难讲完；而且他们大都追求面面俱到，学生和读者最想抓住的问题反而不突出。

作为一本文学入门书，初入这门学科的人，一进来就应该让他们比较容易地抓住文学的"牛鼻子"；进而，再骑在文学的"牛"背上，信步前行，窥其奥妙。我就想把论题集中化、简化，把那些冗长的该省略的地方省略掉，把需要突出的重点问题和关键问题突出出来，写一本观点新颖而又简明扼要的《文学是什么——文学原理简易读本》。中国古人讲，戏有"戏核"，诗有"诗眼"，一本书也有"书核""书眼"。我这本书的"书核""书眼"何在？它就是："文学是什么"。读者接触文学，最想知道的问题，除了"文学是什么"还有什么呢？许多文学理论书，许多文学理论教材，讲了几十万字，绕来绕去，最终不就是要让学生和读者知道"文学是什么"吗？这本书怎样写呢？颇费思考。我想，它要围绕"文学是什么"这个"书核""书眼"，讲讲学生和读者想要知道和应该知道的有关文学的一些基本问题。我所追求的效果是：一方面要讲新问题、新题目；另一方面，即使所讲题目看起来可能都是"老"题目，但是，又不要讲人家讲了千百遍、使人耳朵"起茧"的老话——要讲出点儿新鲜意思出来。以往学界人云亦云，或者不同程度的人云亦云的论著，不在少数。我自己何尝不是！我只是在自我反省之中引以为戒，尽力避免人云亦云，唯恐跌破学者写作的这一底线。

因此，学术就要有学术的品格，必须坚持学术研究者的基本规则和底线标准——不人云亦云，力求写出自己的心得，写出不同于以往著作的新意来。所谓自己的心得，所谓不同于以往著作的新意，就是：别人没有说的，我重点说或大说特说；别人已经说过的，我尽量不说或少说（这是为了学术阐述的连接和承续，有些问题不能不略微叙及）；别人说过而我有疑义，则要花费笔墨和口舌说清道明，努力辩出个青红皂白。我不太满意于某些著作和教科书者，就在于它们用大量篇幅重复别人已经说过的话，追求所谓"全面"。这样的"全面"，其实是占有不该占有的学术空间，尸位素餐。

原创就要求学者善于思考，做善于寻找问题、具有问题意识的人，满脑子怀疑精神的人。所以，我的这本书，每个章节的题目都带有问号，意在找出有疑问的地方下笔。可以说，这本书虽然是教科书，却并非只教学生追求四平八稳，仅仅懂些人人公认而颠扑不破的所谓"真理"和"大道理"；毋宁说，它是一本"抬杠"（学术辩论）的书，在一定意义上也是教学生如何"抬杠"的书。我认为，学术研究需要"抬杠"——当然不是故意"找茬"，而是按照学术规则、遵循真理发展规律"抬杠"。从学生入学起，一方面教他们掌握基本问题，另一方面教他们"抬杠"——教他们开动脑筋，找出问题，思考问题，辩论问题，解决问题。学生应该和必须如此，研究生尤其应该和必须如此。

我主张青年学者，包括学生，必须学会寻找问题、发现问题、提出问题、抓住问题、辩论问题进而解决问题；我提倡学生，尤其是研究生，必须学会辩论、善于辩论。我希望学生和读者同我辩论，最好把我驳倒。我一直提倡学生要超过老师，不能超过老师的学生不是好学生。只有学生超过老师，学术才会进步，才能发展，才有前途。

丁国旗：做学术就要坚持原创，发出自己的声音，不能人云亦云。

杜书瀛：对！另外，还有一个问题，做学问要有大眼光。

丁国旗：您所说的大眼光指的是什么？

杜书瀛：最近我看到南帆在《文艺理论研究》发表了一篇文章《文艺理论：全球化时代的民族性》，谈民族性的问题，从这篇文章可以看出他的眼光是大的。

丁国旗：我也注意到了这篇文章，从理论的角度看，他有长远的、建构的味道。

杜书瀛：当然也有人会认为他写得可能有点儿大而化之，但他是以较高的视角去看这个问题，眼光是大的，他是从总的格局去看文学理论，这一点值得肯定。不能光从文学理论本身去研究，要有大格局、大眼光，写文章就要这样。现在有一些年轻学者，写文章的眼光比较狭窄，这是存在问题的，当然也要克服大而化之的问题。大而化之，这也是一个很重要的问题。写文章既要有大历史、大时代那种大的眼光，从整体的格局看待文艺理论，又要避免空泛化，避免大而化之，这两个方面要有张力。南帆这篇文章的大眼光、大历史是值得学习的，如果说他有缺点的话，就是稍微空一点，我们要补他的不足，吸收他的优点。

此外，我还有一个观点，就是"好人为师"。不是有一句话是"好为人师"嘛，我把其中的两个字调了下位置，"好为人师"变成了"好人为师"。这句话是什么意思呢？就是喜欢向别人学习，

喜欢以别人作为老师，而不是喜欢作别人的老师。"好"是动词，自己作为一个学习者，把别人作为学习的对象

丁国旗：就是把以别人作为老师当成自己的爱好。

杜书瀛：对！喜欢以别人作为老师，而不是"好为人师"——"好为人师"就常常以教师爷自居，以教育者的姿态，夸夸其谈，觉得我比你高明，我要当你的老师。不应该这样。应该把别人当作自己的老师。任何一个人，任何一位学者，他可能既有缺点，也有优点，好人为师，就要学习别人的优点，避免别人的不足，不要以自己所长看别人所短，而是应该看到别人的优势，时刻向别人学习。虽然南帆的某些观点我并不完全赞同，这些我也在《文学是什么——文学原理简易读本》这本书中对他进行了批评。但南帆的文字写得很漂亮，散文写得也很好，写文章的眼光也比较大，这是他的优势，值得学习。

我一直以老一辈学者或比我年长的学者为师，我的研究生导师是蔡仪研究员，我自然受到他潜移默化的熏陶；而我对与他观点不同的朱光潜教授、李泽厚研究员等人的学术思想也十分敬重，从他们身上也获益良多。宗白华教授关于中国美学的论述使我折服，钱锺书研究员的严谨、特别是他的渊博，我虽不能至，却心向往之。至于何其芳同志，我一直把他那些写得洋洋洒洒、伸缩自如、平易亲切、像艺术散文一样优美的理论文章，作为榜样。还有其他许许多多前辈学者给我的滋养。一些同辈学者，包括我的朋友以及一些虽未晤面仅读过他们著作的同行，他们的一些杰出思想和治学方法，也常常给我教益。还有许多比我年轻的学者，他们的思维节律总是能够和时代脉搏同步，他们的学术勇气使他们的著作富有巨大创造性，他们的敏锐使他们的学术见解独特新颖，富有超前性，得时代风气之先。他们是学术浪涛里的弄潮儿，我也不时从他们那里获得惊喜和启示。

我们那一代人，经历了十年"文化大革命"。"文化大革命"

期间，我只是在《光明日报》发表了一篇散文《雨中访问西固壁》；"文化大革命"后期，何其芳同志带领我们几个人组成一个学习小组，学习毛主席诗词，其间，我在《广西文艺》发表了一篇学习毛主席当时发表的两首诗的文章。1976年10月，"四人帮"被粉碎，举国欢庆。在为反对"四人帮"而举行的三日大游行时，我和杨志杰、朱兵写了一篇文章，《围绕〈创业〉展开的一场严重斗争》。当时写这篇文章是为了表明我们的态度，围绕《创业》这样一个在当时很重要的问题去肯定周总理，反对"四人帮"。这篇文章，我们三个人在我的办公室里写了一夜。资料收集好了以后，在食堂买几个馒头和咸菜作为夜宵，从晚上七点一直到第二天早上六点，一个人写一遍，写了一万字。朱兵写第一遍，杨志杰写第二遍，我统稿写第三遍。到早上七点，我们就把这篇文章誊写好，送到了《解放军报》。1976年11月5日，《解放军报》整版发表。当时的中央主席华国锋看了这篇文章后，在政治局会议上说："这篇文章写得好，好就好在比较细，写这类文章就要细一些。"陈锡联同志在政治局会议上听了华国锋的讲话，立即传达给《解放军报》，《解放军报》马上派有关负责同志到文学研究所来传达华国锋的指示，当时朱寨是我们的党总支书记，他把我叫过去听了传达。过了几天，《人民日报》将华国锋的话作为编者按，以整版篇幅全文转载此文，后来全国各大报刊也纷纷转载。

而我真正开始写学术文章就到了40岁的时候了，就是那篇《艺术的掌握世界的方式》，刚才已经讲过了。

"文化大革命"那动乱的、噩梦般的十年令人痛心，那正是我生命中的黄金时段啊！它浪费了我十载青春年华。现在的年轻人比我们这一代做学问做得好，我也以年轻人为师。我们应该打破论资排辈的传统观念，青年人应当成为主力，应当唱主角。勤勤恳恳在学术园地里耕耘、创造的青年学者，是我们的希望所在。

我给自己的定位是：愿作文艺青年，特别是爱好美学和文艺理论的青年在前进路上的一块小小的铺路石子。但愿他们踩上去不会太硌脚。

丁国旗：非常感谢杜老师，今天为我们谈了这么多对学术研究极为有益的东西。作为文学研究所的又一代研究人员，希望以后有更多的机会向您当面求教。

2017 年 8 月 1 日

（本文由中国艺术研究院文艺学 2015 级研究生王园园记录整理，原载《艺术百家》2017 年第 4 期）